河南省高等学校青年骨干教师资助计划项目最终成果

胡风文学批评论稿

高文波／著

图书在版编目(CIP)数据

胡风文学批评论稿/高文波著. — 北京:中央编译出版社,2011.8
ISBN 978-7-5117-0962-2

Ⅰ.①胡… Ⅱ.①高… Ⅲ.①胡风(1902~1985) - 文学评论 Ⅳ.①I206.6

中国版本图书馆 CIP 数据核字(2011)第 159636 号

胡风文学批评论稿

出 版 人：	和 龑
著　者：	高文波
责任编辑：	曲建文　隋　和
出版发行：	中央编译出版社
地　址：	北京西单西斜街 36 号　邮编:100032
电　话：	010-66509360(总编室)　010-66509353(编辑室)
	010-66509364(发行部)　010-66509618(读者服务部)
网　址：	www.cctpbook.com
经　销：	全国新华书店
印　刷：	北京振兴源印务有限公司
开　本：	710 毫米×1000 毫米　1/16
字　数：	280 千字
印　张：	19.5
版　次：	2011 年 8 月第 1 版第 1 次印刷
定　价：	48.00 元

本社常年法律顾问:北京大成律师事务所首席顾问律师　鲁哈达
凡有印装质量问题,本社负责调换,电话:010-66509618

目 录

引　言 …………………………………………………………………… 1

第一章　胡风文学批评基本情况扫描 …………………………………… 6

　　第一节　胡风文学批评著述简况 ……………………………………… 7
　　第二节　胡风文学批评的特质 ……………………………………… 15

第二章　胡风论说中外文学 …………………………………………… 26

　　第一节　关于中国古代文学 ………………………………………… 27
　　第二节　关于外国文学 ……………………………………………… 42

第三章　《论民族形式问题》解读 ……………………………………… 57

第四章　《关于解放以来的文艺实践情况的报告》解读 ……………… 86

　　第一节　"一、几年来的经过简况" ………………………………… 89

第二节　"二、关于几个理论性问题的说明材料" ……………… 91
　　第三节　"三、事实举例和关于党性" …………………………… 112
　　第四节　"四、作为参考的建议" ………………………………… 121

第五章　胡风电影批评细读 ……………………………………… 127
　　第一节　《为了电影艺术的再前进》细读 ……………………… 128
　　第二节　《生活在发言》、《历史在作证》、《人道在控诉》细读
　　　　　　………………………………………………………………… 138

第六章　胡风文学批评的心理学阐释 …………………………… 151
　　第一节　文艺心理学的基本原理 ………………………………… 151
　　第二节　胡风文学批评的心理学阐释 …………………………… 153

第七章　胡风文学批评的文体观察 ……………………………… 162
　　第一节　胡风的文体思想 ………………………………………… 162
　　第二节　胡风文学批评的文体运用状况 ………………………… 176
　　第三节　实用批评的特色：以小说为例 ………………………… 190

第八章　胡风文学批评接受史考察 ……………………………… 209
　　第一节　1930年代胡风文学批评解读一瞥 …………………… 210
　　第二节　抗战时期、1940年代后期胡风文学批评接受状况 …… 219
　　第三节　1950年代：胡风文学批评的接受变体——攻击与辱骂
　　　　　　………………………………………………………………… 232
　　第四节　1978—1989年：逐步走入正轨的胡风文学批评接受 … 238
　　第五节　1990年代以来的胡风文学批评接受 ………………… 247

结束语 ………………………………………………………………… 265

附录Ⅰ　论胡风对抗战文学的贡献 ……………………………… 268

附录Ⅱ　胡风与鲁迅 ……………………………………………… 280

后　记 ……………………………………………………………… 304

引 言

　　胡风曾经指出：理论批评是创作过程和作家实践内容的反映，创作不断发展，理论批评也是不断发展的。胡风的批评实践忠实地体现了这一认识。他的文艺理论从未脱离过作家创作实践和创作过程去泛泛而谈。这启发我们，对胡风文艺理论的研究不能仅仅满足于封闭式的理论讨论上，必须关注动态的研究思维，一定要结合胡风的文学批评实践去研究他的文艺理论。毕竟，胡风有别于那些作静观思考的文艺理论家，也不同于一般意义上的学院派学者，他的文艺理论总是具有很强的现实针对性。

　　1993年温儒敏出版的《中国现代文学批评史》、1995年许道明推出的同名著作，为一向沉寂的胡风文学批评研究加上了厚重而亮丽的一笔。这两部专著的共同特点是没有停留于泛泛的文艺理论阐释上，而是把胡风的文学批评活动置于中国现代文学批评发展的历史舞台上加以审视和阐述，视野开阔，观点稳妥。然而，这两部著作留给胡风的篇幅仍然显得不够。如果放眼全国，与中国现代文学研究领地中的许多研究对象比较，对于胡风文学批评的研究依然没有摆脱单薄的局面。不过，我们还是要充分肯定已有的研究成果，赞美研究者们敢于打破坚冰的学术勇气和道义精神；惟有如此，我们的研究才能更上一层楼。

　　站在新世纪思想文化的制高点上，我们应当考虑如何推进胡风文学批评研究的问题了。笔者认为，要深化胡风文学批评研究工作、提高研究的品位应该注意以下几点。

首先，努力做好基础性研究工作。据笔者的阅读，胡风的文学批评活动涉及面很广，理论批评、实用批评兼备，个案批评与宏观批评均有。以实用批评而言，他在评论中国现代作家、作品同时，也评介了不少外国的作家、作品①；对中国古代文学，他也有评论。胡风一直做着文学批评工作，其批评文章结成集子的就有9部。这些年来，学术界对胡风文学批评实践的主要方面虽然已获得了基本的认识，但远没有穷尽胡风文学批评的全部，如：胡风究竟评论了多少作家作品？有没有完整的统计和实证？他的这些文章是在怎样的环境下完成的？……这些问题都需要研究者投入相当的精力，需要搜集大量的史实材料。这就要求我们搞好基础性研究。提到基础性研究，有些搞理论工作的人很不以为然，有的甚至持不屑一顾的态度。试问：那些有创见的理论命题，有多少不是建立在基础性的（事实性的）研究工作之上的？笔者认为，把胡风作为研究对象的人们，尤其要重视基础性研究，把那些基本的问题搞清楚，特别要把那些搞乱了的问题弄个水落石出，这对于提升理论研究的可信度有至关重要的意义。

其次，在完成基础性研究工作的前提下，研究者要把主要精力用在研读文本上。笔者始终坚持一种观点：研读作家留下的文字资料，包括作家的文学创作，同时也包括非创作的理论类文章、书信、日记、读书札记、读书心得等，对文学研究者来说是带有前提性的工作，也是研究者必须养成的基本功。我们必须意识到，真正有价值、有创意的理论成果只能根植于对第一手文献的阅读、分析中。

1950、1960年代，国内读书界、学术界被极"左"政治思潮所裹挟。那时，人们（包括研究者）停留在聆听中央（或国家行政）领导人讲话、读中央（或国家行政部门）文件的生活层面上，以丧失了独立思考能力的

---

① 以俄苏文学来说，胡风评论的作家、作品很多，所评介的作品至少有20多部，包括《死魂灵》、《战争与和平》、《大雷雨》等著名长篇小说。

大脑来对待一切现象；或者从当时正在开展的政治运动（或带有政治气息的文化思潮）的需要出发，配合形势，热衷于捕风捉影。人们除了读毛泽东著作、鲁迅作品、马克思恩格斯选集以及苏联的少数文学作品和理论著作以外，几乎不再读其他书。即使有读书现象，也只是一种政治行动、集体行为。对那些受到批判的文化人的著作，人们大多以庸俗社会学、机械论的思维，运用断章取义的方法来看待，对作家更是如此。于是，原本属于复杂的精神劳动的文艺创造（文学、艺术、文艺理论）被简单化理解，进步文艺界遭遇了误解和灾难，不少本来受人尊敬的有个性的作家、文艺理论家、艺术家成为被处理的对象。更严重的是，不读书的人最易盲从政治，他们为一浪高过一浪的批判运动推波助澜，而这些运动又往往打着"文化"的旗号，实则从根本上偏离了真正意义上的文化实践，也违背了读书和学术的基本规范，形成了极坏的社会风气。胡风身陷囹圄后，有很多人受到牵连，遭遇不幸。有些受到牵连的人获得平反后，糊里糊涂地把不幸归到胡风的账上，这显然是极不公平的。好在那样的时代一去不复返了。但是，已经养成的群体精神、思维惯性一下子改变过来是相当困难的，认真读书的习惯需要慢慢培养，我们今天的研究者同样面临这样的情形。因此，要真正地认识、理解胡风，是非常需要耐心的。要培养崭新的、积极的、良好的阅读习惯，养成善于思考、勇于思考、独立思考的习惯。只有这样，我们才能认识真实的胡风，并且有助于学术研究基本功的形成。

因而，平心静气地阅读胡风留下的文字遗产，为认识胡风、研究胡风打好基础，便显得十分必要和重要。胡风的著述，近年来出版了很多，可以说，能够公开出版的差不多都与读者见面了。我们要通读胡风的全部文字，要阅读他的文学作品和理论文章，也要阅读他撰写的与研究工作有关的文字资料。① 要研究胡风的文学批评，当然需要更多地仔细阅读他的理论

---

① 胡风的主要著述已由湖北人民出版社 1999 年结集为《胡风全集》（10 卷）出版。该全集收录了目前能够辑录到的胡风的全部文学作品、文学理论类文章，以及与文学密切相关的重要文字资料（如传记、书信、日记等），但未收录胡风撰写的一些属于事件回忆类的文字资料等。

文章。其中，有些是必须精细研读的，像《文艺工作的发展及其努力方向》、《置身在为民主的斗争里面》、《论民族形式问题》、《论现实主义的路》、《关于解放以来的文艺实践情况的报告》等。我们不仅要了解这些文章产生的时代语境，更要以历史的态度和实事求是的精神来加以审视，要心怀坦荡，不存私情，秉持公心。如果做到了这一点，那我们的阅读就有收获，研究工作就有希望了。要注意从文本出发，努力发掘文章中蕴含的理论精神；在研读中也要结合胡风的生活经历和文化个性，但务必摒弃庸俗社会学的思维方法。

其三，我们还应当努力吸收新的学科理论用于胡风文学批评的研究。常言道，他山之石，可以攻玉。例如，文艺心理学在人文研究中的作用不可忽视。从某种意义上说，一个人的历史就是他一生中无数次大大小小选择的结果，促成他作出某一选择，一定有许多的内在的和外在的因素，而其中起着中介作用的往往是心理因素。[①] 因此，研究一位杰出的文艺家，固然可以从其他角度入手，但是，文艺心理学方法的解读实在是非常重要的，因为作家的心灵往往隐藏着许多奥秘。像胡风这样的人物，其内心世界是较为复杂的。从某种程度上说，胡风的文学批评活动之所以丰富多彩，与他的内心世界有十分密切的关联。

胡风的文学批评文章很有文体创造性，这启发我们可以从文体学视角来研究胡风的文学批评。文体学主要侧重于形式方面的考察，以往人们研究胡风的理论时几乎都是注重内涵的探讨，因而对其形式方面的创造重视不够。我们就可以从这里出发，努力开拓研究空间。就笔者这些年来对胡风理论文章的阅读感受来说，觉得他的文章在形式方面的运用很自觉、很出色：他综合性地运用了能够为他所用的各种文体样式，运用得娴熟自在，而且其批评文章几乎都有丰盈的激情。在语言方面，不用流行的大众语，不打官腔，没有程式化的表达，不简单模仿西方文论的语言，也无意追随

[①] 参见冯光廉、刘增人、谭桂林主编：《多维视野中的鲁迅》，山东教育出版社2002年版，第495页。

中国古代诗话、词话和小说评点的语言风格；比较喜欢使用"陌生化"的语言和句式，非常有韵味。

显然，似乎是某种特殊的人格成就了胡风的文学批评。这恰恰是一门新型学科——人格学研究的范畴，因而，人格学的基本理论可以用来考察胡风的文学批评。另外，发端于联邦德国、1970年代开始崭露头角、在之后十多年间迅速崛起的接受美学早已流布全球。接受美学对人们重新认识文学作品和文学史所产生的积极影响是有目共睹的。1980年代中期，接受美学传到中国，带来了一场革命。笔者以为，接受美学的思路亦可以用于胡风文学批评历史的考察。

以上是笔者不成熟的一点想法，提出来与学界的朋友们讨论，欢迎朋友们的批评。本书旨在落实笔者的研究设想，尤其在胡风文学批评文本研读方面下功夫，其中第三、第四、第五章都是专门为此而设置，希望能够引起读者诸君的关注；其他章节也在努力践行笔者的设想。笔者的主观愿望是好的，但由于水平所限，书中的不当、错讹之处肯定不少，请读者诸君多予批评指正。

第一章　胡风文学批评基本情况扫描

胡风的文学批评活动最早可能开始于1920年代中期①。然而，根据《胡风全集》所收录的理论文章以及胡风本人的有关回忆资料来判断，他正式的文学批评活动应该从30年代算起。晚年胡风回顾了自己走上创作之路的原委②：

> 1929年9月，我到了日本东京。在学习日语时就开始阅读日本普罗文化文学运动的报刊。1931年，在日本帝国主义者准备侵略中国的战争的严重形势下，我参加了日共领导的反战同盟，接着参加了日共。还参加了日本普罗文化联盟下的日本普罗科学研究所的艺术学研究会。和日本普罗作家同盟的江口涣、小林多喜二、大宅壮一等发生了友谊联系。同时，又参加了中国左翼作家联盟的东京支部，开始用评论参加了国内的思想斗争。

---

① 学者周海波在《中国现代文学批评史论》中指出："从其开始批评活动，他（指胡风——引者注）就在作品批评的理论化道路上，走出了极为重要的一步。胡风早期的文学批评，如《白采的小说》（1926）和《徐霞村的〈大国的人们〉》（1928）就已经显示出一定的理论倾向。"参见该书第376页，上海人民出版社2001年版。如果周海波所言不谬，那么基本可以断定胡风的文学批评始于上世纪20年代中期。

② 胡风：《胡风评论集·后记》，《胡风全集》第3卷，579、580页，湖北人民出版社1999年版。以下引自《胡风全集》中的内容均系此版本，不再一一注出。

1933年春,我们的抗日活动(新兴文化研究会)暴露了,我被日本警察逮捕,受到拷问。到七月初,以抗日罪名被驱逐回国(上海)。约一个月后,接受了"左联"宣传部的工作任务。又约两个月后,原任书记茅盾坚决辞职不干,我由宣传部长改任书记。到1934年秋,"左联"盟员穆木天被捕,转向后很快得到释放。出来后反而向"左联"党团诬告谷非是南京派来的"内奸"。我为了在政治上负责,当即辞去了"左联"书记职务,并断绝了组织关系,只把自己的地址告诉了"左联"党团,静待审查。

辞去"左联"书记的同时,也不得不离开公开的谋生职业(穆木天也暴露了我的职业身份和公开社会关系)。为了工作,为了取得生活费,我开始了职业作家的生活。

无论是参加"国内的思想斗争"还是"开始职业作家的生活",都意味着胡风将成为靠文字生活的人——这实在也是一种必然趋势:他童年时代对文学的向往、中学期间之于新文学作品的挚爱,以及朦朦胧胧的对某种宏大事业的渴望,在这里找到了汇合点。进一步说,胡风是抱着对国际普罗文化运动、中国"左翼"文艺的满腔热情投入到创作和批评的事业中来的。这种热情的实质是献身革命政治,因而决定了胡风不会走超功利的"为艺术而艺术"、唯美主义的创作和批评之路。放眼现代革命文艺的历史舞台,胡风堪称"左翼"文艺运动的坚决的拥护者、不屈的斗士,他始终以马克思主义唯物论(反映论)为文学创作与批评的圭臬。之后十几年里,他那波澜壮阔的文艺生涯一再证实着这一点。

第一节 胡风文学批评著述简况

1936年春,胡风出版了第一本评论集《文艺笔谈》(生活书店1936年初版），收录了1934—1935年间撰写、发表的评论文章29篇。内容涉及作家批评、作品评析（中外作家作品兼备）、语言文字论争、文学基本理论（典型、类型问题等）、作家的创作经验、文学遗产的继承等诸多理论问题。在该书的序中，胡风表现了很坦诚的为文姿态，表达了对文艺批评的明确见解，并说明自己在批评方法上"用的是手制的原始的石斧"。对此类理论申述，当时的读者大都觉得新鲜。这是因为，"九一八"以来抗日救亡的文化语境使读者对远离现实生活的作品颇多微词，因而当他们读到胡风的"如果说文艺创作为的是追求人生，在现实的人生大海里发现所憎所爱，由这创造出能够照明人类前途的艺术的天地，那么，文艺批评也当然为的是追求人生，它在文艺作品的世界和现实人生的世界中间跋涉，探寻，从实际的生活来理解具体的作品，解明一个作家，一篇作品，或一种文艺现象对于现世的人生斗争所能给与的意义。"① "没有了人生就没有文艺批评，离开了服务人生，文艺批评的存在价值也就失去了。"② 之类"为人生"的理论阐述时，便不能不生出亲切之感。大概就是因为这，《文艺笔谈》1942年由桂林国光社重版，印行10000册；1951年新中国成立后出第三版。十五年内连出三版，印数相当可观，说明胡风的批评文章受众之多。

还是在1936年，胡风出版了带有普及色彩的《文学与生活》一书，是"应在生活书店当编辑的张仲石编的《青年自学丛书》之约写的，作为一般文学青年和青年作者的参考"③。胡风写道："如果读者在这拙劣的叙述里面读得出来一点对于文艺的活的理解，对于中国的和外国的反动文艺影响发生疑问，想努力从社会生活的地盘上去接近文艺，作者就觉得满足了。"④ 显然有某种启发读者关注现实生活的良苦用心，马克思主义的反映论是胡风阐述的出发点。不过，该书并非一般意义上的文学读物，也并未

---

① 胡风：《文艺笔谈·序》，《胡风全集》第2卷，第3、4页。
② 同上，第4页。
③ 胡风：《胡风评论集·后记》，《胡风全集》第3卷，第580页。
④ 胡风：《文学与生活·小引》，《胡风全集》第2卷，第283页。

停留在反映论的思维层面上。它在看似简约的述说中初步昭示出一种重视主体精神的现实主义理论倾向,并且初步表达了对自然主义、公式主义这两种创作倾向的反感。

循着上述"为人生"的理论批评路子,胡风走得相当坚实;抗战全面爆发之后,胡风迎来了批评事业的黄金季节。在《文艺笔谈》、《文学与人生》中表达的现实主义理论精神日益壮大起来,"为人生"的理论精神更多被赋予鲜明的个体创造品格,一种重视主体精神的现实主义理论体系呼之欲出。

1938年出版的评论集《密云期风习小记》,收文22篇,以实用批评见长。它完整记录了1935—1938年间胡风艰难的心路历程。他说,那是暴风雨来临之前的"阴暗的时期",由于"复杂错综的关系,差不多陷入了一种神经失常的状态","无论这些短文怎样肤浅,怎样无力,但也总算记录了一点当时的风习,从这里,读者或许能够多少感受得到,现在在神圣的战火的奋跃里面还不能不经验的一些痛楚和当时在窒息似的苦闷里面所经验的痛楚并不是毫无关联的罢"。①

长篇论文《论民族形式问题》原分上下两篇,发表于《中苏文化》、《理论与现实》。该文针对1938年"民族形式"论争中的不妥观点展开申述,"主要的批判对象是向林冰先生,这不但因为他的论点和新文艺的传统方向形成了鲜明的对立,而且因为他是想用自成体系的辩证法的观点来解决文艺问题"②。胡风以批驳的方式切入写作,驳斥了向林冰的"民间形式中心论";从文艺实践的思路探讨了民族形式问题,"算是勾出了它的轮廓以及它的来踪去迹"。③

《民族战争与文艺性格》出版于1943年,收录自抗战全面爆发到1941年夏天的主要评论,共29篇;涉及一些重要理论问题和创作现象,诸如大众化、抗战文艺与新文艺传统、文坛普遍存在的客观主义倾向,还剖析了

---

① 胡风:《密云期风习小记·序》,《胡风全集》第2卷,第347、349页。
② 胡风:《论民族形式问题·附记》,《胡风全集》第2卷,第790页。
③ 同上,第712页。

抗战诗歌的创作状况及缺点、阐释了鲁迅精神和鲁迅的有关作品。它是胡风创办《七月》杂志后文学批评的基本集结,带着特有的战争文化气息。内容充实,并不像胡风所说的"非常寒伧"。值得特别称道的是胡风在战争岁月中仍然不懈地强调鲁迅的反封建精神:"他无时无刻不在'解放'这个目标旁边同时放着叫做'进步'的目标。在他,没有为进步的努力,解放是不能够达到的。在神圣的民族战争期的今天,鲁迅的信念是明白地证实了:他所攻击的黑暗和愚昧是怎样地浪费了民族力量,怎样地阻碍着抗战怒潮的更广大的发展。为了胜利,我们有努力向他学习的必要。"①

《在混乱里面》(1945年出版)收文26篇,是1942—1943年间所作评论的全部,以理论批评为显著特色,尤其是著名的"主观战斗精神"说开始浮出水面。在《关于创作发展的二三感想》一文中,胡风虽然未使用"主观战斗精神"一词,但其阐说处处显示着建立在充分尊重反映论基础上的重视创作主体精神状态的批评风采,而且又与对客观主义、主观主义的剖析紧密结合。他申言:"诗由地主庄园的时代走到了帝国主义战争和革命的时代,那我们的诗学所要求的精神境界就不只是习用的说法'恬静'或'肃穆'所能够代表的。"主张创作主体应该用丰满的情绪充实自己,强调"在创作的过程当中,作家得把他的全部精神力量注向在对于对象的追求上面,要设身处境地体会出每一个情绪转变的过程。……就像上帝无处不在一样,在作家所创造着的艺术世界里面,作家自己也是无处不在的"②。在《现实主义在今天》中,胡风阐明现实主义的实质是"主观精神和客观真理的结合或融合",从而把"主观战斗精神"说视为现实主义的核心要素。《关于抽骨留皮的文学论》明确表示"反对把艺术送进神庙的'冷静'美学,而要堂皇地拿出战斗的现实主义的立场:'能杀才能生,能憎才能爱,能生能爱,才能文'。"③

另外,《在混乱里面》还体现出实用批评的锋芒,以"主观战斗精神"

---

① 胡风:《关于鲁迅精神的二三基点》,《胡风全集》第2卷,第502页。
② 胡风:《关于创作发展的二三感想》,《胡风全集》第3卷,第14、15页。
③ 胡风:《关于抽骨留皮的文学论》,《胡风全集》第3卷,第28页。

说的基本观点评析了一些诗歌、话剧。尤其是胡风的诗学思想在《四年读诗小记》、《关于风格》（二篇）、《关于人与诗，关于第二义的诗人》、《关于题材，关于"技巧"，关于接受遗产》、《关于"诗的形象化"》等篇什中得到相当生动的展现。

《逆流的日子》（1947年出版）收录1944—1946年春胡风所写的18篇评论。它在《在混乱里面》基础上完美阐释、演绎了"主观战斗精神"说，这在《文艺工作的发展及其努力方向》、《置身在为民主的斗争里面》、《人生·文艺·文艺批评》等文中得到相当充分的展示。同时在对契诃夫、托尔斯泰等文学大师的阐说中进一步深化了讨论。这种理论批评的努力是基于抗战胜利前后文坛上的混乱局面——"泛滥着的是虚伪的声音，空洞的叫喊，冷淡的形象，以至腐烂的彩色。新文艺的热情的战斗的传统精神就降临到了致命的考验，不得不在内外敌对力量的压迫下面困苦万状地争取自己的生存。"表达了不愿随波逐流的现实主义批评家的正义感和理论良知，试图努力"使文艺成为能够有武器性能的武器"①。

《为了明天》（1948年）几乎全为实用批评，收文16篇，涉及作家丘东平、路翎、普希金、鲁迅等，还评价了五四新文化运动。"前记"中说："任何通向明天的路，都得从本身的实践过程里面开拓出来，文艺又何尝能够例外。以为文艺领域本身没有或不应有什么问题，应该当作问题的仅仅只能是文艺领域本身以外的对象或条件，这看来好像是从大处着眼的'和气致祥'的意见，实际上不过是使文艺实践的努力懈怠下去而已。"② 从而表达了勇敢追求"伟大的历史内容"和光明前途的批评意向。

《论现实主义的路》（1948年）是一篇答辩的长文。胡风这样说："1947年，在香港工作的友人们出版了一个丛刊（《大众文艺丛刊》——引者注），其中提出了对我的某些论点和与我有关的作家的批评，我写了这一篇权作解释。"③ 原拟在期刊发表，未果。1948年由上海青林社出版，1951

---

① 胡风：《逆流的日子·序》，《胡风全集》第3卷，第172页。
② 胡风：《为了明天·前记》，《胡风全集》第3卷，第314页。
③ 胡风：《胡风评论集·后记》，《胡风全集》第3卷，第582、583页。

年由上海泥土社重版印行。原拟有八个部分：第一 从实际出发；第二 环绕着一个理论问题；第三 跨进了四十年代的旧中国；第四 论小市民性；第五 论形象的思维——作为实践、作为认识的创作过程；第六 大众性与大众化；第七 民族现实与人民力量；第八 人、人道主义与现实、现实主义。实际上只写出了第一、第二部分。虽然未能全部完成，然而从已出的两部分看，该文已非同凡响——在对十年来现实主义之路的检视中，再次剖析了"主观公式主义"和"客观主义"的严重危害，对"主观战斗精神"说作了更深入的阐说，相当完美地阐明了"精神奴役的创伤"的理论内涵。当然，有关的理论话语与毛泽东的《在延安文艺座谈会上的讲话》形成了明显的歧异。

新中国成立后，胡风"已被放逐在文艺界的边缘，时刻面临着正在酝酿动员之中的大风暴"①。著名学者许道明指出②：

> 作为批评家，胡风在建国以后的作为，从数量上看，微乎其微，以质量论，石破天惊。他给中共中央上书的《意见书》（即著名的"三十万言书"——引者注），差不多是惟一可资记录的，却是现代文学批评进入"一体化"时期以来，最早的也是最有分量的文献。

这种评价是符合历史实际的。胡风1950年代的理论文字确实集中体现在"三十万言书"（全称《关于解放以来的文艺实践情况的报告》）中。"'三十万言书'就整体来看具有浓重的愤激、驳诘情绪，但又有明显的文学理论批评色彩。其中第二部分《关于几个理论性问题的说明材料》思路设计相当大器，思辨力强，由三个板块组成：在第一板块中，胡风调动现实主义理论修养，驳斥了林默涵、何其芳的攻讦，甩掉了他们强加的理论原则帽子；在第二板块中，于理论细节上进行申辩；在第三板块中，胡风

---

① 许道明：《中国现代文学批评史新编》，复旦大学出版社2002年版，第339页。
② 同上，第340页。

主动出击,对林、何的理论批判鞭辟入里、咄咄逼人,理论批评自由舒展。他归纳出林、何批评思维方面的基本特征,并提出了著名的五把刀子说。胡风的理论批评固然有力,但显然有把复杂的问题简单化的倾向。"①

1950年代还可一提的批评文章有:《路翎著〈平原〉后记》、《学习,为了实践》(生前未发表)。另外,胡风应邀发表过几次关于文学的讲话,这些讲话的内容,有的经过胡风本人的整理,多数由他人记录下来。这些文字1980年代以来陆续公开发表,主要有:《从莎士比亚谈起》、《创作上的三个现象和一个问题》、《关于鲁迅的杂文》(一、二、三)等。

1970年代,胡风在狱中撰写的《比较评论〈红楼梦〉和〈水浒〉》②、《怀念柳青兼评他的〈创业史〉》③也是有价值的批评文献。

1980年获得平反后,胡风还坚持写作,陆续撰写、发表了一些理论文章,较有文学批评价值的大致有:《关于鲁迅"转变论"的一点意见》、《就有关鲁迅作品答客问》、《悼萧红》、《我的悼念》、《难忘的哀思》、《纪念赖和先生》、《悼念天蓝同志》、《读雷抒雁诗〈小草在歌唱〉随感》、《我读路翎的剧本》、《〈徐放诗选〉序》、《略谈我与外国文学》以及《"形象的思维"观点的提出和发展》等。尽管体裁不一,但都贯穿着一如既往的现实主义精神。

胡风的批评文章中,有相当一部分用来参与文坛论争。成为作家、批评家以来,胡风一直保持着对文坛、文化界密切关注的习惯,这本身就是一种文学热情。诗人的性情时时左右着胡风的言行,他有强烈的参与论争的渴望。他参加的论争有:关于白话和建设大众语的讨论,撰文:《由反对文言文到建设大众语》、《"白话"和"大众语"的界限》、《怎样前进一步》、《也不要"专读白话"》、《论文字的繁简》等。关于文学遗产的讨

---

① 高文波:《胡风"三十万言书"解读》,《学术界》2010年第2期。
② 该文系胡风所写交待材料,回忆他50年代初与著名作家聂绀弩的谈话,系谈话内容之一,未发表过。1999年收入《胡风全集》时,由编者加写了题目。见《胡风全集》第6卷第595页的说明。
③ 系胡风在狱中的思想汇报,题目系编者加。最初刊于《胡风书话》,见《胡风全集》第6卷第598页的说明。

论，发表了《关于文学遗产》、《关于"文学遗产"问题的补释》、《再谈文学遗产》、《关于采用旧形式的问题》、《"文学遗产"与"洋八股"》、《一律恕不再奉陪》等。关于典型问题的讨论，推出了《现实主义的一"修正"》、《典型论的混乱》、《什么是"典型"和"类型"》等理论性很强的文章。对于纯文学论的批判，他写下了措辞较激烈的《关于抽骨留皮的文学论》、《现实主义在今天》、《由现在到将来》等文章。这些文章涉及的问题很多，行文一般显得洒脱，既有批驳，更有立论，个性色彩明朗。

　　胡风的批评文章中有一些是应他人之邀而作，大多是在文艺期刊、报纸或读者朋友的催促下撰写的。主要有：《目前为什么没有伟大的作品产生》（答《春光》杂志）、《论速写》、《关于创作经验》、《关于儿童文学》（应《文学》月刊之邀）、《略谈"小品文"与"漫画"》、《什么是"典型"和"类型"》（答文学社提问）、《关于诗和田间的诗》（应读者之邀）、《从"剧本荒"想起的》（应《新演剧》杂志）、《为一个外国刊物写的自传》、《关于风格》（其一、其二）（读者之邀）、《关于人与诗，关于第二义的诗人》（应读者之邀）、《关于题材，关于"技巧"，关于接受文学遗产》（应读者之邀）、《关于"诗的形象化"》（应读者之邀）、《人生·文艺·文艺批评》（应《青年生活》之邀）、《答文艺问题上的若干质疑》（应《职业妇女》之邀）、《关于创作发展的二三感想》、《人民大众向文学要求什么？》等。

　　胡风的批评，有的属于对于文学理论问题的专门探讨，大多因现实中的创作现象或文坛某种因素引起，但没有就事论事，而是将论题上升到理论高度，显示了现实主义的热力，如：《从"剧本荒"想起的》、《文学上的五四》、《一个要点备忘录》、《民族战争与新文艺传统》、《论民族形式问题》、《企望一个理论批评工作的成年》、《文艺工作的发展及其努力方向》、《置身在为民主的斗争里面》、《论现实主义的路》等。这些文章在胡风所有的批评文章中具有最浓郁的理论氛围。

第二节　胡风文学批评的特质

在胡风全部的文学批评文章中,对文学理论诸问题加以探讨的占相当大的比重,这是其文学批评中浓墨重彩的部分,显示出胡风作为文艺理论家的本色,这类文章一般被称为文论批评。与此同时,胡风又把许多的功夫和精力用在评价、评介、分析、阐释作家作品上,或针对某种文坛现象、带有倾向性的创作问题予以总结、审视、针砭或挞伐。这类批评在胡风那里是其文艺理论的自觉运用,是按照其现实主义理论精神观照具体文学(文艺)现象并且给以评价的另一种批评形式,一般被称为实用批评,胡风这方面的成绩也斐然可观。

胡风的文学批评有鲜明的特质,大致有以下几点:

其一,非常重视对鲁迅及其著作的评说、阐释。

胡风说自己1920年代初就受到新文学的影响,特别是鲁迅的《呐喊》给他留下深刻的印象,使他受到了震动,"以后,凡有他的所作,即使是化名写的小杂感,也要搜出来看,猜测是不是他写的。到《语丝》出版,更是每期非把他的文章贪读不止的。他的人物,例如,闰土、祥林嫂、阿Q、孔乙己、子君、眉间尺……都经常活在我的心里。"①

如此的阅读、感受、领会决非一般意义的"喜欢"、"热爱"。胡风从鲁迅那里学习、感受的不仅仅是文学的审美性,而更多是一种思想和精神的东西,尽管当时胡风还不能理解它。现在我们看得清楚,胡风之所以喜读鲁迅的作品、愿意亲近鲁迅,实质上表现了他对鲁迅本人、鲁迅作品体现出的现实主义精神以及鲁迅人格魅力的景慕。鲁迅逝世后,胡风一如既往地阅读鲁迅作品、学习鲁迅的精神和思想,并且在现实主义的文学道路

---

① 胡风:《胡风评论集·后记》,《胡风全集》第3卷,第584、585页。

上大踏步前进，以理论探讨的方式表达着对鲁迅的认识和理解。就这样胡风由对鲁迅的阅读走上了评论鲁迅、阐释鲁迅的康庄大道。不久，便形成了一个良性循环，对他日后的批评和从事其他的文艺活动产生了重大而积极的影响：不仅直接规约了他的功利主义的文学观，还使他之后始终不渝地尊奉现实主义的文学原则。

因此，从另一个意义上说，胡风的评论、阐释鲁迅及其作品，并非通常意义上的文学批评，而是具有特殊意义的现实主义理论探讨，并且有时还有总结历史经验的意味。例如，胡风不止一次地指出，鲁迅所开创的传统是"社会主义现实主义"。通过分析鲁迅留学日本时的几篇论文和1917年后发表的小说、杂文，胡风总结道："由于十月革命，鲁迅完成了从空想主义的共产主义到历史唯物主义的共产主义的转变。"① "他的全部实践斗争说明了，他的人物和他的人物所置身（生活、受苦、斗争）的那个半封建半殖民地的社会，只有在共产主义思想的照明下，在无产阶级领导之下，才能通过具体的历史阶段而向着胜利目标前进。"② "鲁迅的实践是和中国革命发展历程相应的。"③

胡风撰写的阐释鲁迅的理论文章主要有：《关于鲁迅精神的二三基点》、《〈过客〉小释》、《文学上的五四》、《如果现在他还活着》、《作为思想家的鲁迅》、《以〈狂人日记〉为起点》、《鲁迅还在活着》、《不死的青春》、《祖国爱·人民爱·人类解放》、《关于鲁迅论高尔基》、《如果一粒麦子死了》、《为日译本〈大鲁迅全集〉所作的三篇解题》、《鲁迅全集发刊缘起》、《从"有一分热，发一分光"生长起来的》以及晚年撰写的几篇。这些都值得人们仔细阅读。

其次，胡风有强烈的"社会主义现实主义"的意识自觉与理论思考精神。这与胡风的评价、阐释鲁迅有直接的关联。

胡风说自己在日本留学时受到了苏联文学和日本普罗文学的影响，"但

---

① 胡风：《胡风评论集·后记》，《胡风全集》第3卷，第585页。
② 同上，第585、586页。
③ 同上，第586页。

当时在苏联文学占支配影响的是'拉普'（俄国无产阶级文学联合会），它在组织上的宗派主义和理论上的机械论或庸俗社会学（唯物辩证法的创作方法），对苏联文学的发展起了极大的危害作用。……联共（布）中央发现了这一严重实际，慎重地研究之后，把'拉普'解散了……提出了社会主义现实主义的口号，打开了创作实践和广大人民的社会生活实践相结合的道路"①。然而，他声言自己在日本时还是受到了机械论或庸俗社会学方法的影响②。胡风所说的有关评论文章未收入1936年出版的《文艺笔谈》。而正式开始文学批评的时候，他正赶上清算机械论或庸俗社会学的创作方法，因而他相当自信地宣布："由于鲁迅的实践（他是凭着创作实际与庸俗社会学对立的），我接受社会主义现实主义的理论是凭着实感的。"③ 总体来看，他的文学批评确实能够较好地摆脱了偏枯和狭隘的状况，体现出"社会主义现实主义"的意识自觉。之所以如此，主要在于胡风作为批评家具有相对开阔的理论视野，能够接受外国现实主义作家和革命作家的艺术经验。

在胡风的视野中，高尔基、A.N.托尔斯泰等是引导他理解"社会主义现实主义"的文学大师。他称赞A.N.托尔斯泰之所以"由批判的现实主义的小说家到社会主义现实主义的大师"，正是"由于他的工作精神上的原因"。④ 这种精神是一种对"地主阶级的残酷，贵族阶级的颓废，中层阶级的空虚和庸俗"⑤ 的批判精神——"显然地，使这个青年伯爵创造了这样的发端的，不会是概念上的理论要求，而是生活态度上的人道主义和艺术态度上的现实主义。对于人生苦恼的痛感，要求他的艺术向现实深处肉搏，向现实深处肉搏的艺术努力又使他的对于人生苦恼的痛感加强了。"就是不能"取消了现实主义的力量"⑥，"抹杀了现实主义作家的复杂而丰富

---

① 胡风：《胡风评论集·后记》，《胡风全集》第3卷，第586页。
② 同上，第586页。
③ 同上，第586、587页。
④ 胡风：《人道主义和现实主义的路》，《胡风全集》第3卷，第234页。
⑤ 同上，第234页。
⑥ 同上，第235页。

的生长过程"①。

其中，对高尔基的评介有许多次，似乎是不遗余力地进行，这倒不是胡风对高尔基的作品有多么深刻独到的研究，而是他追求"社会主义现实主义"的理论热情使然。胡风说高尔基作为"社会主义现实主义"的作家"在他的为真理而斗争的路上，不仅仅是一个伟大的'受难家'，而且是一个伟大的现实批判者，而且更是一个伟大的光明传播者"②。他进而总结道："社会主义的现实主义，是要作家成为大众的一体，喜怒哀乐，无不相通；这是高尔基留给我们的道路，同时也是鲁迅留给我们的道路。在生活实践和创作实践里面向着这条道路前进，从生活实践里面开始到创作实践里面完全地向着这条道路前进。"③ 就是要把"对于历史的神经系统的真实的感受，一般的东西和个别的东西之完全的统一，个人的东西和社会的东西之有机的结合，主观和客观之化学的溶解……这是社会主义的现实主义"④。

看来，胡风所谓的"社会主义现实主义"道路，归根结底是一种彻底的现实主义精神，它表现为主体的精神状态与描写对象（现实）的完全吻合，表现为"摧毁反动的意识形态和道德感情，发扬以至创造新的革命的意识形态和道德感情的精神斗争"⑤。联系胡风一生的文学批评工作，我们看到他的确是向着"社会主义现实主义"的道路前进的。

由"社会主义现实主义"的意识自觉出发，胡风在文学批评工作中坚持并且始终如一地贯彻现实主义理论思考精神。他回顾自己的批评之路时，坦言自己一直在追求现实主义（原则、实践道路和发展过程），意识到"现实主义的发展是在两种似是而非的不良倾向中进行的。一种是主观公式主义（标语口号是它原始的形态），一种是客观主义（自然主义是它的前

---

① 胡风：《人道主义和现实主义的路》，《胡风全集》第3卷，第237页。
② 胡风：《关于鲁迅论高尔基》，《胡风全集》第4卷，第229页。
③ 同上，第233、234页。
④ 胡风：《高尔基在世界文学史上加上了什么？》，《胡风全集》第2卷，第584页。
⑤ 胡风：《关于鲁迅论高尔基》，《胡风全集》第4卷，第230页。

身)"①。他在许多批评文章中不断地提出过它们的某些表现和特点,认为用"写真实"可以有效克服这两种倾向。他声明,现实主义的中心问题是"写真实"——这是由苏联的斯大林概括出来的。苏联当年用"写真实"清算"拉普"的错误,胡风认为只有用"写真实"才能开展对主观公式主义和客观主义的斗争并且保证取得胜利。

其三,在实用批评中发现、培养文学新人。

鲁迅一贯提携后进,培养了一批优秀的作家。胡风深受鲁迅精神之影响,在实用批评中勇于发现和培育文学新人。他指出:"我们所处的是一个空前伟大的时代,任何实践都不能被限制在一定的狭小圈子里面。相反,就文学方面说,我们应该在广大的人民和读者中间发现新的作者,这才能扩大我们的队伍,充实我们的力量,适应时代的要求,满足人民的需要。"②

胡风的实用批评很有成就,他主要通过文学作品去发现新人。他认为发现和培养新人必须"分析、评介具体的作品,这是评论的主要方法,作家论也得通过这样的分析"。"我写了一些,而且是坚守着一个立场:决不用大原则(政治性)当作帽子去乱戴或当作棍子去示威,而是把它当作引线去分析作品的真实性或真实度,由这推动作家检查自己和生活、和人民的联系。"③

胡风在从事实用批评工作时,"以左翼的和或远或近与左翼有联系的"作家作品为多。在具体评论时,胡风的文章持论十分苛刻,"对自己人更应该采取严格的态度,这才能够使彼此间的友谊成为追求真理(生活真实和艺术真实)的动力和保证";他以现实主义为选择标准,有"主观战斗精神"倾向的作品总是受到他的积极评介和推荐。当然,作为现实主义批评家,胡风对左翼之外的作家及其作品也是不掠美的,"以作品的质量为准",

---

① 胡风:《胡风评论集·后记》,《胡风全集》第3卷,第616页。
② 同上,第590页。
③ 同上,第589页。

"我是就作品立论的","不以人废言"。① "我选取的作品,大多数是不知名的作者和读者寄来的,我尽可能有的时间阅读了它们,而且是抱着感激的心情把我认为可以发表的作品发表了的。"② 胡风所评介、推举的主要文学新人有:张天翼、欧阳山、禾金、奚如、澎岛、艾芜、萧红、耶林、田间、端木蕻良、罗淑、艾青、丘东平、曹白、路翎和鲁藜等,他们中的不少人成为中国现代文学的重镇。

当然,胡风发现的文学新人并不都发展得很好,"我所评介的作者,有的是开始就没有看准,有的萎谢退化了"③,但绝大多数都是真诚地生活着、创作着。对于少数作品表现的不良倾向,胡风表示了某种担心。当读到穆时英的小说《南北极》时,胡风当时颇欣赏作者描写底层生活的才能,并对其"抱了很大的希望"④;但等看到穆时英新作《夜总会里的五个人》后,他感到这位年轻作家在生活态度上很不好,有歪曲现实和生活的做法,于是提出了批评意见,他"对于这位作家的去向""是颇为耽心的"⑤。果然,几年后穆时英投靠汪精卫汉奸政府,成为可耻的民族败类。这从一定程度上证明了胡风眼力的敏锐。

1930、1940年代,革命文坛像胡风这样以文学批评的方式发现、培养文学新人并非个别现象,但毋庸讳言,胡风是这方面工作做得最出色者之一。

其四,胡风对文学遗产问题持一贯明确的态度。

虽然在胡风的批评文本中直接讨论文学遗产问题的内容不多,然而他的态度和立场却是很明确的。他反复表达了这样的认识:"接受国际现实主义文学、革命文学的传统也罢,接受中国旧文学的精华,接受'五四'新文学的传统(鲁迅的传统)也罢,都是一个接受文学遗产的问题。"⑥ "不

---

① 胡风:《胡风评论集·后记》,《胡风全集》第3卷,第590页。
② 同上,第590、591页。
③ 同上,第591页。
④ 胡风:《关于现实与现象的问题及其他》,《胡风全集》第5卷,第164页。
⑤ 同上。
⑥ 胡风:《胡风评论集·后记》,《胡风全集》第3卷,第593页。

能一概否定过去（我们从来没有这样主张过），没有过去就没有现在，现在是从过去发展来的。也不是直线地接受过去。"① 主张以批判的精神和心态对待历史上的作家作品，提出要研究彼时彼地作家们对生活、时代以及创作对象的态度，因为这事关文学的真实性。

那种"依照一知半解在理论上抄袭，在创作上模仿"② 的做法，是胡风极力反对的。他提倡像鲁迅那样"站稳了战斗的立场"，积极接受外国文学的影响，从中国的历史、现实，生活和创作实践出发，进行革命性的创造，这是他的明确主张。这是针对文学创作领域的见解，但其精神、原则也同样适用于文学批评。胡风要求的积极对待外国文学的姿态，实际表明了对于外国文学遗产的明确态度：多予肯定，因为中国自古以来的文学缺少真正的现实主义传统。

在对待中国文学遗产问题上，胡风思考的问题不少，且充满辩证的想象，富于启发性。他的有关主张是审慎的、具体的，具有较好的可操作性。他提出，要区分"五四"前后两个不同的时期："五四"之前的文学是封建主义占支配地位，是旧文学，因而必须加以严格的研究，慎重地对待，"要极慎重极严格地找出其中带有人民性和现实主义真实性的东西……非得组织专家严肃地负起责任来不可"③。"五四"以来的文学是新文学，它接受了社会主义的思想、观念，贯穿着"社会主义现实主义"这条红线，并且形成了"社会主义现实主义"的传统。他要求人们要像鲁迅那样，以批评和自我批评的精神，坚持"社会主义现实主义"传统，积极地清理并且消化"五四"以来的问题和文学遗产，使之进一步发展壮大。

其五，也是非常出色的一点，胡风在文学批评工作中很重视对文学创作问题的探讨。

胡风撰写、出版过《文学与生活》一书，发表了《关于创作经验》一文。尽管他说自己"创作经验微不足道，我是吸收了国内外作家的生活经

---

① 胡风：《胡风评论集·后记》，《胡风全集》第3卷，第595页。
② 同上，第593页。
③ 同上，第594页。

验和创作经验，吸收了外国理论家的文艺理论"①，实际上他在1920年代就有文学作品发表，之后又陆续发表了一些诗歌、散文、随笔、报告文学等，不乏精品力作。他有较丰富的创作经验。其实最重要的一点是胡风善于思考创作自身的问题。

重视对创作问题的探讨是胡风批评工作的实际需要。他固然通晓文艺理论，但没有成为纯粹的理论家。他做过许多很实际的工作，譬如，编辑刊物《海燕》、《工作与学习》丛刊、《七月》和《希望》等。在编辑工作中，他接触到大量的来自青年作者的作品，因而他的批评不能是纯粹的理论讨论，必须紧密结合创作事实展开，必须以此为突破口，分析作家作品的得失。

当然，重视对文学创作问题的探讨也是胡风作为作家的本性使然。

胡风的不少对创作问题的批评，有专门针对文坛的某种创作倾向的，因而这种批评带有明显的思潮批评的特点。每当此时，胡风的批评往往呈现着少有的现实主义的理论高度和深度，并且与他的"主观战斗精神"说融为一体。

特别值得一提的是，对于文学创作过程中的诸多方面，胡风都有属于自己的思考，他的言论多数都是精彩的、耐人寻味的。

1935年发表的《为执笔者的创作谈》虽然不是原创理论文章，但在介绍苏联文学顾问会编的《给初学写作者的一封信》和法捷耶夫的《我的创作经验》的主要内容时，胡风就几个创作上的要点进行了阐述。在认同反映论的基础上，他初步提出了某些理论看法："创作活动的中心方向是描写人，创造典型"；创作活动中作家的想象力很重要，"现实性和虚构性是互相纠合在一起的"，②现实性包含着虚构性的萌芽，虚构性不可以夸张；在创作过程中，作家对于笔下人物的认识是随创作活动不断深入的，并且作家的思想、观念可能被加强或修改。

---

① 胡风：《胡风评论集·后记》，《胡风全集》第3卷，第623页。
② 胡风：《为执笔者的创作谈》，《胡风全集》第2卷，第241页。

第一章　胡风文学批评基本情况扫描

1944年在《置身在为民主的斗争里面》一文里，胡风这样说：

> 文艺创造，是从对于血肉的现实人生的搏斗开始的。血肉的现实人生，当然是所谓感性的对象，然而，对于文艺创造（至少是对于文艺创造），感性的对象不但不是轻视了或者放过了思想内容，反而是思想内容的最尖锐的最活泼的表现。①

> 对于血肉的现实人生的搏斗，是体现对象的摄取过程，但也是看取对象的批判过程。……这就一方面要求主观力量的坚强，坚强到能够和血肉的对象搏斗，能够对血肉的对象进行批判，由这得到可能，创造出包含有比个别的对象更高的真实性的艺术世界，另一方面要求作家向感性的对象深入，深入到和感性的对象表现结为一体，不致自得其乐地离开对象飞去或不关痛痒地站在对象旁边。②

> 在对于血肉的现实人生的搏斗里面，被体现者被克服者既然是活的感性的存在，那体现者克服者的作家本人的思维活动就不能够超脱感性的机能。从这里看，对于对象的体现过程或克服过程，在作为主体的作家这一面同时也就是不断的自我扩张过程，不断的自我斗争过程。在体现过程或克服过程里面，对象的生命被作家的精神世界所拥入，使作家扩张了自己；但在这"拥入"的当中，作家的主观一定要主动地表现出或迎合或选择或抵抗的作用，而对象也要主动地用它的真实来促成、修改、甚至推翻作家的或迎合或抵抗的作用，这就引起了深刻的自我斗争。经过了这样的自我斗争，作家才能够在历史要求的真实性上得到自我扩张，这艺术创造的源泉。③

所讨论的是创作的原则问题，但同样是针对具体的创作过程的，因而具有很强的可操作性。

---

① 胡风:《置身在为民主的斗争里面》，《胡风全集》第3卷，第186、187页。
② 同上，第187页。
③ 同上，第188、189页。

1948年，在著名的《论现实主义的路》这一长篇论文中，胡风结合左翼文学运动的实践，完整总结了文学与政治、现实的关系，并且结合抗战以来的文学创作状况进行了理论反思，指出很长时期以来，"主观公式主义"和"客观主义"两种创作倾向是如何左右了文坛的。他声明："在现实主义者，创作过程是一个生活过程，而且是把他从实际生活得来的（即从观察它和熟悉它得来的）东西经过最后的血肉考验的、最紧张的生活过程。"① "作家是一个'感性的活动'，不能是让客观对象自流式地装进来的'一个工具'。"② 作家们只有认识到这一点，胡风觉得真实的现实主义精神才能得以落实，文学创作才可能有希望和前途。

其六，就整体而言，胡风的文学批评文章在语言运用方面很有特色。

解放前的批评文章基本上呈现"奴隶的语言"面貌，这种特点不是胡风的刻意追求，而是环境使然。胡风从1930年代开始批评活动，十几年基本是在国统区工作，那时国民党的文化专制非常严重，公民无言论、出版、写作自由。

新中国成立后，胡风为数不多的批评文章在语言运用方面发生了很大变化：不再转弯抹角了，而是直抒胸臆、畅所欲言。例如，在一次讲演中，他就外国文学遗产的学习、借鉴问题发表了看法。他说："站在今天的立场，把整个文学遗产拿过来，消化它，使之成为自己的血肉，自己的养料，培养自己的一切，这才是正确的接受文学遗产的态度"③；他又强调向外国文艺大师学习，他赞美这些文艺巨人"肯定了人类劳动的力量，斗争的力量，他们肯定了爱。这'爱'，就是在革命的人道主义这一基础上产生的东西。他们真实地反映了时代，反映了历史内容；他们的作品，将现实主义与浪漫主义很好地结合起来了。人是追求爱，追求理想，追求光明的，人类要求历史推进、拓展，要求进入到一个更高的境界里去"④。这样的批

---

① 胡风：《论现实主义的路》，《胡风全集》第3卷，第523页。
② 同上，第522页。
③ 胡风：《从莎士比亚谈起》，《胡风全集》第6卷，第9页。
④ 同上，第4、5页。

评语言是非常明白晓畅的，具备很强的感染力，而且带着胡风特有的诗人气质。为什么表现出这样的情形？很简单，时代变了，新中国成立了，人民当家作主了，为什么不可以畅所欲言呢?！令人惋惜的是，胡风建国以来很少有发表文学批评的机会。

胡风的批评文章在语言方面具有明显的欧化倾向，而且感性成分较多，解放前的批评文章尤其如此。所谓欧化倾向，并非意味着食洋不化（尽管胡风读的外国文艺理论书籍较多），这是他的表达之需。胡风的理论体系很完整、逻辑性很强，非得用欧化的句法不能说得清楚。这也是他很不习惯用流行语表达自己理论思考的明证。至于其语言中的感性成分较多，大概是胡风总带着切实的人生感受探讨理论问题的结果，最重要的是他的形象思维较为活跃，他总是想把话说得生动一些、形象一点，毕竟他是作家出身。

另外，胡风对中国古代文学、外国文学都有一些评介，这也是他作为批评家理论工作的重要一环。本书第二章将予以较详细的评说。

概而言之，胡风的文学批评是中国现代革命文艺阵营中最有个性的批评，是中国现代文坛的重要收获，足以跻身"五四"以来最富原创性的批评之列。胡风的文学批评是其从事文艺工作的真实记录，它浓缩、见证了一段风云激荡的岁月，在现代革命文艺的峥嵘岁月里发挥过重要作用，产生过巨大影响。时至今日，我们仔细阅读，依然能够感受到它的某种活力和理论冲击波，尤其当胡风说：理论批评家应该抱着克服现实条件的艰苦和殖民地的落后性去开辟未来而获得自己的完成时，我们不能不为之感动。胡风的文学批评属于历史，也属于现实和未来！

第二章　胡风论说中外文学

学者指出："文学批评，是以一定的文学观念、文学理论为指导，以文学欣赏为基础，以各种各样的文学现象（包括文学创作、文学接受和文学理论批评现象，而以具体的文学作品为主）为对象的评价和研究活动。"①

然而，长时期以来人们有这样一种模糊的认识：文学批评这种活动是针对"现在时"的文学现象的；假如可以有时间距离的话，那么这种距离似乎不可能很大的。言外之意，文学批评被认为是对当下文学现象的评价与阐释活动。我们不禁要问：这种认识有多少科学性？其理论依据是什么？笔者翻阅了一些有关文学批评的理论著作，也没有发现学者们发表过对上述认识的支撑言论。在许多情况下，当批评家的批评能力达到一定强度后，他的理论张力使其批评活动的范围会尽可能地拓展。世界文坛的文学批评巨擘无不如此，中国近代以来著名的批评家也同样。外国批评家不说，仅以中国的批评家为例。王国维作为近代文学批评家并未就当时的文坛发表有价值的理论文章，相反，他把批评的视野扩展开来，发表了《论叔本华之哲学及其教育学说》、《红楼梦评论》、《叔本华与尼采》、《论哲学与美术家之天职》、《屈子文学之精神》、《文学小言十七则》、《古雅之在美学上的位置》、《人间词话》等，可谓贯通中外文学。他"探求中国古代文学的民

---

① 王先霈主编：《文学批评原理》（第二版），华中师范大学出版社2008年版，第1页。

族特征、发展规律和创作经验,具有很深的造诣,在文学研究观念和方法上都透出新的时代特征"。①

现在,我们面对的胡风,也许尚不能与世界文学批评巨擘并论,这当然有一些复杂的因素在其中(探讨这个问题不是本书的任务)。然而,他之于批评活动的扩展及其理论倾向却是我们不能忽视的。王国维在中国近代文学批评史上占有十分显赫的位置,而胡风在中国现代文学批评史上的影响也是巨大的,在贯通中外古今这一点上,他们是相同的。

第一节 关于中国古代文学

翻阅胡风关涉中国古代文学的理论文章,很难发现他对中国古代文学的富于学理性的宏观批评,只是有针对少数小说的评说。而且,胡风从未使用诸如"古代文学"、"古典文学"之类的概念,用的比较多的词语是"中国封建诗"、"旧白话诗词"、"章回小说"、"民间文艺"、"旧文艺"、"封建文艺"、"传统文艺"等。这些术语在胡风那里都指称"中国古代文学"。看得出来,不使用"古代文学"或"古典文学"等概念实际透露了一个重要的信息:中国古代文学作为整体文学现象没有进入胡风的批评视野。

一

1933、1934年之交,文化界、批评界围绕"文字的繁简"问题展开论争。有的"古文家为了要求文章的整练肖古要拟仿古人","提出了一个

---

① 黄霖、蒋凡主编:《中国历代文论选新编:精选本》,上海教育出版社2008年版,第270页。

'简'字极力的鼓吹着",① 这些老学究据此否定了一些中国古代文学作品。胡风对此有着明确的主张②：

> 十几万字的一部长篇小说和二十个字的一首五绝，同样的都是一篇完整的作品；不能以其短而增之，也不能为其长而减之。凡为名著，都是"增之一分则太长，减之一分则太短"的。既不该画蛇添足，又岂宜削足适履。或可更彻底地说：除了短诗和小品文之外，文学作品都是以繁为尚；在近代长篇小说里，我们见到了文士们描写的技巧的如何进步。

这段话前半部分的认识无疑是非常杰出的。后半部分，胡风维护了中国古代长篇小说中"以繁为尚"的做法，其中所展示的对文学作品篇幅大小与艺术自足性的内在联系之透辟见解彰显了深谙文艺真谛的大家风范，而对老学究们"鄙夷戏曲、小说为小道，为不登大雅之堂的东西"的偏见表示了不满。由此，胡风对古代不少著作的"洋洋百回"、"三五十出"表示了理解和宽容，他甚至呼吁道③：

> 所以，我们如果要文坛走上了大道，要有伟大的名著出现，那必须提倡一个"繁"字；至少也要扫除了求"简"的心理。

这样的批评声音体现了对中国古代文学中长篇作品的捍卫立场。当然，胡风的本意并非讨论古代文学的篇幅建构等相关理论问题，即使他维护的"以繁为尚"也只是创作层面上的理论自觉，他似乎无意加以专门的深入探究。

1919年，胡适发表《多研究些问题，少谈些主义》一文，倡导学术治

---

① 胡风：《论文字的繁简》，《胡风全集》第5卷，第194页。
② 同上，第193页。
③ 同上，第196页。

国,并号召青年人"跋进研究室"。引导青年人读书做学问,无可厚非。然而,进入1920年代中期后,一些对革命前途失去信心的学人也群起效之,一时间,读旧书、探求古籍蔚然成风。不少人则走得过了头,从古籍中寻章摘句,搬弄文字技巧,以此为自己的学识,更有沾沾自喜者。这在当时无产阶级文学运动方兴未艾的形势下,显得十分不合时宜。胡风作为深受世界普罗文学运动(尤其是日本普罗文学)影响的无产阶级文学运动新军,不能对此无动于衷。世界普罗文学运动的经验使他格外重视中国无产阶级文学运动难得的发展机遇,从创建无产阶级文学的宏阔视野出发,他对中国古代文学中某些形式方面的因素发出了愤激的言论①:

我们的文字是单音字,个个四方一块,整齐得很。我们的祖先应用这四方块的文字,"神而明之",像变戏法似的曾经变出多种的花样来。例如"词"、"曲"、"四六"、"回文诗"、乃至"八股文",都是盖世无双的文字的游戏。倘说这些"文字的游戏"并不巧妙,那实在是冤枉了它。

而这些"文字的游戏",也就是我们所有的一份文学的遗产。千百年来我们的文人互相传授,继续"光大发扬",以有今日之"洋洋大观"。倘使我们现在不讲究什么"文学革命",那么,我们拥有此偌大的"遗产",真可以"闭关自守"的!

可是我们既然要想"迎头赶上"世界潮流,既然要"文学革命",那么,这一份"宝贵"的遗产实在一钱不值!因为现代所谓"文学"和"文字的游戏"是两样东西。"文字的游戏"自然有它的"技巧",然而这种"技巧"和"文学"的技巧截然不同,犹之变把戏人的技巧不是熟练工人的技巧,倘使一个不熟练的工人想从变把戏人学习技巧,那真所谓南辕北辙。

---

① 胡风:《再谈文学遗产》,《胡风全集》第5卷,第197、198页。

抗战时期，毛泽东在《新民主主义论》等文献中提出要建立中国新文艺的"民族形式"，"把国际主义的内容和民族形式"结合起来，创造"新鲜活泼的，为中国老百姓所喜闻乐见的中国作风和中国气派"，创造"民族的形式，新民主主义的内容，——这就是我们今天的新文化"。在中国共产党的组织下，延安文艺界、国统区文艺界先后对此展开了热烈的讨论。理论界人士向林冰、艾思奇、周扬、方白、光未然等持较为平和的立场，倾向于合理地吸收民间文艺的艺术形式。胡风则在《论民族形式问题》这一长文中，明确反对把"民族形式"狭义地理解为"民间形式"，认为"这些，本质上是用充满了毒素的封建意识来吸引大众"。而且在他看来，中国古代文艺中最有价值的民间文艺尚且如此，其他的文学作品还值得特别讨论吗？

这种否定性评价倾向一直持续到建国后。"我们的文学是封建社会的产物，我们没有过像欧洲文艺复兴时代那样伟大的东西；'五四'以前的旧文学就不曾有过在'改造世界'这一伟大气魄上自觉地产生的作品。"① 这种评价径直指向古代文学整体，其潜台词是：古代文学属于封建时代的文学，与"五四"以来的新文学比较，它显然缺乏"改造世界"的精神气魄，因而是丢了脸的。

胡风的批评意见，有的确乎发人深省，有的则失之妥当。这些言论的发出，隐含着胡风对世界文学经验的重视，既是他的理论个性使然，又是"五四"时代精神对他的深刻影响，因为他始终以"五四"启蒙立场表达着自己的文学见解。然而，这些言论的发表并不是基于他对中国古代文学整体的全面把握和广泛的研读之上。因此，1950年代初，当何其芳对此加以指责时，胡风在一定程度上承认了这种情况的存在。

不过，胡风毕竟是诗人气质很重的理论家、批评家，他在发表意见时有时只图一时之快，并不见得一定要别人接受。因此，上述意见基本可以看作是一种文学化的评价，我们不能仅靠这些就作结论，认为胡风在搞民

---

① 胡风：《从莎士比亚谈起》，《胡风全集》第6卷，第10页。

族虚无主义。这些看法大都出现在某些特定的语境下，大都与胡风参加有关讨论、争鸣相联系，即，他对中国古代文学的批评意见是文坛理论论争的产物，他讨论的初衷并不在评价中国古代文学本身。

胡风实际上有着较好的中国古代文学修养。虽然胡风开蒙较晚，但接受过严格的国学教育，开蒙之时就学习四书五经、唐诗宋词等，也是从那时起他开始感受到了文学的魅力。后来，胡风写过不少古体诗词，特别当他被囚狱中二十多年，靠吟诵古体诗词度日，说明他在事实上还是接受了中国古代文学精华的。

二

不过，胡风对中国古代文学的个案批评还是有的。

胡风读中学时读过一遍《红楼梦》。事隔多年，他还是无法忘记《红楼梦》中的主要人物和情节，之后许多年他一直未能再次读到《红楼梦》。1955年，"胡风事件"爆发后，他失去自由。"1957年，我在'听候处理'的时间内，要求给我一部《红楼梦》。我的要求满足了，我就在约半年的时间内读了它五、六遍。"① 这几遍集中阅读为他以后研究、评说《红楼梦》奠定了基础。

他曾经在与友人聂绀弩的谈话中表达了对《红楼梦》的积极评价，认为《红楼梦》是一部反封建的伟大作品（尤其对孔孟之道作了全面的否定），"它肯定了女人也是人，能具有和男人同样的知识和才干"，"仅仅这一点，就是历史上的伟大发现"。②

胡风有二十多年是在狱中度过的。然而，真正有才华的艺术家、理论家，无论身处何地都不会消弭艺术激情的冲动，也不会放弃写作和思考。1976—1977年间，他以非凡的记忆力，在身陷囹圄的环境中，完全依赖记

---

① 胡风：《〈石头记〉交响曲·序》，《胡风全集》第1卷，第315页。
② 胡风：《比较评论〈红楼梦〉和〈水浒传〉》，《胡风全集》第6卷，第595页。

忆，对《红楼梦》进行了感受与研读。当然，他不可能诉诸书面，因为他没有写作的权利。他在狱中就这么一遍遍地吟诵着，借此打发了许多难耐的日子。1979年获得平反后，胡风再次调动记忆，终于以自创的"连环对诗体曲"的形式，对《红楼梦》进行了解读，总名为《〈石头记〉交响曲》，共分《序曲》、《反集》、《正集》、《合集》、《终曲》等五曲。其中，《序曲》和《终曲》评说《红楼梦》的精神、价值意义，其他三曲共评析重要人物26个。

这些作品显示了胡风深厚的中国古代诗词修养，其用韵极其工整，平仄对仗也处理得很好；更值得一提的是它们彰显了一种既大气又细致的文学悟性。从文学批评角度看，这些作品所呈示的也许更值得我们重视。胡风的一些评析确实非常到位。例如，他这样评析王熙凤：

评悲抒遗憾，凤姐枉攀高。/秉貌常玩诡，怀才惯放刁。/御夫凭气息，戏侄纵风骚。/媚力能偷巧，淫威敢撒娇。/声娇言点火，色巧笑藏刀！/仕祖红唇弄，持家黑胆包！/弄权刀暗使，包讼火阴烧！/害理收真果，伤情毁美苗！/内诬诚奴婢，外结恶官僚。/骗祖梁当断，倾家土定焦！/敌官皆畅快，亲奴尽号啕！/玉辇惊宫闭，金陵哭路遥！/路遥灾不脱，宫闭罪难逃。/压榨灾难免，欺凌罪不销。/怀才终不了，秉貌更无聊！/百姓皆悲忿，四家已动摇！/除灾求后代，悔罪待新朝。

王熙凤是荣国府的管家奶奶，她体格风骚，玲珑洒脱，机智权变，心狠手毒。她外表贤良，实则内藏奸诈；善于拉拢人心，又能够压制、虐待别人。她又勾结官方、胡作非为。她是一个智者和强者，在支撑贾府勉强运转的同时，尽量为自己攫取利益，放纵而又不露声色地享受人生。《红楼梦》写她是顶梁柱，也把她写成舞弊的班头、营私的里手，是从内部蚀空贾府的大蛀虫，治家与败家成了她性格中的一对矛盾。最终她加速了贾府的灭亡，并由此淹没了自己美丽而邪恶、富有才干的生命。胡风说她是

"怀才终不了，秉貌更无聊"。这种评价十分准确、很有力度。

胡风还对《红楼梦》的其他问题进行了评说。

他认为《红楼梦》原名为《石头记》，"只写到《芙蓉诔》为止。那以后，包括迎春和香菱的悲剧，都是续成一百二十回的高鹗所凑成的。《芙蓉诔》以前，有的情节也有高鹗伪造的，例如《姽婳词》，那明显地是为和《芙蓉诔》配对而生造出来的，那样一种玩弄女性的思想是和曹雪芹的思想不能相容的。很可能，《芙蓉诔》也有被改之处，经过校审，一定可以看得出来"①。

按照上面的叙述可以看到，胡风对《红楼梦》回数、情节以及对高鹗的认识，依据的是阅读中的直觉，所得出的结论也并没有经过严格的、很周密的版本考证，因此这与严格意义上的学术研究存在一定距离。他说："我全部的材料只有一部当时人民文学出版社出的《红楼梦》，我读了五六遍留下了印象，以后没有再读过。除了偶然在报刊上看到过单篇文章外，没有见过专门的研究材料。"② 这使我们相信，胡风最初在《红楼梦学刊》发表的《〈石头记〉交响曲·序》（1982 年第 4 期）、《〈石头记〉交响曲》正文（1983 年第 1 期），以及《读〈红楼梦〉随想》（《文汇月刊》1984 年第 3 期）等，都应当视为文学批评。这样胡风就把文学批评延伸到了对中国古代文学的评价上。

文学批评可以评价、分析历史上的文学现象吗？回答应当是肯定的，已有不少学者在这方面有不俗的表现。人们熟知的，像王国维的《人间词话》、《红楼梦评论》，鲁迅的《魏晋风度及文章与药及酒之关系》，李长之的《司马迁及其时代精神》，胡适 1918 年的讲演《论短篇小说》、1922 年为《申报》五十周年纪念刊撰写的《五十年来中国之文学》等，都是以文学批评的方式对历史上的文学现象加以研究的著例。虽然以文学批评的形式评说历史上的文学现象可能不是原本意义上的文学研究，但必须看到：

---

① 胡风：《附录二：附记几个要点》，《胡风全集》第 1 卷，第 363 页。
② 胡风：《〈石头记〉交响曲·序》，《胡风全集》第 1 卷，第 326 页。

运用这种方式时，当批评主体有着严密的理论思考并且对批评对象有着独特的直觉和感悟时，所得出的结论有时比靠严密的逻辑推理见长的学术研究活动可能有更大的发现。如王国维写于1904年的《红楼梦评论》，就是借来自叔本华的"欲望说"和"痛苦说"评价、分析了这部名著，其价值与贡献世所公认。

胡风的《红楼梦》批评，究竟表达了怎样的观点及其创新程度如何，也许不是我们应该特别加以关注的。我们注意的是他批评《红楼梦》时的理论尺度和视角。

1986年7月，《〈石头记〉交响曲》全文（含"序"和附录等）由湖南文艺出版社出版。在"序"中，胡风述说了自己批评《红楼梦》的"主导思想"：

> 一、1936年冯雪峰从陕北被中央派回到上海的时候，对我谈到过，毛主席爱看《红楼梦》，长征中书丢光了（当是马列主义以外的书），只保留着一部《红楼梦》；闲谈中说过"贾宝玉是近代史上第一个大革命家"。
>
> 二、鲁迅关于高鹗续书的两句话。一是说，续书时高鹗尚未中进士，有些落寞，所以与原作者"偶或相通"。二是说，由于其他原因，两者又"绝异"。

在上述"主导思想"指引下，胡风不仅完成了独特的"连环对诗体曲"，还撰写了"序"——这是一篇重要的批评文献。从文学批评角度看，"序"比他的"连环对诗体曲"本身也许有更多的批评价值，它是以理论见长的（而"连环对诗体曲"主要侧重于描述人物的经历和命运，由于文体的限制，它基本上不能展开理论判断）。

在"序"中，胡风循着毛泽东的"贾宝玉是近代史上第一个大革命家"的思路，称赞《红楼梦》"是我们唯一的一部对几千年统治阶级的统治秩序、意识形态（精神状态）和生活道德（生活风尚），在血肉的风貌上做了你死我活的痛烈的大斗争的作品",认为贾宝玉是这个斗争过程的杰出代表,并对贾宝玉的顽强斗志予以高度赞美;称道曹雪芹为下层不幸女性"呼冤"的精神。胡风在曹雪芹身上甚至发现了"主观战斗精神":"他是作家,是诗人,不是在人情以外的'革命'家。他命定了非和他的人物们同悲欢共生死不可","既然他肯定的人物们是活生生的被他爱怜的人,他的精神历程当然是沉重不堪的"①。

之后,胡风按照鲁迅评说高鹗的话,对高鹗本人提出了严厉的批判:"他不但和曹雪芹的斗争目标没有任何继承关系,而且是居心叵测地企图消除掉曹雪芹的整个斗争精神"②,"否定了曹雪芹,否定了曹雪芹对那个压榨人、奴役人、腐化人、任意牺牲人命的几千年黑暗社会的控诉和对未来的光明的人性社会的渴望"③。这里,胡风赋予曹雪芹俨然无产阶级革命作家的精神气魄,赞美曹雪芹"是为了确信新生活的诞生而判决旧生活的灭亡的",虽然也承认曹雪芹"绝无可能跨过历史唯物主义提供给他的那个历史现实"。但是,联系上下文不难看出,胡风把曹雪芹的主观精神拔得还是稍高了一些,致使真正属于他个人的批评思维显然没有展现。之所以出现这种情形,可能与他接受"社会主义现实主义"的理论批评思维有直接联系。

在论及如何对待中国文学遗产时,胡风认为"要极慎重极严格地找出其中带有人民性和现实主义真实性的东西"④。这已包含了他对中国古代文学的评价视角和基本标准,这个标准在胡风那里置换为"社会主义现实主义"可能更妥贴些。胡风直至1970、1980年代依然坚信"社会主义现实主义",以之作为批评的最高法则。

胡风另一篇关于《红楼梦》批评的文献是《读〈红楼梦〉随想》,在一定程度上彰显了他解放前具有的良好的文学感悟力,但就整体而言显示

---

① 胡风:《〈石头记〉交响曲·序》,《胡风全集》第1卷,第321页。
② 同上,第318页。
③ 同上,第320页。
④ 胡风:《胡风评论集·后记》,《胡风全集》第3卷,第594页。

了以"社会主义现实主义"解读文学名著的热情。

胡风对曹雪芹有一个著名的认识：曹雪芹具有某种"唯人主义"，这实则是人道主义的另一种说法。胡风阐释道："世间一切严肃而正义的事业都是为人类幸福服务的，都是为人与人之间的合理关系和合理生活服务的。"① 这个理解是合理的。然而问题在于，当胡风把曹雪芹的"唯人主义"上升为"对任何时代的向反动黑暗势力进行反抗或斗争的先进人类和革命者，唯人主义是第一义的最宝贵的做人立场，但他不能不站在历史唯物主义的基础上面"② 时，令人感到表达的政治理论、革命热情还是太多了点；而当他说出"曹雪芹是那个时代的，包括剥削阶级中纯洁分子和先进分子在内的中国人民最诚实最勇敢的儿子和兄弟，他为他们的命运——人类历史的命运耗尽了他的全部才力"③ 时，实在让读者感受到了强烈的政治热情对文学批评的伤害。

比较有价值的是胡风对《红楼梦》中性描写的看法。《红楼梦》有不少关于性行为的描绘，在历史上被人诟病，甚至以此视《红楼梦》为黄色作品。胡风为之抱不平，"这实在冤枉得很"。他指出《红楼梦》中是有性行为描写，但那些正常的、自然的、健康的，男女双方都承担责任的、爱情中的性行为，应该引起读者的阅读好感，"无论当时的国法和道德风尚如何，也都不能说是败德甚至犯罪行为"④。然后进一步说，有些性行为描写虽然不一定让人愉快，但只要揭示了人物性格，哪怕观之不雅也不必大惊小怪。这样的评价，显示了胡风作为现代批评家所秉持的开放的性道德。

1944年，在谈到批评家如何评论作品时，胡风指出："一方面要了解产生它的这个社会或历史，另一方面要了解产生它的作家"，文学批评的范

---

① 胡风：《读〈红楼梦〉随想》，《胡风全集》第1卷，第351页。
② 同上，第352页。
③ 同上，第356页。
④ 同上，第361页。

围"一方面扩展到社会思潮,文化思潮,另一方面追溯到作家的发展"①,这是很典型的社会学的批评要求,并把了解作家作为批评的重要准备。在批评《红楼梦》时,胡风对曹雪芹了解多少呢?

他在"序"中说:"和《石头记》有关的文献知识,我更是没有。曹雪芹是生活在18世纪,等他死后到现在是两百多年或三百来年,我都记不清楚。"② 对曹雪芹的基本情况不甚了解,这对进行社会学要求的"还原"批评可能不利,将作品中的内容与历史情形进行对应,胡风也无法做到,于是他走的是文本阐释的路子。文本阐释需要批评家逼近作家创造的"小宇宙",这个"小宇宙"有时比现实更高、有时使现实变形,批评家需要被正确的认识和理论所武装,从实践的立场出发,探求这时代的文艺性格,"一方面表现在对于落后的心理意识及其美学特征的批判,一方面表现在对于进步的心理意识及其美学传统的发扬"③。就是从这种认识出发,胡风运用"社会主义现实主义"对《红楼梦》进行批评。他对《红楼梦》的形式美学没有探讨,虽然他要求"我们所要求的批评,应该是社会学的评价和美学的评价之统一的探寻","这才是文艺批评的基本任务"。④ 按照这种标准,胡风显然没有完成对《红楼梦》的批评任务。

三

对《红楼梦》,胡风高度肯定、非常赞美,然而他对同是古典名著的其他作品极少发表意见。惟一可以拿来进行讨论的是他对《水浒传》的批评。不过,与对《红楼梦》的肯定评价完全相反,胡风自始至终对《水浒传》持否定意见。

在1934年文坛关于文学遗产的讨论中,胡风连续发表文章表达了自己

---

① 胡风:《人生·文艺·文艺批评》,《胡风全集》第3卷,第197页。
② 胡风:《〈石头记〉交响曲·序》,《胡风全集》第1卷,第326页。
③ 胡风:《人生·文艺·文艺批评》,《胡风全集》第3卷,第199页。
④ 同上,第198页。

的见解和主张。发表于同年《文学》第三卷的《再谈文学遗产》一文表达了这样的看法："我们的'文学遗产'中自然也有一些可以称为'文学'而不是'文字游戏'的东西，例如《水浒》、《红楼梦》之类；但是数量之少，直等于零。"

接下来，胡风抱着挖苦、嘲笑的态度评说了《水浒传》在描写人物方面的某些做法[①]：

> 水浒描写人物个性算是好的，但它是写了一个再写一个的办法，每个人物的个性只在专写那个人物的几章里跟着故事作"有机的发展"，等到他的故事一完，他这个人物也就停滞了，以后别人的故事中再见此人物时，就毫无精彩。

胡风以对杨志、鲁智深、武松的描写为例进行了分析。他十分不解的是为什么几个人物没有走到一起时，人物性格活灵活现，作者写得那么好，而一旦合在一起就失去了光彩呢？胡风以为："这种样的'技巧'我们说它是手工业式的！自然我们也可以学习水浒单写一个人物故事时的技巧，可是我们嫌不够，我们尚需要更复杂的，'有机组织的'，机器工业式的技巧！"[②]《水浒传》的人物前后为什么会出现这么大的反差？胡风所谓"机器工业式的技巧"，应当如何操作？其要领何在？问题提得不错，胡风意在批评，不在学术探讨，因而没有继续下去。

抗战时期，评论家向林冰发表了《旧形式的新评价》、《民间文艺的新生》、《封建社会的规律性与民间文艺的再认识》等文，对民间文艺肯定颇多。在最后一文中，向林冰列举了包括《水浒传》在内的古代作品，说明"封建社会的失意官吏或落魄文士，每多对于封建统治的暴露、攻击与讽刺……尤其在民间文艺中表现得最为露骨与具体"[③]。胡风引用了向林冰在

---

① 胡风：《再谈文学遗产》，《胡风全集》第5卷，第198页。
② 同上。
③ 转引自胡风：《论民族形式问题》，《胡风全集》第2卷，第748页。

《旧形式的新评价》中对《水浒传》政治意义的分析一段话，以子之矛攻子之盾，说明《水浒传》中并不存在"发自贰心的叛逆之音"。

1975年，胡风应监狱领导要求写思想交代材料。写于9月的材料中回忆了自己与友人的一次谈话，谈话中涉及对《红楼梦》和《水浒传》的评价问题。他把《水浒传》和《红楼梦》作了简单的比较，认为《红楼梦》的思想（主题）非常了不起，而对《水浒传》评价很低，充满了措词严厉的批判。"《水浒》——是一部竭力歌颂封建主义、维护封建制度的小说，不是歌颂而是反对农民起义战争。""它的总主题是为君权主义效死"；"它对女性抱着极端贱视态度"；认为不过是"夹杂着蒙昧的封建迷信和非人的野蛮奇闻的，反贪官、受招安、保君主的，歌颂投降主义的传奇故事"。① 胡风显然在运用启蒙主义的立场批评《水浒传》，但使用并不恰当，至少在下列方面出了问题：

首先，从题材出发，胡风分析了《水浒传》中人物的阶级成分，认为全书只有李逵，解珍、解宝兄弟，阮氏三兄弟等几个人是农民和农村劳动者，其余的大多数是出身封建统治阶级。这样的批评路数是很典型的"题材决定"论的翻版，也是"社会主义现实主义"批评理论的生硬搬用。尽管《水浒传》中起义军的主要领袖不是农民，但不能否认其中有些领袖出身于"庄稼田户"和其他下层劳动人民，他们有"兀自要和大宋皇帝作个对头"的气概和"杀上东京，夺了鸟位"的思想，更重要的是梁山义军的基本队伍是一大批庄客佃户、农民渔夫。他们在官逼民反下造反，组织武装队伍，提出政治口号，开展军事斗争，与封建国家机器相对抗，这显示了义军的基本性质是农民起义。②

其次，从上述"题材决定"论出发，胡风没有对《水浒传》作认真研读，违反了批评的基本原则。"文艺批评的对象是具体的作品，具体的文艺现象"③，违背了"决不用大原则（政治性）当作帽子去乱戴或当作棍子去

---

① 胡风：《比较评论〈红楼梦〉和〈水浒传〉》，《胡风全集》第6卷，第597页。
② 参见袁行霈主编：《中国文学史》第4卷，高等教育出版社1999年版，第51页。
③ 胡风：《人生·文艺·文艺批评》，《胡风全集》第3卷，第196页。

示威"①的做法。胡风本具有相当不错的文学感悟力,又有着卓越的理论思考力,得出上面的结论让人感到惋惜。

其三,对创作主体的批评过于苛刻。明朝杨定见《忠义水浒全书小引》说,《水浒传》描写的是一批"大力大贤有忠有义之人",但未能"酷吏赃官都杀尽,忠心报答赵官家",这是实情。作者施耐庵对此深表遗憾。特别是他们被招安后,仍然被奸佞之臣、无道昏君一个个逼向了绝路;然而,"煞曜罡星今已矣,谗臣贼相尚依然!"作者为这样的现实深感不平。②《水浒传》确实写到了农民,但他们的精神状态不是作者要着力描写的。至于他们身上体现出的"精神奴役的创伤",主要体现在那些很希望尽早招安的人身上。他们希望自己尽快成为官人,像宋江、卢俊义、杨志、呼延灼、关胜、徐宁等原为朝廷官员的人,都是这样的心思。

然而,胡风对《水浒传》的某些看法和认识还是有启发性的。

例如,他对《水浒传》中对女性描写的某些失误的揭示是有见地的。认为《水浒传》"对女性抱着极端贱视态度,认为妇女都是淫乱狠毒成性的。只要性欲得到了满足,任何狠毒的事都干得出来,精神上受到任何侮辱都当作幸福"③。这大抵也符合《水浒传》的实际情形。《水浒传》中对少数漂亮女子的描写存在着明显的误区,作者常常把她们写得性欲方面的要求较强烈,做出一些苟且之事(如潘金莲、阎婆惜、潘巧云等)。然而,她们也往往是无辜的,她们是男权社会的牺牲品,她们受到了坏人的诱惑,才走向堕落的。胡风的批评意见中多含着为女性鸣不平的意味。

《水浒传》中存在大量带有暴力倾向的描写。作品不止一次地写到吃人肉,有的描写使人惨不忍睹。第四十一回写张顺活捉了黄文炳,"把黄文炳剥了湿衣服,绑在柳树上,请众头领团团坐定"。宋江问谁愿意宰杀黄文炳,作品中这样描写④:

---

① 胡风:《胡风评论集·后记》,《胡风全集》第3卷,第589页。
② 参见袁行霈主编:《中国文学史》第4卷,高等教育出版社1999年版,第48页。
③ 胡风:《比较评论〈红楼梦〉和〈水浒传〉》,《胡风全集》第6卷,第596页。
④ 施耐庵、罗贯中:《水浒全传》,岳麓书社1988年版,第337页。

第二章 胡风论说中外文学

只见黑旋风李逵跳起身来说道:"我与哥哥动手割这厮。我看他肥胖了,倒好烧吃。"晁盖道:"说得是,教取把尖刀来,就讨盆炭火来,细细地割这厮烧来下酒,与我贤弟消这怨气。"李逵拿起尖刀,看着黄文炳笑道:"你这厮在蔡九知府后堂且会说黄道黑,拨弄害人,无中生有撺掇他。今日你要快死,老爷却要你慢死。"便把尖刀先从腿上割起。拣好的就当面炭火上炙来下酒。割一块,炙一块,无片时,割了黄文炳,李逵方才把刀割开胸膛,取出心肝,把来与众头领做醒酒汤。……

此外,《水浒传》中写杨雄杀死潘巧云、解珍解宝兄弟砍杀毛太公一家等诸多场面都让人触目惊心。

胡风站在人性、人道主义立场对《水浒传》这种描写非常不满。"它把文明史上最恶的恶行之一的吃人罪行写成了不足为怪的寻常现象。它让它也是要肯定的人物杀害无辜,出卖人肉包子,后来'光荣'地坐到了忠义堂上。它还让这个忠义军的头领正式地公开施展这种最野蛮的行为,先是对官方动手,后来竟对农民起义的首领人物也如此!"①

在谈到对待文学遗产的态度时,胡风曾经提出明确的现实标准:"站在今天的立场,把整个文学遗产拿过来,消化它,使之成为自己的血肉,自己的养料,培养自己的一切";"无论是外国的还是本国的,是最优的还是比较优的,我们只能从社会主义现实主义的需要和原则出发作判断"②。基于这种认识,他重申鲁迅"我以为要少——或者竟不——看中国书,多看外国书"③的话。看来,胡风对中国古代文学的态度以及他所作的不够积极的批评,差不多由此可以得到解释。

---

① 胡风:《比较评论〈红楼梦〉和〈水浒传〉》,《胡风全集》第6卷,第596页。
② 胡风:《从莎士比亚谈起》,《胡风全集》第6卷,第9页。
③ 鲁迅:《青年必读书》,《鲁迅全集》第3卷,人民文学出版社2005年版,第12页。

第二节　关于外国文学

当胡风晚年反观自己的文学道路时，对当年给了他美好感情记忆和艺术享受的俄国文学表示了感激之情，"在我的内心里养成了在现实生活中追求美好的东西的感情要求"①。当然，这是充满生命活力的浪漫主义文学给他的最初馈赠，也是他接受现实主义文学之前的文学感悟力的一次集训。之后，他逐渐转注于现实主义文学。读完列夫·托尔斯泰的《复活》后，胡风被这部世界名著所吸引，一度萌生了写文学批评的念头。

1931年，胡风撰写了一组文坛信息类文章，其中稍具批评价值的是《一九三零年诺贝尔文学奖金获得者——辛克莱·刘易士》。写这些文字时胡风尚在日本留学，其写作旨在让中国读者了解一点域外文坛信息。

1933年加入"左联"后，文学负责工作之需使胡风有机会阅读外国作品，尤其是"日本普罗文学给了我影响，特别是藏原惟人从政治道德上衡量作家对人物的态度这一点启发了我"②，这与他对现实主义的感觉十分吻合。

1936年，胡风撰写了文学理论普及读物《文学与生活》一书。在介绍理论概念时，引用了一些外国作品，这些本来为理论阐述服务的作品有时被当作文学批评的对象得到了评说。

在第一章介绍文学是从生活产生来的原理时，胡风对俄国诗人普希金的两首诗歌进行了评析。第一首是："不是为了生活的吵闹，／也不是为了利欲或斗争，／我们是为了灵感，／为了甜的言语和祈祷而生的！"第二首："哦，哦，无论向哪里望去，／到处是鞭子，是剑，／是充满了污辱的法律的

---

① 胡风：《略谈我与外国文学》，《胡风全集》第7卷，第241页。
② 同上，第263页。

锁,／是在压制下面哭泣的弱者的泪……／无论什么地方,不正的权力,／在偏见的黑暗里面占据,／天才躲在地下,／光荣萎谢了。只有在站在民众上面的帝王的头上,／没有罩着苦恼的云。／在那里,神圣的自由 和强力的法律握手,／造成了坚固的城墙……"① 胡风分析了造成两首诗思想意蕴不同的原因,赞美普希金即使鼓吹所谓为艺术而艺术,"也只是为了对于生活的另一种反抗,专制势力对于他的创作自由的反抗"②。

第二章论述文艺是反映生活这一原理。胡风引用了希腊《情歌》,印度收成歌、求雨歌,法国诗人果尔蒙的《毛发》,英国古诗《格林维志的老人》,俄国莱蒙托夫的《被囚的骑士》等诗歌。着重评析了印度收成歌、求雨歌,基本上属于鉴赏批评。

不过,胡风对日本诗作《军队》的述说表现了把握作家主体精神的姿态,"在这里虽然看不到明显的反抗声音,但诗人的对于士兵们的同情,对于把兵士'苛酷待遇'的人的憎恨,是用着真实的情绪唱了出来"③。然而,胡风并未满足于这种评价,还结合"最近十年左右"日本帝国主义对中国的侵略行动进行评论,这样就使文学批评具有了政治层面的价值。

本节拟主要从文体运用的角度论述胡风对外国文学的评说。

一

胡风撰写、发表的讨论外国文学的理论文章形式比较灵活自如。如上所述,他最初的批评形式是一种评介式,侧重介绍、说明,理论探讨的成分较少。评介式的批评属于基础性的批评活动。

晚年的胡风有时也运用这种形式,他应邀撰写的《略谈我与外国文学》就是代表,但已不是早年的那种简单的评介式批评,而是一篇信息丰富、资料详实的重要文献,具有珍贵的史料价值。在文中,胡风述说了从中学

---

① 转引自《胡风全集》第2卷,第284、285页。
② 同上,第286页。
③ 同上,第303页。

时代直至晚年自己阅读外国文学作品的情况。他不止于列举作家作品等事实，更表达了自己的文学见解，揭示了一些重要作家、作品对自己走上文学道路、参加革命工作的深刻影响。

当然从文学批评角度看，其意义也不容小觑。

《略谈我与外国文学》一文述及的作家、作品面比较广，胡风述介了几乎所有他曾经阅读或接触的作家、作品。举其要者：俄国有爱罗先珂的童话，列夫·托尔斯泰的小说《复活》、《安娜·卡列尼娜》、《战争与和平》，陀思妥耶夫斯基的小说《穷人》，奥斯特洛夫斯基的小说《大雷雨》，冈察洛夫的小说《奥勃洛摩夫》，普希金的小说《叶甫盖尼·奥涅金》，莱蒙托夫的小说《当代英雄》，契诃夫的剧本，高尔基的《自传体三部曲》、《大灾星》、《二十六个和一个》、《母亲》，勃洛克的诗《十二个》，法捷耶夫的小说《毁灭》、《青年近卫军》，肖洛霍夫的小说《静静的顿河》、《被开垦的处女地》，阿·托尔斯泰的小说三部曲《苦难的历程》，绥拉菲摩维支的小说《铁流》，革拉特珂夫的小说《士敏土》，波列伏依的小说《真正的人》，爱伦堡的小说《烟斗》、《巴黎的陷落》等；希腊的荷马史诗；意大利但丁的《神曲》；德国歌德的《浮士德》，苏德曼的小说《忧愁夫人》等；匈牙利裴多菲的诗，伏契克的报告文学；法国有巴尔扎克的小说《贝姨》、《高老头》，雨果的《悲惨世界》、《九三年》，福楼拜的小说《包法利夫人》，罗曼·罗兰的小说《约翰·克利斯朵夫》，司汤达的小说《红与黑》，左拉的小说，莫伯桑的小说，纪德的小说《企鹅岛》等；英国湖畔派诗人的诗，拜伦、雪莱、济慈的诗，哈代的小说《苔丝姑娘》，萧伯纳的剧本等；美国有惠特曼的诗，杰克·伦敦的小说《野性的呼声》、《马丁·伊登》等；日本有岛武郎的小说《与幼小者》，芥川龙之芥的小说《阿末的死》，须井一的小说《棉花》等；朝鲜文学方面，有张赫宙的小说《山灵》、《上坟去的男子》，李北鸣的小说《初阵》，郑迂尚的小说《声》等；印度文学方面，有泰戈尔的诗集《新月》、《飞鸟》等。

《略谈我与外国文学》娓娓而谈，写得相当随和、简洁，有某种散文化倾向。80多岁老者的记忆竟然那么清晰，可以看出胡风的叙述已非客观的

第二章 胡风论说中外文学

文字，而是融汇着他的强烈的阅读体验、一如既往的清醒的判断力、热烈的情绪和诗人的哲思。在谈到《神曲》时，胡风这样写道①：

> 他（指但丁——引者注）的《神曲》，我是1941年读到的，是王维克（？——原文如此。引者注）的译本。译文朴素，是语体，使我读得懂，而且经验到了一种庄严感。在人类前史的阶级社会里，压迫者、剥削者全是犯罪的，被压迫、被剥削者，因为要活命，多数也几乎难免要犯点"罪"。这叫做地狱。犯了罪就要悔罪、赎罪，这就是净界。净了罪以后就成为善人（？——原文如此。引者注），能够进天堂了，云云。这是非常有名的。果戈里的《死魂灵》就是立意要通过这三界的。结果是，地狱是通过了，但到了净罪界当前，过不去，痛苦而死了。鲁迅说，他到了净罪界就感到很吃力，上不去。我呢？陷在地狱里出不来，望都望不见净罪界的边边。但我还是认为，遇到了好译本，是值得读的，它会使我们的感情得到净化。

这段话仿佛是在谈作品，但又似乎不是，其批评并非评介内容，而是表达自己的阅读感受，连鲁迅的阅读感受都交代出来了，是一种深度阐释。这种传达阅读感受的批评显然是文学接受的批评路数。

《略谈我与外国文学》一文，多次运用文学接受的方法来讨论文学。文章中提到一个情况：由于俄国著名作家契诃夫的小说在中国有广泛影响，1920年代中国女作家凌淑华、1950年代的另一位中国知名作家都在模仿契诃夫的小说。还有，苏联作家法捷耶夫的《毁灭》影响着中国读者，许多中国青年是读着这部名著参加革命的。这里，文学的正接受、负接受并存。在宏观描述文坛的接受情况同时，胡风更多微观性的介绍，尤其注意说明自己的接受情况，揭示自己的"接受图式"，罗曼·罗兰逝世后，他亲自为之编辑了纪念小册子。

---

① 见《胡风全集》第7卷，第253、254页。

《略谈我与外国文学》中也有对文艺理论的探讨。对日本学者厨川白村的《苦闷的象征》，胡风肯定了它之于文艺创作的理论意义，同时对著者把作家创作的动力归为性的苦闷提出了质疑。他感到意犹未尽，又从反映论和创作主体的精神层面进行申述——"创作的内容是根据作家在生活中感受到的客观的东西积累起来，溶化出来的"，"创作的动力是这些客观的东西引起的作家的主观要求（苦闷）"，"具体的创作过程总是从这种主观要求出发，不能自已的，通过发生、综合、溶化、升华的血肉实感而创造出人物形象"。① 这已具备了理论批评的气象，贯彻着"主观战斗精神"说的热情。对一向崇敬的列夫·托尔斯泰，胡风不为尊者讳，因而并未放过其理论错误。针对列夫所谓"艺术里不能有思想"的谬误，胡风进行了严厉的驳斥。胡风一向关注创作理论探讨，在《略谈我与外国文学》中也有对文学创作理论的正面申述，但并非孤立进行。在介绍阿·托尔斯泰作品时，胡风顺便评介了托氏的创作理论，同时发表了自己的见解。这都说明《略谈我与外国文学》决非寻常的评介式批评，也是别有风采的理论文献。

二

评析作品是最常见的文学批评做法。"分析、评介具体的作品，这是评论的主要方法"②。《堂吉诃德的解放》、《〈大地〉里的中国》、《〈表〉与儿童文学》、《从〈田园交响乐〉看纪德》和《人类前史的谵画——〈企鹅岛〉》等都是此类批评。它们的写作时间集中于 1934–1936 年，即胡风初登文坛前后；之后，当他声名雀起之后，类似的文章几乎不再去写。

1930 年代中期前后，国内从事实用批评的人不多见，而有关外国文学的实用批评文章则更少见。这一方面是由于翻译工作跟不上、译作数量不足，另一方面也与当时"左联"领导人轻视文学批评有关。据胡风回忆，

---

① 见《胡风全集》第 7 卷，第 260 页。
② 胡风：《胡风评论集·后记》，《胡风全集》第 3 卷，第 589 页。

周扬等人将重视创作及评论作品的做法讥讽为"作品主义",这多少打击了文学批评者的工作热情。

《堂吉诃德的解放》发表于 1934 年 7 月 15 日《中华日报·星期专论》,以苏联作家卢那察尔斯基的剧本《解放了的堂吉诃德》为批评对象。胡风先是表示了对《圣经》主张的"有人打汝左脸,须再以右脸与之"的不抵抗哲学的愤慨,之后评析剧本中"堂吉诃德主义"的不抵抗实质。胡风的批评兴奋点在于对堂吉诃德主义的揭示,虽然多处援引作品,但没有从剧本艺术层面加以评析。只有一处可以见出批评者的眼光:

> ……这剧本里面的堂吉诃德是作者举出来的一个例证,给当时被壮烈的狂风暴雨弄乱了神经的"崇精神的、爱自由的、讲人道的"人们看的。所以,这样地被创造出来的堂吉诃德,虽然不得不背着许多哲理的行李,"并非整个是现实所有的人物",但也不是一个无血无肉的概念。在这里被夸大了的性格和传奇化的事实,在当时西欧的人道主义战士们的传记里找得出丰富的活生生的根据。它记下了那个时代的一部分知识分子的心的历程。

如果按照这个思路展开,文章必然不乏可观之处。然而,文章随笔化的运作方式还是把这些给破坏了;过于粘滞于作品的引用,而解读又未能揭示出批评对象的神髓。因此就整体看,文学批评的价值不免打了折扣。

比较之下,一年之后完成的《〈大地〉里的中国》是比较标致的批评。也许题材的选取使胡风有了用武之地,"随着中国民族解放运动的重兴和帝国主义对于中国的侵略的加紧,有不少的外国作家采取了中国的题材写他的作品",无论是对中国民众受难以及奋斗的描写,还是作家出于好奇心理而发掘中国人"野蛮"和"劣等根性"的抒写,客观上都不能不在一定程度触及 1930 年代国内时代政治对老百姓日常生活的影响。胡风身为左翼文坛的理论领军人物,在当时就确立了文学批评"以左翼的和或远或近与左翼有联系的"题材选择标准,而赛珍珠描绘中国农民"由贫困起家到隆胜"历史的《大地》不能不引起他的注意。批评的展开由两个问题开始："第一，这个在中国生活了二三十年的女性作家，对于中国农村是怎样观察的？农民的命运和造成这样的命运的条件，在她的笔下得到了怎样程度的真实反映？""第二，这本书在欧美读者里面的惊人的成功，是由于她的艺术创造的成功呢，还是另有原因？"①

文章介绍了《大地》的主要故事情节，还注意到了作品对中国民俗文化的描写，认为就是这些描写吸引了欧美读者的眼球②：

> 这样的故事是富于异国情调的，装在这个故事里的形形色色的生活更是富于异国情调的；他们在这里看到了一个新的境界，感到了一种对于"新奇"的兴味，是当然的事情。……

这是文化批评的路数，因此批评的方法论意义不容忽视。

然而，胡风可不是来提倡文化批评的，刚刚开了头，批评立即转向。

对《大地》中的主人公王龙和阿兰，胡风作了有力度的分析。并非泛泛探讨人物性格，而是沿着精神分析的层面进行，一方面揭示主人公对赖以生存的土地的深厚感情，另一方面也深刻分析了女主人公阿兰的悲苦命运（"精神奴役的创伤"）。这样的批评已经深入到人物灵魂的深处，不能不使人感到震怵和感动。尤其对阿兰的分析闪烁着人性之光——"这个默默地忍受着生活的艰苦的女人，不断地劳动，就是成了富人以后也没有休息过，最后是在丈夫的冷漠之下寂寂地死去了。"③ 对于女作家同情于阿兰的描写，胡风由衷地赞美，认为作品精彩之处莫过于对阿兰的受难精神的描写。文章多处以作品的有关描写为例进行了申述。显然，阿兰精神的苦难，原著作了一定的描写，胡风本可以继续深入挖掘，那会是一篇震动读者心灵的杰作，但遗憾的是他没有这样做。

---

① 胡风：《〈大地〉里的中国》，《胡风全集》第2卷，第198页。
② 同上，第199页。
③ 同上，第202页。

按照理论个性，胡风更关注作家的主观意识给作品带来的正面或负面的效果。虽然现实主义的反映论依然是其批评的基本装束，然而，胡风的思考力使他看到，"作者只是一个比较开明的基督教徒这个主观观点上的限制，她并没有懂得中国农村以至中国社会"①，因而作品的缺陷在所难免。而之所以出现"经济构成""非常模糊"，缺少帝国主义压迫中国人的描写，以及未能揭示中华民族求解放的努力等，胡风指出那是由于作者具有的宗教意识模糊、掩盖了她对实际生活的更深入把握。进一步说，关键在于作者缺乏阶级分析的眼光，"作者对于中国解放运动实际上并没有什么理解和同情"。

这样的批评可能有些苛刻。赛珍珠是个外国人，即使她自认为很熟悉中国人的生活及其体现出的民俗风情，她也无法像一个土生土长的中国人一样，在关键时候能够萌生出强烈的阶级斗争意识。胡风认为《大地》艺术上不应该得到过高的评价——这是以现实主义反映论衡量作品的结果。其实，《大地》应当被看作文化小说更合适，其中很多的描写只可以当作文化现象看待，而文化是超阶级的一种东西。反映论的批评未必总能恰到好处。

《〈表〉与儿童文学》评说了鲁迅翻译的童话《表》。既有的中外儿童文学的创作经验使胡风观察到：不少作家往往把儿童看作抽象的存在、神秘的存在，或者把儿童设想为能够屈服在特定的道德世界里，往往以抽象的教义训化他们。《表》让胡风感到惊喜。作品叙述了主人公彼蒂加的转变：他原是一个流浪儿童，偶尔偷了一只表；后来被送进教养院，他终于学好了，"渐渐地对求知的活动感到了兴趣，在劳动里面体味到了快乐"，"养成了在人与人之间应有的健康的心理"。②胡风看重的是这个转变过程的意义。他重视的是作品描写了彼蒂加的心理、精神的变化，以及这个过程的如何艰难曲折。从这里出发，胡风举例分析了彼蒂加的感情、心理变

---

① 胡风：《〈大地〉里的中国》，《胡风全集》第 2 卷，第 205 页。
② 胡风：《〈表〉与儿童文学》，《胡风全集》第 2 卷，第 229 页。

化过程:"这是非常'深入浅出'的刻画,神气活现地如在目前,不仅仅使读者知道这个故事,而且还能够使读者感觉到那内容的颤动。"批评中贯穿了对创作过程的体悟,而且也体现了文学接受的评论方法。

从更高的意义看,《〈表〉与儿童文学》具有了文体批评的自觉。胡风注意联系儿童文学创作中的带有倾向性的缺陷来展开分析,不但有作品批评的精细,也有理论探讨的深度①:

> 儿童文学的特征并不是绝对地在于题材和主题,不过是选择题材和设定主题的方法比较不同,而且须用一种特殊的结构和表现方法罢了。公主王子的童话我们不承认是有益的儿童文学,因为那不能使儿童了解人生的真实;用文学体裁写科学知识的儿童读物,虽然是有益的东西,但我们也不能把那当作真正的儿童文学,因为那没有艺术的力量。我们所要求的儿童文学必须是反映人生真实的艺术品。所以大人们看了也决不会觉得无味,同时又必须用的是切合儿童的心理状态和知识水准的取材和表现法,使儿童能够最大限度地容易了解。

1935年发表的《为执笔者的创作谈》,标志着胡风开始建构属于自己的理论大厦。在抨击"拾取腐败了的唯心论的唾余,想在文学领域上播送和尚主义"之后,他鼓吹"艺术的根底是对于流动不息的人生的认识",主张"真正的艺术上的认识境界只有认识的主体(作者自己)用整个的精神活动和对象发生交涉的时候才能够达到",② 从而把创作主体的精神状态提高到了创作、批评的空前高度。《从〈田园交响乐〉看纪德》则是这种理论自觉烛照下的批评力作。

胡风说每次阅读《田园交响乐》,都禁不住陶醉于作者创造的艺术世界里。《田园交响乐》并不像名字所昭示的那么单纯、美丽,它描写的不是

---

① 见《胡风全集》第2卷,第234、325页。
② 胡风:《为初执笔者的创作谈》,《胡风全集》第2卷,第239页。

一个轻松自由的生活和心灵空间。它讲述了一个"推倒了'神'而肯定了'人'","对于情热的肯定,对于爱欲的赞颂"的故事。胡风简明地叙述了这个故事,没有泛泛而论,而是抓住牧师和他所爱着的日特露德的对话(日特露德也表现了对于正常的爱情生活的渴望);与此同时,牧师的儿子雅各也爱着日特露德……然而日特露德所爱的只是雅各。他们为了爱,都不约而同地"改宗"(脱离基督教)。这是一个充满爱欲的故事,作品虽然没有反映广阔的人生,依然博得了胡风的赞许①:

> ……那里面还充满了内部的非功利的冥想,反省,审美的光芒,是当然的。所以故事虽然单纯,但它所表现的是几个灵魂的交战:烦恼的、欢乐的、受苦的、奋战的、惨败的姿态。我想,在世界的文坛上,这算是一朵冷艳的奇花。

在笃信基督教的人们看来,作者纪德的表现是悲剧性的,而胡风为其喝彩:"这是 Humanist 纪德的真正面貌。"由此,胡风的批评转向了对纪德主体精神世界的探讨。纪德一度对基督教深信不疑,然而生活中的许多类似的爱欲与基督教义冲突的故事终于使他发生了动摇。他最终相信社会上存在着一种无法战胜的"伦理的根本问题",进而"走到了由人类历史的经验建筑起来的能够了望过去以及未来的智慧的最高台"。这在胡风看来是纪德用整个的精神活动和"对象发生交涉"了。

循着《从〈田园交响乐〉看纪德》的批评路子,胡风 1936 年推出的《人类前史的谑画——〈企鹅岛〉》既重视文本评析又重视创作主体批评。

敏锐的艺术感觉使胡风看清了《企鹅岛》整体上采用的象征手法,"谑画家的本领是凸出地勾出骨骼上的特征,那就是夸张地说出作者的认识要点"②。这本是一个很好的批评视角,然而,胡风是反对"技巧"论的,

---

① 胡风:《从〈田园交响乐〉看纪德》,《胡风全集》第 2 卷,第 250 页。
② 胡风:《人类前史的谑画——〈企鹅岛〉》,《胡风全集》第 2 卷,第 474 页。

仿佛一谈技巧将要犯多么严重的错误，因此他不会在象征手法的运用方面加以深入的评说。他发挥了社会学批评的思路，从"土地所有权的起源"、"国会的组成"、"租税的征取"和"战争的原因"展开分析。这样的分析总要引述作品，但胡风只是列出观点，附以作品的有关描写，述而不作。而在评说作者佛朗士对现实的把握、描写的真实性以及作者的理想时，胡风显示了应有的批评力量。佛朗士从一个"艺术上的唯美主义者"、一个对社会的"被动的旁观者"转变为"人类解放运动的最前驱的战列里的一员"，胡风认为那是他忠实地认识社会的结果，在这个过程中他是经历了若干痛苦的。不仅如此，胡风又分析了佛朗士的主观战斗态度，并且以作品对犹太人的理解以及犹太人在社会中的地位、犹太人和反犹太人之间的"第三种人"对于"市街斗争的态度"来说明，引作品的地方很不少。不过，胡风也遗憾地指出佛朗士没有达到明确的、科学的结论，何况作者对某些问题的解释是无力的，对人类未来的展望也有严重的错误。

三

胡风的外国文学批评中有一种形式运用得最娴熟、最有理论分量：专题论文。这些论文几乎无一例外地是对现实主义文学大师的批评。大师们的文学实践经验俨然构成了胡风现实主义理论大厦的基石，成为他从事理论思考的精神源泉和理论参照系。这些文学大师都是19世纪以来欧洲现实主义传统的杰出代表。欧洲现实主义可以分为两大系统：一个是以俄苏为代表的富于热情与理想精神的现实主义，这个现实主义对于社会黑暗的不满与批判激起它的反抗精神，导致它对理想的热烈追求；一个是以西欧特别是法国作家为代表的现实主义，这些作家对于社会也持相当激烈的批判态度，但冷峻的描写与刻画，使这一派作家形成了迥异于俄苏作家的那种更为求实的客观精神，甚至有时有自然主义的倾向。胡风高度认同的所谓高尔基道路，其实是以俄苏现实主义作家为主，兼及与俄苏现实主义精神相近的个别西欧现实主义作家,① 他们主要是：普希金、列夫·托尔斯泰、契诃夫、高尔基、法捷耶夫、阿·托尔斯泰、罗曼·罗兰等。对同是现实主义大师的巴尔扎克、福楼拜、莫伯桑等，胡风并不看好。这些大师，在《略谈我与外国文学》一文中有的简单介绍过。实际上，胡风对这些大师的批评集中在1930、1940年代，是他风华正茂、致力于理论研究与批评的巅峰期。

今天我们阅读这些文章会有别样的感觉，它们整体呈现的似乎不复是一般意义上的文学批评风格，不是"好处说好，坏处说坏"，而是一种"仰视"式的批评。这些文章中胡风所得出的结论并不那么重要，重要的是他的批评角度，以及所展现的审美力量、审美人格。

在回忆自己接受"社会主义现实主义"之路时，胡风说②：

> 由于鲁迅的实践（他是凭着创作实际与庸俗社会学对立的），我接受社会主义现实主义的理论是凭着实感的。在这个基础上，我尽可能地摆脱了国粹主义的防碍，接受了外国现实主义作家和革命作家的经验，企图使我们的文学能够脱出贫枯和狭隘的限制……不管各个具体作家的实际情况各有各的特殊之处，但只要基本上走的是现实主义和革命道路，他们的终极影响总是要汇合到社会主义的道路，也就是高尔基的实践道路上来的。我介绍了一些作家，就是由于这一信念。

这是胡风批评文学大师的理论角度。选择这个角度自然没有问题，关键在于胡风主观上似乎是把这个现实主义视为"完成了的"，从而使其批评带有某种先验论的色彩。在评析高尔基时，胡风反复强调高尔基在文学上的战斗性，认为高尔基的心灵体现了人民大众的喜怒哀乐，他是时代的预言家、地球上最美的花朵。然而，胡风从未在文章中加以有学理价

---

① 参见刘锋杰：《中国现代六大批评家》，北京大学出版社2005年版，第272页。
② 胡风：《胡风评论集·后记》，《胡风全集》第3卷，第586、587页。

值的论证。在评说阿·托尔斯泰时，胡风介绍了他从当年的象征派潮流中把自己拔出来，终于举起了现实主义的大旗，可是仍然缺少具体的逻辑推理。

　　正如有论者说的，胡风喜欢以"主观战斗精神"说"统摄"一切。我们不能很好地理解这个"统摄"的准确含义，但不妨可以看作胡风常常用"主观战斗精神"说作最重要的尺度来衡量作家作品。的确，胡风把这些现实主义文学大师成就的取得归结到对"主观战斗精神"说的发挥上。他这样分析罗曼·罗兰："二十多年的作战，沉默的作战，孤独的作战，和黑暗作战，和苦痛作战，终于冲破了从自然派流衍下来的庸俗主义的包围，终于打开了窗户，放进了自由的空气，终于把法兰西以至全欧洲以至全世界的年青的心灵引进了征服苦难，追求光明的精神要求里面。"① 分析普希金时，胡风说，普希金"虽然出身贵族，但他从自己的老乳母和农奴伙伴身上感受了人民的生活状况和情感欲求，他经验了非常艰苦的自我考验之路。他背叛了自己的阶级，并在自己身上产生出革命的要求，他从现实的血肉的人民身上领受了艺术的生命——这是他文学创作上现实主义的来源"②。认为普希金在艺术方面对于俄罗斯古典主义文艺实施了彻底反叛，是俄罗斯文艺的伟大旗手和杰出的胜利者，是"一个由人生战斗到艺术创造的真诚的战士"③。在胡风看来，没有"主观战斗精神"的张扬，就不会有大师们的战斗人格，而只有战斗的人格才能产生战斗的艺术。这充分说明胡风对大师的批评是一种主体批评。

　　胡风本是一位卓有成就的诗人。诗人的敏感，诗人的激情和想象力，在他的文学批评中都有体现。不过，胡风的那份批评的诗情，那种具有浓重的哲理色彩的批评似乎只有在评说现实主义大师们的华章中才可以看到。他的这些批评，注意通过形象的描绘显出大师的风骨——现实主义的精神，严格地说是胡风推崇的"主观战斗精神"说。读完文章，大师的形象往往

---

① 胡风：《向罗曼·罗兰致敬》，《胡风全集》第3卷，第243页。
② 胡风：《A. S. 普式庚与中国》，《胡风全集》第3卷，第394页。
③ 同上，第397页。

能够浮雕般地呈现在读者面前。

胡风对大师的批评文章常常满贮诗意，不时有名言警句出现。像，"笑，也有种种的。含泪而笑者，是至人；旁观地笑者，是犬儒"①。"只有战斗的人才能产生战斗的艺术，艺术上的慈爱的气息正是根源于人格上的坚强的气魄。"②"真实就是生命，历史的真实只有融进战士的伟大的性格而被表现出来以后，才能够成为精神的力量。"③这种描写大师精神画像的能力显示了某种审美创造力。

说到审美创造力，必然涉及到一门重要的学科——人格学。个体的审美能力是人格学研究的范畴之一。人格学的基本理论是：普通人格无特色，而理想人格具有追求性与超越性的重要特征，对于现实的人生，它具有激发的机制和范导的功能，鼓励人们在现实的实践活动中以自觉、积极主动的姿态，尽最大可能挖掘自身的潜能，树立远大理想、推动事业走向成功。一般而言，健康的人格，是智慧力量、道德力量、意志力量三种人格力量都得到长足发展，并形成协调、互补共生的格局。而病态的人格，往往是其中某一种人格力量遭到压抑、挫折而萎缩，或者是三种人格之一片面发展，限制、堵塞了其他人格力量的正常发展轨道——这都有可能导致人格的扭曲、人性的异化。④

胡风称自己是一个理想主义者。就他一生的表现看，他的人格是健康的，他的智慧人格、道德人格和意志人格方面都得到很均衡的发展。就他的道德人格说，他不但有崇高的品德，而且在认识、情感、行为方式中表现出了相当顽强的心理素质和强大的实践能力，尤其是他具有革命的、诚实的、友善的、峻急的人格。就意志人格说，他的独立性、果断性、坚持性、自我控制力都显得相当卓越，尤其他坚持自己的理论判断与思考，任

---

① 胡风：《A. P. 契诃夫断片》，《胡风全集》第3卷，第219页。
② 同上，第226页。
③ 胡风：《向罗曼·罗兰致敬》，《胡风全集》第3卷，第243页。
④ 参见冯光廉、刘增人、谭桂林主编：《多维视野中的鲁迅》，山东教育出版社2002年版，第97页。

劳任怨，为现代革命文艺事业鞠躬尽瘁，确实非同凡响。而胡风的审美人格①更值得我们关注。审美人格的核心元素是审美意识，审美意识的强弱决定着人的审美人格。所谓审美意识是指以审美理想为主导，以审美感受为基础，以审美情感为核心，以审美趣味为特色的精神现象。②研究表明，作家的审美意识比普通人都强烈，胡风就是这样的人。

与同时代许多理论家比较，胡风的确很重视世界文学的经验，他的外国文学批评有着鲜明的特色，这既显示着他的现实主义的胜利，也带有明显的偏颇，尤其是他表现出对西方象征主义、浪漫主义、自然主义等理论潮流及有关作品的鄙弃乃至敌意，是不足取的。就整体而言，胡风的外国文学批评彰显了一贯的实践立场（反映论），"不是在思想概念上的，而是化成了生活知识和感应能力"③。胡风的批评又是一种重视创作主体的批评，他不仅探寻作家写了什么，还研究作家是怎样写的，他重视揭示"作家的个别的精神状态"④，这都昭示着他的理论个性。

---

① 审美人格属于智慧人格的范畴。智慧人格有形象思维、抽象思维能力之分，有发散思维、聚敛思维之分，有平面思维、立体思维之分，有顺向思维、逆向思维之分等等。人的审美思维属于形象思维范畴，一个人的审美思维越强，他的形象思维就越发达。审美思维的发达必然使人产生强烈的审美意识。审美意识强的人，他的形象思维就越好。

② 冯光廉、刘增人、谭桂林主编：《多维视野中的鲁迅》，山东教育出版社2002年版，第98页。

③ 胡风：《人生·文艺·文艺批评》，《胡风全集》第3卷，第202页。

④ 同上，第200页。

第三章 《论民族形式问题》解读

笔者在引言中已经谈到，对于胡风这样的批评家，我们必须非常细心地阅读他的理论文献，这不仅有助于我们认识胡风理论著述的本来面目，更重要的是可以帮助我们消除对他的理论偏见，丰富我们的理论认识，进而有益于我们理论素质的优化。本章将尝试着对胡风的《论民族形式问题》进行解读，主要采用细读的方法，但不是一般意义上的类似文学作品的细读。第四章、第五章也进行着这方面的研读。

一

1938年10月，中国共产党在延安召开了六届六中全会，毛泽东在会上作了《中国共产党在民族战争中的地位》的重要报告。报告指出："马克思列宁主义的伟大力量，就在于它是和各个国家具体的革命实践相联系的。对于中国共产党来说，就是要学会把马克思列宁主义的理论应用于中国的具体的环境。""使马克思主义在中国具体化，使之在其每一表现中带着必须有的中国的特性，即是说，按照中国的特点去应用它成为全党亟待了解并亟需解决的问题。洋八股必须废止，空洞抽象的调头必须少唱，教条主义必须休息，而代之以新鲜活泼的、为中国老百姓所喜闻乐见的中国作风和中国气派。"① 1939年毛泽东在为延安出版的中共中央机关报《解放》所写的纪念五四运动二十周年的文章《五四运动》中这样说:"知识分子如果不和工农民众相结合,则将一事无成……我希望他们认识中国革命的性质和动力,把自己的工作和工农民众结合起来,到工农民众中去,变为工农民众的宣传者和组织者。"② 同年的《青年运动的方向》一文进一步呼吁青年"一定要到工农群众中去,把占全国人口百分之九十的工农大众,动员起来,组织起来"③。在为中央起草的决定《大量吸收知识分子》中,毛泽东强调:"共产党必须善于吸收知识分子,才能组织伟大的抗战力量,组织千百万农民群众,发展革命的文化运动和发展革命的统一战线。没有知识分子的参加,革命的胜利是不可能的。"④ 1940年的《新民主主义论》则提出:"我们不但要把一个政治上受压迫、经济上受剥削的中国,变为一个政治上自由和经济上繁荣的中国,而且要把一个被旧文化统治因而愚昧落后的中国,变为一个新文化统治因而文明先进的中国。一句话,我们要建立一个新中国。建立中华民族的新文化。"⑤ 中国的新文化,是新民主主义性质的文化,"就是无产阶级领导的人民大众的反帝反封建的文化"⑥。并且指出这种新民主主义的文化是民族的、科学的、大众的。

毛泽东的上述重要文章把1928年以来屡次讨论的文艺大众化问题推向了新的高度,也把"文协"所谓"文章下乡,文章入伍"的理论倡言以及与此有关的大众化讨论提到了又一个新的理论层面上,把文艺大众化问题提升到民族形式的层面。

抗战时期关于民族形式问题的大讨论,首先在延安展开。像延安的《新中华报》、《文艺突击》、《文艺战线》、《中国文化》等报刊都发表了不少文章;延安和其他一些解放区还召开过民族形式问题的座谈会。周扬、

---

① 《毛泽东选集》第二卷,人民出版社1991年版,第534页。
② 同上,第559、560页。
③ 同上,第565页。
④ 同上,第618页。
⑤ 同上,第663页。
⑥ 同上,第698页。

艾思奇、萧三、何其芳、沙汀、柯仲平、罗思等都撰文参加了讨论。

从1940年上半年开始，国统区文艺界也开展了民族形式问题的讨论。这次讨论一直持续到1941年。《新华日报》、《抗战文艺》、《文艺阵地》、《文学月报》、《新蜀报》副刊《蜀道难》、《读书月报》等在国统区影响较大的报刊上都开辟了专栏或发表了讨论文章。

国统区文艺界前期讨论的主要问题是"民族形式的中心源泉"问题。讨论中出现了以向林冰和葛一虹为代表的两种具有偏颇倾向的意见。向林冰主张民间形式是中心源泉，完全抹煞了"五四"以来的新文学；葛一虹则以形而上学反对形而上学，走向另一个极端，全盘肯定"五四"以来的新文学（包括它的某些不足），又全盘否定民间文学，认为旧形式是封建残余的反映。郭沫若、潘梓年、叶以群、孔罗荪等与上述二人不同，分别发表了更加有价值的意见。①

二

胡风在论争开始时并没有参加论争，到了1940年10月，他还是参与了这次论争，发表了著名的《论民族形式问题》这一长篇论文（分为上下两篇，在当时的《中苏文化》、《理论季刊》刊出。同年12月由学术出版社结集出版）。该文包含九个部分，有5万余字。胡风把"民间形式"问题的提出、理解和阐述都纳入现实主义的理论框架里。

许多年以来，学术界对《论民族形式问题》未给予足够的观照。其实，只要我们心平气和地仔细阅读，便可知晓此文的卓越之处。也许，胡风的思想有点片面，却极有理论启发性。

当年关于民族形式问题的讨论涉及的理论话题较多，要将其梳理得头头是道显然是困难的，如胡风所言："围绕着这个问题，许多理论家的意见

---

① 上述三段内容参见郭志刚、孙中田主编：《中国现代文学史》（修订版）下册，高等教育出版社1999年版，第10、11、12页。

也是非常分歧的。"但胡风显然在努力提出自己的思考和认识。总起来看，《论民族形式问题》在阐述理论时有些拘束，胡风同样意识到了："不得不针对双方的争点展开分析，剥出那些争点的根源，从这找出这个问题的内容上的实践意义。但也因为这，全篇的展开就不能不受了那些争点的限制。"①

全文分为九部分："一 大众化运动一瞥"；"二 在新的情势下面"；"三 关于'新质发生于旧质的胎内'，'移植形式'——一个文艺史的法则问题"；"四 对于'五四'革命文艺传统的一理解"；"五 对于民间文艺的一理解"；"六 大众的'欣赏力'从哪里来，向哪里去？"；"七 现实·内容·形式——以争取现实主义的胜利为中心"；"八 通过语言问题——文字改造和大众的人民文艺的发展"；"九 从民族解放运动看文艺运动，从文艺运动看民族形式问题"。

第一部分主要是梳理1929——1934年间文艺大众化运动的发展过程。理论阐释服务于事实的叙述。胡风指出，所谓"革命文学"有两个目标——站在新的世界观立场上去认识生活、表现生活；使文学成为劳苦大众自己的东西，成为他们认识生活、批判生活的工具。公正地说，胡风对文艺大众化运动的叙述，其价值发现在于这些话语②：

> 文艺大众化或大众文艺的内容的这一个发展，汇合着"五四"以来的新的现实主义理论的发展（新现实主义——唯物辩证法的创作方法——社会主义的现实主义。着重号系原有。——引者注。下同）和进步的创作活动所累积起来的艺术的认识方法的发展，这三方面的内的关联就形成了"五四"新文艺的传统，现实主义的传统。从这里就可以知道，大众化不能脱离"五四"传统，因为它要服从现实主义的反映生活、批判生活的要求，"五四"传统也不能抽去大众化，因为它

---

① 胡风：《论民族形式问题》，《胡风全集》第2卷，第712页。
② 同上，第722页。

本质上是趋向着和大众的结合。

不难看出所呈现的是一派重视"五四"传统的理论姿态。

第二部分展示了胡风特有的注重研究现实生活的批评家风度。他指出，在全面抗战爆发的现实条件下，"绝对大多数（我的意思是除掉极少数的害着麻木症的雅士和日本皇军的直接间接的子民）的作家，尤其是或强或弱地带有现实主义倾向的作家，一方面更确实地看到了大众的文化生活的实际状况，痛感到文艺运动在教育启蒙工作上的责任，一方面更亲切地感到了所谓'大众'所谓'现实生活'用着使想象吃惊的、多彩的、活生生的形象，用着他们的表现感情的方式，表现思维的方式，认识生活的方式（所谓'中国作风与中国气派'）不断地迎来"①（着重号原有——引者注。下同）。这就把创作主体的精神变化形象地揭示出来了，因而"当被战斗的任务所燃烧的作家的意志一旦和在战争的动员下面急激变动着的现实生活相接触相结合，民族的现实就全面地用着活的面貌出现了"。这个阐释思路体现的是主观、客观融合思维，但胡风更加关注作家主观的能动性，"作家们有可能各自从自己的生活道路上，各自在可能的限度上更深入地，更生活实践与创作实践统一地，去认识生活、把握生活、表现生活"②。这里，注重研究现实生活是胡风理论阐释的前提。

而且，在胡风看来，抗战全面爆发的现实条件并未割断历史，相反，"它带来了'五四'新文艺的传统"，即"以在大众语运动里面被触到了远景和全面轮廓的'大众化'为基本内容之一的现实主义的传统……不仅是现实生活的一般的科学意义，而且是大众的表现感情的方式、表现思维的方式、认识生活的方式，而在文艺的基本材料上，就是大众口头上的语法、语汇"。③

然而，胡风指出，文艺要有更高的发展，必须在适应新的战争形势下

---

① 胡风：《论民族形式问题》，《胡风全集》第2卷，第724页。
② 同上，第724、725页。
③ 同上，第725页。

奋发有为,要"深刻地认识(表现)统一战线的、民族战争的、大众本位的、活的民族现实","是需要正确方法的、内容上的要求,文艺运动应该在方法上在内容上提出和现实情势相应的口号,但为了方法上的内容上的要求得到补充的说明,也就需要从形式方面明确地指出内容所要求的方向"(着重号原有——引者注)。"这就是'民族形式'这一口号的提出。"① 看来,文艺发展的实际需要必然地把民族形式问题提到议事日程。这个逻辑推演的思路是新颖的。

在第二部分,虽然尚不能进行较大规模的理论阐扬,但胡风还是把民族形式与民族内容的关系作了相当有见地的辨识,并始终贯穿着辩证思维。他说②:

> 形式,是内容的本质的要素;组织形式的力量是从认识现实的方法上来的。对于形式的特质的把握,正是突入内容的一条通道。"民族形式",它本质上是"五四"的现实主义传统在新的情势下面主动地(着重号原有。——引者注)争取发展的道路。一方面使主导的基本点争取前进,一方面使这主导的基本点受到妨碍的弱处或不足点争取克服;是这一争取发展的道路。它的提出,原是由于形式的能动作用能够达到内容的正确的把握而且前进这一方法上的意义,也只有在实践里面固守住这一意义才能够取得战斗的作用。

从这种认识出发,胡风逐一批驳了黄绳、王冰洋、葛一虹、光未然、潘梓年、郭沫若等人的有关说法。但是,必须指出,胡风的批评未必都是恰到好处的,像郭沫若所指出的,"在中国所被提起的'民族形式'","……不外是'中国化'或'大众化'的同义语,目的是要反映民族的特殊以推进内容的普遍性。所谓'马克思主义必须通过民族形式才能实现',

---

① 胡风:《论民族形式问题》,《胡风全集》第 2 卷,第 726、727 页。
② 同上,第 727 页。

便很警策地道破了这个主题"。① 这是说革命的内容这种共性的东西必须借助于各个民族独特的思维方法、语言规范、叙事风格、风俗习惯去表现出来。② 应当说,郭沫若的见解是很有道理的。胡风却不以为然地说,按照郭沫若的认识,"那就由特殊的创作过程上的内容还原到一般方法论上的内容,因而也就只能抽象地提出要'切实地把握时代精神,反映现实生活',或者现象地指责'用意遣词的过求欧化'了"。如此的阐述说明胡风考虑问题时可能带有某种机械的思维,然而他的理论动机却是善意的。

三

第三部分的理论批评很有分量。胡风先是把向林冰的主要言论列出,以使批评具有明确的目标。在胡风看来,向林冰是民间形式中心论的理论首创者。向林冰的主要看法是——"新质发生于旧质的胎内,通过了旧质的自己否定过程而成为独立的存在。因此,民族形式的创造,便不能是中国文艺运动史上的'外砾'的范畴,而应该以先行存在的文艺形式的自己否定为地盘。"③ "新的民族形式的创造,不以民间形式的批判的运用为起点,不从旧形式的内的自己否定中来发现新形式的萌芽,这完全是纯主观性的腾云驾雾的文艺发展中的空想主义路线。"④ "将以大众为主体的抗战建国新内容与民间文艺的旧形式相结合,通过批判的运用过程而引出的,不是内容的被歪曲被桎梏,而是形式的被扬弃被改造。并且,民间形式,在其与封建内容相结合(如过去中国民间文艺),或与帝国主义思想结合(如目前日寇在游击区的通俗宣传品)的场合,才是反动的;如果和革命的思想结合起来,则是有力的革命武器。由此,我们便看见了由低级形态

---

① 郭沫若:《"民族形式"商兑》,《大公报》(重庆)1940年6月9、10日。
② 参见郭志刚、孙中田主编:《中国现代文学史》(修订版)下册,高等教育出版社1999年版,第12页。
③ 向林冰:《论"民族形式"的中心源泉》,1940年3月24日《大公报》副刊"战线"。
④ 向林冰:《民间形式的运用与民族形式的创造》,转引自《胡风全集》第2卷,第729、730页。

向高级形态转化的具体路径及前者与后者的关联性。这就是说，民间形式的批判的运用，是创造民族形式的起点；而民族形式的完成，则是运用民间形式的归宿。换言之，现实主义者应该在民间形式中发现民族形式的中心源泉。"①

应当说，向林冰的思考是有一定理论分量的，它体现了"从一个旧有的形式构造之规律性推进到另一种新的形式构造的规律性的路线"（王冰洋——胡风原注）。然而，这种从一种形式到另一种形式的逻辑推理在胡风看来是反现实主义的。接下来，胡风援引了卢卡契的一段文字作为驳斥对方的理论依据②：

> 表现新的风格、新的方法，虽然总是和以前的诸形式相联系着，但是它决不是由于艺术形式本身固有的辩证法而发生的。每一种新的风格的发生都有社会的历史的必然性，是从生活里面出来的（着重号系胡风注——引者），它是社会发展的必然的产物。

如此的批评思维显示的是胡风之于现实主义的深度把握，他重视的是来自国外的现实主义反映论，申明生活的变化、社会的发展带来了风格、方法的变化。这就把向林冰的论述推翻了。

胡风进一步指出，文艺的发展并不是由于形式本身的内在变革，特定的社会层对文艺提出特定的任务，特定的任务要求特定的形式。正如弗里契所说："写着自己的诗的新的社会层，从现在或者甚至是遥远的过去的、获得了经济的社会的成功，因而也就获得了文化的成功的其他国家的同一社会层借用一定风格上的、体裁上的构造。"③ 因此，胡风说，这一"外砾"的法则是从丰富的文艺史的现象中概括出来的，并不像向林冰所谓"纯主观性的腾云驾雾的文艺发展中的空想主义路线"。胡风又以 Ode 这一

---

① 转引自《胡风全集》第2卷，第730页。
② 转引自胡风：《论民族形式问题》，《胡风全集》第2卷，第730、731页。
③ 同上，第731页。

体裁由法国到俄国的移用、演化为例作了生动的说明，指出 18 世纪中叶的 Ode 之所以百年后能够移植到俄国是因为俄国的社会条件具有和法国很类似的一面，"所谓'抒情诗的无秩序'，这种构成上的插话配置是相同的。和体裁相适合，高度的悲怆的表现、夸张、譬喻，许多修辞上的滥调——充满了对于被称赞的英雄们的形容词，这种言语上的构造也是相同的。这样地，诗的构造的一切配合——主题、构成、风格，融为一体，形成了文艺上的一个体裁（形式）"①。

弗里契的"作为对于这以前是支配的，但现在却失去了力量的社会层的体裁和风格的否定，的对立，特定的社会层形成了自己的体裁和风格"②之说使胡风得出了文艺史上的新思潮、新形式的产生和发展都是在和此前的思潮、形式作激烈斗争的结论。

感到意犹未尽，胡风把问题的讨论引向了深入。指出并不是文艺形式本身没有其发展的逻辑和规律，而主要因为它受存在决定意识、意识受制于存在的影响。文艺是意识形态之一种，即使它无论有怎样的发展逻辑，但就其根底而言，"只能是对于这一原则的从属，不是'和经济基础的变化一同，庞大的上层建筑全体就被缓慢地或者急激地变革'么？就是被'急激地'变革，文化形式的崩溃也是在社会存在开始了没落以后，何况还有被'缓慢地'变革的场合"③。而且，在文艺里面，"社会基础只有通过了社会心理（文化形式）才能够得到反映（着重号原有——引者注），因而特定文艺形式的崩溃就远远地落在产生它的特定社会存在的崩溃后面。如果文艺创作是为了真实地反映现实生活，并不能抛掉这原则去意识地发展某一固有形式，那么，文艺的发展就不是用'形式本身固有的'（着重号原有——引者注。下同）内的辩证法平行地去对应存在的发展，而要采用'跳的路线'（向林冰语）。新的文艺要求和先它存在的形式截然异质的突起的'飞跃'，这并不'完全是纯主观性的腾云驾雾的文艺发展中的空

---

① 胡风：《论民族形式问题》，《胡风全集》第 2 卷，第 732、733 页。
② 转引自胡风：《论民族形式问题》，《胡风全集》第 2 卷，第 735 页。
③ 胡风：《论民族形式问题》，《胡风全集》第 2 卷，第 735、736 页。

想主义路线'"①。

因此,"如果说形式是内容的本质的要素,特定文艺形式的力学是特定社会层的力学——气氛、情调、作风、气派的反映,那么,新的文艺运动就有在世界观、内容一般的斗争之外,还得和作为形式本身的旧形式作斗争的必要"②。

总起来看,胡风在批驳向林冰的错误理论时所秉持的大抵是最富于原则性的唯物论,但又体现出熟稔西方文学现象的特点。他从不认为形式是独立自足的文艺要素,对文艺形式问题的讨论如果脱离社会、生活的基本条件是不可能得出有益的结论的,因而他认定中国文艺传统并不存在什么辩证法,向林冰的错误在于他始终在形式里面兜圈子,"兜圈子的脚兜不出圈子以外,'见树不见林',没有法子看到文艺这个密林的全景……因而弄成一幅在圈子里面找'民族形式',在图案里面找'民族形式'的奇观了"③。

第四部分体现了胡风对"五四"文艺传统的理解,彰显了启蒙批评家的本色。

向林冰的有关言论表现出他对"五四"文艺传统的理解。他说:"今日所谓旧形式与'五四'时代的所谓旧形式,并非同一物,当'五四'文学革命时候所否定的旧形式,是'选学妖孽','桐城谬种',其作为新形式而提倡者,如《水浒传》、《西游记》、《红楼梦》、《儒林外史》、《三国演义》等章回小说以及作为民俗学语言学历史学资料而搜集的,如歌谣谚语土腔小调民间传说等,正是今日'旧瓶装新酒'的通俗读物创作上所要应用的'旧形式'。"④对这种观点,当时有不少人表示反对,但都不得要领,几乎都掉进了"新质发生于旧质的胎内"这个陷阱里面,包括郭沫若、何其芳、周扬等均如此。

---

① 胡风:《论民族形式问题》,《胡风全集》第2卷,第736页。
② 同上,第736页。
③ 同上,第737页。
④ 向林冰:《旧形式的新评价》,转引自《胡风全集》第2卷,第738页。

第三章 《论民族形式问题》解读

鉴于此,胡风对向林冰的言论作了辨识和反驳,他把自己的阐释不无谦虚地称为"粗陋的皮相观察"。他说:要理解"五四"文艺史观,不能仅仅看它说出了什么,重要的是应该看它反映了什么,否则,就不能理解这个来自西方的进化论的产儿为什么能够在中国起那么大的作用;指出,"五四"文学革命提供了一些与中国传统的文学绝对异质的东西,如易卜生主义、现代短篇小说理论等。他进一步指明:"所谓'白话',不过是构成文艺形式的基本材料,当没有通过创作者的一定的观点、看法以前,只能是自然状态里的言语,一旦和创作者的一定的观点、看法,'五四'精神的民主的科学的立场结合了以后,就必然地要成为一种新的形式了。"①

因而"对于一代文艺思潮,不能仅仅从理论表现上,更重要地要从实际过程上去理解;或者说,理论表现只有在创作过程上取得了实践意义以后才能够成为一代文艺思潮的活的性格。……'五四''作为新形式而提倡者',就决不是今天所说的'旧形式'"②,而是适应内容上改革的需要,形式上也采取了崭新的样式。为了加强说理,胡风接下来援引鲁迅自述小说创作的一段话:③

> 在这里发表了创作的短篇小说的,是鲁迅。从一九一八年五月起,《狂人日记》、《孔乙己》、《药》等,陆续地出现了,算是显示了"文学革命"的实绩,又因那时认为"表现的深切和格式的特别",颇激动了一部分青年读者的心。然而这激动,却是向来怠慢了介绍欧洲大陆文学的缘故。一八三四年顷,俄国的果戈理(N. Gogol)就已写了《狂人日记》;一八八三年顷,尼采(Fr. Nietzsche)也早借了苏鲁之(Zarathustra)的嘴,说过"你们已经走了从虫豸到人的路,在你们里面还有许多份是豸虫。你们做过猴子,到了现在,人还尤其猴子,无

---

① 胡风:《论民族形式问题》,《胡风全集》第2卷,第742页。
② 同上。
③ 鲁迅:《〈中国新文学大系〉小说二集序》,《鲁迅全集》第6卷,人民文学出版社2005年版,第246、247页。

论比那一个猴子"的。而且《药》的收束,也分明留着安特莱夫(L. Andreev)式的阴冷。但后起的《狂人日记》意在暴露家族制度和礼教的弊害,却比果戈理的忧愤深广,也不如尼采的超人的渺茫。

从而说明"五四"文艺传统就是形式和内容两方面的狂风暴雨般的革命。

至于"五四"时期少数作家在作品中存有较明显的旧文学的影响,胡风的说法是——"'五四'新文化运动阵营里面,原有彻底的民主革命和妥协的民主改良这两派,旧的形式的残留现象正是后者的社会基础和它在文化问题上的妥协性在文艺创作上的反映;反映到理论上,就是表现在'文艺史观'上的所谓'本格的立场'。"①

因此,胡风水到渠成地得出这种结论:"五四"文学革命运动在实质上是几百年来世界进步文艺传统的一个新的支流,但不是简单地重复西方文艺,它是"在民主要求的观点上,和封建传统反抗的各种倾向的现实主义(以及浪漫主义)文艺;在民族解放的观点上,争求独立解放的弱小民族文艺;在肯定劳动人民的观点上,想挣脱工钱奴隶的运命的、自然生长的新兴文艺"②。指出"五四"新文艺从世界文艺接受了思想、方法、形式,并且结合中国的现实、社会情形形成了自己的创作路向,因而,"五四"文艺传统就是在民主革命的实践中接受世界进步文艺经验并且将其化为自己的血肉,"五四"新文艺"由这获得了和封建文艺截然异质的、崭新的姿态,内容上的'表现的深切'和形式上的'格式的特别',这正是它能够成功了伟大的革命运动的所以"③。

向林冰指出"二十年来新兴文艺的发展,形成了一个非常复杂的概念……它有反帝反封建的社会主义的现实主义的革命文艺,也有当作帝国主义及封建意识的反动文艺,如像所谓象征诗派、印象派、未来派、颓废

---

① 胡风:《论民族形式问题》,《胡风全集》第 2 卷,第 743 页。
② 同上,第 744 页。
③ 同上。

派、文艺至上派等等新形式的作品"①，胡风十分认同，并且一针见血地指出：那些作品都是离开了文艺运动的立场尤其是背离了反帝反封建的进步传统的结果。实际上，按照胡风的理解，"反帝反封建的现实主义的文艺，经过了二十年的发展，这发展都是通过文艺运动的大事变、大斗争（包含了对于新文艺自己阵营内的落伍或倒退现象的斗争）而达到的。创作、理论、大众化运动，这三个侧面的发展的内在关联，就形成了我们今天所说的'革命文艺传统'"②。

概而言之，胡风对"五四"文艺传统的理解和阐述同样呈现出重视西方文艺传统的批评思路。他是把"五四"文艺传统置于世界进步文艺的影响下予以阐释的，这是时代赋予他的光荣使命，也是他作为启蒙批评家的本色。

四

第五部分表达了胡风对民间文艺的理解。从重视世界进步文艺传统出发，胡风必然地对本国悠久的民间文艺传统表示出相当浓重的不认可。

向林冰的中心源泉论思维使其发生了对民间文艺（以及旧形式）的"单相思"③：

> ……民间文艺，既不是纯粹的封建意识形态，又不是纯粹的大众的前进意识形态，而是在自己的内部存在着两个对立的契机或两个可能的前途的矛盾的统一物。
>
> ……民间文艺的出现是封建社会自己矛盾的产物，民间文艺的抬头是封建社会自己炸裂的指标；总之，他是封建文艺的对立物，而不是同一物，它是由未成向完成发展的幼芽，而不是由残余向死灭的残骸。

---

① 转引自胡风：《论民族形式问题》，《胡风全集》第2卷，第745页。
② 同上，第746页。
③ 同上，第747页。

向林冰的理论主张引发了胡风的批评热情，他从向林冰的例证里寻找批评的目标。向林冰视民间文艺为封建社会的对立物、对立的契机，胡风由此切入评析，有针对性，证明了向林冰所谓民间文艺的属性是无法成立的。于是胡风发表了十分著名的论断①：

> 现代市民阶级勃起以前，几千年的中国文化史上，自然有反映劳动人民的梦想的、民主主义思想的成分，但一方面由于封建文化的强大压力，一方面由于创造民主主义的物质地盘还没有存在，这些成分不是摧毁了就是被阻留在梦想性的原始状态里面，没有能够发展成作为认识现实改造现实的、群众性的、科学的、实践的思想体系或生活态度。所以，即使在历史上发生过多少带有民主要求的群众行动，但由于这一原因，不但被注定了溃败的命运，而且在文艺上也得不到民主主义观点的反映，甚至略略带有民主主义观点的要素的反映也很难被我们发现了。作为生活现实的反映的文艺，虽然是"封建社会下被压迫被剥削的人民大众的自己创作"，但客观上既没有民主主义的现实存在，主观上又没有民主主义的战斗观点，他们的不平、烦恼、苦痛、忧伤、怀疑、反抗、要求、梦想……就只有在封建意识里面横冲直撞，恰像追求光明的苍蝇，乱碰在玻璃窗子里面；不但不能使那些"反抗的动因"得到合理的"归宿"，而且也不能使那些反抗的实际内容在历史真理的照明下面呈露出真相，因而封建文艺再也不能向前发展了。说民间文艺在走着下坡路（郭沫若），说民间文艺只有死灭的前途（葛一虹），正是反映了这一意义。

这段文字淋漓尽致地表达了胡风对民间文艺精神实质及悲剧性命运的深刻领悟，可谓入木三分，其理论探讨资源大抵是启蒙主义，而且贯穿着

---

① 胡风：《论民族形式问题》，《胡风全集》第2卷，第750页。

对于封建社会文化语境的透辟把握。很显然，胡风十分重视"五四"运动的伟大力量。所谓的"市民阶级"应当是无产阶级。这样一来，他就把民间文艺的实质揭示得十分清楚了。

向林冰对民间文艺的形式特征很看重，一方面揭示出民间文艺形式具有的缺乏发展观念、反生产性、缺乏战斗性、大团圆等诸多缺陷，一方面又肯定民间文艺形式上的所谓优点：群众性，故事化，直叙化。这与其中心源泉论是一脉相承的。胡风严肃地说：这些形式上的特征是封建意识的内容所要求的、能够和它适应的表现手段。

不过，有的人的主张比向林冰略高一点。艾思奇说："中国的旧形式并不离开现实，而是反映现实的一种特殊的方式、方法、或手法。这种手法的特点在于把现实事物的重要的方面作夸张的格式化的表现，这在旧小说和旧戏剧方面都有最明显的表现。""对于旧形式要把握它的'合理的核心'。它的强调要点，适度夸张的手法。"① 艾思奇的认识具有较多的合理因子，但胡风仍然不能接受，认为这种思想否定了现实主义，何况旧形式的格式化是相当复杂的事情，这种格式化是可以唤起特定封建意识的情绪的、象形文字式的符号。胡风心目中始终抱着对旧形式的高度警惕，认为旧的形式是连结着旧的意识形态的东西。因而，在另一场合胡风又强调指出，旧的形式确实反映了封建社会中人们的生活，表现了他们的世界观，但像故事、乡土戏、谚语、歇后语、格言、譬喻、寓言、山歌、民谣、小调、传说等，"本质上是用充满了毒素的封建意识来吸引大众，但同时也是用闪烁着大众自己的智慧光芒的、艺术表现的鳞片的生活样相来吸引大众；正因为封建意识是体化在生活样相里面（着重号原有——引者注），所以，一方面封建意识的传布力就特别强烈，一方面即使意识上对于封建意识抱有反感，但依然能够透过它的曲线多多少少地看到民族的或自己的生活样相，而不能不感到某种'亲切'。一切对于民间形式的幻想，都是由于不

---

① 转引自胡风：《论民族形式问题》，《胡风全集》第2卷，第752页。

理解这一理论而来的"①。这种警惕性是弥足珍贵的,因而当周扬说"旧形式具有悠久历史,在人民中间曾经、现在也仍然是占有势力,这是中国封建社会长期停滞及半封建社会的旧经济旧政治尚在中国占优势的反映"时,胡风表示出了热烈的认同。

并非胡风反对学习民间文艺,而是出于对现实主义的至诚。他认为学习、研究民间文艺,"并不是为了要'运用'它的形式,而是为了要从它得到帮助,好理解大众的生活样相,解剖大众的观念形态,汲受大众的文艺词汇(着重号原有——引者注)"。要达此目的,他强调作家自身的条件十分关键,"得接受作家的一定观点(创作方法)的组织"②。这样做的终极目标是要创造出"中国作风与中国气派"。

第六部分一开始,胡风就引用了向林冰的论述。向林冰指出:"民间形式由于是大众所习见常闻的自己作风与自己气派,由于是切合文盲大众欣赏的口头告白的文艺形式,所以便为大众所喜闻乐见,而成为大众生活系统中所不可缺少的精神食粮。"从而认为大众的欣赏力在民间文艺中成长和得以培养而成,"文艺中的典型或形象,不论它是批判的对象或理想的化身,必然是大众在其中能够看见了自己或自己的敌人,必然使大众能够从典型的活动中看见了自己的作风与气派,看见了自己的把握事物方法与变革世界的斗争方针,然后才能'喜闻乐见',才能欣赏。总之,生活存在产生'习见常闻',而'习见常闻'则又产生'喜闻乐见'"③。胡风一针见血地揭示了向林冰的错误:"将'习见常闻'的文艺形式掉成'习见常闻'的'生活存在',把文艺形式作根据掉成把生活存在作根据了。"④

接下来,胡风就大众的欣赏力问题展开了有针对性的驳斥和正面的阐述。

胡风指出,欣赏力的培养并不是来自文艺形式的问题。"欣赏者并不是

---

① 胡风:《论民族形式问题》,《胡风全集》第2卷,第755页。
② 同上。
③ 向林冰:《关于民族形式问题敬质郭沫若先生》,转引自《胡风全集》第2卷,第758页。
④ 胡风:《论民族形式问题》,《胡风全集》第2卷,第758页。

被放在真空里面的机械,也不是只有生物学作用的、由无条件反射到条件反射的肉体,而是有实践的社会活动的、具体的人,有一定生活立场、生活欲求的人。欣赏,也不是对现实事物的受动的感应,而是对于现实事物的能动的作用。只要不能否定这一真理,只要表现在文艺里面的新的东西在大众的欲求里有合理的根据,不'习见常闻'的事物(在这里是文艺形式)不但能够成为'喜闻乐见',而且正能够体现积极的任务,正能够'使大众在其中能够看见了自己或自己的敌人','使大众能够从典型的活动中看见了自己的作风与气派'不致变成空话。这正是'存在决定意识'这一原则的威力所在。"① "文艺,只要是革命的文艺,不但它里面的'可能实现的事物'不是'习见常闻',甚至'已经存在'的事物也不是'习见常闻',因为它得被新的感受新的看法体现出新的真理。也就是新的内容新的形式"②。

令人不能理解的是,向林冰甚至把矛盾指向了"五四"以来的新文艺,认为它是大学教授、舞女、政客以及其他小资产阶级的文艺形式,这种形式不可能、也无法培养起大众的艺术欣赏力。胡风针锋相对地驳斥:"五四"以来的革命文艺的"基本读者不但不是'大学教授'、'银行经理',甚至也不是'小布尔乔亚'所能够包纳的。话剧拥有了多少大众?救亡歌曲拥有了多少大众?甚至被人嘲笑的小说和新诗,不但也在进步的工人、士兵、甚至农民之间给自己开辟了道路,而且还从他们中间获得了作者。"③ 这样的文艺作品毫无疑问在培养大众的欣赏力方面起了很好的作用。

与向林冰的观点截然相反,有的人这样说:"民间形式和移植形式都是要死灭的形式,而谁为未来形式的'主流',便由文艺的对象起着决定的作用。文艺的对象是大众(农民占绝对多数)……"这就是说农民是未来文艺的主人,农民的欣赏力代表了未来大众的欣赏水平。农民真的能够培

---

① 胡风:《论民族形式问题》,《胡风全集》第2卷,第759页。
② 同上,第760页。
③ 同上,第762页。

养起文艺欣赏能力吗？胡风在这个关节点上坚守严正的启蒙立场，他对中国农民的观察是极有深度的。他说："农民的觉醒，如果不接受民主主义的领导，就不会走上民族解放的大路，自己解放的大路；因为，农民意识本身，是看不清楚历史也看不清楚自己的。所以，在农民的文艺欣赏力上，不能忘记穿进一条非农民的红线，以农民为对象的文艺，只要是文艺，也不能脱离现实主义的创作方法，由把握内容到创造形式的方法的支配。"①换言之，在胡风看来，农民占多数并不能在文艺上起决定作用，他们的欣赏力的提高必须通过现代启蒙的重塑。

五

第七部分以正面阐释为主。胡风说，仅仅谈论民族的形式问题远远不够，必须同时思考新民主主义的内容问题，而这归根结底是现实主义的原则问题；要讨论民族形式问题必须密切结合文艺发展的实际和当前的政治要求。

当时的政治要求就是抗日战争。胡风指出，所谓"新民主主义的内容"主要是通过科学的世界观所理解的民族的现实②：

> 用民族统一的力量执行解放战争的半封建半殖民地的中华民族，一方面是以人民大众为基本力量，一方面是处在一定的历史时期上面，一定的国际关系里面，能真实地认识从来路而来、向去路而去的中华民族的现实的，是进步的科学的观点，反映了从来路而来、向去路而去的、人类历史所累积下来的世界发展的法则的、进步的科学观点。"新民主主义"的内容所反映的，是民族的现实，然而却是通过进步的科学观点所理解的、在一定的历史时期上面、一定的国际关系里面的、

---

① 胡风：《论民族形式问题》，《胡风全集》第 2 卷，第 763 页。
② 同上，第 766、767 页。

有来路也有去路的民族的现实。这就是民族主义和国际主义的矛盾和统一。

抗战是最大的现实,文艺的表现对象就是抗日战争时期的中国社会,其创作方法是现实主义,因而胡风申明:文艺的内容和形式都必须通过现实主义的方法来获得,别无捷径。因此,胡风指出所谓民族形式"不能是独立发展的形式,而是反映了民族现实的新民主主义的内容所要求的、所包含的形式"(着重号原有——引者注)。① 这是由人类的主观实践所决定的,是由现实主义所决定的,因为现实主义足以统摄一切。所谓"统摄"并不是代表一切,其内涵是指②:

> 现实主义,是人类历史累积下来的科学的世界观反映在文艺上的特殊的面貌……是认识现实的导线,所以我们应该在具体的活的面貌上深入生活。前者是把握对象的方法,后者是被方法把握的对象。前者被融化在后者里面,使国际的东西变成民族的东西,后者被贯穿在前者里面,使民族的东西变成国际的东西。

因而,胡风指出必须保证文艺运动在社会运动(政治的、经济的、文化的民众动员工作)里面进行,并且使它的客观内容成为文艺运动的主观内容,就是要使创作实践根植于生活实践,使作家"在具体的活的形象上,在大众的表现感情的方式、表现思维的方式、认识生活的方式上,即所谓中国作风与中国气派上把握它们、经验它们、感觉它们。或者说,社会斗争的内容只有在具体的活的形象上才能够走进作家的内的经验;作家的内的经验非得是具体的活的形象就不能成为通过特定观点、特定战斗热情的、艺术加工的对象"③。文艺运动不通过作家的主观是无法获得成功的,具体

---

① 胡风:《论民族形式问题》,《胡风全集》第2卷,第767页。
② 同上,第767页。
③ 同上,第768页。

的作品创作也是如此。

胡风进一步论述道:"现实主义的方法,只有用它来把握在具体的活的形象上的社会斗争内容,才能够使作家的主观力量前进;在具体的活的形象上的社会斗争内容,只有通过现实主义的方法才能够在合理的道路上成为艺术加工的对象。这是由创作方法的更健康、更深化,达到创作任务的更广、更深,但它的实际的过程也非得通过'五四'的革命文艺传统,把这个传统当作基础不可,因为这个传统正是为了完成创作任务而接受了过来,并且变成了自己的东西的现实主义的方法所获得的战斗经验。"① 在胡风的思想中,现实主义的方法也是"五四"的传统,因而所谓的"民间形式中心源泉"论或"旧瓶装新酒"之说本质上是反现实主义的,因为它违背了内容决定形式的原则②:

> 特定形式不能离开特定内容(通过现实主义者作家的主观作用而被把握到的)(着重号原有。下同——引者注)而作为外来的东西被作家"运用";形式正是和作家的主观统一着的客观现实的合理的表现。因为是客观现实的合理的表现,能够被接受的形式或特定形式的能够被接受之点,须得是和"新民主主义的内容"相应的东西;因为是和作家的主观统一着的客观现实的合理表现,能够被接受的形式或特定形式的能够被接受之点,不能够是"瓶",非得是被作家认为是和他所把握到的客观的内的规律相应的东西,溶化到他的对于客观现实的全的认识过程里面,就不能够在创作上起艺术的作用。

然而,新的现实有时也会使旧的形式得到复活的机会。郭沫若说:"在目前我们要动员大众,教育大众,为方便计,我们当然是任何旧有的形式都可以利用。"一派相当乐观的心态。但胡风却忧心忡忡,他指出:那些旧

---

① 胡风:《论民族形式问题》,《胡风全集》第2卷,第769页。
② 同上,第770页。

形式的复活只是由于强大的新内容的压力作用所致,是一种类似于物理学上的反作用力,它们如果不能接受改造,其旧形式的能动性可能要使它们转化成反动的东西。这种担心是难能可贵的。

然而,胡风并不反对作家从民间文艺甚至传统文艺学习、借鉴有益的方面,不过他要求人们具备"抗毒"力量,就是作家们要具有顽强的现实主义精神并且掌握现实主义的艺术精髓①,重要原则是作家们要发挥"主观战斗精神":

> 怎样汲取营养呢?从它们得到帮助,好理解中国人民(大众)的生活样相,解剖中国人民(大众)的观念形态,汲收中国人民(大众)的文艺词汇,好更加能够把握它们的表现感情的方式、表现思维的方式、认识生活的方式,就是所谓中国作风与中国气派。一方面,它们只能作为理解现实生活的帮助,另一方面,它们得被溶进以现实主义的方法为基础的、作家的全的认识过程里面,被组织、被改造;甚至应该从它们里面汲取的、闪烁着中国人民(大众)自己的智慧光芒的、艺术表现的鳞片,……通过作家的主观作用——现实主义的方法,才能够呈现出真实的面貌而取得思想力量或艺术力量……只有这样,从它们汲取来的东西才能够在作品的有机统一、艺术的完全构造(着重号原有——引者注)里面放出光彩。

这样的理论提示与谏言是令人感动的。

新文艺的缺点胡风并未回避。对于现实主义的把握,胡风认为可以使作家们获得艺术的创造力,而且它必须与作家们对世界革命文艺经验的汲取相联系,努力使世界革命文艺的经验化为自己的血肉,"在实践的斗争要求上加强地接受国际革命文学的经验或新的发展,使我们的方法更健康、更深化,更能够引导我们把握(认识、表现)民族的现实","要深入活的

---

① 胡风:《论民族形式问题》,《胡风全集》第2卷,第773页。

现实里面体认现实主义的方法、使现实主义的方法更能够在它的合理道路上得到反映以至提高现实生活的作用"。①

第八部分讨论的是语言文字的运用问题。胡风提出，现实主义文艺必须运用活的、能够体现中国作风与中国气派的语言。"能够反映人民（大众）生活的内容、的色泽、的韵律，也就是能够在人民（大众）的表现感情的方式、表现思维的方式、认识生活的方式上，或者说在具体的活的形象上反映民族的现实。"② 这是胡风心目中的活的民族的语言，他认为这种语言才能称得上是中国作风与中国气派。

然而，胡风比一般论者胜出一筹，表现在他未就事论事。他始终坚持形式受内容制约并取决于内容的思想，因而把语言问题的讨论上升到现实主义的理论高度③：

> 语言问题，基本上也是和现实主义有机地关联着的。一方面，新文艺的白话和民间文艺以至里面可能采取的语汇和语法，只有在被现实主义允许的限度下面和人民（大众）的口头语言结合，或者说，它们只有经过现实主义的组织，能够在人民（大众）的口头语言里面保有生命或可能争取生命的场合才能够在文艺创作里面得到生存的权利。另一方面，人民（大众）的口头语言，非经过现实主义的选炼和提高，也不能在文艺创作里面获得高的艺术力量。

由此，胡风对过于看重民间文艺语言以及传统旧文艺里面的修辞法的有关论者提出了警告。民间的"叠字格、重句格、双关语"等这些被光未然认为是语言宝贝的东西，胡风一针见血地揭示道："这样的语言正是封建生活情调的反映。"④ 这说明了胡风对封建意识的高度警惕。当有的论者主

---

① 胡风：《论民族形式问题》，《胡风全集》第2卷，第774页。
② 同上，第777页。
③ 同上，第778页。
④ 同上。

张活的语言就是要直接运用文盲大众的口头语言时,胡风严肃地指出这是一种对语言落后性的认同,是一种危险的投降论调。为此,他重申1935年发表的《张天翼论》一文中曾经表达的如下论断:①

> 要大众懂是一回事,"迎合"口语(班菲洛夫语)又是一回事。迎合口语只会照原地写下一些大众的话,而要大众懂的目的却是向他们传达一种生活里的真实。这需要在口语里面选择出最确实的表现才可以做到。艺术家的目的不仅仅是要大众懂得他的话,他须得"从活的语言的自然力的奔流里选择出最正确的、妥当的、最有意义的言语"(高尔基)来表现出藏在他们的生活里面的、他们能够懂能够感应然而却不能够明确说出的东西。所以,言语的"聪明的单纯性"(班菲洛夫语),它要求明确、丰富,然而决不能简单、芜杂,像大众在口头上随便说的一模一样,因为它是经过作家的选择和组织作用得来的。

这个理解是精彩的,不过胡风是在受到了鲁迅观点的影响之后发表这种看法的。鲁迅在1934年的一封信中曾就改造大众口语问题发表过一番言论。其背景是这样的——

1934年5月,中央政治学校教授汪懋祖在南京《时代公论》周刊第110号发表《禁习文言与强令读经》一文,主张小学五、六年级"应参教文言",中学读《孟子》。当时吴研在南京、上海报纸同时发表《驳小学参教文言中学读孟子》一文,加以反驳。于是文化界展开了关于文言与白话的论争。同年6月18、19日《申报·自由谈》先后刊出了陈子展的《文言——白话——大众语》和陈望道的《关于大众语文学的建设》二文,提出了有关语文改革的大众语问题;随后各报刊陆续发表不少文章,展开关于大众语问题的讨论。7月25日,当时《社会月报》编者曹聚仁发出一封征求关于大众语的意见的信,信中提出五个问题:"一、大众语文的运动,当

---

① 见《文学季刊》2卷3期。

然继承着白话文运动国语运动而来的;究竟在现在,有没有划分新阶段,提倡大众语的必要?二、白话文运动为什么会停滞下来?为什么新文人(五四运动以后的文人)隐隐都有复古的倾向?三、白话文运动成为特殊阶级(知识分子)的独占工具,和一般民众并不发生关涉;究竟如何方能使白话文运动成为大众的工具?四、大众语文的建设,还是先定了标准的一元国语,逐渐推广,使方言渐渐消灭?还是先就各大区的方言,建设多元的大众语文,逐渐集中以造成一元的国语?五、大众语文的作品,用什么方式去写成?民众所惯用的方式,我们如何弃取?"①

鲁迅在《答曹聚仁先生信》中说:"在乡僻处启蒙的大众语,固然应该纯用方言,但一面仍然要改进。譬如'妈的'一句话罢,乡下是有许多意义的,有时骂骂,有时佩服,有时赞叹,因为他说不出别样的话来。先驱者的任务,是在给他们许多话,可以发表更明确的意思,同时也可以明白更精确的意义。如果也照样的写着'这妈的天气真是妈的,妈的再这样,什么都要妈的了',那么于大众有什么益处呢?""至于已有大众语雏形的地方,我以为大可以依此为根据而加以改进,太僻的土语,是不必用的。""语文和口语不能完全相同;讲话的时候,可以夹杂许多'这个那个''那个这个'之类,其实并无意义,到写作时,为了时间,纸张的经济,意思的分明,就要分别删去的,所以文章一定应该比口语简洁,然而明了,有些不同,并非文章的坏处。"②

胡风的观点显然吸收了鲁迅的论述,但没有停留在鲁迅的认识高度上,而是使之升华到现实主义的理论层面。

由于看重活的语言,有人就走向另一个极端:反对欧化。在展开阐述时,鲁迅的战友瞿秋白的有关见解深刻影响了胡风,因而胡风径直援引瞿秋白的论述③:

---

① 参见《鲁迅全集》第6卷,人民文学出版社2005年版,第80、81页。
② 同上,第79页。
③ 瞿秋白:《关于翻译的通信·来信》,转引自《鲁迅全集》第4卷,人民文学出版社2005年版,第383页。

第三章 《论民族形式问题》解读

> ……现在的文学家、哲学家、政治家,以及一切普通人,要想表现现在中国社会已经有的新的关系、新的现象、新的事物、新的观念,就差不多人人都要做"仓颉"。这就是说,要天天创造新的字眼、新的句法。实际生活的要求是这样。难道一九二五年初我们没有在上海小沙滩渡替群众造出"罢工"这一个字眼吗?还有"游击战"、"游击战区"、"右倾"、"尾巴主义",甚至于普通的"团结"、"坚决"、"动摇"等等……这些说不尽的新字眼,渐渐地容纳到群众的口头上的言语里去了,即使还没有完全容纳,那也已经有了可以容纳的可能了。讲到新的句法,比较起来困难些,但是,口头上的言语里面,句法也已经有了很大的改变、很大的进步。只要拿我们自己演讲的言语和旧小说里的对白比较一下,就可以看得出来。可是,这些新的字眼和句法的创造,无意之中自然而然地要遵照着中国白话的文法公律。凡是"白话文"里面违反这些公律的新字眼、新句法——就是说不上口的——自然淘汰出去,不能够存在。

瞿秋白的见解启发了胡风,于是胡风得出了"欧化,如果是不顾客观可能性的、纯主观的强迫输入,自然应该反对,但如果是为了反映现实生活里已经存在的或正在萌芽的东西,能够被容纳到语言的有机统一里面,那就不但不能反对,反而是应该加强推进的了"① 的结论。

六

胡风提出为了创作适应于新文艺的活的语言,必须继续开展大众语运动。其工作思路是"由高度的多元的发展(方言文化、方言文艺运动)争取一元的统一(未来的民族统一语文和人民文艺)","实现口头语言拼音

---

① 胡风:《论民族形式问题》,《胡风全集》第2卷,第780页。

81

化的新文字"。因为"要作为文艺形式的基本材料的语言（文字）能够使人民（大众）生活的内容、的色泽、的韵律，像它们本身那么丰富地得到反映，就得人民（大众）的口头语言能够照原音一样地在纸面上记录出来"。① 而且，"由于大众的统一的国语还没有形成和方言语系的分布状态，新的文字就必得是多元的发展，一方面是大众的为了反映生活、认识生活的文化斗争过程的，另一方面也是统一的国语的为了能够综合人民（大众）的口头语言对创造过程的、多元的发展。在文艺上，就是采取方言文艺或地方文艺的形式"②。这种卓识建立在胡风对抗战时期国内各地政治、经济以及社会事业发展不平衡的充分研究基础之上。

但是，继续开展大众语运动并非是割断"五四"新文艺的语言传统。在胡风的心目中，"五四"新文艺也是中国文艺的传统，并且是十分优秀的传统。就"五四"新文艺的语言来说，"不但创造了和二十多年来的民族斗争过程相适应的'民族形式'的作品，建立了一个伟大的传统，不但是千万的多少有文化生活的人民所共同享有的文字，而且，它的基本的语汇和语法也是大众口头语言的基础的部分。它应该不断地受到方言的补充，汲收优秀的成分，逐渐丰富，更加能够反映活的生活样相；也应该不断给方言以补充，输进方言的自然生长性所缺少的成分，给以提高的作用，使它（方言）来和自己汇合。……它是大众的统一的国语的雏形，也应该被拼音化，能够在和方言的交流里面争取发展"③。这个见解，表现出了十分开放的理论视野，把"五四"传统也纳入民族形式的讨论范围，表现出比其他理论家高出一筹的见解。

于是，在胡风的视域里，"民族形式"包括了传统的形式和"五四"新文艺创造的形式两个方面。这样的文艺语言是普通话的文字，它能使文艺作品在文字形式上更加形象地反映民族的新生活，因而它是真正的民族形式，"它是大众的人民文艺的先驱，强有力地把'五四'革命文艺和国

---

① 胡风：《论民族形式问题》，《胡风全集》第 2 卷，第 781 页。
② 同上。
③ 同上，第 782、783 页。

第三章 《论民族形式问题》解读

际文艺的经验接受过来而且消化在创作实践里面,作为在创作过程上认识生活的武器,也作为大众化的文艺或方言文艺的领导"①。

胡风由语言的问题再次联想到:"旧形式或民间形式,不但不能是民族形式的'起点',而且也不能是大众化形式的替身。"但"在小形式的方言文艺里面,流行在当地的某种民间文艺的形式,可以被批判地利用","但那只不过是'探求新形式'的一个途径,不但不能否定多样的大众化的新形式的创造,而且这利用本身要坚决地站在'变革'(鲁迅)的立场上面"。② 所谓"变革"就是使内容支配形式。胡风指出,旧形式或民间形式之所以很难发展成较高的艺术形式,就是因为旧形式之于内容的束缚作用。因而,他认为艺术性强的新文艺对于大众有领导作用,民族形式不能还原为大众化或通俗化,语言自然也是如此。

第九部分持论更加学理化,更富于现实主义的力度。胡风把民族形式问题置于抗战的宏阔语境下,旗帜鲜明地指出:"我们所要求的文艺,现实主义的文艺,'五四'革命传统主动地争取发展的文艺,替民族革命战争服务的文艺,为了反映'新民主主义的内容'的'民族的形式'的文艺,它的内容要随着现实斗争的发展而发展,它的形式也要随着现实斗争的发展也就是内容的发展而发展。'民族形式',是在不断的发展过程上面。"③这个体现了马克思主义反映论的理论认识,充分显示了对"五四"文艺传统的重视,表现了一种少见的与时俱进的理论品格,不但符合中国国情,而且体现出辩证法的精神光芒。

在胡风看来,民族形式是由活的民族斗争内容所决定的。如果一种文艺能够通过具体的活的形象,即中国作风与中国气派成功地反映了特定阶段的民族现实,就自然是民族的形式。而鲁迅小说的成功就是一个生动的例证。文艺既然是民族的现实斗争的反映,就势必受到斗争力量和斗争观念的领导,因而文艺运动就成为民族解放运动的一翼。要投身到实际斗争

---

① 胡风:《论民族形式问题》,《胡风全集》第2卷,第783页。
② 同上,第784页。
③ 同上,第786页。

里面，为达到和大众的结合而斗争；要坚持而且加强现实主义传统，为提高大众的认识能力而斗争。"前者要接受后者的领导，只有接受这领导才能够把握住方向，后者要接受前者的营养，只有接受这营养才能够在活的基础上丰富自己、加强自己。如果说，现实主义的传统只有深入到实际斗争也就是和大众的结合里面，才能够领导大众的文艺斗争也能够在活的基础上丰富自己、加强自己，那么，深入到实际斗争也就是和大众的结合里面，这正是文艺运动在今天的主要任务。"① 因而胡风指出作家必须深入到生活、斗争的最深处，"一方面扩大文化文艺运动的影响，由这来推动实际斗争，加强地争取文化文艺运动发展的前提条件，一方面感受、把握活的生活现实，把大众的感情、欲望、思想等化成自己的内的经验，由这来在具体的活的形象（中国作风与中国气派）上溶化一代的生活真理；把大众的活的语言和表现感情、思维的方式等化成自己的主观能力（技术），由这来在具体的活的形象（中国作风与中国气派）上表现一代的活的人生。只有通过这一个过程，现实主义的方法才能够成为作家的主观和实际斗争的客观中间的血脉，使作家能够在和内容相应的完全的艺术表现上创造突击的小型作品或综合的大型作品"②。因而胡风坚信，随着伟大的民族战争的必将胜利，体现着民族形式的现实主义文艺也一定会胜利。

正如胡风所言，《论民族形式问题》主要的批判对象是向林冰，这是因为向林冰的理论足以自成体系。不过，胡风一针见血地指出，向林冰的理论实质"是脱离了实际生活的社会内容也脱离了实际的文艺发展过程的纸面上的图案，因而形成了对于实际文艺运动不但无益而且有害的，主要的错误方向"③。胡风认为这是一个严重的理论悲剧，何况围绕向林冰还有几个支持者。因此，胡风严正地指出，民族形式问题的探讨决不能仅仅围绕着"中心源泉"或非"中心源泉"的圈子打转转，必须紧密结合抗战的实

---

① 胡风：《论民族形式问题》，《胡风全集》第2卷，第788页。
② 同上，第789页。
③ 同上，第790页。

际过程去加以讨论,"不要离开实际的文艺发展过程和现实的文艺斗争情势",① 否则极易陷入从抽象到抽象的无谓空谈中。

就今天我们的阅读感受而言,《论民族形式问题》在行文方面多少有些艰涩,这是一般理论著作的共性,而胡风的理论更是如此。在1940年该文作为理论著作出版时,胡风并未意识到这一点,但在1947年再版时,胡风从写作的角度谈及此——"既然是理论的分析,当然不能像读山歌、故事或事实报告那样流顺,于是,这一篇小论就受到了艰深、读不懂的诟病。这也是无法避免的,而且我以为,人只要是从文艺发展的真的感受基础上来接近这个问题,那我的一切用语也只算是应有的常识,虽然不能像山歌、故事或事实报告,但也说不上是什么专门的'纯粹理论'。"② 显然,胡风认为自己的写作思路是常见的,用语是常识性的。这种自省虽然未能揭示问题的本质,但多少还是彰显了某种理论的自信,他好像不太考虑受众的实际理论水平和阅读能力。

《论民族形式问题》自身并不完美,它的确存在某些理论纰漏。就在它发表不久,就有理论家撰文指出它的某些缺陷。本书将在第八章有相关的述说,此处从略。

---

① 胡风:《论民族形式问题》,《胡风全集》第2卷,第791页。
② 同上,第712页。

第四章 《关于解放以来的文艺实践情况的报告》解读

这份特殊的《关于解放以来的文艺实践情况的报告》（即所谓"三十万言书"）曾经引发了一场空前的批判运动。就文本自身来说，内容十分复杂，其中的理论思辨力也较强烈，因此对它的研读不可简单进行，于是笔者把它单独拿来，自成一章。

著名学者王岳川指出："当一种思想不同于社会的时髦思潮时，往往有两种状况出现，一是这种标新立异会成为新时代的风向标，而引领人们走向新的境界；二是这种思想不见容于当世，从而给思想者本身带来杀身之祸。"① 胡风的情形颇近于第二种。而学者温儒敏则基本认同胡风事件研究的"百慕大三角"② 性质之说。

"三十万言书"正文分四部分：一、几年来的经过简况；二、关于几个理论性问题的说明材料；三、事实举例和关于党性；四、作为参考的建议。

在正文之前，是胡风写给党中央的短信（这应当算作信中信），约6000余字，落款时间是1954年7月7日。这封信至少表达了这样一种感情，流露出这样的心态：胡风有着很重的心理负担——"内愧"。为什么有

---

① 王丽丽：《在文艺与意识形态之间——胡风研究》，中国人民大学出版社2003年版，第7页。
② 同上，第4页。

第四章 《关于解放以来的文艺实践情况的报告》解读

这种愧疚感？当然在短信中他不能展开说明，只能概括地述说自己如何受到了党的照顾，尤其是联想到自己曾被"左联"的领导人排挤，以至于丧失了工作条件，是党特别是周恩来同志帮助了自己，使自己得到工作条件。然而，自己又有争强的理论个性，免不了与他人在理论方面论争一番，自然会得罪一些人。对此，胡风有着相当的自知之明：在"左联"时期，他与周扬就典型问题进行过论争；在"两个口号"问题上，与周扬、郭沫若、陈伯达等展开论争。抗战时期，在文化战略问题上，他同郭沫若进行了论辩；在"民族形式"问题上，他同周扬、郭沫若、艾思奇、胡绳、葛一虹、何其芳、潘梓年及向林冰等进行了论战。抗战后期和解放战争时期，他又同邵荃麟、何其芳、林默涵、黄药眠、胡绳、乔冠华等进行了论争。① 也许正是想到这些，胡风说："当正视到由于我身上的自由主义因素所造成的失败和失责，无论是对于党或是对于年青的一代，我所感到的负债的痛苦是无法表达的。"②

实际上，当胡风说出自己有多么痛苦，特别是为自己的"自由主义因素"所造成的失败和失责而自责时，他并没有从理论方面否定了自己解放前的工作，而只是把自己的实际表现与时代政治（尤其是国家权力阶层）的要求进行了一种并不十分恰当乃至意识形态化的"接榫"，是把毛泽东的《关于增强党的团结的决议》作为衡量自己表现的尺度。联系胡风此前从事文艺批评的表现看，他显然有着战士型的人格——只要认为自己是对的，他会勇往直前；否则，我们无法解释他与别人的那些理论论争。有材料证明，在参加第一次文代会的代表名单上，胡风与巴金最初是没有被考虑进去的，只是他们的文学（文化）影响太大，而又无明显的与权力阶层的公开对抗，所以最终让他们参加了会议。不过，此前的1948年3月在香港就已出现了对胡风的批判文字，像邵荃麟、冯乃超、胡绳、林默涵、乔木、夏衍、郭沫若、茅盾、丁玲等一批文艺工作的重要领导人大多以革命

---

① 王庆生主编：《中国当代文学》（上卷），华中师范大学出版社1999年版，第56页。
② 胡风：《关于解放以来的文艺实践情况的报告》，《胡风全集》第6卷，第95页。

话语的方式，或分散或集中地讨论起胡风的文艺思想来。而这又与当时文坛权力阶层对众多作家的类型划分联系在一起，虽然没有人明确提出胡风是反动作家，然而当朱光潜、沈从文、萧乾等"自由主义"作家面临巨大的精神恐慌时，胡风的心理压力是不难想见的。

如果不是膜拜毛泽东、由衷相信中国共产党，胡风不会表达出自责的心情。大凡自责者，都有一种忏悔的心态，胡风的自责、忏悔是与对领袖的膜拜交织在一起的。膜拜是前提，建立在这种前提之上，人才会自觉地检视自己的言行举止。虽然胡风对中国历史知识所知不多（笔者反复阅读过胡风的著述，证实了这种情况），但古代那些忠臣良将（特别是文臣）奋力上书，祈求君王或皇帝能够御审自己的意见（一种至少表面虔诚的做法）的无意识出现在胡风的思维中。当胡风组织朋友们帮助他搜集材料并着手写"三十万言书"时，已经是一种意识行为；当他于1954年7月7日怀着复杂的心情写下"习仲勋转中央政治局、毛主席、刘副主席、周总理"等"三十万言书"的抬头时，他对毛泽东、党中央的信任之感，则是一种潜意识在作祟。把自己视为干国忠良，想象着自己身上背负的重大使命，愿意以真诚的书面材料反映现实情况、传达自己的声音，这是中国历史流传下来的集体无意识。它作为精神基因经过代代相传，被继承下来，并渗入现代知识分子的思维深处，甚至成为他们入世的精神支柱。胡风就是如此。

心理学研究表明，当一个人面对自己的崇拜对象时，常常身不由己地生出卑微、自惭形秽的感觉。就这点看，胡风的心理素质还是不够强。许多年来，他以中国共产党员的标准严格要求自己①，把自己当作党的人②，而一旦有了这种角色意识，他立刻增强了使命感，产生了愿为革命贡献一切（包括牺牲自己的生命）的冲动。然而，"革命胜利以后，阶级斗争展

---

① 胡风在日本留学时加入了日本共产党，但回国后失去了党籍。抗战时期曾经被允许参加党的会议，一度被视为党员，享受了党员的政治待遇；但是由于种种复杂因素，一直未能从组织上正式解决。

② 尤其是周恩来对他生活、工作的关心使他对此深信不疑。

第四章 《关于解放以来的文艺实践情况的报告》解读

开了规模巨大和内容复杂的激剧变化的情势"①,由此而来的文艺界的"萎缩和混乱"让胡风寝食不安。建国后的几年,他丧失了发言权和工作条件,这实在使他愤懑。胡风曾经努力争取过自己的话语权,但收效甚微。于是,他想起周恩来,想起了党对他的关心,"虽然对于文艺实践情况的担忧和对于劳动的渴求总是在咬嚼着我这个老工人的心,虽然一些同志甚至把从抗战初期周总理对我的领导关系和思想影响都否定了,但我没有一次怀疑过党中央对我是基本信任的,没有放弃过要依靠党来解决问题的信心"②。

就是抱着上述的心情和心态,胡风写了信。

第一节 "一、几年来的经过简况"

胡风坦然承认自己多年来在对现实主义的理解、文艺实践的某些特点、文学创造过程、对某些作家和作品的评价,以及文艺如何为党所代表的时代政治服务等方面,与文艺界的不少同志存在分歧。他认为有分歧是正常的,双方可以取得沟通,其基本方法是通过实践去逐渐解决,但有些同志却把他当作错误的一方,"非一定要我完全同意他们的意见不可"③。这使他很反感。他实在不能对付下去,只能求救于中央和毛泽东。

于是胡风述说了从1948年前后到1954年5月间围绕他发生的许多文坛事情。他秉持的那种单纯的作家的生活方式、工作方法被打破了,"我进解放区抱的是单纯的创作热情"④。他还是太单纯了——殊不知,随着解放战争的迅速展开、国民党政权在走向垮台的同时,文坛已在发生着越来越深刻的巨大变化,这种变化最早可以追溯到1942年毛泽东发表的《在延安

---

① 胡风:《关于解放以来的文艺实践情况的报告》,《胡风全集》第6卷,第95页。
② 同上,第96页。
③ 同上,第103页。
④ 同上,第119页。

文艺座谈会上的讲话》。《讲话》的精神在全国发生影响，文艺的"工农兵方向"得以确立。国民党政权垮台后，随着新中国的建立，"延安文艺"的经验由局部的文学形态推广到全国，成为中国大陆唯一的文学事实。在文学观念、指导方针、题材与主题、风格与形式、理论批评等方面形成了一定的框架，可以称为"延安模式"。[①] 在延安时期，毛泽东就曾经开展过群众运动，专门针对思想领域，尤其是文坛的作家（知识分子）们，作家们往往不敢讲话、不能创作（当然更不敢写"出格"的作品了）。正像鲁迅所说的，文艺家与政治家总是处于一种无法调和的矛盾状态中，时间稍长，便形成了十分苦闷的情绪。

1940年代末、1950年代初，胡风虽然接触了一些客观情况，感受到了某种不和谐，"实践情况上包含着各种的不满和苦闷"[②]。感觉很对，但他简单地以为这是脱离了现实主义道路的结果，从而把复杂的文化体制（文化模式）与时代政治共同作用下的文坛不景气简单归结为纯粹的理论问题，不能不说他太书生气了。许多年来左翼文坛的主要领导人把胡风视为敌人，新的文化环境又把胡风置于对立面，但他居然简单地以为是自己"在对组织的关系上犯了自由主义的错误，客观上是轻视了对于阶级事业的责任"[③]。这除了说明胡风是一个书生之外，不能有其他解释。不过，他也感到了问题的严重性，所以他也曾经作过检讨，"我是把这当作党交给我的任务做了的"[④]。可是，党在哪里啊？交给他任务的还不是文艺界的领导者、他的理论上的敌人吗？当然，胡风对周恩来是心存感激的。即使如此，当周扬、胡绳、林默涵、何其芳，甚至他的朋友冯雪峰等，以代表党中央的身份对他颐指气使时，周恩来还能够救得了他吗？胡风总是这样想："我以为文艺上的问题本来是单纯而明确的"，"文艺工作本来是能够通过各种生

[①] 参见雷达、赵学勇、程金城主编：《中国现当代文学通史》，甘肃人民出版社2006年版，第570页。
[②] 胡风：《关于解放以来的文艺实践情况的报告》，《胡风全集》第6卷，第120页。
[③] 同上，第121页。
[④] 同上，第122页。

动活泼的途径和斗争去通到以至达到总的目标的",因而把文艺问题与时代政治、时代文化的关系简单化,寄希望"在党的要求下面,问题一定会理出头绪,一定能够解决的"。①

第二节 "二、关于几个理论性问题的说明材料"

这一部分代表了"三十万言书"的理论精华,是相当有分量的理论批评文献。

1953年初,林默涵、何其芳分别在《文艺报》发表《胡风的反马克思主义的文艺思想》和《现实主义的路还是反现实主义的路?》,《人民日报》进行转载并加了"编者按语",开始上纲上线,问题骤然变得严重起来,形势急转直下。胡风也觉得问题带有极其严重的性质,不过他表现得很冷静——这仅仅是表面现象,实则进行着思考:要不要实施反击。当读完《人民日报》发表的《学习四中全会决议,正确地开展批评和自我批评》时,胡风顿觉眼前一亮,不过很犹豫了一些时候;但还是最终决定反击。然而,一个人的能力有限,胡风于是找朋友帮忙,他们收集材料很多。胡风把材料归纳整理,深入思考了问题,然后动笔写作;三个月的时间(1954.4—7)把信写成了,"把林默涵、何其芳同志所提出的问题所下的论断进行了一定程度的分析"②。这决定了本部分具有很突出的驳论性质,但同时也能够正面展开猛烈的理论攻势。

在"第一:有关现实主义的一个基本问题"中,胡风相当充分地驳斥了林默涵、何其芳所持的相当荒谬的理论主张。

林默涵、何其芳要批倒胡风并不容易,因为他的理论能够自成体系、

---

① 胡风:《关于解放以来的文艺实践情况的报告》,《胡风全集》第6卷,第154页。
② 同上,第157页。

十分严密。林、何从胡风解放前所作的一篇名为《略论文学无门》（1937）的文章入手，把所引的一段话单独取出，给胡风扣理论帽子。胡风有感于日本左翼作家志贺直哉十年磨一剑的创作态度，褒奖他"是最大的和最严肃的作家"，并阐扬道①：

> ……如果一个作家忠实于艺术，呕心镂骨地努力寻求最无伪的、最有生命的、最能够说出他所要把捉的生活内容的表现形式，那么，即使他像志贺似地没有经过大的生活波涛，他的作品也能够达到高度的艺术真实。因为，作者苦心孤诣地追求着和自己的身心的感应融然无间的表现的时候，同时也就是追求人生。这追求的结果是作者和人生的拥合，同时也就是人生和艺术的拥合了。这是作家的本质的态度问题，绝对不是锤词炼句的功夫所能够达到的。如果用抽象的话说，那就是，真实的现实主义的创作方法，能够补足作家的生活经验上的不足和世界观上的缺陷。

文章同时评说了俄国作家N·奥斯特洛夫斯基凭着惊人的意志创作《钢铁是怎样炼成的》等名著的非凡业绩，结尾总结道："如果真有所谓'到文学的门'，恐怕只有上面所说过的两个场合罢。在志贺直哉的场合，由于对艺术的忠实，可能地从艺术迫近人生，虽然这条路难免有失败的时候；在奥斯特洛夫斯基的场合，从神圣的人生产生了艺术。"②

该文作于抗战全面爆发前夕，那时民族危机相当严重，在中国共产党领导下"迫切地要求群众运动的更发展更强大"，然而文艺界"许多作品不但不能在相应的道德感情上教育读者，反而使读者从民族命运和人民的困难和要求虚浮起来"。胡风写此文是想唤起进步作家的革命道德感，强调"作家的与对象生死与共的感情态度的重要"，使他们意识到"只有斗争是

---

① 胡风：《略论文学无门》，《胡风全集》第2卷，第427页。
② 同上，第430页。

第四章 《关于解放以来的文艺实践情况的报告》解读

神圣的,斗争者是伟大的";"非得在艺术实践中争取实现不可","从实践要求出发,要求读者重视实践"。文章并没有留下理论纰漏。而林默涵、何其芳完全抛弃了当时的文化语境,"也完全抛弃了我那短文的基本内容和具体说法之间的有机联系"①,给胡风炮制了六个原则性"错误"。

林默涵的第一个论断是:"社会主义现实主义者'首先要具有工人阶级的立场和世界观'。"② 胡风声明,要求作家具有工人阶级的立场和世界观,这是早已被批驳了的俄国"拉普"派的错误理论主张,当时是斯大林提出了"社会主义现实主义"的理论来反对这个主张,斯大林倡言"写真实!让作家在生活中学习罢!如果他能用高度的艺术形式反映出了生活真实,他就会达到马克思主义"③。对此,胡风是高度认可的,并以其作为自己的理论支点。他进一步从毛泽东所谓"马克思主义只能包含而不能代替文艺创作中的现实主义"④ 中得到启示,认为通过现实主义就可以达到马克思主义。所以他说林默涵的观点恰好是堵死了艺术实践的道路,与斯大林、毛泽东的科学论断完全背道而驰。

林默涵的第二个论断是:"对于社会主义现实主义者,创作方法和世界观是不可能分裂而只能是一元的。"⑤ 胡风认为,这观点与"拉普"派的主张如出一辙。苏联在粉碎"拉普"派的理论主张之后也曾有类似的主张出现,不过它在当时受到了比"拉普"派的理论主张更严厉的批判,从媒体到官方,批判的声浪极高,阿·托尔斯泰甚至用极猛烈的语言实施攻击。胡风说:"依照林默涵同志的这个概念,不但一九三七年蒋介石旧中国的作家没有一个人有'可能'窥见'社会主义现实主义'大门的方向,就是今天的作家,也很少人有'可能'在实践上受到'社会主义现实主义'创作

---

① 本段几处引文均出自《关于解放以来的文艺实践情况的报告》,《胡风全集》第6卷,第159-162页。
② 同上,第162页。
③ 同上,第163页。
④ 同上,第164页。
⑤ 同上,第164页。

方法的引导的罢。"①

林默涵的第三个论断是:"在阶级的社会里,无论怎样的现实主义都是有阶级性的",认为胡风"始终离开阶级的观点,看不到各种不同的现实主义的阶级性"②。胡风指出,从唯物主义来说,作为一个范畴,所谓现实主义就是文艺上的唯物主义认识论(方法论)。苏联的拉普派曾经用划阶级成分的分析法批判了一大批优秀的现实主义作家,林默涵"把作为认识论的现实主义当作了意识形态本身"③,这是理论上的严重错误,即使反历史主义者也没有达到这种"理论高度"。

林默涵的第四个带有原则性的结论是认为胡风"看不到旧现实主义和社会主义现实主义的根本区别"④,而何其芳又补充道,胡风"在资产阶级和无产阶级现实主义之间看不清楚它们的原则区别"⑤。对"社会主义现实主义"理论精神,胡风进行了申述,认为"社会主义现实主义"所要求的是"写真实",其基本特点是对人的关怀、人类解放的精神、人道主义的精神,历史上伟大的现实主义者都是伟大的人道主义者,"社会主义现实主义"是一个广泛的概念、一个体现了最高原则性的概念,它有助于保护文艺的特殊机能或基本规律,保证了通过实践达到马克思主义。他说在中国,现实主义只能为工人阶级领导的革命斗争服务,不能为资产阶级服务,因为它也要"写真实",也要表现人民的精神要求或政治理想。在反帝反封建的历史条件下,中国的现实主义不能不是社会主义思想所领导的革命斗争时期的现实主义,也就是"社会主义现实主义"。因此,中国的"社会主义现实主义"同样是一个广泛的概念,"只要是有反帝反封建倾向的、多少有人民解放感情要求的作家,随处可以吸取人民的痛苦和渴求,都能够在自己身上找到某一基础,都有可能进入实践的"⑥。他指出鲁迅的《狂

---

① 胡风:《关于解放以来的文艺实践情况的报告》,《胡风全集》第6卷,第166页。
② 同上,第166页。
③ 同上,第167页。
④ 同上。
⑤ 同上。
⑥ 同上,第170页。

第四章 《关于解放以来的文艺实践情况的报告》解读

人日记》就开辟了"社会主义现实主义",特别是作品中那火一样的反抗精神就属于社会主义精神,我们必须继承鲁迅的传统,向苏联作家和西方作家学习,我们的现实主义才有可能成为被社会主义思想所领导的革命斗争时期的现实主义。

然后,胡风揭示了林默涵、何其芳的反唯物主义的错误。认为他们在"社会主义精神"概念上作了文章,但他们不是"从历史条件和实践要求来理解这个概念,而是用'首先要具有'的先验的'工人阶级立场和共产主义观'来'偷换'了这个概念的"①,而这必然导致取消文艺实践"正是有可能达到工人阶级立场和共产主义世界观的广阔的途径,被斗争实践所要求,所保证的丰富无比的生动活泼的途径"②。他进一步批评道,林默涵所谓首先要具有的工人阶级立场和共产主义世界观是来路不明的先验概念,在林默涵看来,这个世界观是在实践之前一次完成了的,这实际上是彻头彻尾的机械论,和马克思主义、毛泽东思想的认识论完全背道而驰,更谈不到斯大林所说的通过"写真实"达到马克思主义了。应该说,胡风的反击力透纸背,充满了大无畏的真正现实主义者的理论勇气,表现了忠实于反映论的理论精神和战斗气概。

林默涵的第五个论断是:"胡风片面地不适当地强调所谓'主观战斗精神',而没有强调更重要地忠实于现实,这根本上就是反现实主义的。"③

在《现实主义在今天》一文中胡风表达了这样的意思:"'为人生'一方面须得有'为'人生的真诚的愿望,另一方面须得有对于被'为'的人生的深入的认识。……这种主观精神和客观真理的结合或融合,就产生了新文艺的战斗的生命,我们把那叫做现实主义。"④

为了张扬现实主义,胡风从1936年起就开始了对非现实主义创作和理论倾向的批判。在1936年上海生活书店出版的《文学与生活》中,他这样

---

① 胡风:《关于解放以来的文艺实践情况的报告》,《胡风全集》第6卷,第173页。
② 同上,第174页。
③ 同上,第178页。
④ 胡风:《胡风评论集》(中册),人民文学出版社1985年版,第319页。

谈论公式主义:"公式主义是一种态度,一种看法。这态度或看法是从一个固定的抽象的观念引申出来的,不顾实际生活的千变万化的情形,无论在什么场合都把这个固定的看法套将上去。"他以如何描写穷苦农民的反抗性为例说明了公式主义的做法,指出反抗性"是一个抽象的观念。但这个反抗性在实生活里表现出来的却是千变万化的",然而公式主义者看不到这些具体表现,他们在描写时"不从活生生的生活内容来抽出有色彩有血液的真实,只是抽象演绎观念,那结果只要把生活弄成死板的模型,干燥的图案"。他说,凡是不能把握活的人生的作家,都不会写出活的作品,因此公式主义作品不可能有动人的艺术力量。

在《文学与生活》中,胡风还揭示了自然主义的创作倾向,指出冷静地描写生活、平面地叙述故事,即使来自最真实的现实细节,也不是真正的文学创作,认为文学创作不能"失掉和广大的人生脉搏的关联",必须表现作者的对人生、理想的热情和真情。

在《七月》发刊词《愿和读者一同成长》中,胡风指出:"在神圣的火线后面,文艺作家不应只是空洞地狂叫,也不应作淡漠的细写,他得用坚实的爱憎真切地反映出蠢动着的生活形象。"① 这就更加明确了对作家创作的要求,以现实主义精神和创作方法来反映抗战生活。至此,1936年胡风的公式主义、自然主义的概念发生了表述上的变化。随着对抗战文艺创作的跟踪研究,胡风觉得应该大力提倡正确的创作方法。为此,他明确提出反对"主观公式主义"和"客观主义"。

对"主观公式主义"和"客观主义",胡风有一个很形象的描述:"当作家的战斗的意志燃烧起来的时候,往往不能和生活内容相溶合,他的热情的声音好象不是发自温暖的胸脯;当作家在纷至沓来的生活形象里面感到惊异的时候,往往不能通过他的主观认识能力去把握住事件的本质的意义,却像一个好奇的小儿似的,以为一草一木都是不该丢掉的宝贝,我们在他的作品里面好像什么都看到了,但结果都常常是一片模糊。如

---

① 参见《胡风全集》第2卷,第499页。

第四章 《关于解放以来的文艺实践情况的报告》解读

果前者是热情离开了生活内容,没有能够体现客观的主观,即所谓主观主义,那后者就是生活形象吞没了思想内容,奴从地对待现实,离开了主观的客观,即所谓客观主义了。"① 他多次对这两种创作情形进行了严厉批评。有学者把"主观公式主义"的特征概括为"夸大了思想意识的能动性,满足于主题上表现一个现成的革命原则,以此套用生活,图解生活"②,认为"客观主义"的特征是"作家主观上对生活所采取的冷漠态度,表现社会历史发展过程时,作家对描写的生活对象缺乏强烈的爱憎与热情"③。为克服这两种病态,使文学适应时代的要求,胡风提出了"主观战斗精神"说。这个理论概念,一方面是胡风的创造,另一方面看,也分明受着外国文学理论的影响,特别是匈牙利的文艺理论家卢卡契思想的影响最明显。④

现在回到"三十万言书"。针对林默涵的指责,胡风指出,"主观战斗精神"说是一种创作方法和精神,是一种切合国统区创作实际环境的理论要求,因为在国统区工作的作家,不能先验地要求他们首先具有工人阶级和共产主义的世界观,残酷的斗争环境使他们不可能直接学习、更不能拥有理论上的工人阶级和共产主义的世界观。但是,他们那些体现了人民思想、理想和热情的作品,那些艰苦的创作过程本身就有"社会主义精神"的因子,由此他们达到了忠实于现实的高度,也就有可能达到现实主义精神——"这种精神由于什么呢?由于作家献身的意志,仁爱的胸怀,由于作家的对现实人生的真知灼见,不存一丝一毫自欺欺人的虚伪。"⑤ 林默涵等无视"主观战斗精神"说提出的文化语境,甚至无视或有意淡化

---

① 胡风:《民族战争与新文艺传统》,《人间世》1942年第1期。
② 陈思和:《胡风对现实主义理论建设的贡献》,《海南师范学院学报》(社会科学版)1997年第2期。
③ 同上。
④ 卢卡契在1936年发表的《叙述与描写》一文中,反对自然主义的客观描写和形式主义的主观心理描写,给胡风以有力的理论支撑。
⑤ 胡风:《现实主义在今天》,《胡风评论集》(中册),人民文学出版社1985年版,第320页。

残酷的政治条件，对胡风的理论没有仔细研究的热情，断章取义，以狭隘的、机械的反映论看胡风的理论观点，其实是一种典型的反现实主义的做法。

林默涵的第六个论断是，认为"胡风'否认文学艺术中的党性的原则'"。其实，胡风许多年一直以追随党的事业为荣，其创作、理论批评完全以党性为指针。林默涵、何其芳忽视毛泽东曾经揭示的根据地和国统区文艺工作者的文化环境和工作任务的差别，把胡风的理论观点从国统区这一特定环境中割裂开来，孤立地进行讨论。解放区的作家应该获得共产主义世界观，国统区作家理论上说也应该获得，不过条件和具体方式都不同。对此，长期在国统区工作的胡风说："对于当时的作家，恐怕只能从学习中去慢慢获得一些，但基本上要通过'在群众生活群众斗争里实际发生作用的活的马克思主义'去获得一些，然而，这些一定要在艺术实践过程中通过辩证的关系一步一步前进，上升，一直达到世界观的高度。"① 所谓"在群众生活群众斗争里实际发生作用的活的马克思主义"，胡风指明，就是无产阶级党的政治纲领所领导的、人民解放的反帝反封建的民主斗争，以及保证民族解放和人民民主前途的民主斗争，通过斯大林说的"写真实"，作家培养起爱憎分明的情感态度，在艺术实践中艰苦奋斗，不但在艺术方面取得好成绩，更可以体现文艺的党性。联系胡风的理论言说，他确实没有直接指明作家的艺术活动要体现党性之类的话，因为在国统区工作的文化环境无法说这种话，必须知道他的理论文章要发表时，都必须经过国民党文化官僚的严密审查，能随便使用带"红色"的政治术语吗？但这决不意味他否认文艺的党性。因此，在胡风看来，文艺的党性不是抽象的理论概念，而是活生生的文艺创作实践。

在"第二：关于几个具体论点"中，胡风依然针对林默涵、何其芳的观点进行辨析，其理论探讨更加深入，充满思辨色彩。

关于生活或生活实践问题。林默涵、何其芳为了证明胡风轻视实践，

---

① 胡风：《关于解放以来的文艺实践情况的报告》，《胡风全集》第6卷，第193页。

第四章 《关于解放以来的文艺实践情况的报告》解读

引了《希望》第 4 期胡风所引用的、已牺牲作家丘东平的一段话,说胡风也跟丘东平一样不重视实践而重视主观精神,何其芳甚至以此判定胡风反对毛泽东文艺思想。这种"诛心之论"使胡风极为愤慨。何其芳又把胡风解放前写的《为了明天》中的一段话作了片面的理解①:

> 在前进的人民里面前进,并不一定是走在前进的人民中间了以后才有诗,前进的人民和任何具体的环境也不能够是绝缘体,而是要有深沉地把握这个前进,真诚地信仰这个前进,坚决地争取这个前进的心。
>
> 因为,历史是统一的,任谁的生活环境都是历史的一面,这一面连着另一面,那就任谁都有可能走进历史的深处。

胡风说这是唯物论的起码常识,不需要讨论的,但何其芳把上面加点处单独拿出,得出了"安于原来生活圈子"的结论,说什么国统区中的斗争都是"狭小的生活圈子"、"安于不得",国统区中的斗争不是人民群众的斗争。后来的事实证明,何其芳的言论使国统区的学生运动受到了理论干扰,不少学生意见很大,甚至闹情绪:既然未经改造的知识分子所进行的斗争没有用处,那我们还搞什么运动呢?

胡风严正声明:"现实主义问题,文艺问题,那中心环节是一个实践问题。"② 对作家而言,实践只能是生活实践和文艺实践的统一过程。一个普通人可以没有创作,但一个作家不能没有创作,因为"离开了创作实践,'丰富的生活'只能算一句空话"③。离开了创作实践也就谈不到党性,更谈不到忠实于现实,只能走向不可知论,达到取消忠实于现实的结果而已。这样的认识闪烁着智慧的光芒,带有来自现实的启迪,更体现出对创作过程与时代政治关系的深刻认知。胡风指出,林默涵等为了文艺否定了政治,

---

① 胡风:《给为人民而歌的歌手们》,《胡风全集》第 3 卷,第 438 页。
② 胡风:《关于解放以来的文艺实践情况的报告》,《胡风全集》第 6 卷,第 197 页。
③ 同上。

而这个政治就是生活或生活实践,否定特定地方、特定时间的生活或生活实践,就等于否定了文艺本身。

为了进一步说明问题,胡风征引了毛泽东、加里宁、高尔基、罗丹的有关论述,申明生活或生活实践高于艺术。罗丹说:一个人在成为艺术家之前,必须先做人——这给了胡风很大启发。提倡文艺应该直接反映斗争,无可厚非,那也要有一个区分观念:从社会来说,有新社会、旧社会之分,因此斗争也就有新、旧区别(生活或生活实践也如此)。胡风说,一个作家如果不能在旧社会的"日常生活"里看出斗争、理解人,即使进入新社会、走进了"工农群众"或"有组织有领导的斗争"里面,也一定会手足无措,也就不能理解进步的战士。正确地认识斗争、生活,理解人,在胡风看来能够给作家以艺术上的进步,因此不理解旧社会就一定没有可能真正理解从旧社会斗争中产生来的新社会,不理解日常生活就一定没有可能真正理解从普通人锻炼出来的英雄。认识、理解人,才能认识、理解生活和斗争。生活、斗争是高于艺术的,这是胡风的认识。

周扬曾经对胡风说:"你说的话就是九十九处都说对了,但如果在致命的地方说错了一处,那就全部推翻,全部都错了。"这样的思维方法无疑是病态的、畸形的,是形而上学的。林默涵、何其芳不但否定了胡风开展文学批评工作以来的成就,还在理论支点上给他扣帽子,尤其在生活、生活实践论(反映论)这个关键点上打击胡风,而胡风自然要进行坚决的反击,这决不只是保护他个人的名声问题,更是捍卫现实主义的必然行动。

关于思想改造。林默涵、何其芳判定胡风是反对思想改造的,其"依据"有三点。

"依据"的第一点,说胡风做了"知识分子的辩护人"。他们从胡风《论现实主义的路》中关于知识分子进步性的论述中找到了"根据"。胡风当然承认知识分子属于小资产阶级,但认为他们还有进步的一面,其原因是:一、知识分子大部分家境贫寒,与劳苦大众有着相似的生活出身。二、近代以来,尤其是"五四"以来,知识分子中的许多人都参加了反帝反封

第四章 《关于解放以来的文艺实践情况的报告》解读

建的斗争,参加了进步的文化革命和政治革命,与先进的人民群众有着各种结合。① 三、由于社会的原因,知识分子的大多数都失去了工作,廉价地靠出卖劳动力生活。这样他们对社会黑暗看得比较清楚,从而能够克服他们固有的缺点,变得真诚、务实,能够走向劳动人民、走进人民的生活并与之结合,进而成为人民的一员。② 但胡风同样谈到了知识分子的进步是"很难一贯"的,认为他们应该在革命实践中接受思想改造,这个革命实践的过程是一个思想改造的过程。知识分子固有的优越感、自作多情、容易幻想、虚浮、游离性要摆脱掉不是一个很容易的、很短暂的过程。这些缺点与上述进步性构成了知识分子的"二重人格"。"二重人格"使他们长期经受精神的痛苦,但是艰苦的斗争尤其是阶级斗争可以把他们中的不少人改造过来。当然有些人"五四"以来扮演了"悲壮剧"、"滑稽剧"的角色,③ 特别在社会转型期更加明显。胡风这样的认识不能不算深刻,也符合"五四"以来知识分子变化的实际情况。

其实,《毛泽东选集》中也谈到了这个问题。不同之处在于:毛泽东谈论知识分子,优点说的少、缺点说的多,尤其提到,到了革命关键时期知识分子中的一部分会脱离革命队伍,少数人会变成革命的敌人。④ 而胡风强调的是知识分子"二重人格"的艰难改造过程,但对他们的优点谈得比较充分,对知识分子缺点的认识没有从革命立场加以阐明。这在以阐释毛泽东思想为己任的林默涵、何其芳看来,分明是与毛泽东分庭抗礼,因而是难以接受的。其实,胡风更注意从实践、生活(以及精神)的层面来思考知识分子的道路和命运问题。林默涵、何其芳等认为胡风的分析里面夹杂着对知识分子的太多同情,这与抗战时期权力机构、领导人对知识分子社会地位、时代价值的估计形成了明显背离,因而他们不能

---

① 见《胡风全集》第 3 卷,第 525 页。
② 同上,第 525、526 页。
③ 同上,第 527、528 页。
④ 毛泽东的有关论述请参考《毛泽东选集》第 2 卷,人民出版社 1991 年版,第 641、642 页。

容忍。

林默涵、何其芳等认为知识分子在国统区"和封建文化作战"、"坚守并创造更多也更强的实现历史要求的桥梁"（胡风语）不是"实际斗争"。胡风指出知识分子的思想改造不能以牺牲当时当地的实际斗争为代价，解放区政治环境好，革命实践受到保护，而在国统区，知识分子只能通过政治要求去动员群众，如果认为"肯定了知识分子的革命要求就是反对思想改造，那不但取消了作为思想改造的前提条件的革命的实践，而且也一并取消了在一切政治斗争意义上的革命的实践的"①。

"依据"的第二点，林默涵、何其芳抓住《论现实主义的路》中"就是还没有接受这个革命思想，在某一关联上和人民有着联系的知识分子作家，由于对于实际的观察"，"但依然有可能在相应的程度上进入人民的内容，吸取人民的要求流在自己身里，因而把握到历史现实的真实的本质的"这两句话，断定胡风反对作家拥有革命的立场和世界观。实际上，胡风认为作家的革命的立场和世界观不可能一次完成，应当通过创作实践去获得。

"依据"的第三点，林默涵、何其芳认为思想改造只能在创作过程以外去进行，改造好了才能创作，是没有缺陷地进行创作。胡风说，作家的创作过程是一个实践过程、斗争过程。在这个过程中，作家的主观世界才能得到成长或发生变革。而林默涵、何其芳认为这是反对思想改造。胡风指出，在国统区，知识分子具有的革命思想与解放区不同，它不是一种观念形态的理论，而"是以社会内容的生活要求为基础，而且是要通过它去达到的"②。因此，他坚决反对林默涵等提出的国统区文艺工作者通过学习马克思列宁主义革命理论和直接参加群众斗争来改造思想的方式。因为按照林默涵、何其芳的主张，国统区作家要完成思想改造，就必须先放弃创作实践。在知识分子（作家）思想改造问题上，胡风继续申明他的"主观战

---

① 胡风：《关于解放以来的文艺实践情况的报告》，《胡风全集》第6卷，第214页。
② 同上，第215页。

第四章 《关于解放以来的文艺实践情况的报告》解读

斗精神"说：作家要忠实于现实，作家对生活经验材料的理解和感情态度，不是很容易获得的；一个直面现实的作家，他在主观思想、精神上要在创作过程中进行一次决死的思想、情感斗争，这个斗争过程是主观和客观的统一过程。"经验材料通过作家的血肉追求显示了它的潜伏的内在逻辑，作家的理解和感情态度又被那内在逻辑带来了新的内容或变化，这才达到了主观和客观的统一，产生了作品。一篇作品有没有可能真正写出真实来，那最后是要从作家在创作过程中是不是做过艰苦的斗争来决定的。"① 如果否认了创作过程的实践意义，在胡风看来，作家的思想改造不但不能结出什么果子来，反倒使作家的认识现实、生活的功能受到伤害，艺术感觉遭遇打击。他把作家的思想改造与创作过程进行了深入探讨，显示了前所未有的理论眼光。

把作家（知识分子）的思想改造归结到创作过程，这就抓住了问题的实质，是把创作过程看成一个作家自我变革的终结性的实践过程。胡风要求作家忠实于艺术，尤其要采用真实的现实主义的创作方法，认为那可以弥补作家生活经验方面的不足，是因为创作过程需要设身处地地再体验、再分析，把历史环境和行动集中在一起去生发、想象、走进人物心灵深处；认为作家对待生活的态度是创造的源泉，对创作对象真实性的感觉、拥抱是作家的"自我斗争"、"自我扩张"。这些认识，不要说在几十年前，即使在今天也有很大的启发性。

胡风决不反对思想改造，相反地，他很强调知识分子在实践（创作过程）中进行思想改造的重要性。但是，他反对林默涵、何其芳等那种庸俗化的思想改造主张和方式。他们虽然也强调革命理论和实际斗争，但反对国统区作家用实践者的态度来对待生活、对待创作过程。他们还把国统区作家分为改造好的、不必改造的、经过改造但还未改造好的、没有经过改造的几种类型，使作家们背上了很重的精神包袱。林默涵等认为改造好的作家，其工作是到处搜集材料，作品如果不成功，是因为材料不好、不典

---

① 胡风：《关于解放以来的文艺实践情况的报告》，《胡风全集》第6卷，第215页。

型，好像典型就是放在那里现成的；或者直接给这类作家分配"题材"或"主题"，让作家们按照纪律去完成任务。认为不必改造的，思想肯定没有问题，他们写作的作品自然是好的，甚至把他们当作偶像。对于认为必须改造而没有经过改造的作家，就不准他们创作，让他们专门去改造，如果不改造而发表作品了，就给予批评；如果不接受批评，就是反对改造，甚至称他们为反对派，直至他们搁笔为止。这样一来，有的作家善于看风使舵，能够自觉表态，就被认为是改造好的或不必改造的作家，就给他们作品发表的机会或工作条件。① 这些做法，在胡风看来，"那反实践的性质是达到了最高点的"②，不仅败坏了文坛，而且败坏了党的形象，使党的威信受到了严重损害，这种对于思想改造的认识、做法是脱离了革命的实践的。

关于民族形式。这在胡风的理论批评中占有十分重要的位置，因为它涉及现代文化战略。

胡风认为，民族形式本来是很明朗、很单纯的概念。"以民族的语言新鲜活泼地反映出了现实的真实的，就是民族形式。"③ 1940年在重庆发生了民族形式的论争，向林冰等理论家从狭隘的"民间文艺中心论"认识出发，否定了"五四"新文学，而胡绳等从维护无产阶级领导权的立场出发为"五四"新文学辩护。胡风从保卫"五四"革命文学传统出发对向林冰的观点进行了批判，反对狭隘的民间文艺等艺术形式（但我们不要以为胡绳等的观点与胡风是等同的，至多在维护"五四"新文化运动这点上他们是一致的）。十几年后，林默涵、何其芳等抛开当时胡风发表文章时期的政治环境（国民党反动派统治下的重庆），谴责他犯了民族虚无主义的错误。胡风当然不能同意这种指责，在"三十万言书"中，他重申：

> 现代市民阶级勃起以前，几千年的中国文化史上，自然有反映劳动人民的梦想的、民主主义思想的成分，但一方面由于封建文化的强

---

① 胡风的有关陈述参见《胡风全集》第6卷，第218、219、220页。
② 胡风：《关于解放以来的文艺实践情况的报告》，《胡风全集》第6卷，第220页。
③ 同上，第224页。

第四章 《关于解放以来的文艺实践情况的报告》解读

大压力,一方面由于创造民主主义物质地盘还没有存在,这些成分不是摧毁了就是被阻留在梦想性的原始状态里面,没有能够发展成作为认识现实改造现实的、群众性的、科学的、实践的思想体系或生活态度。所以,即使在历史上发生过多少带有民主要求的群众行动,但由于这一原因,不但被注定了溃败的命运,而且在文艺上也得不到民主主义观点的反映,甚至略略带有民主主义观点的要素的反映也很难被我们发现了。作为生活现实的反映的文艺,虽然是"封建社会下被压迫被剥削的人民大众的自己创作",但客观上既没有民主主义的现实存在,主观上又没有民主主义的战斗观点,他们的不平、烦恼、苦痛、忧伤、怀疑、反抗、要求、梦想……就只有在封建意识里面横冲直撞,恰像追求光明的苍蝇,乱碰在玻璃窗子里面;不但不能使那些"反抗的动因"得到合理的"归宿",而且也不能使那些反抗的实际内容在历史真理的照明下面呈露出真相,因而封建文艺再也不能向前发展了。

胡风的分析力透纸背,他以现代文化启蒙的批评眼光评价了封建文艺、民间文艺,应当说是有见地的。但他没有否认作家可以向民间文艺吸收营养。他认为如果作家有了现实主义的自觉,"通过作家的主观作用——现实主义的方法,才能够呈现出真实的面貌而取得思想力量或艺术力量"[1],那么从民间文艺中汲取有益成分当然是可以的。不过,吸收民间文艺是为创造新文艺服务的,"从民间文艺以及传统文艺里面汲取营养,正是为了克服它们,为了创造新的内容和新的形式"[2]。胡风所说的吸收民间文艺的前提是作家要具有现代思想意识,尤其要具有现实主义的理论精神和气魄,强调的显然是主观精神的重要性。

为了更好地说明问题,胡风分析了民族形式的深层内涵:认为"形式"是一个不确定的概念,普通叫作形式的,应该称为体裁,像长篇小说、剧

---

[1] 胡风:《胡风选集》第1卷,四川人民出版社1996年版,第350页。以下凡引自《胡风选集》的内容均系此版本,不再一一注出。
[2] 胡风:《胡风选集》第1卷,第351页。

本、诗……从哲学角度看，文学上的体裁相当于外形式（哲学把形式分为内形式、外形式）；文学上的内形式，"那是具体的生活内容（思想感情）通过语言的具体表现形式"；认为体裁是由"对于对象内容的总的联系的看法（或感情要求）规定的"①：

> 人物是什么性格，他或他们在环境或事件中的地位，他们间的关系和斗争表现了什么历史内容，等等；对于这些总的关联的看法就决定了选什么来写，从哪里写起，写到哪里为止，等等；这就形成了体裁，例如短篇小说。
>
> 至于一篇短篇小说，自始至终，那是由具体的生活内容通过语言的具体的表现方式所构成的。具体的生活内容各各有生动的活泼的具体的特点，语言的具体的表现方式是被这样的具体的特点所规定的。作者的看法只能评价它，但却不能主观地改变它。作者的看法只能通过对于内容发展的估计即人物的命运（人物的性格）的态度去表现出来。

胡风说，形式取决于内容，体裁决定于作者的思想、观念，民族形式是为了反映民族生活要求而创造的，必须以现实主义的方法、精神去理解；民族形式是动态的存在，随着内容的变化而变化，随历史的发展而存在。从而表达了经过"五四"启蒙精神洗礼的现代知识分子具有的现代化的文学（文化）立场。

林默涵在批评胡风时，以鲁迅的做法为例，想证明民族文艺遗产值得肯定，但把鲁迅误解了，以致"把民族文化遗产、民族形式、民族文学传统混为一谈"②。胡风顺手借题发挥，通过分析鲁迅的做法辨明了以上三者之间的关系。胡风探讨民族形式问题，既是为了文艺的大众化，同时也是

---

① 胡风：《关于解放以来的文艺实践情况的报告》，《胡风全集》第6卷，第235、236页。
② 同上，第240页。

第四章 《关于解放以来的文艺实践情况的报告》解读

为了克服新文学的某些不足,更是为创造新文艺进行理论的准备,这也是他1940年代撰写《论民族形式问题》一文的初衷。毛泽东是以马克思主义的态度认识古代文化和民间文艺、民间形式的,而林默涵、何其芳等只是以民族复古主义看待民间形式。对此胡风看得非常清楚。

笔者注意到,在"三十万言书"中,胡风对民族形式的某些表达与他在《论民族形式问题》一文中的说法有些改变,态度更加明确,不再使用"奴隶的语言"。他提出:"一切要以今天为标准,以今天的人民生活为标准,以今天的历史为标准","要用最大的努力接受国际革命文艺和伟大的古典现实主义文艺的财富和经验","无论是清理或接受,不能忘记了毛主席的'不是赞扬任何封建的毒素'这一个警告","不能陶醉于'优良的传统'而忘记了我们文化的严重的落后,不能陶醉于'继承'和'发扬'而忘记了文艺的生命要随着历史要求或历史发展而摆脱应该摆脱的旧的东西,达到应该达到的新的东西;在我们今天,没有革新是就等于放弃了文艺的"。[①]清醒的使命感,知识分子的人文精神,辩证法的思维在这里得到相当充分的体现。其中既有对民族形式问题的总结,同时也联系着解放以来中国文艺界的实践状况,可谓语重心长。

关于"题材",是个老问题,但似乎能够常说常新。胡风一生谈论题材问题的时候很多。

胡风说过:"文艺作品的价值,它的对于现实的推进效力,并不是取决于题材,而是决定于作家的战斗立场,以及从这立场所生长起来的创作方法,以及从这创作方法所获得的艺术力量。"[②]发表这段话的背景是在抗战胜利之后的重庆,当时许多出版商都在准备出版与抗战有关的文艺作品,是"在无孔不入的蒋介石文化政策之下做的生意,是由没有政治保证的书商想抢着做的生意"[③]。胡风想以此来提醒人们一下,不要被蒋介石文化政策利用。何其芳等不了解这样的背景,甚至也不去阅读胡风同文中这段文

---

① 胡风:《关于解放以来的文艺实践情况的报告》,《胡风全集》第6卷,第251、252页。
② 胡风:《逆流的日子》,希望社1947年版,第161页。
③ 胡风:《关于解放以来的文艺实践情况的报告》,《胡风全集》第6卷,第255页。

字之前的一段话，他们得出的结论是：胡风否认题材有差别，否认生活的重要性，否认建国后的作家必须到工农兵中去，否认描写工农兵、否认描写他们中的先进人物等。

何其芳等大搞"题材差别"论，"不问什么作家，不问作家的生活基础和斗争要求的内在根据，也不问具体作品所包含的真实性和思想意义，一律以'题材'为标准"①，认为题材对于作品起决定作用，说历史上的伟大作品都是以当时时代的重要题材为素材。何其芳还嘲笑胡风脑子里的中国人都是阿Q时代的人，简直忘记了时代的巨大变化，以此批判胡风落后的题材观，并指责胡风的"精神奴役的创伤"说。这样的言论无非想证明题材有差别、题材对文学价值的决定性影响。

何其芳说得很明白，"题材差别"论是从他的"生活差别"论来的，他反对到处都有生活说，认为说什么生活都一样，是旧现实主义。这样的主张，胡风认为等于放弃了现实主义。几年来的深刻观察使胡风看到这种错误已给文坛带来了怎样严重的后果："第一，造成了或者叫作'太平观念'、或者叫作'安享成果'、或者叫作'政治麻痹'的精神状态。"② 作品里都是一帆风顺的胜利故事，工农兵没有落后思想、行为……"第二，几年来的所谓领导创作的机构，采用了完全'不可想象'的方法。"③

> 把"重要"的题材分配给作者，要作者去写；把"重要"的主题分配给作者，要作者去写，要作者带着所谓"主题计划"去生活，"搜集"了"材料"回来写；要写了，或自己想写什么，那就要你立"计划"，顶好写出"大纲"，请求"指示"和"批准"。

胡风意识到按照何其芳们的理论必然导致作家争抢重要题材。确实当时文坛上出现了一些啼笑皆非的故事。1954年5月《光明日报》发表过两

---

① 胡风：《关于解放以来的文艺实践情况的报告》，《胡风全集》第6卷，第256页。
② 同上，第271页。
③ 同上，第276页。

第四章 《关于解放以来的文艺实践情况的报告》解读

篇杂感,其中说到两个作者在争抢要写作的对象(主人公)。这引起胡风的深长思考,觉得这样的作者丧失了作家的起码资格,认为这都是何其芳们的理论造成的后果。由此,他对高尔基把文学规定为"人学"表示了高度的肯定,对爱伦堡说的"作家不可能要写什么就是什么,要写谁就是谁。他在题材和人物的选择上都受着限制"也深以为然。

以中外伟大文学作品为例,胡风对何其芳等的"题材差别"论提出了有力的批判。他一方面联系文坛状况进行理论批评,同时又从创作过程方面加以深刻的论述。

他重视创作过程中创作主体(作家)的内心状态,认为只有创作主体和描写对象进行了心灵的搏斗,深入了与历史内容相联系的内部,才能产生有价值的作品。而作家的"主观精神"是在长期的生活实践和创作实践的统一过程中形成的,它既体现着社会的属性,又有着独特的个性。"从总的历史发展规律上被合理地说明了的社会的东西,如政治要求、思想要求等,可以通到个性,可以引导个性,使那个性发生变化,但却决不能抹杀或压死那独特的化合状态,决不能代替个性的。作家只能从他身上能有的基础去通到社会内容,而且在绝对大多数的场合,是只能通到他有可能通到的社会内容的。作家总是凭着最诚挚最纯洁的热情,在某一点或某些点上去突入社会内容,和历史要求结合。"[①] 个性体现着共性,共性只有通过个性才能表现出来。这里跳动的是"主观战斗精神"说的影子。胡风又正面分析道,题材不能决定作品的艺术价值,因为一个作家只有和某种描写对象产生心灵的结合,只有这种结合是真诚的,对象进入了作家的精神世界中被融会,才可能产生艺术品。因此,不能给作家分配题材,也不要让他们去搜集题材,因为那都是投机行为。

在"第三:关键在哪里?"中,胡风对林默涵、何其芳的理论进行了非常严厉的指责,从他们的人格、对他人文章阅读的方法、喜欢上纲上线的做法、以他们为中心形成的宗派主义等方面展开批评。在胡风看来,林默

[①] 胡风:《关于解放以来的文艺实践情况的报告》,《胡风全集》第6卷,第280页。

涵、何其芳"把毛主席的某些原则歪曲地做成了机械唯心论的教条主义"①,并且在读者和作家头上放了五把"理论"刀子②:

> 作家要从事创作实践,非得首先具有完美无缺的共产主义世界观不可(着重号原有。下同——引者注),否则,不可能望见和这个"世界观""一元化"的社会主义现实主义的创作方法的影子,这个世界观就被送到了遥遥的彼岸,再也无法可以达到,单单这一条就足把一切作家都吓哑了。
>
> 只有工农兵的生活才算生活;日常生活不是生活,可以不要立场或少一点立场。这就把生活肢解了,使工农兵的生活成了真空管子,使作家到工农兵里去之前逐渐麻痹了感受机能;因而使作家不敢也不必把过去和现在的生活当作生活,因而就不能理解不能汲收任何生活,尤其是工农兵生活。
>
> 只有思想改造好了才能创作,这就使作家脱离了实践,脱离了劳动,无法使现实内容走近自己内部,一天天干枯下去,衰败下去,使思想改造成了一句空话或反话。
>
> 只有过去的形式才算民族形式,只有"继承"并"发扬""优秀的传统"才能克服新文艺的缺点;如果接受国际革命文艺和现实主义文艺的经验,那就是"拜倒于资产阶级文艺之前"。这就使得作家即使能够偷偷地接近一点生活,也要被这种沉重的复古空气下面的形式主义和旧的美感封得"非礼毋视"、"非礼毋听"、"非礼毋动",因而就只好"非礼毋言",以至于无所动无所言了。
>
> 题材有重要与否之分,题材能决定作品的价值,"忠于艺术"就是否定"忠于现实",这就使得作家变成了"唯物论"的被动机器,完全依靠题材,劳碌奔波地去找题材,找"典型",因而,任何"重要

---

① 胡风:《关于解放以来的文艺实践情况的报告》,《胡风全集》第6卷,第301页。
② 同上,第302、303页。

第四章 《关于解放以来的文艺实践情况的报告》解读

题材"也不能成为题材,任何摆在地面上的典型也不能成其为"典型"了。而所谓"重要题材",又一定得是光明的东西,革命胜利了不能有新旧斗争,更不能死人,即使是胜利以前死的人和新旧斗争,革命胜利了不能有落后和黑暗,即使是经过斗争被克服了的落后和黑暗,等等,等等。这就使得作家什么也不敢写,写了的当然是通体"光明"的,也就是通体虚伪的东西,取消了尚待克服的落后和"黑暗"也就是取消了正在前进的光明,使作家完全脱离政治脱离人民为止……

这就对1950年代初的文坛作了相当准确的概括,自然这样的表达风格人们是难以接受的。1984年9月,劫后余生、获得平反后的胡风,在病床上依然不能忘情他的"五把刀子"说法。他曾经对家人表示:到现在也看不出我的理论有什么错误。他声言,"关于文艺理论上的所谓五把刀子,应该说明,我当时是为了说明抗日间到解放战争期的国统区文艺运动情况的","我只能用生活的观点和实践的观点来理解问题"。"五把刀子这比喻是不恰当的。如改为五块令牌,也许适当些。""因为是向中央提供(而不是向群众散播)意见,因而采用了'矫枉过正'的说法和比喻。"①

从学理上说,胡风的认识没有错误,因为许多年来学人在总结那一段历史时就常常以这种说法概括1950年代初的中国大陆文坛。这种矫枉过正的阐述中晃动着真理的身影。但似乎问题还复杂一些,林默涵、何其芳等有那么大的能力吗?他们真有"振臂一呼,应者云集"的能量吗?在笔者看来,林默涵、何其芳们充其量不过是文坛权力话语的发言人,因而不能把一切责任都推到他们身上。

以题材问题而言,之所以出现上述情形,还有多种原因,并不是说林默涵、何其芳规定怎样,大家都很顺从地配合。事实上,毛泽东的《在延

---

① 胡风:《对"五把刀子"的一点解释》,《湖北作家论丛》第2集,长江文艺出版社1988年版。

安文艺座谈会上的讲话》中,就有"新的人物,新的世界"的说法,这说明毛泽东很重视文学题材问题。之后,在第一次全国文代会上,周扬的报告①对创作题材作了比较具体的规定,认为创作的重点必须放在工农兵身上,工农业生产建设的主题将获得新的重大的意义,文艺作品必须揭示社会中一切的主要矛盾和主要斗争,写出反映革命战争的作品,不但要写出指战员的勇敢和智慧,而且要写出毛主席的军事思想如何在人民军队中贯彻,等等。茅盾的报告②认为国统区革命文艺创作的主要缺点是不能反映出当时社会中的主要矛盾与主要斗争。因此,1950年代初,多数的作家、理论家把题材划分了等级,认为现实题材高于历史题材、工农兵题材高于知识分子题材、重大社会斗争题材高于"家务事、儿女情"题材、革命历史题材高于一般历史题材等,就是这种理论要求作用下的必然。因此简单地指责林默涵、何其芳如何,是没有真正认识转型时期中国文化环境的一种表现,是不理解1950年代初中国大陆文化体制特点的结果。胡风的单纯由此可见一斑。

第三节 "三、事实举例和关于党性"

本部分更像是报告,属于文学批评性质的内容虽然有,但比重显得较小。按照胡风的说法是清理了以周扬同志为中心的宗派主义统治的若干重要方式,"以树立小领袖主义为目的"③,"不断地破坏团结,甚至竟利用叛党分子制造破坏团结的事件"④,"把文艺实践的失败责任转嫁到群众身上,

---

① 周扬的报告名为《新的人民的文艺》。该报告作于1949年7月5日。原载《中华全国文学艺术工作者代表大会纪念文集》,新华书店1950年版。
② 茅盾的报告名为《在反动派压迫下斗争和发展的革命文艺》,作于1949年7月4日。
③ 胡风:《关于解放以来的文艺实践情况的报告》,《胡风全集》第6卷,第98页。
④ 同上,第99页。

第四章 《关于解放以来的文艺实践情况的报告》解读

以至于竟归过于党中央和毛主席身上","牺牲思想工作的起码原则,以对于他的宗派主义统治是否有利为'团结'的标准"。① 本部分共九节:(一)算旧账问题;(二)社会民主党;(三)小宗派;(四)关于舒芜问题;(五)关于林向北问题;(六)由小见大;(七)关于陈亦门同志;(八)关于路翎同志;(九)关于党性。其中,(六)(八)涉及对作家作品的评价。

在(六)中,胡风陈述他的夫人、作家梅志的创作遭遇,主要叙述了她在创作过程中遇到的一系列麻烦,而胡风的评价就在这些叙述中呈现出来。评价梅志,胡风是想报告与自己有密切关系的文学工作者们近两年来的不幸,把她作为一个典型来述说。

梅志少年时代读了不少旧小说,也读过一些通俗类作品。与胡风结婚后,由于"左联"的文化工作需要,梅志阅读的文学作品越来越多,时间久了,就有了创作冲动,写了一些小说,先让胡风发表意见和看法。结果往往是胡风看一篇就否定一篇,弄得梅志哭了许多回。读者不禁要疑问:梅志的作品质量不够好吗?情况几乎不是这样的。梅志创作开始的时候,也大致是胡风逐渐形成自己理论批评体系的时刻。因此,不难想象,那时的胡风是以怎样的态度、眼光来看待作品的,对梅志,他更是苛刻。胡风作为理论家、批评家,对文学作品的持论相当严格,其批评标准自然很高。梅志的作品比较接近大众读者的阅读习惯,平易近人,显得不那么"深刻",因而不可能轻易获得胡风的认可。他对梅志甚至有这样的苛评——"文字上的陈腐的美感总是毒害了生活的感觉。"② 这里所谓"陈腐的美感"所揭示的就是梅志作品的大众化美学风貌。

在胡风的"打击"下,梅志发誓不再写小说。不过,太平洋战争爆发之后,梅志开始转向于童话创作(各种儿童文学的体裁都有)。梅志的童话别有一番气象:她的纤细的感觉,热爱儿童的天性,"能从肮脏的儿童身

---

① 胡风:《关于解放以来的文艺实践情况的报告》,《胡风全集》第6卷,第100页。
② 同上,第342页。

113

上看出美点"，尤其是"有爱儿童的感情要求"……使胡风受到感动。胡风再不像以前那样苛刻地对待梅志作品了。梅志的童话发表后深受欢迎，"后来传到解放区，被翻印过两次，北平解放后还由电台广播过"①。对梅志童话创作的评价，胡风是从人道主义出发的，他特别欣赏梅志与儿童的深厚感情，他看到梅志"抱起他们来游戏，能在被虐待得痴呆了的儿童身上看出某种智慧"②。梅志越来越成功了，1940年代末，她的第二本童话诗在《人民日报》发表，立即引起强烈的反响，有的部队文工团把该诗改编为歌剧演出，《北京儿童》则改编成连环画……梅志从最初的创作成人小说到成为优秀的童话作家，胡风当年的"否定"毫无疑问起了使她发奋努力的作用。换言之，梅志能够取得童话创作的可观成绩，是与胡风的提携与帮助分不开的，尽管胡风说"她完全不是我的理论'培养出来'的，也不是在我编的刊物上'提拔'起来的"③。

然而，建国以后梅志的童话受到冷落，尽管不断有创作的短诗发表，但总体上，出版社、杂志都不愿发表她的作品。原因不在梅志，而因为她是胡风的夫人。胡风在本节中，详细说明了梅志的作品一次次受到退稿或压下不予发表的情况，使我们感受到那个时代文化专制的可怕。这样的介绍、叙述从文学批评的视角看也很有意义，可以看作文学接受的思路：以读者的阅读与接受为重心，着意突出读者的接受意识。一般认为，对作品的接受，无论是正接受还是负接受，都是在与作品对话。从胡风的文字看，这显然是负接受居多。这里的负接受，并不是读者认真阅读作品之后不能理解作品，或表达消极的阅读感受的情形，因而它不是一种原初的文学接受，而是读者有着明确的政治偏见、戴着有色眼镜下的曲解。胡风叙述到：有关出版社、杂志社中的编辑等人员几乎都没有真正读梅志的作品，却去乱说一气，很不负责任。

在（八）中，胡风介绍了路翎的许多情况，原因是"几年以来，路翎

---

① 胡风：《关于解放以来的文艺实践情况的报告》，《胡风全集》第6卷，第343页。
② 同上。
③ 同上，第344页。

第四章 《关于解放以来的文艺实践情况的报告》解读

同志不断地受到了毁灭性的'批评'。如周扬同志所说的,我的理论错误,可以用路翎的作品来证明,因而路翎的问题和我的问题几乎成为二而一的性质"①。

1940年代胡风对路翎作品的批评主要体现在对其中篇小说《郭素娥》和长篇小说《财主底儿女们》的评说上。

1942年为《郭素娥》的出版撰写的序,是一篇极精致的批评:既是对作品的精辟解读,带有个案研究的性质,但又好像是针对路翎小说的总评;既有浓得化不开的深挚的爱怜,又有理论探讨的风采;人物分析与主题批评水乳交融;诗意、哲理同时并存。不妨一瞥:

> 在现在这一篇里面,他展开了用劳动、人欲、饥饿、痛苦、嫉妒、欺骗、犯罪、残酷,但也有追求、反抗、友爱、梦想所织成的世界;在这中间,站着郭素娥和围绕着她的,由于她的命运而更鲜明地现出了本性的生灵。②

在同文中,也有着美学上的批评。"他不能用只够现出故事经过的绣像画的线条,也不能用只把主要特征的神气透出的碳画的线条,而是追求油画式的,复杂的色彩和复杂的线条融合在一起的。"③ 这样的批评表明胡风没有放弃美学批评(形式批评)的思路。

对《财主底儿女们》的批评是胡风文学批评的重大节目。

胡风从现代知识分子艰难的精神蜕变史角度审视这部作品,重点分析了《财主底儿女们》现实主义的创作方法和实际美学效果,并贯穿着一贯的反封建意识。胡风用富于情感性的分析赞美了作者与描写对象的高度融合,表达了反对"主观公式主义"和"客观主义"的鲜明立场,"没有对于生活的感受力和热情,现实主义就没有了起点,无从发生,但没有热情

---

① 胡风:《关于解放以来的文艺实践情况的报告》,《胡风全集》第6卷,第350页。
② 胡风:《一个女人和一个世界》,《胡风选集》第1卷,第167页。
③ 同上,第169页。

和思想力量或思想要求,现实主义也就无从形成,成长,强固的"①。由此赞美作者创造的"那些痛苦的境界,阴暗的境界,欢乐的境界,庄严的境界"②。对作品中人物的批评侧重于精神方面。

整个批评处处显示着主体批评的特色:不仅重视对创作主体精神的透视,也重视描写对象主体的精神面貌,更表现出批评主体(胡风本人)的现实主义理论品格。胡风把路翎的成功首先记在鲁迅的账上,"生根在人民的要求里面,一下鞭子一个抽搐的对于过去的袭击,一个步子一印血痕的向着未来的突进"③。其次,他把路翎的成功与世界现实主义文学大师们的经验联系在一起。认为路翎"用着最高的真诚向现实人生突进,把人生世界里的真实提高成艺术世界里的真实"④,从而获得了现实主义的胜利。也正是在这个意义上,胡风宣布:"时间将会证明,《财主底儿女们》的出版是中国新文学史上一个重大的事件"。⑤

然而,并不是所有的人都像胡风这样有眼光。从 1944 年开始,路翎的作品受到主流文坛领导人以及有关理论家的否定和批判。胡风深知,他们的批判活动实质是针对他本人的。在《论现实主义的路》中,胡风批判了胡绳等人的理论观点及其思想意识。但他的批评工作收效甚微,"由于胡绳同志的批评,解放后,路翎过去的全部作品差不多都不能出版"⑥。因此建国之初,路翎创作的剧本、短篇小说,受到"不断的沉重的排斥和打击"显然是预料之中的事。"三十万言书"中,胡风对路翎的评说不是一般意义上的文学批评,而是有着特定的话语背景,主要是出于为他申辩。

为什么要申辩?当然有上述原因,但主要由于下面的情况。

路翎从朝鲜战场回来后,陆续发表了几篇反映抗美援朝生活的作品,引起了读者的阅读热情——"由刊物编辑部、一般作家们、到广泛的读者,

---

① 胡风:《青春底诗》,《胡风选集》第 1 卷,第 186 页。
② 同上,第 187 页。
③ 同上,第 188 页。
④ 同上,第 189 页。
⑤ 同上,第 184 页。
⑥ 胡风:《关于解放以来的文艺实践情况的报告》,《胡风全集》第 6 卷,第 352 页。

一篇比一篇更受到欢迎,一篇比一篇更引起了感动。"① 当时文坛的负责人邵荃麟、冯雪峰、严文井、沙汀、巴人等都是这样的态度。然而不久,文艺界一些作家、评论家否定了路翎的这些作品,原本赞赏的人(如丁玲)态度也发生了巨大变化。周扬等人发起对路翎作品的批判,并为此采取了一系列有计划的步骤,其主要批判观点有:路翎不老实;用小资产阶级个人主义和温情主义歪曲志愿军;把志愿军的纪律写成了束缚人心的东西;没有深入生活;凭空挖出一些所谓精神世界、人物心理活动;思想没有被彻底清算与改造;用资产阶级思想向志愿军进攻,等等。丁玲甚至主张要路翎停止创作五年,深入生活进行改造。为保护路翎、捍卫现实主义,胡风在"三十万言书"中评述了路翎的生活与创作情况。胡风指出:

(一)路翎作品描写的是历史要求下的生活真实,历史精神与时代要求取得了完全的统一。(二)路翎描写的是血肉丰满、品质高尚的人民战士,没有拔高他们,像生活一样真实,没有任何主观主义的概念化倾向;英雄即使有缺点,也依然是动人的。(三)路翎要表现的是人物的精神世界,写他们灵魂深处的情感波动,他们与读者一样充满着痛苦、爱憎、追求和理想,他们引起读者的共鸣说明了路翎作品深入了读者的内心世界,体现了高尔基"文学是人学"论断的正确性。(四)路翎能够忠实于生活本身的逻辑,在斗争中表现光明和黑暗,从不回避生活中的落后和黑暗,他是真正的现实主义者。(五)路翎把自己的情感融入描写的人物中,与人物一起战斗,发扬了"主观战斗精神"。(六)路翎从群众中来,参加了各种各样的劳动工作,他身上有普通人的感情、经验和性格,一旦与实际斗争相结合就能创作出好作品,说明真正的生活可以产生成功的艺术品。(七)路翎从最基本的生活实践出发,来反映时代的精神与要求,表现思想意义;即使是反面的描写也能够唤起读者的美感要求,感受时代斗争的精神。(八)应该用实践的态度和标准来评价路翎的创作,以现实主义的精神来评价他的劳动,不能剥夺他的工作条件。

---

① 胡风:《关于解放以来的文艺实践情况的报告》,《胡风全集》第6卷,第367页。

当时，文坛领导人周扬等都认为路翎是由胡风培养出来的，路翎创作的得与失都与胡风有直接关系。他们指责路翎没有写出高尔基的《母亲》那样的长篇小说，没有达到无产阶级的革命要求。与此同时，诗人阿垅，也遭遇了同样的命运。

路翎究竟是谁培养出来的？胡风作了思考。从现实主义出发，胡风认为路翎的成功是由多方面因素促成的，"时代"、"人民的痛苦"、"党所领导的伟大的历史斗争"、"马列主义和党的政策精神"、"古典作品"、"他自己的劳动过程"等都起了作用。在论述时，胡风没有泛泛而谈，而是抓住关键点来述说。他首先肯定路翎的生活经历以及他的生活态度，然后特别指出了马列主义对他的思想引导，"他读了能够有的马列主义的书，但他不是去记条文而是去体会历史脉搏，感受历史要求"。而对这些书，胡风了如指掌，他一一列举了出来。所谓的"古典作品"，并不是中国古典文学作品，主要指来自西方现实主义大师的作品，如巴尔扎克、莎士比亚、托尔斯泰、契诃夫、罗曼·罗兰、高尔基，也包括鲁迅的作品。胡风指出，路翎学习、吸收"古典文学"，不是技巧学习，而是"从那里经历人生的要求去读"[1]。显然，胡风的讨论，非常重视生活、时代对路翎的影响，这是很典型的唯物论思维。实际上，路翎本身的艺术感悟力是相当好的，想象力也是杰出的。胡风肯定路翎生活的丰富性，赞美他对生活的真诚态度，而不去讨论路翎的文学天赋。有生活体验和真诚的人生态度的人在中国不可胜数，特别在解放前具备这样资质的作家非常多，为什么只有路翎取得了那么大的艺术成就呢？归根结底还在于个人的主观条件。胡风没有从文学天赋方面评说路翎，并不是他意识不到路翎的天才，只能说明胡风是彻底的反映论者，也是他一贯的批评个性所致。

当然，胡风也承认自己对路翎产生了一定的影响[2]：

---

[1] 胡风：《关于解放以来的文艺实践情况的报告》，《胡风全集》第6卷，第363页。
[2] 同上，第364页。

第四章 《关于解放以来的文艺实践情况的报告》解读

第一,对于他的发展过程,在对现实的看法和态度上给了一些鼓励。……我给予他的是现实主义创作要求上的一些引线,引发他从生活实践里面得到的东西,因而他在现实主义的创作要求上面提高了思想性的追求精神。第二,作品写成了,看过以后,对那里面应该固有的东西但还没有达到或透出的地方,对那里面偶然出现的似乎不是内容固有的东西,就指给他参考。……但我从来没有在他的作品中发现过故意作伪的东西。当然也有过觉得全篇的内容没有把握好或把握出来,因而劝他舍弃了的作品。……第三,在生活态度上和工作态度上也许给了他一点影响。介绍给他一些马列主义书籍和当时不易得到的党的文件。第四,因为编辑了一个刊物,路翎这个作家才得到了在劳动过程中成长的便利。

胡风所谈到的是理论性的东西,实则有些过于谦虚、笼统。笔者加以扼要的补充说明。

路翎于 1940 年开始给胡风编辑的《七月》投稿。在收到稿子、阅读之后,胡风凭着理论、艺术的直感,感到路翎有发展潜力。对于这样的文学青年,胡风的帮扶是不遗余力的。特别是当读到路翎的长篇小说《财主底儿女们》草稿时,胡风简直爱不释手。不过,与胡风的感觉不同,路翎对《财主底儿女们》并不看好,觉得无所谓,不准备继续写下去。胡风写信(1941 年 6 月 21 日)鼓励路翎:"我挂念你的长篇,那并不像你自己所想的,是失败的作品,我看,进步的读者会感受它的生命的。望即寄来,我一定设法使它出版。"路翎在胡风的鼓励下,边工作,边修改《财主底儿女们》,一部杰出的现代文学名著就这样诞生了。

为了尽快提高路翎的政治理论修养尤其是马克思主义理论水平,胡风主动给他寄一些理论书籍,这些书籍主要是《法兰西阶级斗争》、《拿破仑第三政变记》、《法兰西内战》、《联共党史》、《论持久战》、《新民主主义论》以及《农村调查》等。

路翎以胡风的鼓励为创作动力,坚持经常性的创作,写短篇小说,写中篇小说,也写散文等。他非常信赖胡风,写完后总是要寄给胡风看,这是他的习惯。胡风的审阅非常认真,但并未全部发表路翎寄来的作品,因为他觉得路翎有些作品挖掘不够,有的描写也有不妥之处。他热情鼓励路翎,但也像对待其他投稿者一样严格要求。胡风从路翎身上看到了现实主义的力量,也感受到了自己理论的魅力,这是他肯定、重视路翎的根本前提。虽然胡风与路翎并不在同一地区工作,但他以书信的形式指导路翎,非常用力,乐此不疲(他一生给路翎的书信多达133封)。信中谈论得最多的是创作问题,有时围绕路翎的一篇作品,胡风往往要撰写几封信①。

1941年夏天,胡风指定以路翎为首,成立由路翎、阿垅、何剑薰、张元松等四人组成的重庆地区编辑联络站,积极在广大青年中发现有进步倾向和培养前途的作者。这一方面有利于发现文学新人,扩大《七月》的影响,另一方面也给像路翎这样的文学新人一个提高、锻炼的机会。按照胡风的要求,每个联络站要负责所辖地区的稿件的遴选、审读,这个过程正是考察一个人的工作能力的好途径。路翎严格按照胡风的要求开展工作,给胡风以很好的助力。路翎一直在国统区工作和创作,胡风一向知道国民党书报审查机关从来都是与一切进步的文艺作品为敌,那些政治倾向比较进步的作品如果到他们的手里注定死路一条,作者甚至有性命之忧。胡风与国民党有关部门多有打交道的机会,所以深知其利害。他从路翎走上文学之路那天起,就一直密切关注有关情况,他多次、甚至有点婆婆妈妈地告诉路翎,要小心再小心。

路翎是精力充沛的青年作家,聪颖敏捷,写东西很快,往往不用十天半月,就可以完成一个短篇作品。作品寄给胡风后,胡风往往是就作品提出若干问题,以很严格的规范要求路翎。所谓规范,从大处说就是胡风的现实主义理论精神(以及编辑原则),从小处说是作品写作时的一些具体问题,主要是人物形象的塑造、结构的安排、思想意识的深化、语言的运用等。路翎把胡风当作自己的老师,所以他总是按照胡风的要求修改作品。

---

① 像并不为人看重的小说《谷》,胡风竟然为它的修改问题给路翎写了七封信。

第四章 《关于解放以来的文艺实践情况的报告》解读

胡风的认真简直有时到了一种无以复加的程度。他喜欢围绕路翎的作品反复地作多侧面的观察与思考,然后根据艺术和主题的表现需要提出进一步修改的意见和建议。路翎对此心存感激。①

现在回到"三十万言书"。在为路翎辩护的过程中,针对丁玲提出的要求路翎放弃创作的论调,胡风进行了申辩:"一个作家,只要是一个作家,他的创作基础是在他的'全部生活'中形成的,他是在'全部生活'中积累感情经验、体认对象真实、培养创作要求的","一个创造要求在作家的感情里出现,当然是作家自己也不能事先预计的;从外面要求作家放弃他的创作要求,那就是要他停止劳动,实质上就是要他去过在艺术实践上不能结果的生活而已"。② 从而继续张扬着生活实践和艺术实践的结合,为现实主义理论而申辩。

第四节 "四、作为参考的建议"

1955年1月,未经胡风同意,《文艺报》第1、2期合刊发表了"三十万言书"的第二、四部分,并声明要在文艺界和《文艺报》读者群众中公开讨论,说明了文艺界权力阶层对这两部分的重视。第二部分上文已有分析,现在来评述第四部分。

第四部分内容很多,最突出的是胡风提出的意见和建议。尤其在第二板块,胡风列举了俄共1925年制定的《关于党在文艺方面的政策》中的一

---

① 路翎对胡风为自己走上文学之路而付出的辛劳充满感激之情。在1989年4月撰写的悼文《一起共患难的友人和导师》中,路翎深情回忆了自己与胡风的交游,感谢胡风给予自己的无私帮助和提携;并称胡风为自己的导师、爱国者、革命事业的拥护者和宣传者、真理的追求者、文学事业的奋斗者。可以参见《我与胡风》(增补本),宁夏人民出版社2003年版,第740页。
② 胡风:《关于解放以来的文艺实践情况的报告》,《胡风全集》第6卷,第360页。

些规章①,指出这些规章制度是想把"加强党的领导作用和在最大限度上发挥群众的创作潜力结合起来,把在最大限度上保证作家的个性成长与作品竞赛和在最大限度上在党是有领导地、在群众是有保证地进行批评与自我批评、进行提高政治艺术修养结合起来,把在最大限度上提高艺术质量与积累精神财富和在最大限度上满足群众当前的广泛的要求结合起来"②。结合几年来的文艺界的情形,胡风开始提"建议",内容极其丰富,涉及文艺工作的各个方面,其中具有远见卓识、又切中时弊的建议有:

(一)用实践的态度和方法对待文艺问题,否则"任何人工的解决方法都会妨害有生力量的成长和思想斗争的开展,都会使党和人民的文艺事业陷入'毁灭'状态,在党员作家尤其是如此"③。(二)主张以劳动成绩(指创作成绩)衡量作家的政治品质,杜绝庸俗的、以所谓政治表现为依据的判断方法,并以此确定作家的工作待遇。(三)主张发挥批评的力量,大力推进民主批评的进程。(五)把作家的"深入生活、创作、工作、学习"结合起来,保证创作活动成为作家的日常工作中心。(六)取消"国家刊物"、"领导刊物"、"机关刊物"、"大区刊物"等不利于文艺界民主作风形成的文艺刊物的分类方法。(七)"有领导地解散中央和大区的、行政管理或变相的行政管理的所谓创作机构,如'驻会作家'、创作所、创作室、创作部、各种创作组等。"④(八)对于《解放军文艺》和部队创作机关,也要进行整顿,加强领导活力,努力办出特色,尤其要避免军事文艺作品题材方面的单调性给读者(指战士们)思想、品质教育方面可能造成的简单化,以及部队作家反映生活的能力和思想的狭隘化。(九)"每一

---

① 其精神是:对文艺领域的问题,党不能以下命令或决议的形式进行控制,应当提倡文艺派别和作品的自由竞赛;引用斯大林1929年的一段话,说明国家的文学领导机关要克服官僚主义;援引列宁1905年的"文学事业最不能机械地平均,标准化,少数服从多数","绝对必须保证个人创造性、个人爱好的广大的空间"、"不能谈公式主义",以及爱伦堡转引马雅可夫斯基的"我提不出关于人怎样成为诗人的任何规则"说法,等等。
② 胡风:《关于解放以来的文艺实践情况的报告》,《胡风全集》第6卷,第350页。
③ 同上,第406页。
④ 同上,第408页。

第四章 《关于解放以来的文艺实践情况的报告》解读

个刊物是一个劳动合作单位,绝对排斥任何行政性质(包括服从多数)的工作方式"①,要求刊物摆脱行政干预。(十)"属于每一刊物的作家有权利把作品交本刊物审阅,通过后得予发表,不得作家本人同意,不得积压",要求尊重作家的创作成果。(十一)"属于每一刊物的作家有权利不征求主编的同意把作品向其他刊物自由投稿,被本刊否定了的作品同样可以向其他刊物投稿,但不得对本刊编辑提的意见进行攻击,本刊编辑也不得影响接受此种投稿的刊物的审阅意见。"从而呼唤投稿的自由。(十二)要求作家创作活动的完全自由,"不受任何约束,但如向主编或其他作家征求意见时,主编或其他作家得负责加以帮助"②。要求作家创作活动的绝对权利。(十三)政治学习方面,主张废除强迫学习制度,以自学为主。(十四)"任何刊物不得组织固定的'通讯员'或印发所谓'内部刊物',但要灵活地举行读者座谈会之类"③,充分尊重读者,让读者发挥对刊物质量提高方面的积极的监督作用。(十五)要求每个刊物每年要提出至少两个电影剧本、一个多幕舞台剧、两个独幕剧,"此项任务,只能在本刊的作家和投稿者中间去组织,不能'拉来'不要属于本刊的成名作家的作品来充数","作品提出后,主编代表作家负责,对不正确的批评或意见进行解释,如确定了是错误的或失败的作品,主编负失职的责任","作品制成或演出后受到批评,主编与作家共同负责"。④(十六)在保证批评与自我批评方面,刊物发表的理论批评文章责任由主编承担;对于主编不同意或不能完全同意的理论批评文章,"择其优秀者在'讨论栏'发表,展开讨论,但主编要保证是看法不同的性质而不是存心攻击的性质,保证批评态度的严肃性"⑤。"无论来自何方的批评意见,都得先和本刊物商谈,由本刊物发表,不同意时展开讨论,但不得加'编者按'。"⑥"绝对禁止匿名批评、适合于

---

① 胡风:《关于解放以来的文艺实践情况的报告》,《胡风全集》第6卷,第411页。
② 同上,第414页。
③ 同上,第417页。
④ 同上,第418页。
⑤ 同上,第420页。
⑥ 同上。

自己企图的'读者中来'、甚至伪造的'读者来信';犯了这种败坏社会道德和损害党的威信的做法,要受到严格的公开批评以至处罚。"① 呼唤文艺批评的自由。(十七)在党的业务领导方式上,认为"中央宣传部责成出版机构和发行机构,对任何刊物和任何作品,不得在印数和发行范围上采取歧视态度,完全以批评影响和读者选择为准","中央宣传部通令全国报刊、剧团、和广播机构等,除特别指定的以外,选约稿件完全以自己的见解和要求为标准,独立负责,党对于任何作家都不予以凭'资格'保证作品的权利,包括已在国营剧院上演的剧本在内"。"对任何工作单位和作家不以党的名义给予保证。"② 从而对党对文艺的领导提出了非常严格的限制,表现出对文艺创作自由的热切期盼。(十八)在作家待遇方面,要求废除作家等级制度,"在三年内逐渐废除供给制和薪金制,作家达到以劳动报酬自给,刊物达到企业化或半企业化"③。把作家推向普通劳动者的行列,这是非常具有前瞻性的建议。(十九)作家协会虽然对于会员有指导责任,但主要应当通过民主的批评以及自我批评的方式进行,不能下命令或以变相的形式进行。……

在第三板块中,专门探讨了话剧运动的方式。诸如,剧院、剧团的组成方法,人员构成,首席导演制和导演独立负责制,演员的工作纪律和方式,剧本的审查,戏剧工作的大众化方法等,胡风均有不俗的思考。第四板块探讨了电影剧本的选题思想(取现实题材、不向作家分配任务和主题、广泛向作家和社会人士征稿等)、剧本的来源(电影机构创作、刊物推荐、导演推荐或改编有关作家组织创作的剧本等),以及推荐电影剧本过程中的注意事项和对作家权利的保障问题。

上述建议或工作意见,是胡风发自肺腑的心声,他的热情和良好的动机日月可鉴。他也许意识到这些说法许多人不能接受,因而特别声明:"这是我从苏联文学斗争史得到的一些经验,从五四文学发展史和我自己二十

---

① 胡风:《关于解放以来的文艺实践情况的报告》,《胡风全集》第6卷,第421页。
② 同上,第423页。
③ 同上,第424页。

第四章 《关于解放以来的文艺实践情况的报告》解读

多年来的一些工作经验，针对着我所理解的当前的实践基础归纳出来的一个看法，不管有错有对，仅仅提出来作为中央考虑问题的参考之用。"① 这些建议是否都正确，中央、毛泽东能否接受，胡风心里没底。

不过，能够有勇气写出来，说明了胡风的自信（认为中央、毛泽东是赏识自己的）。确实，苏联文学、"五四"文学运动的既有经验使胡风拥有了现实主义的强大支撑力量，从而相信不会有理论认识的误区；而几年来自己以及友人路翎、阿垅等的屡受批判使他产生了某种带有报复倾向的写作冲动……而诗人的气质促使他扮演着单纯的文化角色。也许正是借着这些，他才有别人无法企及之处，他的上述建议便证明了这一点。当我们站在新世纪的文化立场，如果不带着有色眼镜来看待这些建议时，不难发现半个世纪前胡风的思考中竟蕴涵着丰富的现代性，尤其是他的关于党对文艺事业领导方式的建议、关于文艺工作中的批评与自我批评问题、关于作家的权利保障问题、关于刊物的工作性质问题等，具有永远的参考价值。胡风的建议旨在保证党的领导作用的更好发挥，"使人民的文艺事业在空前的思想保证和斗争保证之下建立起来飞跃发展的实践基础"②。既要保证党的领导和威信，又要表达独立的文艺思考，这不能不产生深刻的矛盾。

就整体考察，"三十万言书"是厚重的书信。当胡风目光如炬地审视文坛并以澎湃的激情申述着自己的现实主义理论精神时，当他以富于感情色彩同时又带有攻击性的行文陈述对手的观点并批驳他们的理论主张时，当他一往情深地述说自己喜爱的阿垅、路翎并以十分愤慨的心情诉说他们作品的遭遇时，他是否想到了这封信在文坛领导人、自己的理论对手乃至党的最高领导人那里已经变成了非报告的"定时炸弹"。尤其是第四部分中的内容，通盘思考并一一探讨了文艺管理工作的诸多方面乃至细节，如此殚精竭虑的思考，如此的热心，难免让话语掌控者感到某种不安。灾难也许在所难免。

---

① 胡风：《关于解放以来的文艺实践情况的报告》，《胡风全集》第6卷，第102页。
② 同上。

事实比人们想象的还残酷得多。1954年底，中国文联和作协主席团召开联席扩大会议讨论《红楼梦》研究的问题，并检查《文艺报》的工作。等待中央、毛主席对"三十万言书"反馈意见的胡风，以为中央、毛泽东开始重视他的上书了，判断一定是"三十万言书"的意见被采纳。于是，在讨论《红楼梦》研究的两次会议上，胡风做了口气极为严厉的长篇发言，抨击文艺界的领导人。之后，本来是讨论《红楼梦》研究问题的会议，议题发生了转移，胡风和他的"三十万言书"成为斗争的焦点。周扬在《我们必须战斗》这一经毛泽东审阅的发言的第三部分，把胡风的问题单独提出，并发出了"为着保卫和发展马克思主义，为着保卫社会主义现实主义，为着发展科学事业和文化艺术事业"、"我们必须战斗"的号召。①1955年初，毛泽东在一份批示中要求文艺界"应该对胡风的资产阶级唯心论，反党反人民的文艺思想进行彻底的批判"——这大概是胡风始料未及的。有学者指出："当一种文化建立在某种极端的个人崇拜时，这种文化必将缺少其内在的张力，而将一切归之于一极"，"在没有思想自由的情况下，最易造成对思想的扼杀"。②

---

① 参见洪子诚：《中国当代文学史》（修订版），北京大学出版社2007年版，第40页。
② 刘锋杰：《中国现代六大批评家》，北京大学出版社2005年版，第306页。

第五章　胡风电影批评细读

在文艺的大家庭里，电影是高度综合的艺术，与文学有着密切的联系。自从中国电影诞生以来，许多著名的现代作家、文艺界人士都多少与它产生了关系，有的人成为著名的电影艺术家或理论家。胡风与电影产生关系较晚，然而对电影艺术颇有心得。在晚年撰写的《胡风评论集》后记里，他表达了如下认识："它（指电影——引者注）的特点是高度运用现代的技术条件，在银幕上打破任何空间时间的限制。……但是，无论它的特点是怎样把这个艺术体裁的效力加强到了怎样的程度，它脱离不了所有艺术非遵守不可的共同基础。……它不能脱离以至背叛现实主义的要求，它也不能空有其表地捏造即作假。"① 所呈现的是现实主义的电影批评视角。胡风一生，撰写、发表过几篇电影批评，这倒不是他对电影这种艺术多么感兴趣。仔细审查，胡风的影评不同于一般意义上的电影评论，他不是站在唯美的立场上加以评析，而是以现实主义批评的热情、态度和思维来观照电影。因此，胡风的电影批评是其文学批评工作在电影这一艺术领域的扩展。因而，我们不妨把胡风的电影批评文章当作文学批评文本来研读。

---

① 胡风：《胡风评论集·后记》，《胡风全集》第3卷，第599、600页。

第一节 《为了电影艺术的再前进》细读

著名作家兼电影艺术家夏衍在70多年前曾就电影批评的功能问题说过这样一段话:"电影批评不仅对观众以一个注释家、解剖者、警告者、启蒙人的姿态而完成帮助电影作家创造理解艺术的观众的任务,同时还要以一个进步的世界观的所有者和实际制作过程理解者的姿态,来成为一个电影作家的有益的诤友和向导,当然,要完成这种机能,批评者自身的基础与态度,是该严肃地讨论的。"① 学术界认为,夏衍的认识是电影观念改变的一种必然的反映②。如果从这个角度来重新阅读胡风1948年的影评《为了电影艺术的再前进——从金山编导的〈松花江上〉看电影艺术》(以下简称《为了电影艺术的再前进》),我们会有新的收获。

一

文艺批评有着特定的评论对象,其文体表现也较为复杂。鉴赏性的评说,算是这类文章的一个常见类型,理论思辨突出的评论是这类写作的另一类型。如果不是满足或仅仅停留于鉴赏的层面,那么讲究批评的深度应该是对文艺批评的一个较高的要求。但是,我们在相关的杂志上,见的最多的是介绍、说明类的文章。文化史上如此,现实中也是如此。这类文章之所以能够大行其道、广受读者欢迎,关键在于它们能够最大限度地满足

---

① 夏衍:《电影批评的机能》,《大晚报》1934年11月18日。
② 参见丁亚平:《百年中国电影理论文选》(上),文化艺术出版社2005年版,第211页。

普通读者的阅读习惯。① 以电影批评来说,最常见的是那种平铺直叙的评说,作者往往抓住影片中的一点或几点展开介绍、说明,甚至是富于煽情性的。这类文章常常起到做广告的功效,为创造满意的票房收入推波助澜。不过,从艺术批评的思辨力考察,这种写法常为人诟病——缺乏思维深度,满足或停留在直线思维的路子上。影评中的直线思维,简言之,就是以感性的鉴赏趣味为基础,在传达欣赏感受的基础上,简单采用基本事实材料与评价者的观点相对应的方式对影片本身的有关方面进行评说式的思维。显然,这样的影评不是批评的高层次。本节要谈论的胡风的影评《为了电影艺术的再前进》走得却不是这样的路子。

我们注意到,该文没有直接介绍影片《松花江上》的情节故事(当然文中还是可以见出影片主要故事的,但那是另一回事),仅此一点就打破了影评的一般写法。胡风一开始是这样写的②:

> 对于今天的时代要求,任何坚持原则性的努力,即使它实际上的成功还不大罢,我们也应该提出我们的肯定的评价,尤其是,当这个时代要求被滥用、被歪曲、被粉饰到了一种滔滔者天下皆是的程度,使得外观上或概念上的时代要求不过是艺术构成上的和时代要求游离……

语言虽然有些晦涩甚至含糊,但不难感受到评论者要为他的评论制造一种理论氛围的气息,这就是胡风文章的风格——以强势的思维开路,之后逐步展开,而不去进行平庸的写作:已经显示了思维的某种超越性,超

---

① 大众读者的文化层次呈现较为多样的特点,一般而言普遍不高。他们忙于生计、工作或其他各种事务,在阅读文章和书籍时,除了少数情形外,对理论问题通常没有什么兴趣。他们阅读这类文章,大都出于娱乐性的考虑,想知道某作品有无热闹的内容、刺激性的描写或其他可供谈论的话题,以便作为茶余饭后的谈资。因此,大众读者中真正关心文艺、精通艺术规律者其实是较少见的,这当然不包含专业读者,特别是业内人士。
② 胡风:《为了电影艺术的再前进——从金山编导的〈松花江上〉看电影艺术》,《胡风全集》第 3 卷,第 398 页。

越平面性思维。

既然超越了平面性思维,即意味着要创建立体化的思维格局,事实正是如此。胡风正通过几个方面展开。

在评说影片《松花江上》自身的问题时,文章呈现了应有的思维深度。但正如胡风本人所说,《为了电影艺术的再前进》的确谈了不少的感受,自然这首先是印象式的评说。印象式的评说虽然具有审美的优点,却很不容易体现逻辑思维的力量,因为逻辑思维是要飞升的,完成理性的认知和演绎是它的使命。因此大量的印象式评说,往往可能容易导致逻辑思维的无力,甚至弱化。然而,我们看到,《为了电影艺术的再前进》一文中虽然有不少印象式的评说,但是文中的印象式评说与逻辑思维是水乳交融的,感性的直觉与理性的判断有机结合,一般而言这有些困难,但胡风似乎举重若轻。例如,谈到影片的主题内容时,胡风指出①:

> 我们看到了普通的东北人民的日常生活,这是极其普通的极其日常性的生活片段,但却弥漫着一股像生活本身似的真实感和亲切感。……我们看到了东北人民的苦难,但并没有任何观念上的感伤的放纵,而是在中国式的善良和忍受里面生成的中国人民,他们的无助和安命主义是悲痛的中国现代史的供状。我们看到了东北人民的觉醒和反抗,但不是从架空的"爱国主义"的概念里面来的,而是由于实实在在的痛苦和仇恨,平平常常的作为中国人的气节的受到蹂躏,因而那觉醒、反抗的过程和反抗者的形象就取得了一种没有虚饰性的力量。而这一切,又都融合在从一个总的创造要求所产生的大的旋律里面。而且,这个创造要求是从作为创作者对象的生活内容本身提升起来的,几乎完全清除了作为一个知识人的作者本人的、可能使这个生活内容受到歪曲的感情偏向,因而通过全部作品的旋律就能够是生活内容本身的

---

① 胡风:《为了电影艺术的再前进——从金山编导的〈松花江上〉看电影艺术》,《胡风全集》第3卷,第401页。

性格所应有的表现和提高。

这里印象式的评说与逻辑思维是交织在一起的,印象式的述说,好像没有走向审美的林荫小道,而是转了一个弯,迈向了豪迈的思维天地。不仅如此,文章还将印象式评说与深度的理论思考密合无逢地接榫了,其关节点就是平面思维向立体思维的转化。在此,显示了胡风作为文艺理论家具有的强大的思维掌控能力。

在评说《松花江上》的电影技术时,印象式的评说显示了胡风对电影艺术的深度体悟。尤其是对电影音乐的艺术作用的论述,他留下的文字堪称精妙[①]:

……用创作的大交响曲来伴奏,这在中国电影艺术史上还是第一次,但重要的是,这个创作的交响曲能够对应了甚至加强了整部作品所要组成的,几个不同的主调逐渐交错又相互斗争的总的旋律。我们只要举出一最显著的例子:当游击队长大汉把武器递给青年,青年用着情绪逐渐高升的手势握住它而且坚强地握紧了的时候,随着对于递交武器和接受武器的两只手和他们的混合着亲爱、欢喜、但却严肃的微笑的面部的特写画面,涌出了一股庄严而欢乐的雄大的音流;这一股音流把整部作品里面的几个互相交错、互相斗争的主调一下子汇合到了最高旋律里面,把整部作品里面所展开的屈辱、痛苦、忍受、觉醒、反抗、牺牲,一下子升到了中国人民的战斗的英雄主义的峰巅。这一股音流表现了巨大的内容和光明的远景,旧中国在那里面痛苦、颤抖、解体,新中国在那里面欢跃、坚持、前进,而且决不是任何动作和台词所能够代替的。

[①] 胡风:《为了电影艺术的再前进——从金山编导的〈松花江上〉看电影艺术》,《胡风全集》第3卷,第406页。

对音乐奇妙作用的感觉,对人物精细入微的、然而又富于人道情怀的情绪与感受的传达令读者叹为观止。可以看到印象式的感受已经沿着思想(以及政治热情)的桅杆上升到了理性认识的高度。

二

夏衍要求电影批评者具有良好的理论修养和正确的人生态度,在这方面胡风是当之无愧的。

《为了电影艺术的再前进》作于1948年1月。胡风曾经介绍过自己写作该文的现实触因和动机:"当时,反动派正在用全力进攻东北的人民武装;和这相配合,苏联援助共产党作战,苏联阴谋吞并东北等等武断宣传,用着所谓'爱国主义'的词句充满了官方的或半官方的报纸。我在这里所要做的,就是想通过这一部影片向那一类的武断宣传投去一点反抗。"[①]"我的这个介绍也是为了迫切的政治斗争的必要而写的。"[②] 该文在《时代日报》发表后,"在电影界引起了很大的反响。后来见到史东山老编导,他对这篇文章甚为欣赏,说想不到我懂得这么多,对电影有这么深的理解"[③]。胡风回忆的这则细节十分清楚地揭示了《为了电影艺术的再前进》在当时文艺界产生的影响。实事求是地说,史东山老编导对胡风文章的评价不无溢美之词,所谓"对电影有这么深的理解"也并非电影艺术意义上的评论。在笔者看来,这影响与高度评价更多是文章读者对胡风文本的理论意义的领悟所致。的确,文章本身具有强烈的时效性,而它具备的现实主义理论锋芒无疑增加了批评的力量。

文章的第一部分主要是肯定影片《松花江上》的价值意义,印象式的评说占有较多的篇幅,更多内容紧密结合影片自身进行,因而理论的阐述没有进一步展开(虽然已经涉及了文艺创作的题材问题)。第二部分是比

---

① 胡风:《为了明天·校后附记》,《胡风全集》第3卷,第452页。
② 胡风:《胡风评论集·后记》,《胡风全集》第3卷,第600页。
③ 胡风:《胡风自传》,江苏文艺出版社1996年版,第251页。

较纯粹的理论探讨，影片本身的内容只是作为背景材料出现，作者把相当大的精力用在理论讨论上，把影片涉及的问题上升到了理性认识的高度，显示了理论探讨的热力。

对电影《松花江上》的题材内容，胡风肯定编导者"不但熟悉了内容，而且拥抱了内容的那一种真挚的态度"[①]，赞美影片创造了朴实而庄严的历史画面，摆脱了一般影片中常见的简单的对照、豪言壮语、故弄玄虚等弊病；又指出[②]：

> 题材所有的任何内容上的意义，如果没有成为作者本人的主观要求的东西，如果没有经过作者本人的血肉的培养，那就决不能结成艺术创造的果实的。……在思想活动，特别是艺术创造这一特殊的思想活动上，所谓现实，所谓生活，决不能是止于艺术家身外的东西……我们一再提出，真正的艺术是从生活现实产生的，但这句话的正确解释只能是：作家得深入作为题材母胎的生活现实，紧张起他的全部精力和生活现实搏斗，使生活里面的人生动态走进他自己的感受世界，使生活里面的历史真理变成他自己的血肉的要求，只有通过这样的过程，作家才能够反映现实，作品里面所反映的现实才能够发散出艺术之所以为艺术的热力和光芒。

这是他1944年提出的"主观战斗精神"的重新申述，因此对胡风而言很难说有多少新意，然而它在影评中出现毕竟给人耳目一新的感受。

对《松花江上》的电影艺术，胡风并没有进行全面的理论分析，一方面由于他对电影艺术本身的认识不够深入全面，另一方面更在于胡风意识到他不是来讨论电影艺术的。如果专门讨论艺术自身的问题，必然导向唯

---

① 胡风：《为了电影艺术的再前进——从金山编导的〈松花江上〉看电影艺术》，《胡风全集》第3卷，第399页。
② 同上，第400页。

美主义——至少胡风是这样看的。虽然胡风自称仅仅是一个普通的电影观众①，但从文章所涉及的内容看，他的分析还是具有相当的专业水准：他对影片中音乐、演技、布景、镜头、蒙太奇等方面的分析，都显示出不俗的见识；认为影片在技术上得到了卓越的成功。他觉得意犹未尽，进一步阐明②：

> 我们说到某一影片的技术是否成功，应该指的是那技术的运用是不是服从了那内容的要求，是不是生发了那内容的要求，决不能是指的有没有奇特的镜头，有没有美丽的画面，有没有在舞台上无法呈现的可以引起观众惊叹的设计。我以为，对于技术只能是这样的理解，否则就要成为技术的形式主义者了。尤其是，在好莱坞的影响沉重地压在头上的今天，只有这一理解才能从它的压迫和诱惑里面脱出，不致做它的奴才，而一旦脱出了以后，无论我们的技术条件怎样贫弱，也无论我们从好莱坞采取了怎样多的经验，我们依然能够做技术的主人，诚恳地运用技术、发展技术，使技术能够尽到为创作内容所要求的最高度的作用。

这里把技术问题与内容问题做了很有力度的辨析，把技术问题视为形式问题，与胡风一贯坚持的内容第一、形式第二一脉相承。

站在时代艺术和思想意识的制高点上，胡风热情地肯定影片《松花江上》不是"文化性的娱乐品或应时性的宣传品"，而是"正常意义上的艺术创作"③，既然是艺术创作，他对影片的理论要求自然就比较严格。

从自己的观看感受出发，胡风得出了"像《松花江上》这样叙述东北人民的生活、受害、挣扎、觉醒、反抗、以至胜利的作品，原则上是不得

---

① 胡风：《胡风自传》，江苏文艺出版社1996年版，第251页。
② 胡风：《为了电影艺术的再前进——从金山编导的〈松花江上〉看电影艺术》，《胡风全集》第3卷，第402、403页。
③ 同上，第406页。

不带着史诗性质的东西"的认识。他认为,既然是"带着史诗性质的"①影片,理应通过影片中人物的命运来反映出历史的真实,因而不能听凭"温情主义在发挥着力量"②,不能因为编导者对故土的怀念以及由此带来的对历史真相的遮蔽而削弱历史的真实。胡风所说的"历史的真实"是指遭受过几千年的封建主义压迫的人民群众的痛苦生活。他认为《松花江上》"没有达到历史内容所提供的真实性的强度"。③

当胡风从影片中人物性格层面加以考察时,他不无遗憾。在他看来,《松花江上》的编导者虽然面临着可以获得大成功的机会,但在塑造人物时,只是平面地描述了人物的亲切和朴素,没有能够刻画出他们内心的痛楚④:

> 善良而安分的人民,不能因为是随处可见的平常的人民就没有具体的性格内容而只是一般现象性的存在的,出生而且成长在这个悠久的历史传统下面,有从各种地盘产生的种种生活态度,随处可见的平常的人民实际上也是各自抱着某种生活态度的有着具体性格内容的社会存在。……这样,生物学的人才能真正成为社会学的人,人物的具体的性格内容也就是历史现实内容的实际的体现了。从这里产生了民族性和阶级性的原则,这原则发展成为艺术创造的典型性的要求。民族形式,也是从这里获得根据的。

也是在这个关键点上,他对《松花江上》的批评是有力的⑤:

> 《松花江上》又如何?一群善良而又安分的人民,快乐地过着和平的生活,看不到他们的各自的性格,也就是各自的人生欲求的搏动和

---

① 胡风:《为了电影艺术的再前进——从金山编导的〈松花江上〉看电影艺术》,《胡风全集》第3卷,第407页。
② 同上,第409页。
③ 同上。
④ 同上,第410页。
⑤ 同上,第410、411页。

交错；侵略者来了，灾难来了，他们同样地受苦受难，也看不到他们的各自的性格，也就是各自的生活欲求的搏动、交错和发展；最后，算是带着小小的搏动而走上了反抗的道路。……

在此，他的评论尺度是著名的"精神奴役的创伤"说。胡风强调这一点旨在说明电影《松花江上》在处理影片中的人物性格方面缺少了某种历史感和现实的自觉性①：

如果看一看我们现实的社会，这里面存在着怎样强的各自含着典型性的种种生活态度，又需要怎样强的生活斗争才能够把某一生活态度击溃……

有意思的是，在评论影片《松花江上》时，胡风没有明确使用"现实主义"这样的理论概念（尽管文章中现实主义的理论光芒十分鲜明）。

三

一般而言，文艺批评的读者对象是普通大众，因此这类文章要赢得读者的阅读兴趣，在从事写作时，语言的通俗化应该是最基本的要求，那就要讲究和读者的阅读习惯相一致，遣词造句要格外仔细，时刻把读者放在第一的位置上。评论者即使可以发挥自己的见解，张扬批评个性，那也不得不首先考虑读者的阅读习惯（除非评论者自娱自乐）。也许正是基于此，郁达夫在探讨电影艺术时曾经说："电影成立的最大根据，就是要通俗，要Popular。因为太高深了，太艺术化了，恐怕曲高和寡，销不出去。"②

然而，胡风对影片《松花江上》的评论好像是一个例外。整篇文章，

---

① 胡风：《为了电影艺术的再前进——从金山编导的〈松花江上〉看电影艺术》，《胡风全集》第3卷，第411页。
② 郁达夫：《如何的救度中国的电影》，《银星》1927年第13期。

都显示了与众不同的独特风格,这不仅体现在如上所说的思维的深度、深厚的理论修养,还非常鲜明地体现在语言方面。

的确,《为了电影艺术的再前进》通篇使用相当学理化的批评语言。所谓学理化的语言,即讲求逻辑分析因而具有理性认识高度的语言风格。对胡风而言,他几乎所有的文章都有着这种强大的理论个性,这当然不是大众化的,而是非常专业化、理论化的语言风格,并带有比较突出的欧化特点。以《为了电影艺术的再前进》而言,学理性的批评语言俯拾即是。

造成这种情况的原因如上所述,其一是胡风的理论个性,他喜欢用一些比较长的语句表达自己的理论见解,有时甚至他也造一些词语。当然还有更重要的原因。胡风曾经说自己有许多年都是使用这种语言从事评论的,并不是自己喜欢这样做,而是环境使然。他称那些语言是"奴隶的语言"。看一下他的自述①:

> ……在抗战八年当中,大约有七年之久,国民党的"书报审查"一直压在进步文化活动的头上。发展到穷凶极恶的时候,连"人民"、"大众"都不准用,要用"国民"去代替,"民主"都不准用,要用"宪政"去代替,其他就可想而知了。进步的文化工作者常常被迫得只好用所谓"奴隶的语言"去透露甚至暗示自己要说的一点意思。到胜利后,这个"书报审查"名义上是被取消了,但依然不相干,没收书刊、封闭书店,甚至逮捕编辑人员以至印刷厂老板,特别是到了后一时期,就成了更为有效的手段。……所以,大多数的作者们,要写,也只能聊胜于无地用"奴隶的语言"写点什么。……如果写得犯忌了,首先编辑人就不敢录用,即使大胆地或者大意地录用了罢,百分之九十就准会弄到一个文化机构被封闭或被没收,一群工作人员被抓走,甚至被"自行失足落水"的。

---

① 胡风:《为了明天·校后附记》,《胡风全集》第3卷,第451、452页。

《为了电影艺术的再前进》中所使用的陌生化的语言就是这种"奴隶的语言"。

晚年的胡风谈到文艺批评的作用时，认为其一是"积累起人民的精神财富，改造人民的道德品质，更有效地推动历史前进"；其二是帮助文学青年"培养健康的感受力和创造力，也就是从生活的真实提升成、创造出艺术的真实的主观能力"①。《为了电影艺术的再前进》一文生动证明了他的这种认识。

第二节 《生活在发言》、《历史在作证》、《人道在控诉》细读

在评论电影《松花江上》时，胡风还从电影史的角度审视了中国电影的发展，他说②：

> 中国的电影开始是被封建的意识形态所俘虏，成为了它的有力的武器，和一般所说的鸳鸯蝴蝶派小说是类似的东西，后来被进步的思想要求争取了过来，那功绩是不小的，但那进步的思想要求实际上还没有超过观念性的"浪漫"的性质，也就是在某一通路上和过去保持着联系，再加上社会条件的客观的原因，后来就强烈地被好莱坞的影响所侵蚀，成为半封建半殖民地性的各种小市民的意识形态的抒发场所了。

---

① 胡风：《胡风评论集·后记》，《胡风全集》第3卷，第618页。
② 胡风：《为了电影艺术的再前进·附记》，《胡风全集》第3卷，第415页。

第五章 胡风电影批评细读

这实际上从现代启蒙的角度提出了问题,分析了中国电影的问题所在:思想力的匮乏和精神向度的缺失。因此,胡风期待着"反映进步的历史内容"、"反映变化着的现实生活",能够"创造出推动历史前进的人物"的电影出现。

一

新中国成立后,胡风对电影有着更多的接触。根据笔者的统计(主要是查阅胡风的日记),从1949年1月到1954年9月,胡风至少看过40场电影,或与朋友一起,或与家人一起,以苏联电影、国产电影为主。更能说明问题的是,1950年2月5日他到湖南省九嶷山参观电影拍摄。看来,主动接近电影已成为胡风的重要文化习惯和生活中不可或缺的节目,这必然在他的文艺批评活动中有所体现。1954年8—10月间,他发表了三篇电影批评文章:《生活在发言——关于日本进步影片〈不,我们要活下去〉的二三说明》(下文简称《生活在发言》),《历史在作证——关于日本进步影片〈箱根风云录〉》(下文简称《历史在作证》),《人道在控诉——关于意大利进步影片〈偷自行车的人〉二三说明》(下文简称《人道在控诉》)。三篇影评在同一年连续发表,这在胡风的批评生涯中从未有过。是不是这三部影片达到了胡风所呼唤的"反映进步的历史内容"、"反映变化着的现实生活"、能够"创造出推动历史前进的人物"的境地?

《生活在发言》一文评说的是日本电影《不,我们要活下去》。文章肯定了影片的基本主题——"通过失业工人毛利和他的一家人的遭遇,我们看到了日本人民的现状和他们的斗争道路",并高度评价电影导演今上井的艺术创造:①

> 他凭着一个卓越的艺术家的胸怀和手腕,不掺杂一点人工的虚饰,

---

① 胡风:《生活在发言》,《胡风全集》第4卷,第463页。

完全让生活发言。他倾注着真挚的社会主义人道主义的精神,表现出了生活的真实,表现出了日本人民的灾难和斗争意志,日本民族的现状和新生道路,他表现出了日本人民对于美帝国主义和日本反动统治集团的痛烈的控诉和一定会一天天扩大起来的不屈不挠的斗争的潜力。

文章以较细腻的笔触叙述了主人公毛利的生活变迁和心路历程。毛利原有一份工作,但不久失业了。失业后的毛利只有三个选择:要么苟且偷生(变成流氓无产者),要么走互助团结之路,要么坐以待毙(饿死)。毛利是一个善良的人,他不会选择苟且偷生的生活;但他没有意识到他的朋友们那种带有阶级友爱性质的帮助,因而也等于拒绝了走互助团结之路。但胡风告诉观众和读者,一度自卑、低迷的毛利终于放弃了自杀的念头:"一个正直的人,在克服死亡或者献出生命的重要关头,在他的经历中所受到的使他成为一个正直的人的美好的东西都会隐隐地在他在心灵里面涌现出来,成为支持他和引导他的力量"[①]。表现了胡风的人道主义认识。

《人道在控诉》评论的是意大利影片《偷自行车的人》。该电影关注的也是失业工人的命运。胡风的文章从故事中的政治形势着手,用一组数字说明了意大利在外国专制统治下(美帝国主义)民众悲惨的生活状态。文章介绍了影片的故事内容,介绍了主人公——失业工人西里在三天中的遭遇。西里的走向偷车实在是迫于生存的巨大压力,否则他只能饿死。文章非常深入地分析了影片对主人公心理变化(从老实巴交到不得已偷自行车)的精细刻画,认为影片成功地描绘了"西里从绝望的打击里面所产生的感情变化过程"[②],影片的艺术力量即来源于此。胡风赞美导演得·西卡的那种"用热烈的心肠关怀了普通的人民,正视了平凡的生活,因而从平凡的生活里反映出了能推动观众通向历史大斗争的真实"[③]的出色艺术才能。

---

① 胡风:《生活在发言》,《胡风全集》第 4 卷,第 462、463 页。
② 胡风:《人道在控诉》,《胡风全集》第 4 卷,第 479 页。
③ 同上,第 482 页。

围绕着电影《箱根风云录》，胡风投入了很大的精力：不但专门研读了同名小说，同时也阅读了电影剧本，并认真地观看了影片，进行了较深入的思考，完成了批评文章《历史在作证》。文章交代了影片中主人公友根打通水路、造福民众这一传奇故事的原委，并对富于牺牲精神的主人公友根的人生追求进行了扼要的评析。站在意识形态的角度，对这部根据真实历史内容创作而成的影片，胡风表现出很高的政治赞美热情——"日本进步的电影艺术家们又把它（指小说《箱根水路》，日本作家高仓辉作——引者注）改编成了影片《箱根风云录》，让三个世纪以前的这个英雄的祖先的形象站到了现代日本人民面前，成为激励日本民族解放斗争和民主斗争的一面旗子。"① 他称赞友根"在重重困难和压迫下面"，倾家荡产，"和那些穷苦的农民一道生一道死"，"通过误解、屈辱和绝望了又爬了起来的艰苦的努力"，"通过痛苦的眼泪和感激的眼泪"② 才取得了这个前无古人的伟大胜利。

二

不过，我们如果仔细阅读这三篇电影批评，胡风在文中的某些表现令人感到有些异样和不安。

首先看到的是三篇文章中充满着比重很大的政治性评说。胡风早年就提出："没有了人生，就没有文艺批评，离开了服务人生，文艺批评的价值也就失去了。"③ 认为文艺批评"首先是从实践的立场出发，为了探求这时代的文艺性格，为了通过对于文艺性格的探求去探求这时代的心理状态或精神生活"④；文艺批评的任务"一方面表现在对于落后的心理意识及其美学特征的批评，一方面表现在对于进步的心理意识及其美学特征的发扬"，

---

① 胡风：《历史在作证》，《胡风全集》第4卷，第466、467页。
② 同上，第470页。
③ 胡风：《文艺笔谈·序》，《胡风全集》第2卷，第4页。
④ 同上，第199页。

批评家"要和作家协力地发掘而且改造这时代的精神"。[①] 尽管他的有些表达不尽相同,但对文艺的政治功利性的追求显而易见。晚年在总结自己的文学批评时,胡风说:共性是包含在个性中的,只有通过对个性的评析才能体现共性,自己在从事文学批评时"决不用大原则(政治性)当作帽子去乱戴或当作棍子去示威,而是把它当作引线去分析作品的真实性或真实度"[②]。联系他1930、1940年代撰写的大量批评文章,应当说这种总结比较符合实际情况。那些文章,尽管有相当强烈的政治倾向性,但胡风大都能够"通过自己的精神能力迫近它,把捉它,融合它,提高它"[③],通过一定程度的艺术形象的探讨表现出来,从而实现"透过法则的世界去游历世界"[④] 的批评目的。胡风的批评基本上都是结合具体的文学(以及艺术)实践进行评价,阅读起来都感觉相当充实、令人信服。

而在这三篇影评中,情况似乎发生了很大变化。《生活在发言》一文,不仅揭露了在资本主义统治下工人们遭受的那种"工钱奴隶"的命运,美帝国主义对日本本土的占领和对日本人民的残酷经济掠夺,以及日本统治阶级为了维持垄断资本的利益,心甘情愿地让美帝国主义的经济掠夺把本国中小企业压得走向崩溃的形势,而且还以政治性的思维评说毛利的生活出路。在《人道在控诉》一文中,胡风认为影片表现了一种社会主义人道主义的精神——"可以说,在那个六岁的儿子布鲁诺身上是凝成了一条主线的"[⑤];认为该片与《不,我们要活下去一样》,同样是以"真挚的社会主义人道主义的精神表现出了生活的真实,也同样是向企图用扩张政策发动新的世界战争的美帝国主义者提出了痛烈的控诉"[⑥]。在《历史在作证》一文中,则通篇以完全政治化的小标题结构全篇:"复活了的历史"——"真理的力量"——"和反动的统治欲望相抗"——"'彼可取而代

---

① 胡风:《文艺笔谈·序》,《胡风全集》第2卷,第199页。
② 胡风:《胡风评论集·后记》,《胡风全集》第3卷,第651页。
③ 胡风:《人生·文艺·文艺批评》,《胡风全集》第3卷,第197页。
④ 同上。
⑤ 胡风:《人道在控诉》,《胡风全集》第4卷,第477页。
⑥ 胡风:《生活在发言·附记》,《胡风全集》第4卷,第464页。

之'"——"为人民和人民共命运"——"胜利征服了死亡"——"历史和现实"。整篇文章甚至有些不像电影批评:①

> 由于代表了人民的需要,由于把自己的命运和人民的命运结合在一起,友野,在三个世纪以前的一片黑暗时期,凭着他的力量终于使他的斗争得到了胜利。今天,代表了全日本人民的要求,生根在全日本劳苦人民里面的日本无产阶级所领导的民族解放斗争和民主斗争,在全亚洲全世界人民的和平民主力量的声援之下,一定能够打退战争准备的阴谋,一定能够使日本民族的独立民主的要求走向更大的胜利和最后的胜利。

其次,与上述比较多的政治性评说连带而来的,是三篇影评中艺术评价的相对薄弱与无力。胡风认为文艺批评"应该是社会学的评价和美学的评价"②的统一、内容与形式的统一。他援引黑格尔的观点,说"形式是向形式移动的内容,内容是向内容移动的形式",并且对后者有丰富的论述,显然在二者中更重视内容,认为形式受制于内容。胡风在一些文章中公开表示了对"技巧"之类的不满——"表现能力只能是由内容产生,而且为了表现内容的,只有从统一在社会学的评价里面的美学的评价上才能够使本质得到阐明"③。因此,在胡风看来,独立的艺术批评标准是不具有理论意义的,更不具备实践价值。以电影而言,胡风申明,它不过是艺术形式的一种,"无论技术怎样高,怎样长于匠心独用,但如果脱离了以至内容上和主题上违背了现实主义的基本要求(真实性),那也是非失败不可的"④。基于这种认识,胡风的寥寥无几的电影批评都侧重于思想内容方面的把握,而较少电影艺术本身的评说。显然,在胡风的意识深处对于艺术

---

① 胡风:《历史在作证》,《胡风全集》第4卷,第472页。
② 胡风:《胡风评论集·后记》,《胡风全集》第3卷,第651页。
③ 胡风:《人生·文艺·文艺批评》,《胡风全集》第3卷,第200页。
④ 胡风:《胡风评论集·后记》,《胡风全集》第3卷,第600页。

本体的价值多少是有些疑虑的，这与艺术自身的属性可能有些差距。世界大文豪阿·托尔斯泰对于艺术的言说可能带给人们某些启迪，阿·托尔斯泰是这样说的[①]：

> 艺术不是快乐或遣闷，艺术是伟大的事业，艺术是人类生活的机关，能把人类的理性认识移为感情……

托尔斯泰的认识带有启蒙主义的倾向，强调艺术在社会与人们生活中的作用。上句话的前半部分体现了功利主义的艺术观，但后半部分却显示了相当的识见——揭示了艺术的审美功能。胡风在三篇影评中的阐述，呈示出他的功利主义的艺术观，而对艺术审美功能等方面的分析是不够的。

当然这并不绝对。由于胡风通晓文艺精神，所以在1954年的三篇影评中依然有着艺术批评的因素（虽然有些薄弱）。

《生活在发言》对影片的艺术判断有两处：[②]

> 在影片里面，这个制造苦难和死亡的敌人没有直接在形象上出现，但每一个日本观众，由于本身的切身体验，都会从影片痛切地感到这个制造死亡的敌人的残暴力量……

说明影片表现主题时的侧面描写手法，并从电影接受的角度探及了这一点。另外，在评说影片的蒙太奇技术所造成的极佳的艺术效果时，文章写道："当毛利抱着救回来的孩子坚定地奔回现实的人间的社会的时候，那一片庄严的音流和合唱正是从毛利自己心里响起的走向斗争的声音。"[③] 写到毛利的眼前浮现出一个个自己很熟悉的人：勇敢的秋山老太太，乐观的

[①] 转引自侯曜：《什么是有艺术价值的影片》，《透明的上海》1926年特刊，大中华百合公司。

[②] 胡风：《生活在发言》，《胡风全集》第4卷，第459页。

[③] 同上，第463页。

失业者水野,真挚同情他的穷朋友们……这里同时强调了电影音乐在展示人物心理时的作用。

在《人道在控诉》中,电影艺术的评说稍多,也显得有一定力度。该片的主题表现,胡风简洁地点明:也不是正面写出人物的物质生活的困苦,而是通过对人物精神世界的描写来展开。胡风由此发现了影片中十分强烈的人道主义精神:六岁的布鲁诺过早地懂得了劳动、关心妹妹以及表现出对父亲的真挚的爱,里西的出于生活无奈而去偷车的矛盾心理的刻画都是很感人的。对影片中主人公内心情感的细致入微的分析,是文章的一大亮点——"里西从绝望的打击里面所产生的感情变化过程,是接近了精神崩溃的边缘的。但我们所说的生活的真实或者艺术上的历史内容,它的感人的思想力量或艺术力量,就是从这个感情变化过程产生的。"①(《历史在作证》一文几乎没有艺术评说,本节不赘)

其三,理论思维的不够。就一般意义而言,电影批评的写法多种多样、灵活自如。最常见的是那种平铺直叙的评说,往往是抓住影片中的一点或几点展开。这有一些方便之处,这类文章特别适合普通读者阅读。但是,从理论上考察,往往就不够,缺乏思维深度,甚至是直线思维。就胡风的三篇文章来说,基本上体现的是这种直线思维的情形。它们比较多地停留在陈述影片故事或情节的内容上,字里行间用的是比较感性的文字,甚至直接用一些带有相当政治色彩的媒体化语言来加以议论、生发。这可能没有大的理论错误,但就艺术批评的理论要求而言,显然是不足取的,因为展现艺术批评的理论力量应当放在第一位。《历史在作证》中评说影片中的两个人物的奋斗时说:"友野的奋斗却是代表了人民的需要的,因而是真正能够动摇反动统治的反抗,即使在他身上并没有形成政治上的目标,即使他的奋斗精神所代表的要求要在两三个世纪后才能在政治上开出花来。"②《人道在控诉》中评议主人公西里的失业时说:"不仅在意大利,在

---

① 胡风:《人道在控诉》,《胡风全集》第4卷,第479页。
② 见《胡风全集》第4卷,第469页。

被美帝国主义的世界战略所统治着的整个资本主义世界里面,这是极普通的小小悲剧,但在这个极普通的小小悲剧里面,我们痛切地看到了资本主义制度怎样不见血地奴役人、摧毁人的冷酷力量,被引发了从感情深处要改变人物命运的斗争愿望。"① 这当然是理论评说,但距离艺术理论本体其实是相当远的,至少不是严格意义上的文艺理论性的批评。

不过,必须指出,在《人道在控诉》一文中仍然有一则文艺理论的申述。在第四部分,胡风重申了"到处是生活"说:"生活并不神秘,生活随处都是,平凡生活中的真实也能够产生感动人的力量。但是,什么是生活的真实呢?在美学的意义上说,没有了人与人之间的感情交往内容和感情发展内容,就根本不会有什么真实了……"② 这似乎超越了1948年他提出的"哪里有人民,哪里就有历史。哪里有生活,哪里就有斗争,有生活有斗争的地方,就应该也能够有诗"③。毕竟,这样的理论探讨太少了。实际上,胡风1930、40年代写的文学批评有相当强大的理论力量,显示出当时文坛上少有的理论的完整与通脱,不要说气势宏大的《论现实主义的路》、《论民族形式问题》,即使读一下他给文学界朋友写的书信,像《关于"诗的形象化"》、《关于题材,关于"技巧",关于接受遗产》等便可了然。1954年的三篇影评中理论思维的薄弱,是不免令人感到遗憾的。

其四,与上述理论思维的无力相适应,这三篇影评在语言运用上也呈现出整体上僵硬与缺乏表现力。1930、40年代胡风的文学批评在语言运用上极有特色:不但有着很强的理论色彩,更透露着诗的韵味和气质,同时有散文语言的自如;不仅有书面语的典雅,也带有口语的活泼灵动,行文间充满着自信(这样的文章实在不胜枚举)。就1954年的三篇影评看,其语言,就整体而言有叙述拖沓、枯燥、缺乏文采的倾向,因此其感染力自然会逊色不少。

然而,这并不是说在三篇影评中胡风完全放弃了自己的语言个性,作

---

① 见《胡风全集》第4卷,第477页。
② 同上,第481、482页。
③ 胡风:《给为人民而歌的歌手们》,《胡风选集》第1卷,第271、272页。

第五章 胡风电影批评细读

为一种惯性,有的地方还可以见出其特色。《历史在作证》在叙述友野经过艰苦卓绝的努力终于完成了伟大的水利过程,而友野却被反动的德川幕府逮捕入狱:①

> 当芦湖的水通过隧道流到了那片干枯的田野的时候,当因为缺水而受够了灾难的农民们喜欢得又哭又笑跳到水里打滚的时候,两个青年男女跑到山上升起了烽火,向关在石牢里的友野报告通水的消息,流着眼泪,明明知道友野听不到他们的声音也依然拼命喊着"友野先生!""友野先生!"……在牢里的苦苦等待着的友野终于望见了这个烽火,终于知道了他的悲壮的斗争已经最后地完成了胜利。……

这里所录出的是那段文字的前半部分,以富于感情的语言表现了友野的艰苦奋斗给民众带来的丰功伟绩;后半部分以感同身受的笔触精心描绘了友野得知喜讯的兴奋之情,具有动人心魄的艺术力量。

三

如果把胡风这三篇影评与当时他写的其他批评文章比较,很容易发现后者更能显示胡风文学批评的本色。像著名的"三十万言书"写于此前不久,几篇评论鲁迅的文章也是此期之作。特别是"三十万言书"的理论力量与展示的精神风度,当时文坛罕有其匹。即使在获得自由后的1970年代末、1980年代初,当胡风处于人生的黄昏之际,他撰写、发表的一些批评文章依然闪耀着类似青年时代的精神光芒。那么,1954年的三篇影评为什么显得如此"黯淡"?

环境影响人,这是众所周知的。当时的环境很不好,尤其是文化语境。那种环境使胡风的批评能力受到很大的束缚。从1952年4月起至1954年

---

① 胡风:《历史在作证》,《胡风全集》第4卷,第471页。

10月，国内文艺界逐步酝酿着对胡风文艺思想的批判。特别是1953年初，《人民日报》转载林默涵的《胡风的反马克思主义的文艺思想》，《文艺报》发表何其芳的《现实主义的路还是反现实主义的路？》，给胡风带来很大的心理压力。这种情况下，胡风即使个性再怎么强，也不可能不有所收敛。而作为名人的他，自然无法摆脱报刊约稿之烦。通过胡风的日记，笔者发现50年代初，胡风观看的影片不仅数量较多而且题材多样。如战争题材影片有：《革命英雄》、《俄罗斯问题》、《易比河会师》、《巴夫洛夫》、《米丘林》、《中华儿女》、《马克西姆少年》、《乱世佳人》、《青年近卫军》、《斯大林格勒》、《赵一曼》、《小司令》、《攻克柏林》、《无脚飞将军》、《腐蚀》……爱情题材影片有：《露滴牡丹》、《没有陪嫁的女人》、《货郎与小姐》、《霓裳新舞》、《简爱》……生活题材影片有：《人间》、《道登格雷的画像》、《彩虹曲》、《影迷传》、《童年》、《海狸的故事》、《吾土吾民》、《祥林嫂》、《他们有祖国》、《钦差大臣》、《原子弹之父》……看过这么多样的影片，为什么写评论时，仅注意《不，我们要活下去》、《箱根风云录》和《偷自行车的人》？从情节与可视性来说，它们远没有革命战争影片那么扣人心弦；从艺术来说，它们也不能与根据文学名著改编的影片相媲美；从趣味来说，它们也不具备生活片那样的人情味。这里面有来自政治方面的压力，更有胡风文学批评实践的"个性"，他的批评对象"以左翼的和或远或近与左翼有联系的为多"。之所以选择上述三个电影作为评论对象，既有现实政治的要求，也是他的美学观所致。加之报刊约稿甚急①，就匆匆以上述三个影片交卷。殊不知，以这样的影片作为评论对象，实际上限制了胡风批评才能的发挥：它们本身远没有达到足够高的电影艺术水平。这里显示了胡风文艺批评实践中矛盾的一面，他一向反对"题材"决定论，然而落实到具体的批评活动时，他又无意识地向这方面倾斜，因而从某种程度上偏离了他的理论。

---

① 《生活在发言》、《人道在控诉》二文系受《光明日报》之约而作；《历史在作证》应《大众电影》约请而写。

胡风不仅在文艺批评实践中有时无意地陷入矛盾之中，而且在建国后文艺理论方面也受到了极大的干扰。胡风十分熟悉并认可来自苏联的"社会主义现实主义"这一艺术原则，他甚至以为鲁迅所开创的文学传统是"社会主义现实主义的传统"①。

"社会主义现实主义"最早见于1934年第一次苏联作家代表大会通过的《苏联作家协会章程》②：

> 社会主义的现实主义，作为苏联文学与苏联文学批评的基本方法，要求艺术家从现实的革命发展中真实地、历史地和具体地去描写现实。同时，艺术描写的真实性和历史具体性必须与用社会主义精神从思想上改造和教育劳动人民的任务结合起来。

"社会主义现实主义"的引介者、翻译者周扬则在报告中指出："社会主义现实主义首先要求作家在现实的革命的发展中真实地去表现现实。生活中总是有前进的、新生的东西和落后的、垂死的东西之间的矛盾和斗争，作家应当深刻地去揭露生活中的矛盾，清楚地看出现实发展的主导倾向，因而坚决地去拥护新的东西，而反对旧的东西。"③ 1953年，"社会主义现实主义"被确定为过渡时期我国文艺创作的方法和文艺批评的准则，之后进行的关于"社会主义现实主义"的讨论进一步强化了中国作家、艺术家们的理论自觉，这当然对作家、艺术家都提出了严格的要求，一种带有强烈意识形态性质的要求。

胡风对"社会主义现实主义"深信不疑。作为对文艺有深湛理解和研究的他来说，深知创作出成功的、在艺术水平线之上的肯定类、赞美类的作品决非易事。胡风在1950年代初就看到不少描写劳动人民的文艺作品，

---

① 胡风：《胡风评论集·后记》，《胡风全集》第3卷，第587页。
② 转引自孟繁华、程光炜：《中国当代文学发展史》（第二版），中国人民大学出版社2009年版，第37页。
③ 周扬：《社会主义现实主义——中国文学前进的道路》，《人民日报》1953年1月11日。

充斥了乐观、浅薄的赞美，认为那与真正的艺术尚有不小的差距。对于胡风来说，由于过去长期工作在国民党统治区，习惯了以批评性的眼光观察问题和从事写作，而今让他立即创作、评论描写新人物、歌颂新人物的作品，存在很大困难。现实经验和理论积累都使胡风意识到，尽管1950年代的劳动人民精神昂扬，但他们要在短时期内克服像"精神奴役的创伤"之类的精神现象，恐怕是比较困难的。为了扬长避短，也是为着配合形势，特别是为应付约稿之事，胡风不得不进行另一番工作：既然不便立即评论国内现实题材作品，那就把注意力转向国外。于是，胡风留神有关表现、反映国外工人阶级斗争以及生活题材的文艺作品。他曾经翻译过日本作家创作的表现工人生活和斗争的文学作品，因而对日本的文艺界比较了解；国内又正在放映来自日本、意大利等国家的电影，这使他有机会接触表现工人题材生活的电影。因此，写出的批评文章自然也就别有景象。在《生活在发言》的附记中，他表达了自己的写作初衷，就是以此来向观众、读者进行社会主义人道主义的教育。

第六章　胡风文学批评的心理学阐释

"从某种意义上说，一个人的历史就是他一生中无数次大大小小选择的结果。促成他作出某一选择一定有许许多多的内在和外在的因素。因此，研究一位伟大作家，固然可以从其他角度入手，但是心理学方法的解读实在是非常重要的，因为作家的心灵往往隐藏着许多奥秘。"[①] 学者们在研究鲁迅时注意到这个问题，于是发表了上述言论。笔者认为，通过心理学同样可以研究胡风的文学批评活动。

第一节　文艺心理学的基本原理[②]

对于文化人尤其是文艺家来说，人们所采用的心理学有比较约定俗成的学科，它是相当成熟的一门学科：文艺心理学。

文艺心理学是文艺学、美学和心理学相互交叉的一门新兴学科，主要

---

① 冯光廉、刘增人、谭桂林主编：《多维视野中的鲁迅》，山东教育出版社2002年版，第495页。

② 本节内容参见鲁枢元、程克勇、童庆炳、张皓主编：《文艺心理学大辞典》，湖北人民出版社2001年版，第1页。

研究文学艺术的心理现象、心理过程、心理实质与心理活动的规律。一般而言，文艺心理学可分为主体心理研究、创作心理研究、作品心理研究和接受心理研究等方面。它主要包括文艺创作心理学和文艺欣赏心理学两大分支。文艺创作心理学研究文艺创作过程中感觉、知觉、体验、记忆、联想、想象、情感、思维、意志等心理现象和心理活动的规律，研究艺术个性心理的特点、形成过程及对创作的影响。文艺欣赏心理学研究文艺欣赏过程中感知、联想、想象、思维、情感等心理现象和心理活动的规律，研究欣赏者与作品的心理关系。从艺术门类上划分，文艺心理学又可分为绘画心理学、音乐心理学、文学心理学、戏剧心理学等。文艺心理学作为一门独立的学科形成于19世纪后期和20世纪初期，但它却有相当古老的历史，不论在东方、西方，文艺心理思想的产生和发展都经历了漫长的时期。

在中国，先秦时期就有关于文艺心理的精辟言论，汉魏六朝时代出现了比较深入探讨文艺心理的论著，《乐记》、《文赋》、《文心雕龙》、《诗品》等著作对于文艺心理现象的研究取得了相当成就。唐、宋、明、清时代有关文艺心理的论述十分丰富，例如《诗式》、《沧浪诗话》、《童心说》、《人间词话》等著作都各具特色。现当代中国文艺心理学的发展经过了几起几落的艰难过程，在1980、1990年代形成建设性的高潮，大量引进了国外文艺心理学的概念、观点与方法，涌现了众多的文艺心理学论著，在促进人文科学的发展、文学艺术的繁荣和精神文明的建设之中起到了良好作用，并不断深入，方兴未艾。

在西方，从古希腊柏拉图的"迷狂说"、亚里士多德的"净化说"到近代的"移情说"、"心理距离说"，都对复杂神秘的文艺心理现象有所论述。随着现代心理学的长足发展和现代文艺思潮的兴起，适应文艺创作与审美欣赏的需要，作为边缘学科的文艺心理学应运而生，取得了一系列开拓性的进展，并在文艺心理的研究内容、课题、观点、方向等方面呈现出一种多元化、多角度的趋势。

西方现代文艺心理学流派众多，一是精神分析学派的文艺心理学，创始人是弗洛伊德，还有荣格。精神分析学派的文艺心理学对作家的心理结构、创作动机、非理性因素、原始意象在文艺活动中的地位等问题进行了富于创建性的探索。二是格式塔学派的文艺心理学,代表人物是鲁道夫·阿恩海姆。格式塔学派的文艺心理学将艺术作品作为一个有机整体看待,认为作品的意义并不是其各部分意义的简单相加,而是由其完整形式中产生出的一种新质。其"完形说"、"异质同构说"都产生了广泛影响。此外,还有社会文化历史学派的文艺心理学、意识流派、神话原型派、情感符号学派、实验心理学派、皮亚杰的发生认识论、马斯洛的人本主义心理学等等,都在不同程度上促进了文艺心理学的发展。

第二节 胡风文学批评的心理学阐释

胡风说:"人的言行总是受着具体历史环境(时间、地点、人事关系)的限制,从具体的历史环境得到根据,又是针对着具体历史环境中的人或事表示他的感应、态度和理解的。"① 作为有高度理论修养和强烈个性的批评家,胡风在文学批评活动中表现的心理也有类似上述的情形。

要研究胡风的文学批评心理,大致可以从两方面入手:一是研读他的某些自述文字,二是研究某些批评事实及有代表性的批评文本。

一

据笔者的理解,抗战时期,胡风有一个阶段在理论方面是相当自信的,该出手时就出手。他晓得中国人民正在进行着全民族的抗日战争,面对文坛出现的不良创作现象,自然需要有人以真切的批评予以矫正。胡风那时的批评心态就是这样的。然而,这样的直来直往,痛快倒是痛快了,却也

---

① 胡风:《胡风评论集·后记》,《胡风全集》第3卷,第583页。

带着隐忧。1942年5月,中共中央进行了整风运动,尤其是毛泽东的《在延安文艺座谈会上的讲话》发表之后,文坛内外的大多数作家、理论家皆以毛泽东的《讲话》为创作与批评的圭臬,而仅有胡风等少数人在理论文章中保持了与毛泽东《讲话》的某种距离,尤其是他的以"主观战斗精神"说为核心的现实主义理论体系在许多人看来就是要与毛泽东的权威文艺理论分庭抗礼的。在这种语境下面,胡风所遭遇的理论挞伐在所难免;而胡风又是一个眼里不揉沙子的硬汉。他的知识分子气(其实是一种诗人气质、现代启蒙知识者的气质)使他暂时可以忘却一切,遂在理论舞台上纵横捭阖。所谓纵横捭阖指的是胡风对理论对手的批评姿态,然而这理论对手不是汉奸文人和国民党反动派御用文人。因而,在抗战胜利之后,胡风逐渐招致了越来越多的文坛重要理论家的不满,他们认为胡风太逞能了一点,而胡风则认为他们太霸道了,于是双方相持不下,论争一触即发,《论现实主义的路》等就是在这种语境下写出来的。

不过,无论是日本人还是国民党反动派,他们都是与正义为敌的,一切进步的活动都受他们的干扰。在《为了明天·校后附记》中,胡风写下了这样的一段话①:

> 在抗战八年当中,大约有七年之久,国民党的"书报审查"一直压在进步文化活动的头上。发展到穷凶极恶的时候,连"人民"、"大众"都不准用,要用"国民"去代替,"民主"都不准用,要用"宪政"去代替,其他就可想而知了。进步的文化工作者常常被迫得只好用所谓"奴隶的语言"去透露甚至暗示自己要说的一点意思。到胜利后,这个"书报审查"名义上是被取消了,但依然不相干,没收书刊、封闭书店,甚至逮捕编辑人员以至印刷厂老板,特别是到了后一时期,就成了更为有效的手段。……所以,大多数的作者们,要写,也只能聊胜于无地用"奴隶的语言"写点什么。有时候甚至须得比在抗战时

---

① 胡风:《为了明天·校后附记》,《胡风全集》第3卷,第451、452页。

第六章 胡风文学批评的心理学阐释

期还要谨慎，因为，那时候，不过是无生命又并非财产的一篇文字被"合法"地剪成残废以至收监存查而已，后果不至立刻就到的，现在却是，如果写得犯忌了，首先编辑人就不敢录用，即使大胆地或者大意地录用了罢，百分之九十就准会弄到一个文化机构被封闭或被没收，一群工作人员被抓走，甚至被"自行失足落水"的。

因为这，更因为自己的无能，在这里，不但内容空洞得很，在数量上也更是单薄之至。这些都无所谓，但困难的是，虽然用的是"奴隶的语言"，有时候还不得不把要说的一点主要的意思放在后面或侧面，从某一个微小的感受角度迂回地去把它夹带出来，甚至不过是暗示出来。现在看来，特别是在忘记了那种处境的人们看来，就成为一种发育不全甚至奇形怪状的东西了。

这段文字可以帮助我们理解胡风抗战前后从事文学活动的心态，写文章、发表观点颇多忌讳，而他的文学批评同样如此。

抗战时期是真的没有言论自由，因为日本人控制着我们的大城市，操纵着报刊媒体，中国的正直的文化人能去硬碰硬吗？即使再有个性的人也不能无所顾忌。然而，在抗战胜利之后，日本鬼子被赶出中国去，这该有自由了吧？实际情形是同样不乐观，虽然日本人走了，但国民党反动派掌握的城市依然一片黑暗，是白色恐怖的世界，因而文化人依然没有创作自由、言论自由。这岂不是十分令人郁闷的事情吗？胡风把这种情况真实地叙述出来，确实方便我们了解他们当时的艰难处境和所经受的精神困苦。

胡风所谓运用"奴隶的语言"，在当时是一种无可奈何的举动，多数人只能走这条路子，因为主要靠文字吃饭的人大概没有其他的谋生方式或短时间内无法找寻更好的生活手段，因而他们要生活下去，便不能不继续写作。"奴隶的语言"，是当年的列宁描述自己写作不自由用的字眼，没想到在中国文化人这里派上了用场。

像胡风这类理论工作者，个人家庭生活和革命文化工作之需都迫使他不能放下笔杆子，那就只好借助于"奴隶的语言"了，就是以曲笔表达自己的心声。胡风必然有特别之处，别人在运用"奴隶的语言"时，也许可以表示出自己的心迹，从而换取读者的信任，进而谋得生活的资料。但是，这对胡风来说是很大的折磨，以他的理论个性和正直的人格，他除非不写，要写就最好痛快一点，然而能够痛快到底吗？在那时，胡风深知，个性不能不收敛，至少要尽可能地改变自己在读者面前的形象，尽管心里感到非常憋闷和委屈。不过，我们看到的，也许如胡风自言的那样，其批评文字数量较为单薄，但内容并不像他说的很空洞。

晚年，胡风写下了这段文字，颇有一点自我定位和进行意识形态层面理论总结的况味①：

> 这是在国民党反动统治下十五年间写的评论。引导我的是社会主义现实主义原则和鲁迅所开拓的社会主义现实主义传统的实践精神。我希望能够不脱离不违背这个原则这种精神，这就非警惕思想上的和实践上的客观主义不可。我逐渐理解到，这个原则这种精神只能在党的时期性的政治路线引导的具体条件下才能发生引导实践的力量，因而非警惕脱离实际脱离人民的主观公式主义不可。我希望社会主义现实主义引导下的创作实践能在这样两条战线的斗争中发展，争取更大的胜利。

在国民党反动派统治下的十五年文学批评活动是值得人们敬重的。那是使人憋屈的十五年。回想业已逝去的岁月，胡风心中生出许多感慨：一个人活在世间能有几个十五年？好在他没有虚度年华，他认为自己是在社会主义现实主义的理论原则和鲁迅精神的引导下，在文艺思想领域、在文坛上，顽强地开展了文艺批评活动的；尤其是保持了对客观主义和主观公式主义这两种理论倾向的严打态势，从来没有放松过，因而胡风确认自己有着较好的党性意识。应当说，这段自我剖视是真诚的，符合胡风文学批

---

① 胡风：《胡风评论集·后记》，《胡风全集》第3卷，第625、626页。

评的实际情况。当然，胡风写这段话还有一层意思，即希望读者朋友以党性的平和心态阅读自己的批评文章，不要带着有色眼镜看待他的理论观点。因为胡风深知，自己曾经与世隔绝四分之一个世纪，许多读者对自己是十分陌生的，更主要的是他担心读者们像过去时代那样错误地看待自己的作为甚至再次歪曲自己的理论观点，这是他最惶恐不安的地方。

二

1942年3月，胡风一行十几人由香港辗转到达桂林。很快，他就收到了各地朋友们的来信，大家都庆幸他能够活着回来。有的信里说，有传言说他在香港投海"就义"了，有人还为他哭泣过；有的朋友相信胡风一定活着，或者本来就不相信胡风会死的。对于朋友的牵挂，胡风表示感激。至于说自己就义，胡风戏谑道："人，生在现在的中国，好活固然很难，好死又何尝容易？现在居然信任地把就义派给了我，不是应该满足的么？"[①]然而对于《良心话》杂志发表的所谓"胡风附逆"消息，他先是十分愤慨，后是无可奈何的慨叹[②]：

> 我到了这里不久，就看到S预先寄来的剪报，当时只是笑了一笑，并没有感到有什么奇怪。原来在逃难的路上我就和友人们当作笑话讲过……远在抗战前的几年间，上海的小报就多次地发表了关于我的恶毒的谣言，虽然那时候还没有说我是汉奸，但那罪名却同样是可以把我打入地狱的。开始的时候自然很气愤，但渐渐地也就习惯了，见怪不怪，一律置之不理。……

这里表露的是一种相对豁达的心理。

---

① 胡风：《死人复活的时候》，《胡风全集》第3卷，第122页。
② 同上，第122、123页。

胡风撰文告诉朋友："是的，他们是想'进行谋杀，比谋杀更丑怪毒狠'的，但我并不像你们似地感到气愤；故意混乱人狗之分的东西，我们和他们之间的距离要比人狗之间的距离还要大，对于这样的东西有什么值得气愤的呢？"看起来好像胡风不气愤，实际他还是有些愤愤然的。

对《良心话》派给自己的两条论断，胡风不能接受，表示要加以反批评。

首先，《良心话》一口咬定胡风曾经"自称鲁迅门人"。胡风回忆说："自鲁迅先生死后，有些小报常常阴险地说我是鲁迅的'弟子'甚至'大弟子'，但咬定为这样'自称'的似乎还是第一次。但我究竟在什么时候，什么地方，向谁这样'自称'过呢？"[①] 联系胡风一生的作为，他确实没有这样称呼自己。他进一步解释道：鲁迅先生是千千万万的文化人的领头人和哺育者，自己与先生是不可相提并论的，他不至于无知乃至卑鄙到想盗取这样的头衔来装饰自己的程度，因为鲁迅生前一向反对别人称他为师；小报的造谣是由于两种矛盾的心理在起作用：一方面是对于鲁迅先生的余痛，这些人都直接或间接被鲁迅先生戳穿过假面。而胡风本人又是站在鲁迅先生一边的，"在现在的场合，那用意是想把先生的罪分派一份给我，也想把向我泼来的粪溺带便地泼到先生的死尸上去"[②]；另一方面，却又是由于对于鲁迅先生的某种未遂的好意的气愤，坐实了被鲁迅当作朋友的原来是存心利用的小人。

其次，《良心话》说胡风"在战前曾与聂绀弩为《中华日报》合编《动向》副刊甚久，因与林逆有隶属关系也"[③]。"林逆"指林柏生。胡风说，《中华日报》出版过副刊《动向》，由聂绀弩编辑，是事实，而且还有一个帮助工作的人，是叶紫，不是胡风本人。"是因为我和聂绀弩比较熟识的缘故呢还是别的什么，虽然我只投过几篇极短的稿子，但别人却总爱把我和《动向》拉在一起……而且因为《动向》当时确实打过一些颇为热闹的小仗，不客气地剥开了一些文士的假面，作为报酬，当然投来了不少的

---

① 胡风《死人复活的时候》，《胡风全集》第3卷，第124页。
② 同上，第125页。
③ 同上。

切齿之声，连我这个不相干的人也成了切齿的对象。到现在，这个报屁股的小小故事是被人忘记了，但直接间接被它揭露了丑相的人们却还不能忘情，恰好当年的'汪先生'和'林中委'早已投到了'皇军'的指挥刀下，使'潜伏香港'而且将死无对证的我和他们发生'隶属关系'，是只要摇一摇笔杆就可以得到'信不信由你'的效果的。"①

三

就胡风开展的实用批评看，他堪称十分严格的批评家。他说："对自己人更应该采取严格的态度"，"在这个问题上，和我编选刊物的标准相联系，我是忍受了不少的埋怨的"。②同时，他也认识到，"任何实践都不能被限制在一定的狭小圈子里面。……我们应该在广大的人民和读者中间发现新的作者，这才能扩大我们的队伍，充实我们的力量，适应时代的要求，满足人民的需要"③。既然对自己人（指左翼作家）要严格，那么对自己人之外的是否更严格呢？胡风说要及时发现文学新人，因而所采取的可能是相对宽松一点的批评态度。然而，宽松一点并不是放弃"反映人民的生活或斗争"的理论原则，胡风的批评依据是"就作品本身立论"④。这种批评心理并非通常意义上的从文本出发，而是显示了建立在马克思主义反映论基础之上的现实主义的理论自信。

但是，胡风在实用批评中的确也出现过偏差。他曾经把鲁迅的小说《长明灯》中的长明灯这个意象当作"不死的精神力量"，把那个要吹熄灯的疯子视为真正的疯人（实际上，疯子是真正的英雄）。这是胡风所谓"就作品本身立论"的局限性。胡风晚年对此作了反省："批评者应有追求真理的勇气，但同时也要有承认错误的勇气。有了错误不要掩饰，而是坦

---

① 胡风：《死人复活的时候》，《胡风全集》第3卷，第126页。
② 胡风：《胡风评论集·后记》，《胡风全集》第3卷，第590页。
③ 同上。
④ 同上。

白地作公开的自我批评。"① 这绝非通常意义上的自我批评，而是贯穿着严肃的理论审视态度和反省心理。

在从事文学批评的年月里，在通常情况下，胡风显得自信心很足，一旦抓住对手的理论缺陷或不足，胡风往往不留情面，颇有一点穷追猛打之势，其批评语言也是相当犀利的。

然而，胡风有时也表现得低调。例如，在"两个口号"论争中，胡风的表现十分平静。其实那并非胡风的本意，事隔四十多年后，他回忆道："对这个问题，我只是依照鲁迅先生和党中央派到上海的领导人冯雪峰的意思，写了《人民大众向文学要求什么?》这篇短文（见《密云期风习小记》），但却成了被讨伐的集中目标。也是依照冯雪峰的意思，我自己再没有向读者解释过什么，默默地承受了，由历史去作结论。"② 这说明胡风在某种情况下，其批评活动还是讲究策略的，顾及了一些复杂的情形，能够听从朋友的劝告，并非一味地高歌猛进。

大概因此，胡风要忍受一些心理的压力，有时让他感到特别难堪。

举一个著名的例子。写于 1944 年的《文艺工作的发展及其努力方向》发表后招致了严厉的攻击。事实上，这篇文章写得十分艰难。

胡风在《逆流的日子》后记中说："我没有直接说明张道藩要写这篇论文的阴谋。他是企图在这篇论文里歌颂国民党以至蒋介石'领导'抗战的功劳，宣传只有三民主义才能领导抗战文艺的发展和抗战的胜利，反对在文艺作品中反映人民的受压迫和苦难，以及国民党统治的黑暗和贪赃枉法……"③

胡风绞尽脑汁，试图打破张道藩的企图，尽可能地说明抗战文艺取得的巨大成绩和需要克服的缺点、弱点；指出要发扬成绩，克服缺点、弱点，需要作家们发扬"主观战斗精神"；需要客观条件的优化，创造一个民主的政治环境，其责任完全在国民党那里。

---

① 胡风：《胡风评论集·后记》，《胡风全集》第 3 卷，第 592 页。
② 同上，第 605 页。
③ 同上。

循此思路，胡风说明：已有成绩是由现实主义取得的，下一步的发展必须沿着现实主义的方向进行，这是起码的要求，胡风想以此来粉碎国民党的反动阴谋。

胡风回忆道："在理事会上讨论时提出非写上三民主义不可的是国民党特务姚蓬子。理事会决定由三个理事做代表去找张道藩，请他看一看通过。……张道藩在表面上找不出反对理由，如果不通过，势必引起年会的流产，那对他的官位不利，只好不说什么，他自己不出席，表示了消极态度。"① 为了保证论文的顺利发表，胡风"采用了黑格尔的用语，'主观精神'和'客观精神'"。理论的阐述显得有些晦涩。于是，文章发表后有批评家指摘胡风宣传唯心主义、反对马克思主义世界观。这帽子是够大的。胡风不无委屈地说："我能够冲破国民党的审查机关说明什么，分析什么么？我一声不响。"②

抗战时期，文坛状况极其复杂多变。文学批评活动应该怎样开展，是胡风十分伤脑筋的事情。时代在前进，人民在进步，读者依然有对现实主义文艺的强烈要求，虽然文学"不得不走着曲折而又艰难的道路"③。胡风说自己"分有了这个时期的苦痛和艰难"，表现在文学批评上是"我的文字工作被限制了，被限制得没有兴趣动笔"，只要有批评，"一定会遇到意外的异议"。④ 他的批评心理和心情由此可见一斑。

胡风晚年说："从我开始评论工作以来，我追求的中心问题是现实主义（社会主义现实主义）的原则、实践道路和发展过程。"⑤ 对于那十五年间来自四面八方的对自己的理论非难，胡风的解释是："友人们是把革命圣地延安和解放区的大原则拿来衡量我的实践和评论，把那当作套子，来套我的实践和评论。"⑥ 他自然是不会折服理论对手的。

---

① 胡风：《胡风评论集·后记》，《胡风全集》第3卷，第606页。
② 同上，第606、607页。
③ 胡风：《密云期风习小记·序》，《胡风全集》第2卷，第347页。
④ 同上，第347、348页。
⑤ 胡风：《胡风评论集·后记》，《胡风全集》第3卷，第616页。
⑥ 同上，第615页。

第七章　胡风文学批评的文体观察

王蒙曾经指出，文体学研究的是"文学作品的艺术形式问题，至少是偏重于艺术形式方面的问题"①。这就是说文体学专事文学作品的形式意义方面的研究。其实，人类从事不同种类的写作活动都涉及到文体选择的问题，换言之，文体学的研究对象不仅仅局囿于文学领域。作为人类重要的文学活动之一，文学批评在写作时也面临一个文体的选择问题。然而，任何文体都联系着特定的表现内容，因为形式总是要为内容服务的。

第一节　胡风的文体思想

胡风对于文艺的诸样式曾经发表过一些看法。他总结这方面的工作时说："论到过一些文艺题材。小说、戏剧、诗之外，有报告文学、散文、速写、小品文、杂文、木刻、漫画、儿童文学等。"② 涉及到文学文体和文学之外的艺术文体。胡风确实探讨过文体理论，但却没有他说的那么周全。

---

① 王蒙：《文体学丛书·序言》，转引自童庆炳：《文体与文体的创造》，云南人民出版社1999年版，第1页。
② 胡风：《胡风评论集·后记》，《胡风全集》第3卷，第596页。

实际情况是，对小说这种文体，他并没有从形态学方面加以探讨，他虽然评论了不少小说作品；就散文来看，他也未留下任何文体性理论。因此他的文体思想并不完整。胡风对文学之外艺术文体的探讨，主要集中在速写、漫画、木刻、电影等。之所以显得不很周全，倒不是因为胡风没有整体的文体观，而在于这些文章多是应编辑或读者之约而写。

关于速写、杂文、漫画等报纸文体

一般而言，速写、杂文和漫画等文体多见于报纸。"五四"时期及其以后，新闻出版事业逐步兴旺起来，由于大量报纸的创办、发行，速写、杂文、漫画等也迎来了蓬勃发展的时期。尤其 1920 年代中期以来，国内政治形势的急遽变化，与民众的生活休戚相关，因而饭后茶余读报，成为人们特别是市民、知识者的一种时尚。

1934 年底，应著名文艺杂志《文学》的邀请，胡风就速写发表了自己的意见。他没有开门见山，而是转了一个小圈子，先谈杂文。他指出：杂文是批判性的文艺性的论文，"能够更生动地更迅速地反映并批判社会上变动不息的日常事故"。申明杂文的任务是社会批判，从具体的人、事开始，杂文"攻击散布毒菌的文人学者"，"攻击卖人肉馒头的店主"，"也攻击像苍蝇一样地专在健康的东西上面撒污"的小丑；杂文的特点是"由论理的侧面反映社会现象"。[1] 之后，他谈速写，认为它是杂文的姊妹艺术，它也反映生活现实，但这种反映不是全方位的，而是一种"文艺性的纪事"，"能够把变动的日常事故更迅速地更直接地反映、批判"；它与杂文的区别在于：杂文是文艺性的论文，以理服人同时又要靠艺术形象动人，"由论理的侧面来反映那些活生生的社会现象"；而速写不是以理服人，它依赖"形象的侧面"[2] 表达出批判的意向。明确界定了创作速写时应注意的问题：写真实，不能去虚构故事和人物；从社会现实里寻找故事和人物。最

---

[1] 见《论速写》，《胡风全集》第 2 卷，第 74 页。
[2] 同上。

困难的是，作家要抓那些"能够表现本质的要点"① 的细节，不要被感性的现象所迷惑。

至于漫画，胡风说自己完全不懂，这当然是谦虚之辞。他读中学时，曾经看过丰子恺作的一副漫画，许多年来记忆犹新："一个小孩子替椅子脚穿鞋，上面写着'宝宝两只脚，椅子四只脚'，那印象还一直留到现在"。虽然漫画被认为是一种轻松幽默的艺术（一般认为还具有讽刺功能），胡风却从反映论出发，提出漫画"也是一种认识形式"，这与其他艺术门类在精神上是相通的——关键在于漫画"要表出作者所看到的人间关系"；作者创作时要努力体现个体与社会的联系，如果"一个孤立的平面的现象，我们是看不出它的内容来的"。他对丰子恺1930年代初的一些漫画进行了社会学的批评。

对于漫画的艺术表现手法，胡风进行了探讨：漫画反映人生的方式与其他的艺术形式有所不同，必须借助于某些变形的技法，使读者能够"放大地表出所看到的人间关系"②。这里的"放大"，可以理解为夸张、想象、巧妙的组合等。

关于儿童文学

对儿童，胡风充满深情："关心他们，把对他们的工作做得好一点，正是为将来造福。"③

胡风认为儿童文学作家要研究儿童，不能把儿童视为抽象的、概念的或神秘的存在，不要认为儿童都生活在一个超现实的世界里，也不能"把儿童屈伏在特定的道德世界里，勉强使他们只是被动地接受教义，完全随作者的主观希望"④；不能忽视儿童具有的"精神活动"；认为成功的儿童文学作品要体现出儿童的心理、思维特点，符合他们的阅读习惯，故事性

---

① 见《论速写》，《胡风全集》第2卷，第74、75页。
② 以上几处引文见《胡风全集》第2卷，第100、101、102页。
③ 胡风：《胡风评论集·后记》，《胡风全集》第3卷，第596页。
④ 胡风：《〈表〉与儿童文学》，《文学》1935年第5期。

要强些，要生动、乐观；故事的结构要尽量单纯，如果能有幽默就更好。胡风对"五四"以后产生了积极教育意义和良好影响的作品，如：叶绍钧的童话《稻草人》和张天翼的《大林和小林》、《秃秃大王》有着不错的观感。他肯定《稻草人》中"生动的想象"和"细腻的描写"给小读者们带来的阅读快乐，认为该作品不但对叶绍钧本人有意义，而且"对于当时整个新文学运动也应该是一部有意义的作品"①。

儿童文学也需要积极的浪漫主义。胡风说：儿童文学在满足儿童寻求"解释和说明"的前提下，不能没有浪漫主义的想象和尽可能丰富多彩的趣味描写。从这个角度上，他觉得张天翼的童话《大林和小林》成绩不小，赞美"作者摆脱了以往的儿童文学的传统，他的新奇的想象和跳跃的笔法所传达的是以儿童的兴味和理解力为基础的社会的批判"②。对于外国作家，胡风反复评说的是俄国盲诗人爱罗先珂，认为他的童话中塑造的想冲破铁栏的老虎、渴求光明的土拨鼠，都唤起了儿童读者的想象力和对于人生的热爱和勇气。

从现代启蒙的立场出发，胡风希望儿童文学作家重视作品的教育功能，在选择描写内容方面需要特别慎重。在对"五四"以来的儿童文学作品进行检视后，胡风指出，儿童文学虽然取得了一定成就，但在描写内容上存在不少问题，大多数"利用现成的材料，因而也就注入了培养了各种因袭的趣味或观念"：或表现对金钱的崇拜，或展示对权力、高贵的社会地位的羡慕，或宣传封建迷信……他为此十分忧虑。他认为之所以造成这种局面，其症结在于没有高质量的原创作品；而已经出版的世界儿童文学作品的译本中，也存在某些不良倾向。例如，有些作品"既成的道德气息非常浓厚，并不能说是健康的东西"③。像爱罗先珂的童话那样的"展开着万灵跃动的虽然是想象然而却流着人生热血的世界，狂歌着向太阳向光明的'雕的

---

① 胡风：《关于儿童文学》，《文学》1935 年第 2 期。
② 同上。
③ 同上。

心'的作品"①实在罕见。因此，他申明，儿童文学作家要有严格的自律——"对于被围困在出版者倾销儿童读物的大势下的读者们，我们的作家不应该写出一些健康的作品么？把儿童们从因袭的传统观念中解放出来，从那些欺骗的说教解放出来，从妖魔鬼怪的毒雾解放出来，也应该是进步的作家们的一份重要工作罢。"②

晚年的胡风，依然为推进儿童文学的发展而殚精竭虑。他越来越注重儿童文学在教育、培养儿童思想和意识方面的作用，并对作家们寄予厚望，"我希望不断有新作者出现。我相信，他们不会把少年儿童当作大人看待，冷情地贯注教训，而是用'不失其赤子之心'去体验他们天真无邪的精神世界……"③

关于戏剧

戏剧，由于其表演的直观性，演员与观众能够形成互动交流，"五四"以来的中国文艺家们都很重视它在宣传、教育方面的特殊效果。胡风从现实主义的文艺功用思维出发，非常重视戏剧的表演内容，注意戏剧在教化民众方面的作用：戏剧"并不是事实的报告，而是人生真理的启示"；戏剧表演实际上是"通过导演的艺术创造和演员的艺术创造，把剧本所表现的人生真理化成一个活的立体"。④ 这种艺术活动当然都是借助于戏剧中的"行动"（动作）表现的，然而，胡风所理解的戏剧中的"行动"与常人不同，有着更丰富的含义："行动，虽然指的是形体的动作。但决不是指自然生理的行动，而是指有一定的感情动力，表现了一定的精神要求的形体行动。而且不仅是指形体行动，同样重要，也许更加重要的是指表现内在要求的心理行动。"⑤ 从而提出了戏剧也应该很好地表现人物内心世界、情感

---

① 胡风：《关于儿童文学》，《文学》1935年第2期。
② 同上。
③ 胡风：《胡风评论集·后记》，《胡风全集》第3卷，第597页。
④ 胡风：《从"剧本荒"想起的》，《新演剧》1940年复刊号。
⑤ 胡风：《我读路翎的剧本》，《胡风选集》第1卷，第195页。

心理的问题。

因此,对某些"剧作家过于意识地对所谓'观众心理'的迎合"① 现象,胡风表示了忧虑。那些迎合观众的媚俗表演,为他所鄙视。站在现代启蒙的文化立场,胡风愿意剧作家们保持精英意识(当然并非要孤芳自赏):不能去简单地迎合观众,不能为了取得观众的喝彩而去媚俗;要克服有意炮制"悲壮剧"和"现实剧"的习惯,不能哗众取宠、制造"噱头",出现"插科打诨"之类庸俗的东西。

戏剧有戏曲、歌剧和话剧等几种主要形式。对话剧,胡风思考理论问题多,而实际观看的机会不多,但他深知它是一种舞台艺术,"都采的是现代市民社会的演剧形式"②,对话剧的表演形式,他也曾进行过思考。

比较之下,胡风更重视话剧的表现内容。晚年时,在谈论路翎的话剧作品时,他指出中国话剧虽然取得了一些成绩,但有不少作品往往有一些很不足取的做法:"一是用人工的离奇情节去带出或表演一个抽象的所谓进步的以至革命的主题;一是用多变多彩的布景去吸引观众的好奇心理。从外国窃取情节以至主题,也是一个。根本原因是脱离了历史实际和人民的生活"③。也正是在这个意义上,胡风对路翎的话剧作品评价颇高——"都是从一定的角度反映了运动中的历史内容,因而,都是突出地表现了特定的思想主题的"④。

胡风还就历史剧创作问题发表了意见,他不是一般地讨论历史剧问题,而是在更为开阔的历史题材文学创作的视野中进行思考。对于鲁迅提出的"博考文献,言必有据"和"只取一点因由,随意点染"的看法,胡风深以为然。认为创作主体必须发挥主观作用,"某种历史题材必须其与作家的创作要求有相呼应之处才被写出来","主题与题材有其结合点"。因此,他提出历史题材的作品所表现的未必都是实有的,"问题是在能否把握住具

---

① 胡风:《从"剧本荒"想起的》,《新演剧》1940 年复刊号。
② 胡风:《演剧运动短话》,《夜莺》1936 年第 4 期。
③ 胡风:《我读路翎的剧本》,《胡风选集》第 1 卷,第 190 页。
④ 同上,第 194 页。

体历史环境中人类的真实生活"①，从而提出历史题材作品可以对史实有所出入。

至于历史剧的创作，胡风并无特别的胜见。他着重探讨了历史剧在描写历史人物时的注意事项。其一，描写在历史上起过重要作用的人物，剧作者要很好地加以研究，否则容易歪曲"历史的真实"。其二，历史剧可以根据剧情需要适当增减人物，但"不可太随便"，尤其在作品中涉及那些重要人物时。其三，是否要对某些历史人物进行翻案，要慎重考虑。选择语言，可以根据需要自由选择，用文言、用现代白话（现代语）均可以。

1947年，为配合路翎的话剧《云雀》的上演，胡风撰写了评论文章，表达了他的悲剧观②：

> 悲剧，不应该是用死亡来压迫观众，不应该是用流血来恐吓观众……而是要写出痛苦本身或牺牲本身的起伏奔放的激流，使它们在观众心灵中化成更大的更高的力量，去面对现实的人生斗争或历史斗争，去深入现实的人生斗争或历史斗争。
>
> 悲剧，不是使观众在剧场里面参观一件人生惨变或摘取一片人生教训，而是要使他们亲身参加到痛苦过程或牺牲过程里面，亲身经历一次痛苦或牺牲的试炼，到他们走出剧场以后，就会变得更坚定更充沛，在现实人生里面增长了对于战斗生活的勇敢和战斗目标的乐观。

从美的类型看，悲剧属于崇高美的范畴。胡风这种诗意的表达显示出对悲剧特有的感发力量的理解。

---

① 参见《胡风全集》第5卷，第370页。
② 胡风：《为〈云雀〉上演写的》，《胡风全集》第3卷，第383、384页。

第七章 胡风文学批评的文体观察

关于诗

胡风的诗论相当突出地显示了他的理论个性。

对诗的本质问题,胡风有相当明确的意见:"诗的特质是对于现实关系的艺术家的主观表现,艺术家对于客观对象所发生的主观的情绪波动,主观的意欲;这和以把捉对象真实为目的的小说戏剧不同。所以,是诗不是诗,不能仅仅从文字方面判断,应该看那内容所表现的是不是作者的主观的情绪。"① 这就申明:诗是主观的抒情艺术,但反映论是前提,"还应该进一步看那情绪是不是真实的,是不是产生在对于对象的正确的认识基础上面"②。"诗人的声音是由于时代精神的发酵,诗的情绪的花,得循着社会的或历史气候……时代精神的特质要规定诗的情绪状态和诗的风格。"③ 看得出,在强调反映论的基础上,胡风显然更加重视在诗中凸显主观精神——情绪、意欲。

对有一定文化修养的人而言,写几句诗并不是很难的事,换言之,成为一般意义上的诗人不是有那么多苛刻的标准。这种诗人胡风称为"第二义的诗人"。那么有"第一义的诗人"吗?胡风并没有用这个概念,他使用的是"真正的诗人"这种说法。"第二义的诗人"胡风认为是文字匠,一种玩弄字句游戏的人;认为"真正的诗人"能够在现实人生里面"激发从历史真理发源的爱情","为历史真理"而感到"悲喜",并且能够"经验到向未来献身的感激",不是"观念上的存在",对于艺术是非常严肃的。这就以非常高的标准要求诗人达到对现实、历史的真诚、执著,能够发现真理,为人生而战斗。

针对 1940 年代以来主流文坛日渐形成的"题材决定论"倾向,胡风提出"哪里有人民,哪里就有历史。哪里有生活,哪里就有斗争,有生活有斗争的地方,就应该也能够有诗"④ 的精辟见解。他认为任何一种类型的

---

① 胡风:《为执笔者的创作谈》,《胡风选集》第 1 卷,第 225 页。
② 同上。
③ 胡风:《四年读诗小记》,《胡风选集》第 1 卷,第 238 页。
④ 胡风:《给为人民而歌的歌手们》,《胡风选集》第 1 卷,第 271、272 页。

题材（素材）对于诗人来说都是平等的距离，不具有任何决定作品价值意义的功能。所谓"题材决定论"的倡言及其做法，他认为势必导致创作的公式化、概念化。在他看来，题材如果不能和诗人的情感融化在一起，诗是永远都不会成功的，"在诗的创造过程中，客观事物只有通过主观精神的燃烧才能够使杂质成灰，使精英更亮，而凝成浑然的艺术生命"①。这在当时的文坛不啻空谷足音。

多年来，胡风一直是形式主义的反对者，这倒不是他反对文学创作的形式问题。形式很重要，对内容的表达有影响，但如果把形式提到与内容同样的高度，是胡风所不能容忍的。他反对作者忽视思想内容而去片面追求写作技巧，因为技巧作为形式因素，是由内容决定的，不能离开内容去学习什么技巧。胡风说，如果技巧指的是"和内容相应相成的活的表现能力"，那也是可以进行讨论的。"对于一个特定时代，特定社会立场的诗人，一个特定诗人的特定作品，孤立地去论他的'技巧'，甚至孤立地去学习他的'技巧'，这只有走江湖的形式主义者才会想到的事情。"② "我诅咒'技巧'这个用语，我害怕'学习技巧'这一类说法。"但胡风不反对文学的初学者阅读世界文学名著，"但这并不是为了学习'技巧'，而是为了由理解到汲取人类史的精神领域（艺术领域）以及对于社会领域经过了怎样的相生相杀的流衍过程"③。

"诗的形象化"在抗战爆发后常常被提起，有人以此解释佳作不能出现的现象，胡风觉得这有走向唯心主义的危险。他批判道："'诗的形象化'这个提法本身欠科学，可以说'形象的（地）思维'，却不能说'形象化'。因为一旦运用这个说法，那就意味着有那么一种高居于生活之上的思想存在着（形而上的东西），它可以离开生活形象，作者的任务是先把它捉住，然后将它化成形象。"从而认为，"形象化"说要不得，它容易导致"诗人的主观能动精神的衰退"。他以1940年代影响颇大的诗人袁水拍的

---

① 胡风：《关于题材，关于"技巧"，关于接受遗产》，《胡风选集》第1卷，第245页。
② 同上。
③ 同上。

《音乐会》为例作了评说,认为该诗虽然使用了很形象的词语、有很形象的场面描写,但是"却不能给读者以活的生命的声音"①。胡风重视创作过程中的形象思维,但认为这种思维必须建立在创作主体对对象客体的研究和把握之上。

关于木刻

木刻是一种古老的艺术。中国现代木刻运动肇始于1929年,是由北京的木刻社"一八艺社"发起的,之后几年内得到迅速发展。这一方面归因于它关注国内时局、如实反映风云变幻的现实状况,一方面还在于它的贴近民众的艺术姿态,能够反映、表现民生疾苦和民众的生存状态。当然,这个过程还有赖于文化巨人鲁迅的提倡、介绍和宣传。

通过现代木刻发展史的研究,胡风指出现代木刻作家由于如实表现民众的悲惨生活、揭发了政治的黑暗,而受到反动统治者的迫害;然而,现代木刻艺术是摧毁不了的,它在困境中顽强地成长、不断地壮大。受鲁迅先生的影响,胡风创办《七月》伊始,着手征集并且发表进步的木刻作品,扶助青年作者。抗战八年中,不少木刻记录了日本侵略者蹂躏中国人民的残暴行径、描绘了一幅幅中国人民遭受苦难的真实画面。当然,也有一些木刻形象地反映了抗战斗争中种种的悲壮的搏斗、勇敢的牺牲、大无畏的民族气节。这些作品使胡风心潮澎湃、热血沸腾。在爱国主义情绪的驱动下,他于1938年组织了一次规模较大的抗敌木刻展览会,为抗战木刻艺术的壮大予以热情的助力。他还以满腔的热情进行着关于木刻艺术的理论探讨。

胡风认为任何种类的木刻作品,都应讲求艺术的创造性。那些为已有文艺作品作插图之类的木刻作品,更应该注意这一点。当胡风看到青年木刻家新波为叶紫的小说《丰收》作的插画时,十分兴奋,"虽然主题依然

---

① 胡风:《关于"诗的形象化"》,《胡风选集》第1卷,第251页。

是原作的主题,但他的把捉角度和表现方法却是自己的"①。胡风还提出木刻艺术同其他形式的艺术一样,也要凸显创作者的情感。他对新波为鲁迅先生逝世所作的《鲁迅先生葬仪》和《鲁迅先生遗容》有不错的观感,"……不管还有些构图上的和刀法上的失败,但作者是用着充溢的热情刻出了那悲壮的时间,是写实然而并非不动的'静物',是热情然而是几乎如实的场景"②。对于原创性木刻作品更应当如此。在胡风看来,这类作品可能更易于成功,因为作者不受已有文艺作品的控制,可以发挥作者的热情、想象力,主要是可以更好地调动生活积累。

胡风一向重视作品的主题以及内容上的表达。对木刻而言,他主张木刻作品的主题和内容也应该诉诸形象的刻画,尽管有相当的难度;他认为作品要表现出生活的真实感觉,在线条运用上要有力度,坚决避免流于空泛、抽象化。他经常看到有些木刻作品停留在摹写生活场面的层面上。他觉得那不能给人以艺术的力量,既然木刻属于造型艺术,就必须遵循现实主义的艺术法则。他说③:

> 那首先当然是作者对于现实生活的真切的认识,从这里把捉主题。然而还不够,必须在构图上能够把这一切历史性的主题在平面上浮现。这以后,或者说和这同时,得有能力运用和这个主题的内容相统一的、有生的色彩或线条表现出这个主题所包含的生命。要这样,画面的形象才能说出真的人生,观众的感受才能生出真的力量。

胡风还提出,中国木刻艺术要继往开来,继承革命的现实主义的传统(真实表现人民的受难或斗争),同时与现实生活紧密相联;又要学习、借鉴国际革命的木刻艺术遗产,更好地发展自己、壮大自己。

---

① 胡风:《新波的木刻》,《胡风全集》第2卷,第462页。
② 同上,第463页。
③ 胡风:《关于造型艺术上的现实主义一感》,《胡风全集》第2卷,第562、563页。

第七章 胡风文学批评的文体观察

关于电影

胡风对电影艺术也很钟情,曾于1948年发表了影评《为了电影艺术的再前进——从金山编导的〈松花江上〉看电影艺术》,该文从电影艺术发展史的角度审视了中国电影的发展①:

> 中国的电影开始是被封建的意识形态所俘虏,成为了它的有力的武器,和一般所说的鸳鸯蝴蝶派小说是类似的东西,后来被进步的思想要求争取了过来,那功绩是不小的,但那进步的思想要求实际上还没有超过观念性的"浪漫"的性质,也就是在某一通路上和过去保持着联系,再加上社会条件的客观的原因,后来就强烈地被好莱坞的影响所侵蚀,成为半封建半殖民地性的各种小市民的意识形态的抒发场所了。

新中国成立后,胡风对电影艺术有着更多的接触。1954年,他发表了三篇电影批评文章:《生活在发言——关于日本进步影片〈不,我们要活下去〉的二三说明》,《历史在作证——关于日本进步影片〈箱根风云录〉》,《人道在控诉——关于意大利进步影片〈偷自行车的人〉二三说明》。

晚年,胡风较为系统地表达了对电影艺术的认识:电影是高度综合性的艺术,与戏剧艺术比较,电影艺术能够运用现代的技术条件,在银幕上打破任何空间时间的限制,因此电影艺术在反映生活或者表现人的内心世界、情感等方面是无所不能的。但是,"无论它的特点怎样把这个艺术体裁的效力加强到了怎样的程度,它脱离不了所有艺术非遵循不可的共同基础"②,这个基础就是现实主义;认为电影应当反映进步的历史内容、反映变化着的现实生活,在此基础上塑造出推动历史前进的人物形象,让观众学习,给他们以好的启迪;或者刻画反面的人物来引起观众的警惕、反省。

---

① 胡风:《为了电影艺术的再前进·附记》,《胡风全集》第3卷,第415页。
② 胡风:《胡风评论集·后记》,《胡风全集》第3卷,第599页。

既有的电影经验和理论自觉使胡风认识到，电影艺术在发展过程中也出现了"现实主义和反现实主义的斗争"。他高度评价电影艺术表现的现实主义精神，同时激烈反对电影艺术曾经存在的"把落后的、病态的、以至反动的思想意识灌输到观众的意识里面"①的做法，认为那是反现实主义的、毒害社会的做法。

通过以上评述，可以看出胡风的文体思想不是抽象的宏观大论，不是静态的理论思辨。仔细阅读他的有关文体的言论，我们不难感受到他对创作过程的精细思考和卓识。胡风在探讨文体理论时，往往不是单纯地就事论事，而是善于结合一些具体的创作现象展开，这使得理论探讨有的放矢、富于针对性。这些创作实践经验，并非完全是胡风个人创作经验的总结和研究所得，"我是吸收了国内外作家的生活经验和创作经验，吸收了外国理论家的文艺理论"②来进行的。很容易看出，胡风几乎在讨论任何一种文体时，都主要不是从各种文体的形态学本身来加以阐述，而是强调各种文体所反映的现实内容以及创作主体的精神状态来进行——这自然没有大的问题，但仍然存在着文体理论上的盲点，至少在对文体的形式探讨上还不够。他对速写、杂文、漫画等报纸文体，对儿童文学、木刻艺术等方面的探讨都富于辩证思考（当然这仅仅是相对的），既有内容、主题方面的申述，也有着形态学的见解，不乏创见。比较之下，他对戏剧、诗、电影的探讨，就文体形态学的思考来看，就有些不够。

讨论戏剧时，胡风提出"它并不是事实的报告，而是人生真理的启示"，"通过导演的艺术创造和演员的艺术创造，把剧本所表现的人生真理化成一个活的立体"③，从其现实主义角度来讲当然顺理成章。但是，这无意中忽视了戏剧的审美和愉悦功能。当他揭示悲剧可以激励观众面对并且深入现实斗争和历史斗争时，他把戏剧具有的宣传教育作用发挥到了极致，而对戏剧自身具有的美感功能则始终未加探讨。就文体形态学而言，戏剧

---

① 胡风：《胡风评论集·后记》，《胡风全集》第 3 卷，第 600 页。
② 同上，第 623 页。
③ 胡风：《从"剧本荒"想起的》，《新演剧》1940 年复刊号。

第七章 胡风文学批评的文体观察

实际上丰富多彩,既有现实主义的(有传统现实主义和开放的现实主义之分)戏剧,也有浪漫主义的戏剧,还有现代主义的戏剧等。而胡风的戏剧观始终限定于写实的现实主义(传统现实主义)这种形态,虽然无可厚非,但终觉思维有狭隘之嫌。

胡风的诗论也有类似的倾向。在中国,诗的历史最悠久,佳作琳琅满目。由于深受"五四"时代精神的影响,胡风对体现了"时代要求和群众精神世界"的诗最敏感。他推重1920、30年代潘漠华、应修人、殷夫的或带着青春气息或富有革命情感的、纯粹口语的无脚韵、无固定格式的自由诗:"我以为,只有这种诗体最能表现最新最先进最深挚的人民的欲求和感情。"[①] 这显示了他的诗学思想,也昭示着独特的现实主义的美学理想。例如,他曾对田间的诗进行过一些评论,尤其是对田间抗战时期诗的评论引人注目。不过他的举介田间,正是看重了田间诗带来的新的美学原则——一种革命时代的群众的美学风格。

对于诗的技巧问题,胡风曾经说出一些相当偏激的言语,甚至说出一些诅咒的话。但从胡风的全部诗论看,他是在重视内容的前提下发出这种言论的,其实他并不反对技巧本身。然而在这个关节点上,他与传统诗学拉开了距离。刘勰的《文心雕龙·宗经》篇中提出"体约而不芜"、"文丽而不淫",表现出对文章形式完美性的高度关注——这显然更辩证。有朋友要到学院学习诗的写作技巧,胡风持反对的态度,这证明了他对形式主义的高度警惕。其实,大可不必如此。如果说,一个人有了相当的生活经验的积累,为了尽快提高艺术的创作水平,适当学习、借鉴一些写作技巧,也未尝不可。

对诗的文体形态,胡风从未有正面的见解。当然,应当承认,"五四"以来的新诗发展到1930、40年代时,也出现过"唯美主义,神秘主义,象征主义,恶魔主义等等"的诗体,一般而言,不能加以简单化的否定。而胡风从其现实主义的视角,只是认可符合他的美学个性的现实主义的诗,

---

[①] 胡风:《胡风评论集·后记》,《胡风全集》第3卷,第601页。

对它们则十分鄙视,"在现实主义的发展的进程上,它们所得到的只不过是昙花一现的生命"①。

胡风的电影观确实有某些特色,然而这种情形,只能说明他的现实主义的精神的强大。电影艺术也有写实与唯美之分。胡风一直在现实主义的视域中观察电影艺术,自然他不会容忍其他形式的电影艺术。他所谓关于电影"无论技术怎样高,怎样长于匠心独用,但如果脱离了以至内容上和主题上违背了现实主义的基本要求(真实性),那也是非失败不可的"②言论正是基于现实主义的理论精神和创作要求。他的为数很少的电影批评几乎都侧重于思想内容方面的把握,而较少艺术本身的评价。显然,在他的意识深处对于艺术本体是有些疑虑的,这与艺术自身的属性是有差距的。

胡风的文体思想虽然不是"专谈至理,圆混无际的大块文章"③,但仍然值得我们珍视。它们也许是琐碎的、凌乱的,但并不缺少见识;也许难免片面之处,但依然展示着"朝山拜佛似的虔诚"④,它们是胡风文学世界的重要一翼,不可等闲视之。

第二节 胡风文学批评的文体运用状况

从"文学的方法是发源于实践的需要,而且要反转来规定文学的行动"⑤的理论自觉出发,胡风在批评文体方面有着多方面的尝试和创造,就总体看,他的批评文章主要呈现为论文、书信、序、后记、答问、随笔、评传等形式,因而具有一定的文体学意义。

---

① 胡风:《现实主义在今天》,《胡风选集》第1卷,第371页。
② 胡风:《胡风评论集·后记》,《胡风全集》第3卷,第600页。
③ 胡风:《逆流的日子·后记》,《胡风全集》第3卷,第301页。
④ 胡风:《人与文学·题记》,《胡风全集》第3卷,第159页。
⑤ 胡风:《高尔基在世界文学史上加上了什么?》,《胡风选集》第1卷,第57页。

第七章 胡风文学批评的文体观察

一、论文体

论文体的文学批评是"自有职业批评家以来迄今为止最主要也运用得最广泛的批评文体"①。这种文体要求写作者有很好的理论准备，对批评对象要有专门的研究，要具有较强的逻辑思维能力。

胡风少年时代即显示出较强的逻辑思维能力，后来又广泛涉猎外国文艺理论：马克思主义理论方面，他不仅受过俄国的"拉普派"和日本的福本和夫的影响，后来又深受高尔基、卢卡契等人的思想影响，同时也研读了马克思恩格斯列宁斯大林的大量原著；在资产阶级文艺思想方面，他曾经受到过尼采思想和厨川白村的《苦闷的象征》的影响，后来则更多地受到西欧和俄国的批判现实主义的影响以及黑格尔的某些理论影响。如此的学习、阅读、研究，使他的理论修养变得十分厚实，为日后从事论文体批评夯实了基础。

1932年，还在日本留学时，胡风就从高度的政治热情和理论自觉出发，参与了国内文坛开展的关于"第三种人"的论争，为此撰写的《粉饰，歪曲，铁一般的事实》一文，初步展示了论文体批评的威力，论文不仅评价了有关作品，还通过对生产力和生产关系、人的力量与历史发展、艺术与政治等几组既对立又统一的哲学概念的思辨中揭示出"第三种人"立场的荒谬性。1933年的《关于现实与现象的问题及其它》同样具有很厚重的理论分量，1934年的《关于"主题积极性"及与之相关的诸问题》则比较集中地论述了主观与客观的统一问题。尽管是初试锋芒，但这几篇批评中凝重的理论色彩以及对有关作品的评说却给文坛留下了印象。

1935年后直至1940年代末，结合文学工作需要，胡风连续撰写、发表了一批产生了广泛影响的论文体批评文章。它们大都有着更浓郁的理论色彩，理论上已经形成了自足的体系，特别是他首倡的以"主观战斗精神"说为核心命题的现实主义的理论框架呈现于世人面前。

---

① 童庆炳主编：《文学理论教程》（修订版），高等教育出版社1999年版，第320页。

《今天，我们的中心问题是什么？》提出文学批评要"关心创作与生活的联结"，"不理解文学活动的主体（作家）的精神活动状态，不理解文学活动是和历史进程结着血缘的作家的认识作用对于客观生活的特殊的搏斗过程，就产生了从文学的道路上滑开了的，实际上非使文学成为不是文学，也就是文学自己解除武装不止的种种见解"。①所讨论的是批评工作中对创作主体精神的重视。《为执笔者的创作谈》虽然结合苏联作家的创作经验加以申述，但是胡风贯彻着自己的现实主义理论思考，提出"在生活里面没有感觉的丰富，没有感动，在作品里面就当然不会流着对于人生的热意，不会把捉到万人共有的可歌可泣的真实了"②。认为创作过程中作家必须做到"和他的人物一起苦恼、悲伤、快乐、斗争"，一个成功的作家一定是"把他的精神活动紧张到了最高度的'主观'的'自由'的工作"③。强调创作过程中的"主观战斗精神"。理论的自觉使他在《一个要点备忘录》中细致剖析了他一向反对的"主观公式主义"和"客观主义"，为"主观战斗精神"说进一步清理路障。这些文章的写作一方面关涉着很复杂的文坛思潮与理论论争背景，显示着胡风积极参与思潮论争与理论探讨的热情，表现出执著于现实主义的理论光芒，同时也昭示出他相当优越的对于论文体理论批评的强大应用实力。

以上属于理论批评的范畴，但胡风同样关注着变动不居的文坛创作状况，他为此撰写、发表的对有关作家、作品的批评文章也同样引人注目。为了更加自如地、全面地表达对作家作品的认识和价值判断，他选择了论文体的批评形式。不同于理论批评的运转自如，他的这类实用批评有时不易让人把握他的逻辑走向。由于无法抗拒的外在压力，这类批评并没有完全依照理论推衍的思路进行。他的名震一时的《林语堂论》、《张天翼论》即属此类。就直接的阅读感受说，这类批评带有明显的绕圈子的倾向。1936年之前他发表的有关文章中这种倾向是相当明显的，其原因在于1930

---

① 胡风：《今天，我们的中心问题是什么？》，《胡风全集》第2卷，第610、612页。
② 胡风：《为执笔者的创作谈》，《胡风选集》第1卷，第215页。
③ 同上，第219页。

年"左联"成立后,"左联"领导人将主要精力用在搞政治性运动方面,对于重视创作的倾向,一律称之为"作家主义"、"作品主义"。所以胡风无可奈何地说,"现在想做点文字工作了,姑不论能做多少,做得怎样,首先就非戴上这两顶帽子不可"①。总体来看,这类批评常常采用娓娓而谈的叙述方法,铺陈的倾向比较明显,当然富于情感倾向的议论、抒情内容也不为少见。

1936"左联"解散,之后许多年胡风写的批评文章仍然有绕圈子的倾向,思路模糊难辨,语言运用也含蓄委曲。特别是后者,胡风称之为"奴隶的语言"。这既是他的理论个性所致(他喜欢用一些比较长的语句表达自己的理论见解),更是环境使然(请参见本书第六章第二节的有关文字)。

二、书信体

书信是常用的一种应用文体,是人们进行书面沟通、交流的基本工具,但其功用并不局囿于此。从文学信息传播的角度说,书信的作用也不可忽视。中国古代的作家、文学理论家有时就是通过书信的方式表达他们的文学见解和文艺观点,如韩愈、柳宗元古文运动的理论,主要是体现于他们的给朋友、门生和互相之间的书信之中;白居易在《与元九书》中提出了"文章合为时而著,歌诗合为事而作"的现实主义诗论。因此,从文学批评角度看,书信体又是一种批评文体,"很多文论家的思想、理论往往散见于他们的书信序跋"②。

胡风为我们留下了书信体的批评,但不是指他写的那些普通意义上的书信,笔者关注的是他写于1940年代的7封别具风格的书信,尽管数量少,但涉及的诗学理论比较重要,从某种程度上说,它们是胡风的现实主义理论精神在诗学领域的生动呈现,在一定程度上浓缩着胡风的诗学思想。

---

① 胡风:《文艺笔谈·第三次排版后记》,《胡风全集》第2卷,第275页。
② 蒋凡、郁源:《中国古代文论教程》,中华书局2005年版,第7页。

就文体写作看,大都各有风采。

《吹芦笛的诗人》(1936)是写给茅盾的一封书信体诗评,是胡风诗评(实用批评)的精彩篇章。敏锐的审美感受,精湛的文字品鉴,流溢着的现实主义理论精神,使这篇诗评闪耀着迷人的光辉;一方面是感性的(审美的)阅读感受,一方面是对创作主体精神境界与心态的准确把握;丝丝入扣的解读与娓娓而来的阐释,中间伴以批评家热情的期待……写得不仅诗意烂漫,也具备很强的理论说服力。

《关于风格》(其一,1942)是写给诗人王晨牧的诗评,是既有实用批评又展示着理论精神的诗评。先是指陈王晨牧诗作中所受的艾青诗的影响:情感方面显得很真实,之后指出诗作中的"近于宁静的""特有的素朴",缺乏"一种激情",主观精神状态不够好。胡风反对"有些美学家所津津乐道的'静穆'",以及由此而来的"万物静观皆自得"的"旁观",从而呼唤"激情的时代"所需要的"冲激"、"浮躁凌厉";申明战斗的时代不再使美学上的"静穆"受宠,如果有,"也当是和过去的美学家们所说的不同的东西"①。从文体特征看,这封信写得观点鲜明,情感率直真切;文笔亲切自然,理论色彩明朗,令人折服。

《关于人与诗,关于第二义的诗人》(1942)也是写给王晨牧的。它表达了胡风现实主义理论的重要一面:重视人生。他认为对人生的态度决定了一个人是否是诗人(艺术家),"只有人生至上主义者才能够成为艺术至上主义者",真正的诗人是"在生活道路上的荆棘和罪恶里面有时闪击、有时突围、有时迂回、有时游击地不断地前进,抱着为历史真理献身的心愿再接再厉地向前突进的精神战士"。这就把现实主义的反映论提高到了一个空前高度,"世上最强之物莫过于人生,这不是看轻了艺术而是把艺术提高到了极致"。由此出发,胡风对"第二义的诗人"的否定性评说更有力地阐扬了他的著名的"人生虽然是短促的,但如果是圣洁的人生,却是能

---

① 见《胡风全集》第3卷,第68-71页。

够在艺术里面长生的"① 这一经典性论断。这是一篇满贮着理论思辨的诗评,思路腾挪跌宕,情感浓郁丰满。

《关于题材,关于"技巧",关于接受遗产》(1942),借着对青年诗人侯唯动诗作的评说,完整地阐述了胡风的诗学思想。在诗的题材问题上,他强调不管题材怎样好、怎样真有其事,"但如果它没有和作者的情绪融合,没有在作者的情绪世界里面溶解,凝晶,那你就不能把撮它,也不能够表现它的"。从而对诗的创造过程中,诗人主观精神的重要性作了有力的申述。对诗创作中的技巧问题,他没有一般地进行申述,而是结合诗人的精神加以探讨,"对于一个特定时代,特定社会立场的诗人,一个特定诗人的作品,孤立的去论他的'技巧'",必然会走上形式主义。诗人如何对待既有文学遗产?胡风认为主要是学习"特定时代,特定社会立场的诗人,怎样从生活实际形成了他的特有的精神状态,他的特有的精神状态又采取了怎样特有的射击姿势"②,所申述的还是主观精神的重要性。既有理论的辨析,也有实用批评的特色;在探讨理论时,精力充沛,风格上气势逼人。

《关于"诗的形象化"》(1942)是胡风写给友人胡明树的,对"诗的形象化"这个提法作了相当有见地的辩识。③ 理论阐述与作品批评相交织,左右逢源,激情交汇,具有极强的说服力。

胡风的书信体批评主要体现在上述几封信中,就文体风格看,不但说理充分,而且文才飞扬。在评价艾青诗时,他这样写:"他的歌唱总是通过他自己的脉脉流动的情愫,他的言语不过于枯瘦也不过于喧哗,更没有纸花纸叶式的繁饰,平易地然而是气息鲜活地唱出了被现实生活所波动的他的情愫,唱出了被他的情愫所温暖的现实生活几幅面影。"④ 这属于整体的感受,既是审美的批评,同时也是社会学的评价,从而给读者留下很深刻

---

① 本段引文见《胡风全集》第3卷,第74—76页。
② 同上,第78—81页。
③ 参见本章第一节的有关内容,此处从略。
④ 胡风:《吹芦笛的诗人》,《胡风全集》第2卷,第455页。

的印象。

三、序、后记

序，是古已有之的批评文体，放于一部作品之前，对写作缘由、内容、体例和目次，加以叙述和申说。胡风所作的序，不管为他人还是为自己所作，都没有传统意义上的序的那种很平淡的介绍、叙述，而是别有风致。

胡风多年来以发现、培养青年作家为己任，为青年作家所作的序（引文）类文章数量比较可观，像《〈东平短篇小说集〉题记》、《田间的诗——〈中国牧歌〉序》、《青春底诗——路翎长篇小说〈财主底儿女们〉序》、《我读路翎的剧本——〈路翎剧作选〉代序》等。

这些序充满着热情，是一种热切的关注和呵护之情。在为田间的诗集《中国牧歌》而写的序中胡风称诗人"是农民的孩子，田野的孩子，但中国的农民中国的田野却是震荡在民族革命战争的狂风暴雨里面"[1]。他以高度的热情赞美路翎的长篇小说《财主底儿女们》是"自新文学运动以来的，规模最宏大的，可以堂皇地冠以史诗的名称"[2] 的长篇小说之一，并称赞路翎坚持、发展了鲁迅的文学精神。对丘东平，胡风赞其具有"钢铁似的斗志"，极言他的短篇小说俨然"一座晶钢的作者的雕像"，"不但那艺术力所开辟的方向，在中国新文学史上加进了一笔财产，而且那宏大的思想力所提出的深刻的问题，也值得为新中国的诞生而战斗的人们反复地沉思"[3]。这样的序已非一般意义上的介绍，而具有散文、诗的风致。

胡风为自己的评论集所作的序，大都也具备批评的品格。在评论集《文艺笔谈》的序中，他直言，"文艺批评"当然"为的是追求人生，它在文艺作品的世界和现实人生的世界中间跋涉，探寻，从实际的生活来理解具体的作品……健全的文艺批评却是要随着现实生活的发展和创作活动的

---

[1] 胡风：《田间的诗》，《胡风选集》第1卷，第145页。
[2] 见《胡风选集》第1卷，第184页。
[3] 见《胡风全集》第3卷，第167页。

第七章 胡风文学批评的文体观察

发展而存在，而成长的"①。在《逆流的日子·序》中他揭示了1944-1946年间文坛上存在着的"泛滥着的""虚伪的声音"，"空洞的叫喊，冷淡的形象，以至腐烂的色彩"，从而呼唤"文艺成为能够有武器性能的武器"……②

胡风为自己作的序往往颇多对于社会、人事、文坛感慨之意，字里行间流溢着某种沧桑感，但不是怨天尤人，也非多愁善感，而是以自我省察的态度，把自己的工作实绩与时代的要求作比较，思考着自己对社会、文坛的贡献与历史的定位。在《为了明天·前记》中，他为自己没有从事体力劳动的机会而"感到了内疚"，甚至为自己文字工作的"单薄"表示了惭愧，"和这两年半以来的伟大的历史内容相比较，在量上既是微末而又微末，在质上更是贫乏而又贫乏的，现在回头看一看，真是辜负了这一段壮烈而又光辉的时光"③，坦露了对人生的真切感受与理性的思考，展示了有良知的现代知识分子才具备的精神风范。

后记，也称跋，与序相对而言，是指写在书后、文后的说明文字或议论文字。胡风为别人写的后记虽然数量不多，但不乏佳作。这些文字并不是一般介绍、说明性文字，而是别有批评的识力和热力，个别篇章具备非同凡响的批评力度。1935年他为萧红的长篇小说《生死场》撰写的后记是一篇极精辟的文学批评，不仅充盈着对文学青年的爱意，而且表现了极佳的批评眼光；那富有力度的内涵把握与卓越的美学评价，社会学与女性心理学的批评背景簇拥着徐徐而来的评说，不仅在胡风一生的批评中所罕见，即使置于现代文学批评的画廊也是少有的④：

> 使人兴奋的是，这本不但写出了愚夫愚妇的悲欢苦恼，而且写出了蓝空下的血迹模糊的大地和流在那模糊的血土上的铁一样重的战斗

---

① 见《胡风全集》第2卷，第3、4页。
② 见《胡风全集》第3卷，第172页。
③ 同上，第312、314页。
④ 胡风：《生死场·后记》，《胡风全集》第2卷，432、433页。

意志的书，却是出自一个青年女性的手笔。在这里，我们看到了女性的纤细的感觉，也看到了非女性的雄迈的胸境。

　　这是用钢戟向晴空一挥似的笔触，发着颤响，飘着光带，在女性作家里面不能不说是创见了。

胡风一生为自己撰写的后记不在少数，他的作品集、评论集的出版大都有后记，这些文字大多谈自己文章的写作感受及编辑刊物过程中的酸甜苦辣，并无明显特色；然而，1983年12月至1984年4月间完成的专为《胡风评论集》出版而撰写的后记则非同一般。在这篇洋洋数万言的长文中，胡风回顾了从事文学批评的历程；介绍了每部评论集的写作及出版情况；回忆了自己追求"社会主义现实主义"的过程，说明了鲁迅精神对自己的影响；反思了自己从事实用批评的得与失及工作策略；思考了中外文学遗产的接受问题；申述了几个重大的文艺理论问题；表达了自己的文艺批评观；总结了自己学习马克思主义文艺理论的心得。这篇后记，字里行间满贮着真诚，始终贯穿着现实主义的理论热情。写作此文时胡风虽然年迈多病，但思维依然敏捷；理论申述与事实评析相得益彰；行文间不乏谦虚好学之情，令人感慨系之……确是一篇不可多得的文学批评精品。

四、答问体、随笔体

答问，即对别人提出的问题予以回答。这类文章的写作有较大的难度，因为是由他人出题目，回答者一般是成名的理论家或作家。胡风的这类文章大多是在文艺期刊、报纸或读者、朋友的催促下撰写的。胡风的应答并非一般意义上的答问，而是带有相当明显的批评色彩。他往往结合文学创作中的具体问题、创作规律、文坛现象或带有倾向性的问题展开理论探讨。

在《什么是"典型"和"类型"》一文中，胡风正面探讨了文学典型的内涵意义、典型的创造过程及其特点，并着重提出了对于创作主体的要求:"艺术家在创造'典型'的工作里面,既需要想象和直观来熔铸他从人生里面取来的一切印象,还需要认识人生分析人生的能力,使他从人生里面取来的是本质的真实的东西。这样创造出来的'典型'才能够使我们的认识更加'扩大'、'深化'。"① 在《关于创作发展的二三感想》一文中,他不仅描绘了从"九·一八"事变到抗战爆发前文学创作中"主观和客观的隔离",更描绘了抗战全面爆发后现实生活对作家创作的影响:作家们兴奋起来,纷纷创作关于抗战题材的作品……抗战进入相持阶段后,他一面为"现实主义的多方面的发展的面貌"而喜悦,同时也为一些作家的"随遇而安"、"热情衰落"以及由此而来的"被动的精神"而忧虑,"如果战斗热情虽然衰落了,但由于所谓理智上的不能忘怀或追随风气的打算,依据一种理念去造出内容或主题,那么,客观主义就化装成了一种主观主义,成了一种非驴非马的东西"②。在之后的答问中,他严正申明了创作过程中"主观创作与对象的融合",并阐明了新的诗歌美学:"诗由地主庄园的时代走到了帝国主义战争和革命的时代,那么,我们的诗学所要求的精神境界就不只是习用的说法'恬静'或'肃穆'所能够代表的。"③ 在《企望一个理论批评工作的成年》一文中,他申述了理论批评与创作实践的关系、理论批评的任务,认为理论批评是创作过程和作家实践内容的反映,创作不断发展,理论批评也不断发展。

总之,胡风的答问体批评,没有拘泥于提问者的细枝末节,而是生发开来,上升到理论探讨的高度。这类文章,就其批评风格而言,显得比较平和,态度也不很激烈。有的涉及比较宏观的文学理论问题;有的则是相对微观性的、个案性的评说。像《略谈"小品文"与"漫画"》等就是如此。

随笔,即所谓具有文艺色彩的议论文体,笔致洒脱,行文自由,往往

---

① 胡风:《什么是"典型"和"类型"》,《胡风全集》第2卷,第107页。
② 胡风:《关于创作发展的二三感想》,《胡风全集》第3卷,第11页。
③ 同上,第14页。

取事甚小而又有相当的寓意。① 胡风曾经创作过一些随笔，然而它们绝非闲来之笔。题材比较丰富，所探讨的问题很多，但有共同的精神指向：提倡、张扬文学的现实主义精神。

《"过去的幽灵"》结合对俄国诗人爱罗先珂创作的童话的评说，述说了周作人"五四"时代的战斗精神，而对周目前的"谈狐说鬼"表示了昨是而今非的价值判断，从而呼唤着"五四"时代的文学战斗精神。在《把目光放到"战壕"以外》一文中，借用高尔基的话强调了一个作家应当具有的全局性战略眼光。《两种童话》一文由两则不同的通讯报道的比较，胡风要求新闻从业者及文学创作者能够关注"如火如潮的抗战的真实光景"，"我们要求能够努力和这个神圣的行动融合在一起的作家，要求能够反映并且推动这个神圣的行动的作品"②。《秋窗散记》一文把托尔斯泰对文学创作、发表工作的严肃态度与中国作家作比较，歌颂了托尔斯泰文学工作方面精益求精的精神，批判了中国某些作家的粗制滥造现象。《略论文学无门》是由看到的一本名为《到文学的门》的书而发生的思考，写到了日本现代进步作家志贺直哉的文学之路、中国东北的大屠杀等事情，理论升华十分自然③：

> ……如果一个作家忠实于艺术，呕心镂骨地努力寻求最无伪的、最有生命的、最能够说出他所要把捉的生活内容的表现形式，那么，即使他像志贺似地没有经过大的生活波涛，他的作品也能够达到高度的艺术的真实。因为，作者苦心孤诣地追求着和自己的身心的感应融然无间的表现的时候，同时也就是追求人生。这追求的结果是作者和人生的拥合，同时也就是人生和艺术的拥合了。这是作家的本质的态度问题，绝对不是锤字炼句的功夫所能够达到的。如果用抽象的话说，那就是，真实的现实主义的创作方法，能够补足作家的生活经验上的

---

① 童庆炳主编：《文学理论教程》（修订版），高等教育出版社1999年版，第321页。
② 见《胡风全集》第4卷，第36页。
③ 胡风：《略论文学无门》，《胡风全集》第2卷，第427页。

不足和世界观上的缺陷。

这就把现实主义创作方法的重要性阐述得十分充分了。

因此，胡风的随笔并不是一般意义上的文章，它们具有一定的讽刺功能，有时还较为尖锐，往往还有着一定的理论色彩。

五、评传体

评传，即对一个作家的思想、作品加以评说的文体形式。有的评传侧重于描绘作家的生活轨迹和心路历程，能够展示一定的社会生活场景；有的评传更加注意评说作家的思想状况和创作成就及特点；有的注重从某个角度加以评说。一般而言，后二者具有比较明显的文学批评品格。胡风撰写过一些作家评传，如《关于鹿地亘》、《A. P. 契诃夫断片》、《罗曼·罗兰断片》、《果戈理与我们》、《M. 高尔基断片》、《高尔基在世界文学史上加上了什么?》、《鲁迅先生》、《我与萧军》等等。其中，胡风逝世前口述，由家人记录并整理、1993 年发表的《鲁迅先生》，相当周全地介绍、叙述了鲁迅的文学活动、鲁迅的身体健康变化情况、鲁迅与他人的一些交往等有关细节……资料翔实，为人们认识、研究鲁迅提供了弥足珍贵的资料，因此很有文献学的价值。不过，文中属于文学批评的文字较少，这倒不是因为胡风没有研究心得、没有形成对鲁迅的明确认识，主要是因为在此之前，他的不少文章都有对鲁迅的评价和作品分析，没有必要在这篇评传中再去浪费笔墨。

胡风撰写的评传往往不是就一个作家生平、思想、创作等作全方位的评说，而是侧重于作家思想、精神的带有根本意义的方面，这样的评价已经带有明显的文学批评的色彩；叙说中不仅有思想、精神的分析，更有独到的理论思考。

如在《A. P. 契诃夫断片》[①] 中，胡风不是一般地评价契诃夫的文学创

---

① 详细内容可以参考《胡风全集》第 3 卷，第 213 - 233 页。

作。他先以俄国1880年之前最黑暗的统治时期为背景，揭示了反动统治阶级对进步作家的迫害；文中述及，随着陀思妥耶夫斯基、屠格涅夫等作家的先后病逝，文艺批评家车尔尼雪夫斯基的健康受到损害，文坛上仅有托尔斯泰只身支撑着摇摇欲坠的现实主义文坛。然后，主要从契诃夫现实主义艺术精神的角度对他的创作精神和作品进行了富有新意和深度的评说，他先后4次引用高尔基的话表达自己对契诃夫其人其文的评价："在他的每一篇幽默小说里面，我听见了纯洁的人的心底静静的深的叹息，对于那些不晓得怎样尊重自己的人的尊严，毫无抵抗地向暴力屈服，奴隶一样地生活。""他自己单纯到了美丽的地步，他爱一切单纯的东西，真实的东西，诚实的东西。"不消说，这样的评价也是属于胡风的。更值得注意的是，胡风以自己的"主观战斗精神"说评说契诃夫的对现实人生的勇敢的、执著的反抗和追求："只有战斗的人生才能产生战斗的艺术，艺术上的慈爱的气息正是根源于人格上的坚强的气魄。""一个伟大的现实主义的艺术家，他的精神内容的来源和去向，并不能仅仅截取他所处的一段时代来说明，但那具体的形态和有机的发展总是从他的战斗要求对于现实人生的接触过程和接触方法里面产生的。"

必须指出，胡风还撰写、发表了不少专门纪念已逝友人的文章，它们大多有着评传的基本特点和做法；然而从文体功能说，与祭文有某种接近。古代祭文一般是用来祭奠时宣读的，因此有一个表示祭享的格式。如韩愈的《祭柳子厚文》开始是："维……年……月……日，韩愈谨以清酌庶羞之祭奠于亡友柳子厚之灵。"结尾则往往是"呜呼哀哉，尚飨！"这是一般都使用的大同小异的格式；语言不拘一格，或用韵语，或用散体，但以用韵语为常，多带有抒情性。[1] 1979年胡风写的《致冯雪峰同志追悼会唁电》[2]，以简短的语句，深情地总结、评价了冯雪峰从"二十年代初报春的、纯洁的人民诗人"、"二十年代末鲁迅的共产主义人道主义精神和社会

---

[1] 参见褚斌杰：《中国古代文体概论》，北京大学出版社1998年版，第426、427页。
[2] 见《胡风全集》第7卷，第127、128页。

主义的现实主义实践的学习者和力所能及的保卫者"到解放后"还为党性领导下的人民的社会主义文艺事业勉力探求的苦斗者和牺牲者"的人生、艺术历程,称赞冯雪峰是自己"个人青年时期的诗情诱发者"、知己和战友……表达了沉痛的哀悼,是一篇带有传统特点又有现代气息的祭文。

胡风的这类文章,大多都以一定篇幅来评述逝者的生平、文学创作情况、思想精神状况等,一般在结尾处表达自己对逝者的追思,有相当的抒情性。《悼萧红》结尾处写道:"……这一代有才华的革命女作家,用现实主义创作方法,为民族解放战争,为控诉封建社会的暴行进行过斗争的女作家,未能完成历史赋予她的使命而带着一颗破碎的孤寂的心,只三十一岁的青春就含恨地与世长辞了,怎能不使我们感到痛心和惋惜!"[1]这传达出胡风对萧红英年早逝的无限惋惜。

现实主义理论精神在这类文章中没有隐退。我们阅读《人道主义和现实主义的道路》一文,感受不到丝毫的哀伤气息,相反地会为其中的理论升华所震动,尤其在第二部分,在探讨托尔斯泰的工作精神时,胡风申述了他的现实主义创作理论,他是借托尔斯泰讨论创作问题而作进一步阐述的[2]:

> 首先是基本的原则:"写作过程——就是克服的过程。你克服着材料,也克服着你本身。"
>
> 这指的是创造过程上的创造主体(作家本身)和创造对象(材料)的相生相克的斗争;主体克服(深入、提高)对象,对象也克服(扩大、纠正)主体,这就是现实主义的最基本的精神。
>
> 要实现这基本的精神,艺术家对于他的"材料",就不能仅仅是观察,搜集,研究,整理之类……
>
> 要艺术家和对象有最高度的结合。……

---

[1] 胡风:《悼萧红》,《胡风全集》第7卷,第133页。
[2] 参见《胡风选集》第1卷,第69、70页。

胡风的文学批评文体还有其他的形式,如对话体、广告体、读后感体、散文体、理论专著等。笔者注意到,胡风使用的文体中未见"评点"式的批评文体,他的发达的理论思维以及对于文学批评的社会政治功能的认识使他对这种传统的批评文体秉持某种保留的心态,甚至有时显出不屑为之之态。必须指出,上述各类文体的划分并不具有绝对的意义。事实上,各类文体之间存在着相互包容的现象,往往是你中有我,我中有你。"多样的批评文体表现着多样的批评形态,也表达着批评家不同的修养、气度和风格。"① 胡风文学批评文体的丰富多彩既是他的理论工作需要,也是他的"修养、气度和风格"所致。

第三节 实用批评的特色:以小说为例

胡风指出文艺批评"为的是追求人生","在文艺作品的世界和现实人生的世界中间跋涉,探寻",② 这彰显了他的社会功利性的批评价值观和审美理想。至于他所极言的批评"一定要使任何种类的,挂羊头卖狗肉的作家们受伤,喊痛,以至当场出相的"③ 言论,则更以决绝的态度倡言文学批评要承担战斗使命的重要性。然而,在具体的批评工作中,他并没有走向以"大原则""当作帽子去乱戴或当作棍子去示威"④的歧路。他意识到"文艺批评的对象是具体的作品,具体的文艺现象"⑤。在谈到新的文艺批评的做法时,胡风说自己不会学习、也不会运用时兴的批评方法,"我用的是手制的原始的石斧",所谈的还是重视具体批评的思路。由此可以窥见胡

---

① 童庆炳主编:《文学理论教程》(修订版),高等教育出版社 1999 年版,第 403 页。
② 胡风:《文艺笔谈》,《胡风全集》第 2 卷,第 3、4 页。
③ 胡风:《在混乱里面》,《胡风全集》第 3 卷,第 5 页。
④ 胡风:《胡风评论集·后记》,《胡风全集》第 3 卷,第 589 页。
⑤ 胡风:《人生·文艺·文艺批评》,《胡风全集》第 3 卷,第 375 页。

第七章 胡风文学批评的文体观察

风的实用批评的基本思路：重视具体的作家作品。当然在这个方面，他还没有显示比其他批评家更特别之处。在笔者看来，胡风的实用批评尤其是小说批评的特殊点在于其小说批评的一些做法和思路：不同于茅盾、周扬、冯雪峰等现代批评家的小说批评，他的小说批评具有一种特别的色调、特别的韵味，这大体可以用"感性批评"来概括，这大概也算是一种文体特色吧。

一

1932 年，还在日本留学时的胡风，参加了国内文坛关于"第三种人"的论争，并撰写了《粉饰，歪曲，铁一般的事实》一文，批驳了苏汶等"第三种人"的荒谬理论。在这篇初试锋芒的理论批评中，胡风凭借着对有关作品的恰当的评析，揭示出苏汶等理论的荒谬性。其中对《公墓》、《春》、《马樱花开的时候》等小说的批评尤见精彩："作者们用自己的标准发现出一些'美'、'人情'的故事。有染着紫罗兰色彩的恋，有醇淡的宗教的香味，有浸在春光里的蝴蝶似的纯爱，有高等家庭里迟暮的女子的'哀愁'……"① 这种排比的、诗意的描绘大致显示了胡风小说批评中感性特征的端倪。

1933 年青年作者澎岛出版了小说集《蜈蚣船》，尽管胡风对他相当陌生，但仍然以亲切的态度评析了他的作品。《蜈蚣船》描写了 1930 年代初北方农村发生的一系列暴动事件，表现了作者对现实生活的关注。胡风表达了一种欣赏的态度："较之虽然晶莹然而只是在身边琐事的苍白世界里兜圈子的大家的作品，我以为像这种有时还显得粗糙的东西却更有意义。"② 这批评显得别具只眼。

1935 年《林语堂论》、《张天翼论》的发表，是胡风文学批评生涯的盛

---

① 胡风：《粉饰，歪曲，铁一般的事实》，《文学月报》1932 年第 5、6 期。
② 胡风：《蜈蚣船》，《胡风全集》第 2 卷，第 9 页。

大节目，也是他走向小说批评之初的重大收获。《林语堂论》、《张天翼论》两文，就直接的阅读感受说，带有明显的"绕圈子"的倾向，不过事出有因：1930年，"左联"成立后，并没有接受鲁迅的建议致力于创作活动，而将主要精力用在搞政治性运动方面；领导者对于重视创作的倾向，一律称之为"作家主义"或"作品主义"。所以胡风无可奈何地说，"现在想做点文字工作了，姑不论能做多少，做得怎样，首先就非戴上这两顶帽子不可"①。这两篇文章的"绕圈子"倾向就是这种情况所致。因此，这两文都有"铺排"作品内容的做法。然而，胡风小说批评的特点已得到比较充分的展示：采用娓娓而谈的批评方法；不但有字数可观的叙述，还有情感倾向性十分显露的议论、抒情段落，更加以精彩的评价，以此来"当作引线去分析作品的真实性或真实度"②，因而在很大程度上展示了感性批评的特色。《林语堂论》评说了1930年代享誉文坛的著名作家林语堂文学创作的精神内涵、审美情趣。文章娓娓而谈，颇有散文之韵：不仅指其结构运思方面，也体现在批评语言的运用上。文章分"一个视角"、"他的黄金时代"、"黄金时代的阴面"、"中心思想"、"中心思想的真相"、"幽默"、"小品文"、"寄沉痛于幽默"等八部分。作品介绍与评价相结合，有时是客观平实的介绍，有时是主观性显露的批评；有时以感性描绘让读者品味作品，有时又用相当激烈的言词表达心迹……材料的引证与说理的鲜明相配合。

《张天翼论》在更为宽阔的生活视野、更开阔的现实舞台和更加深广的文学视域中十分全面地评说了文坛"新人"张天翼的文学地位、现实意义、文化价值、文学史影响及其审美特征与缺陷。文章分"新人"、"小康者群的灰败世界"、"吸血兽"、"他的'憧憬'"、"素朴的唯物主义"、"观照——笑"、"漫画家"、"言语问题"、"现实主义的路"等九部分。如果说《林语堂论》中多少还有一些抽象化的评说的话，那么，在《张天翼论》

---

① 胡风：《文艺笔谈》，《胡风全集》第2卷，第275页。
② 胡风：《胡风评论集·后记》，《胡风全集》第3卷，第589页。

中则更多形象化、情感式的评说。"小康者群的灰败世界"和"吸血鬼"两部分,用富于感染力的文笔详细分析了张天翼小说的人物世界后,胡风总结道①:

> 以上是天翼的作品里的灰色人物的行列,作者打趣他们,嘲笑他们,甚至作践他们,好像他一个个地扭着他们的耳朵送到读者面前,说,"看罢,这么一副尊容"!

这样的描述显出别样的批评风格,把作者的姿态、作品人物的精神面貌勾画得惟妙惟肖。

欧阳山,1930年代初刚刚发表作品,即吸引了胡风的目光。对文学题材的敏感使胡风看到:欧阳山虽然居于上海,却以描写广东生活为长,其小说因此具有浓郁的地域色彩;肯定地指出他笔下的人物,"每一个角色对于生活都是倔强的",而且"他决不把他的人物写成单色","一副面孔,一个性格,他总是用着粗粗一看好像是杂乱的甚至灰黯的色调曲折地衬照出来"。② 从而表现了对批评对象整体把握的批评意向,其直觉感受是多么真切、生动。胡风进一步指出欧阳山的小说,"从结构方面来看,他的描写人物,大多数的场合用的不是故事的发展而是生活的片段。一篇小说好像是由几片'速写'连起来的一样。在几个不同的场景上这个人物有了怎样的反应,由这来照应地显示出他的轮廓。所以,他的人物很少有被一个故事的'中心概念'所勉强所束缚的痕迹,但这样的作品同时也就使读者觉得'散漫'"③。看得出,胡风的批评有某种经验批评的色彩,它是针对创作过程自身的,但同时又是一种直觉的把握。

---

① 胡风:《张天翼论》,《胡风选集》第1卷,第117页。
② 胡风:《七年忌》,《胡风全集》第2卷,第176页。
③ 同上,第177页。

二

　　发现文坛新秀并给予精锐的评论和正确的引导，是胡风给自己布置的一个重要任务，也是他自觉落实鲁迅在"左联"成立大会上提出的"我们应当造出大群的新的战士"的建议的自觉行动。发现文学新秀不仅需要机会，更需要敏锐的艺术感受力和深厚的理论修养。文坛新秀的出现，胡风认为是社会生活造成的，"多采多变的社会生活使他们在人生里面发现了接近了新的视野，也使他们获得了体验人生的新的感觉和观察人生的新的视角"①。而"五四"以来的对外国文学作品（主要是西方的）、文化思想的译介与引进，因而文艺理论方面的新成果也使他们在创作时有可资借鉴的参考。当然，千里马的发现只能依赖伯乐，千里马常有而伯乐不常有。对那些文学青年来说，胡风堪称伯乐。然而，要发现青年作家决不是轻松之事，批评家的任务"一方面表现在对于旧的生活传统及其美学传统的反抗和摧毁，一方面是对于新的生活萌芽（新的性格的萌芽）及其美学萌芽的发现和养成"②。

　　当读到艾芜最初的《人生哲学的一课》时，胡风说自己收获了一个"难忘的印象"；而艾芜新出的《南国之夜》中所展示的"一种不得不呼喊出来的热情，一种想摧毁那种枷锁的梦想"，"清新跳跃的写法"以及作品中"那繁重的色彩和浓郁的香气的交织"③的出色表现，使他再次感到了审美的惊喜。读到耶林的《月台上》、《开辟》时，胡风为作者"题材的把握态度上所表现的积极的精神"、"平易的，然而是清新的风格"④所吸引。

　　对萧红，胡风完全凭直觉看取她的作品，"她写的人物是从生活里提炼出来的，活生生的，不管是悲是喜都能使我们产生共鸣……她可是凭个人

---

① 胡风：《南国之夜》，《胡风全集》第2卷，第160页。
② 胡风：《人生·文艺·文艺批评》，《胡风全集》第3卷，第199页。
③ 胡风：《南国之夜》，《胡风全集》第2卷，第162、163页。
④ 胡风：《耶林》，《胡风全集》第2卷，第436页。

感受和天才在创作"①。1935年为《生死场》的出版而写的后记,文坛上罕有其匹(具体内容可参阅本章第二节)。

如果把此文与鲁迅同时为《生死场》写的"这自然不过是略图,叙述和写景,胜于人物的描写,然而北方人民的对于生的坚强,对于死的挣扎,却往往已经力透纸背;女性作者的细致的观察和越轨的笔致,又增加了不少的明丽和新鲜"②,加以比较,便会发现胡风的审美把握与传达并不比鲁迅逊色。而对萧军的《八月的乡村》,胡风则十分看重其"生活和斗争的实感以及求真精神和现实主义的风格"③以及作者鲜明的思想立场。这种整体的感知及其描绘,都显示着感性批评的特色。

小说家丘东平"一开始就是受着文坛的冷遇"。胡风读到他的《通讯员》时,十分惊诧于这位青年作者的功力,"用着质朴而遒劲的风格单刀直入地写出了在激烈的土地革命战争中的农民意识的变化和悲剧";赞美他的《一个连长的战斗遭遇》是"抗日民族革命战争的一首最壮丽的史诗。在叙事与抒情的辉煌的结合里面,民族战争的苦难和欢乐通过雄大的旋律震荡着读者的心灵"④;称赞《第七连》"是英雄的诗篇,不但那艺术力所开辟的方向,在中国新文学史上加进了一笔财产,而且,那宏大的思想力所提出的深刻的问题,也值得为新中国的诞生而战斗的人们反复地沉思"⑤。如许的赞誉不仅表现了批评者的思想、理论见解,更彰显出极佳的审美水平以及出色的语言表现力。

即使对于那些偶尔发表了小说的作者,胡风也不忘他们表现出的某些文学美质。在《七月》1939年12月第4集第4期上,他评说了该期发表的两篇小说:《巢》、《马泊头》:

---

① 胡风:《悼萧红》,《胡风全集》第7卷,第131页。
② 鲁迅:《萧红作〈生死场〉序》,《鲁迅全集》第6卷,人民文学出版社2005年版,第422页。
③ 胡风:《我与萧军》,《胡风全集》第7卷,第188页。
④ 胡风:《忆东平》,《希望》1946年第3期。
⑤ 胡风:《东平著〈第七连〉小引》,《胡风全集》第2卷,第587页。

>　　这里所展开的是阴惨惨的世界，有如幢幢的鬼影，给讴歌或祝告"旧中国的死亡"的战斗者们以明白的示例，作家的朋友们也许有人要抗议的，它们太不能使读者向太高的境界前进。但我想，天堂是好的，但它大概还得在地狱的废墟上建起，至少它的由打基到落成是得和地狱的被破坏到全毁同时进行的……

显然不是评价作品本身，但胡风的"醉翁之意不在酒"的言说依然闪耀着感性批评的光辉。

在《七月》1941年3月第6集第3期中，胡风肯定小说《家》在描写工人和小地主这两类人物形象的艺术手腕，"作者素朴地然而又是紧张地把它们糅在一起，不用故事而用生活场景显示出了各个人物的面貌，犹如一卷色彩暗浓的油画，使观者不能触目即过，多观摩一回就能多找出一点什么似的"①。比喻恰到好处；其中包含的文学眼光以及感性的评说都证明着胡风确实是文学感性相当好的批评家。

对路翎小说的批评，最能够显示胡风小说批评中感性批评的特色。1940年代初，路翎刚刚二十岁出头。对他，胡风是如此的喜爱。当读到路翎的作品时，胡风感到十分惊异，惊异于这位青年作家对生活的熟稔和深入，也惊异于他那由生活冶炼成的艺术创造力。

1942年，为配合路翎的中篇小说《饥饿的郭素娥》的出版，胡风撰写了《一个女人和一个世界》，作为该小说的序文。这并非一般意义上的序文，而是路翎初登文坛之际最具水准和卓识的小说批评。它并未停留在就事论事的层面上，先是以敏锐、生动而又准确的评说，阐述了路翎近一二年来塑造的艺术形象及其所蕴含的丰富的性格美学意义②：

>　　……没落的封建贵族、已经成了"社会演员"的知识分子、纯真

---

① 胡风：《〈七月〉编校后记》，《胡风全集》第2卷，第699页。
② 胡风：《一个女人和一个世界》，《胡风选集》第1卷，第166、167页。

的青年、小军官、兵士、小地主、小商人、农村恶棍……，但最多的而且最特色的却是在劳动世界里面受着锤炼的，以及被运命鞭打到了这劳动世界的周围来的，形形色色的男女。在这些里面，不是表相上的标志，也不是所谓"意识"上的符号，他从生活本身的泥淖似的广袤和铁蒺藜似的错综里面展示了人生诸相，而且，这广袤和错综还正用着蠢蠢跃跃的力量膨胀在这些不算太小的篇幅里面，随时随地都要向外伸展，向外突破。

……他展开了用劳动、人欲、饥饿、痛苦、嫉妒、欺骗、残酷、犯罪，但也有追求、反抗、友爱、梦想所组成的世界……

这是综合的批评，即使是分析路翎的创作思维和精神，也仍然是高度凝炼的诗化的表达。之后，文章以"这封建古国的又一种女人，肉体的饥饿不但不能从祖传的礼教良方得到麻痹，倒是产生了更强的精神的饥饿，饥饿于彻底的解放，饥饿于坚强的人性。她用原始的强悍碰击了这社会的铁壁，作为代价，她悲惨地献出了生命"[①]，评析了郭素娥的精神意义，使用富于穿透性的、同时又是充满了激情和热情的理论语言，评说了郭素娥的性格特点、意义与悲剧性。同时，又以感性而又不乏理论力量的语言评说了小说那种"追求油画式的，复杂的色彩和复杂的线条融合在一起的""深度和立体"化的创作方法。在谈到路翎对艺术的追求时，胡风指出[②]：

这当然还只是一个开端，犹如他对生活的追求还只是跨进一步一样，展开在他的前面的还有不止一个的高坡，例如一首史诗的交响乐的构成和那里面的每一个语言的音响和色泽。

---

① 胡风：《一个女人和一个世界》，《胡风选集》第1卷，第167页。
② 同上，第169页。

在评论路翎的长篇小说《财主底儿女们》时，胡风的批评激情更是无比丰盈①：

> 时间将会证明，《财主底儿女们》的出版是中国新文学史上一个重大的事件。
>
> 在这部不但自战争以来，而且是自新文学运动以来的，规模最宏大的，可以堂皇地冠以史诗的名称的长篇小说里面，作者路翎所追求的是以青年知识分子为辐射中心点的现代中国历史的动态。然而，路翎所要的并不是历史事变的记录，而是历史事变下面的精神世界的汹涌的波澜和它们的来根去向，是那些火辣辣的心灵在历史命运这个无情的审判者前面的搏斗的经验。
>
> 但作者是二十几岁的青年，而且成长在生活在激荡一切的，伟大的，民族解放战争时期，所以他的搏斗，人生上和艺术上的搏斗都燃烧在青春的熊熊的热情火焰里面。……
>
> ……《财主底儿女们》是一首青春的诗，在这首诗里面，激荡着时代的欢乐和痛苦，人民的潜力和追求，青年作家自己的痛苦和高歌！

这是散文诗化的批评，是批评家、诗人的胡风从心底发出的艺术的呼唤。批评者的热情和智慧糅合在这诗意的天地中，今天我们重新阅读这篇批评文章，心里不免激荡起青春的活力，感受到那股气势磅礴的情感之流，从而享受到一阵强烈的审美振撼。

感性批评不仅体现在文体写作的情感性、美感性、可感性等方面，也表现在批评者的批评思维运用方面。就胡风的小说批评中的这种情况而言，应该说从很大程度上体现了文学批评的"具体"智慧。所谓"具体"在胡风这里表现为：在从事文学批评（以及写作）时，形象思维仍然能够保持一定活跃性的状态。形象思维的活跃程度决定着理论批评的外在状态。以

---

① 胡风：《青春底诗》，《胡风选集》第1卷，第184、189页。

上都显示着胡风对文学创作过程的熟稔,正是因为对创作过程的深刻理解,正是因着诗人的敏感和激情,才使得胡风的小说批评呈现出活泼、诱人的才情,闪烁着迷人的艺术光芒。

三

如果上升到文学批评的理论层面讲,这种重视传达批评主体的阅读体验、具有比较多的品评色彩的批评策略和运作方式,从某种程度上说,与传统意义上的审美批评有着一些相似点。中国传统的审美批评注意对艺术美的感悟,注意"品"出文艺作品的美感。胡风的小说批评是否可以皈依中国传统审美批评?

无论从胡风的理论追求,还是从他的批评实践来看,都不能将他的小说批评列入中国传统审美批评的范畴。虽然胡风的小说批评中有较明显的感性批评特色,但它没有改变胡风文学批评整体上的理论思辨格局。即使在相当感性的批评文章中,胡风也从未放弃理论思辨的努力。因而,胡风实用批评的感性批评特色并不说明他走的是传统审美批评的路子。

就胡风的文学实践来看,他体现着现代知识分子的社会良知。由于深受"五四"精神的影响,他具有强烈的现代公民意识,并付诸实践,有着出色的表现。他曾经在日本留学,加之博闻强记,因此有着广博的学识。

胡风一直为左翼文学事业、革命文艺工作兢兢业业、任劳任怨(尽管许多时候受排挤和压抑),从事着紧张、繁忙的文学工作(文学创作、文学批评、文艺编辑、文学翻译、理论探讨等),为中国新文学发现和培养了不少作家、艺术家。与此相对应,胡风的文学活动尤其是创作和批评活动非常典型地体现出了现代审美意识(审美理想、审美直觉、审美情感)。因而,胡风的实用批评(包括小说批评)与传统意义上的审美批评并不处在一个水平线上。从批评思路的展开、批评理论的浓重,以及批评文体的自由多变等方面考察,胡风都超越了中国传统的审美批评。何况,就世界范围来说,西方世界 1870 年代以来林林总总的文学批评在"五四"之后早已被译介到中国来，并且大大改变了中国传统文学批评的格局，使得中国传统的审美批评成为历史的烟云。因此，我们不能把胡风的文学批评视为传统意义上审美批评的延续。

就文艺批评学眼光看，所谓的审美批评，也不能简而言之，它仿佛是一个大家庭，有印象主义、唯美主义，以及社会学的审美批评等成员。中国传统的审美批评，可以说大抵属于印象主义批评范畴。唯美主义批评与中国传统的审美批评并无直接关联，它是舶来品，它在中国从来没有得到很好的发展，也没有得到读者的青睐，这是由中国的国情和文化语境所决定的。社会学的审美批评，是社会学、历史学与审美批评精神的糅合，它以马克思主义唯物论为哲学根基，强调反映论，注重文艺与现实、文艺与政治、文艺与生活的对应还原。它旗帜鲜明地反对唯美主义，也不推崇中国传统的审美批评范式，它是讲究社会功利性的批评，也是马克思主义文艺批评的基本方法，其主流于1930年代以后逐渐走向了主宰中国文艺界的至高地位。后来，经过毛泽东文学思想的整合，在1940年代末随着解放区文艺模式的全国化推广而成为一种很盛行的文艺批评方法。其间，苏联1930年代盛行的"拉普派"批评（即庸俗社会学批评）一度严重干扰了它的成长。胡风1934年正式步上文坛，那时他就自觉抵制、克服了"拉普派"批评模式的影响。

因而，胡风的文学批评是社会学的审美批评，与中国传统的审美批评大相径庭。当然，笔者也承认胡风的实用批评特别是小说批评中的感性批评特色确实也与中国传统审美批评存在着某些相通之处，但与唯美主义批评无缘。

如果胡风的实用批评仅仅停留在感性批评的特色上，那么它给人们的印象将会简单得多。我们如果通读胡风全部的小说批评文章，会强烈感受到：胡风决不是停留在感性批评层面的批评家。

其实，胡风在批评理论上也很有准备。

他曾指出：应该从创作实践和艺术理论上获得对于文艺特质的理解，批评家首先应"从作品的追随者变为时代思潮的开拓者"、"从职业的饶舌

第七章 胡风文学批评的文体观察

家变为一代的精神战士"。① 在论及文学批评的任务时,他指出:"我们的基本要求是从特定作品或特定作家的创作过程所达到的生活内容和形象的统一里面去探求他和生活的接触方法,他把握生活真理的真实程度。批评的战斗力量只有从这个道路上才能够发出的。"② 他进一步论述道③:

> 批评家应不止于"作家和现实生活之关联"的一般论点,重要的是,要从具体作品的艺术评价里面去指出作家的失败是由于怎样地对生活"采取一种旁观的,超脱的,漠不关心的态度",或"逃避生活,观照生活,或浅尝生活的"态度,特定作家的成功是由于怎样地"站在改革生活的立场上去把握生活、深入生活";批评不应止于提出哪些人物没有被写成"不灭的典型"……这才能具体地暴露作家的生活内容和客观现实的参差点和一致点,这才能具体地暴露创作活动的到达阶段,这才能使时代的要求寻找得到和文学的发展步伐连接起来的道路,只有这样得来的活的真理才能够真正理解历史进程中的、作为有血有肉的人的、活的作家,使他们走上把创作和生活推进到更深刻的联结的道路。
>
> 不具体地通过对于作家的主观和对象的联结过程的探求,不具体地通过对于客观现实和形象的统一的探求,那批评家笔下的政治任务、时代使命等等,就算你能排成一串逻辑公式的套子,也难免会成为僵死的白纸上的黑字。

这些文字本是讨论抗战时期的文学批评的,胡风一方面表示了对某些批评家的不满,一方面提出了文学批评的正确做法。这些言论何尝又不可以视为他的文学批评观念和主张?别的姑且不说,读他的小说批评,我们不难感受到,其字里行间就明显充溢着现实主义的理论冲击波,他确实

---

① 胡风:《人生·文艺·文艺批评》,《胡风全集》第3卷,第202页。
② 胡风:《今天,我们的中心问题是什么?》,《胡风选集》第1卷,第284页。
③ 同上,第285、286页。

"始终把捉住时代与社会政治不放,要把文学与时代的社会政治紧紧相联"①。这势必赋予其文学批评浓重的理论思辨色彩。

大概觉得意犹未尽,几年后,胡风专门发表了针对文学批评问题的文章,表达了如下认识②:

> 一篇批评的出发或一个批评家的出发,那最基本的东西是实践的生活立场,是对于现实人生的新生的愿望,不是在思想概念上的,而是化成了生活知识和感应能力的,对于现实人生的新生的愿望。批评家当然重视他自己从作品得到的感应,但他还得要追究他所发生的感应是由于他自己里面的什么根源,还得要追究他自己的感应和现实人生的行程有着怎样的相关的意义;批评家应该从作品给他的感应出发,但首先要在生活实践上具有和时代的脉搏合拍的感应能力。……从带着这样的感应能力的实践的生活立场出发,一方面对于历史发展和时代生活求得科学的分析,另一方面从人类创作实践和艺术理论的遗产获得对于文艺特质的理解,那么,批评家的能力就能够养成而且发展了。

对文学批评的透彻理解和深刻的认识必然使胡风本人的文学批评有特别的东西,有特别的韵味。他在实用批评中的确很看重自己对作品的"感应",这种"感应"大致可以概括为对"活的人,活人的心理状态,活人的精神斗争"等构成的"一个特异的精神世界"的把握和阐释,他的把握是如此之深切,以至于使其批评散发出"感性"的色彩,但他同时深知"文艺作品并不是社会问题的图解或通俗演义"。③ 批评家要有"被正确的认识所武装、所培养、所完成的世界感",去"理解而且拥抱一代的精神

---

① 刘锋杰:《中国现代六大批评家》,北京大学出版社2005年版,第263页。
② 胡风:《人生·文艺·文艺批评》,《胡风全集》第3卷,第202页。
③ 同上,第197页。

生活的奔流和冲激"①。

四

下面需要进一步思考的问题是胡风实用批评中的感性的批评如何与理论的思辨糅为一体。

首先我们看到，胡风撰写、发表的小说批评中确实有少数属于相当典型的感性批评。这类批评往往让人感觉有些像读后感，其特点是行文生动，有散文之美，满贮诗意和情感，并间有行云流水之状。仔细翻阅，会发现胡风对路翎的小说的批评属于此种情形。这些文章显示着高度的感性批评的特质，然而，这并不意味着形象化的思维和表述已经全部占据批评思维的高地，胡风并没有走向"唯美主义"。感性是够感性的，但他的深厚的理论修养仍然在左右着他的形象思维。像《一个女人和一个世界——路翎著〈饥饿的郭素娥〉序》中，评说作者创造的环境和人物时："在现在这一篇里面，他展开了用劳动、人欲、饥饿、痛苦、嫉妒、欺骗、残酷、犯罪，但也有追求、反抗、友爱、梦想所织成的世界；在这中间，站着郭素娥和围绕她的，由于她的命运而更鲜明地现出了本性的生灵。"在评论作品中的张振山和魏海清时，胡风也少用理论的分析。但是，必须指出，不管其中有多少感性的评说，仔细体会仍然可以读出胡风的理论批评力量。同文中，胡风极言路翎表现出的深入生活本身、反映生活"真理"的能力②：

> ……他的笔有如一个吸盘，不肯放松地钉在现实人生的脉管上面。他所追求的是节节带着血痕的生活真理，不是抽象的灰色结论，更不是骗人的热闹故事。在这里，我们看到了刚过二十岁的青年作家的可惊的情热和才力，同时也就看到了被围困在生活触手中间的，有时招

---

① 胡风：《人生·文艺·文艺批评》，《胡风全集》第3卷，第197页。
② 胡风：《一个女人和一个世界》，《胡风选集》第1卷，第168页。

架不来的他的窘迫。

尽管有比较多的感性评说，但理论的力量依稀可感。

对《财主底儿女们》的批评同样显示了感性批评的光辉，胡风为此撰写的《青春的诗》一文堪称气贯长虹的抒情美文，激情的、直觉的、心灵的、情感的、诗意的内涵，共同构成瑰丽壮美的批评景观，但现实主义理论精神依然渗透在行文的感性描绘之中：对于中国人民数千年来的精神重荷的揭示，对于作品的现实主义艺术的分析，对于路翎与鲁迅精神联系的阐释，对于路翎向世界文学大师艺术创造经验学习与借鉴的阐发，对于路翎之于新文学史意义的申述等，都呈现了现实主义理论思辨的力量。如，文章探讨路翎继承了鲁迅的战斗精神，对鲁迅的"主观战斗精神"作了阐扬："岂不就是生根在人民的要求里面，一下鞭子一个抽搐的对于过去的袭击，一个步子一印血迹的向着未来的突进？"①

1940年代后期，路翎撰写了二十余篇小说，当时未能获得发表的机会。1952年这些小说结集为《平原》，胡风为之作了后记——这是一篇很有激情的评论，但依然掩饰不住现实主义理论的锋芒。路翎的执著现实的心智使胡风认识到了这些作品的意义："……但作者却摆脱了一切观念性的表现，直接向生活肉搏，抓住了现实的矛盾内容，因而真切地透出了人民的苦恼和追求。"②

其次，在那些虽然有感性批评的成分、但基本属于理论性的小说批评文章中，胡风往往把理论探讨与感性批评有机结合，二者相得益彰、不可分离。

《林语堂论》中虽然有不少感性的评说，但常常由感性的描绘上升为理性的思考与判断。当谈到林语堂的"幽默"时，在援引了林氏《萨天师与东方朔》中一段"可爱的述怀"后，胡风批评道③：

---

① 胡风：《青春底诗》，《胡风选集》第1卷，第188页。
② 胡风：《路翎著〈平原〉后记》，《胡风全集》第6卷，第35页。
③ 胡风：《林语堂论》，《胡风选集》第1卷，第103页。

然而同时也不能不受一定的限制。第一是,如果离开了"社会的关心",无论是傻笑冷笑以至什么会心的微笑,都会转移人们的注意中心,变成某种心理的或生理的愉快,"为笑笑而笑笑",要被"礼拜六派"认作后生可畏的"弟弟"。第二是,就是真正的幽默罢,但那地盘也是非常小的。子弹呼呼叫的地方的人们无暇幽默,赤地千里流离失所的人们无暇幽默。彳亍在街头巷尾的失业的人们也无暇幽默。他们无暇来谈谈心灵健全不健全的问题。……

以直面人生苦难的良知,发出了现实主义的疑问,戳穿了林语堂幽默的虚幻。

《张天翼论》一文既有不少的感性评说,更有很强的理论透视。一方面从感性的批评中提炼出理论的判断,同时也注意由理论的思考出发作进一步的感性评价。文章指出,张天翼擅长描写人物的可笑之处,但认为他常常"和人物隔着一段很远的距离"——这是胡风一向反对的"客观主义"①:

> 这种对于人生的观照态度,使他的作品里面完全没有流贯着作者的情热。他的嘲笑"生铁闷脱儿"(sentimental)是有名的,但似乎他把一个作者对于他的人物应有的情绪的感应也完全否认了,就是描写作者应该用自己的情绪去温暖的场面,他也是漠然不动的。

文章列举了《三太爷与桂生》中三太爷活埋桂生姐弟的片段来证明自己的这一判断。胡风劝告张天翼不能停留在客观的描写上,要用自己的爱憎拥抱作品中的人物,"艺术家不仅是使人看到那些东西,他还得使人去感受那些东西。他不能仅仅靠着一个固定的观念,须要在流动的生活里面找出温暖,发现出新的萌芽,由这来孕育他肯定生活的心,用这样的心来体

---

① 胡风:《张天翼论》,《胡风选集》第1卷,第130页。

认世界"①。

其三，运用现实主义的创作理论研讨小说创作问题。胡风指出："在现实主义者，创作过程是一个生活过程，而且是把他从实际生活中得来的（即从观察它和熟悉它）东西经过最后的血肉考验的、最紧张的生活过程。"② 因为在艺术创造的过程中，现实主义力量有"使现实的历史要求侵入作家内部，由这达到加深或纠正作家的主观的作用"③。因此，他反对停留在"逻辑概念"层面上考察作家的思想立场，而主张应从"艺术创造"的过程中考察。他还认为，"创作过程上的创作主体（作家本身）和创造对象（材料）的相生相克的斗争；主体克服（深入、提高）对象；对象也克服（扩大、纠正）主体，这就是现实主义的最基本的精神"④。当读到端木蕻良的《鹭鹭湖的忧郁》时，胡风肯定作品"内容真实"，"比公式主义的热烈的故事是更能使人铭感的"，"没有一处有过火的描写……作者所倾注的情绪使他的人物在读者的感觉里有血肉生命，同时他的情绪又没有任情地奔放"。⑤ 在评论曹白的《杨可中》时，胡风申明⑥：

> 健康的人生观能够使作者有力量更深入真实，这是文艺论上的一般原则，但对于一个作家或一篇作品，尤其一篇作品，并不是笼统地把这抬出来就可以了事的。……

胡风进一步指出："理论，只有变成了作家自己的血肉的要求以后，才能成为创造的力量，才能够在创造过程中产生力量。……在创造过程中，理论已经失去了作为理论的形态，它已经变成了作家的思想要求，思想愿望，他用着这要求这愿望向赤裸裸的现实人生搏斗。要达到了这种境地，

---

① 胡风：《张天翼论》，《胡风选集》第 1 卷，第 138 页。
② 胡风：《论现实主义的路》，《胡风全集》第 3 卷，第 523 页。
③ 胡风：《人道主义和现实主义的路》，《胡风全集》第 3 卷，第 237 页。
④ 同上。
⑤ 胡风：《生人底气息》，《胡风选集》第 1 卷，第 149－150 页。
⑥ 胡风：《关于创作的二三理解》，《胡风全集》第 2 卷，521 页。

理论和创作才能够统一起来。"① 这是发人深思的深刻论述。

胡风对文学的典型创造问题十分关注。② 1930 年代他在和周扬发生的一场关于典型问题的论争中,他依据恩格斯的典型理论,指出"这所说的'特定的个性——这个人'是指把群体的特征个性化了以后的人物而说的,因此才能够同时是典型"③。他合理地注意了典型的个性,后来在《什么是"典型"和"类型"——答文学社问》中进一步阐明了恩格斯关于"典型环境里的典型性格"的论点。最后说:"没有个性的"人物,"虽然作者在他们身上安上的一些我们熟悉的记号,这叫做'刻板的'人物,即所谓'类型'了"。④ 他对萧红《生死场》的批评也是著例:虽然侧重于作品的内容把握和艺术形式的评价,对作品的赞美溢于言表,但同时指出,《生死场》在塑造人物方面有欠缺——"在人物的描写里面,综合的想象的加工非常不够。个别地看来,她的人物都是活的,但每个人物性格都不突出。"⑤

胡风的小说批评还有一种情况:在理论批评或相关的文章中,为论述问题的需要,有时以某些小说作为批评佐证。其中涉及比较多的是鲁迅的小说。1935 年他发表的《什么是"典型"和"类型"》,1936 年发表的《现实主义的一"修正"》、《典型论的混乱》等,从典型的含义方面对阿 Q 进行了评说;1940 年写的《文学上的五四》评说了《在酒楼上》、《伤逝》、《孤独者》、《铸剑》和《长明灯》;1942 年的《民族战争与新文艺传统》中评说了《药》等四篇小说;1948 年他写的《以〈狂人日记〉为起点——为文协五四特刊写》,探讨了新文化、新思想的艰难历程,认为《狂人日记》"在思想革命上,这是一道鲜血淋漓的战书。它破天荒地第一次宣布了中国数千年的历史是人吃人的历史,判决了封建社会的死刑"⑥;1952 年

---

① 胡风:《答文艺问题上的若干质疑》,《文坛月报》1945 年第 2 期。
② 本段内容参见许道明:《中国现代文学批评史新编》,复旦大学出版社 2002 年版,第 285、286 页。
③ 胡风:《现实主义的一"修正"》,《胡风全集》第 2 卷,第 368、369 页。
④ 胡风:《什么是"典型"和"类型"》,《胡风全集》第 2 卷,第 107 页。
⑤ 胡风:《生死场·后记》,《胡风全集》第 2 卷,第 433 页。
⑥ 胡风:《以〈狂人日记〉为起点》,《胡风全集》第 3 卷,第 417 页。

他在《光明日报》发表了《学习鲁迅精神》一文,以十分动情的语言叙述了鲁迅小说《故乡》的内容,说"这是一首哀婉的抒情诗,作者用至情的语言写出了旧中国的农民的命运"。他劝告青年同志学习鲁迅对人民的"至情的爱";在1951年写的《创作上的三个现象和一个问题》一文中,评说了《孔乙己》和《阿Q正传》。当然这种批评应当归为理论批评的一翼,因而对鲁迅小说的批评不具备独立的意义。

另外,胡风1978年曾于监狱写过思想汇报,其中评论了柳青的长篇小说《创业史》。今天重读那段文字,还是能够为胡风的精彩批评所震动。他肯定了作品的现实主义成就,认为《创业史》"就语言艺术而论,是现代作家中最卓越的成就,只有极个别的作家能够和他相比较。他所写的农民,农村各阶级的错综情况及其代表人物的性格,他们之间的各种斗争,就他所写到的限度而言,也是达到了最卓越的成就的"①。

著名学者温儒敏在论及胡风文学批评的特点时,以"重感兴的批评"加以概括,并指出胡风往往"习惯于根据自己的阅读体验引发整体审美感受,对作品的风格、气势或基调作总体把握"②,这从一定程度上揭示了胡风实用批评(包括小说批评)的感性特征。当然,文学批评具备感性特色,在中国现代文学批评家中决非胡风一人。以1940年代北京的沈从文、朱光潜、李健吾、梁宗岱、李长之等一批"京派"作家兼批评家而言,他们的文学批评就都具有非常突出的感性批评的特征:强调直觉感悟,强调批评主体的介入,强调情感力量等——这与胡风实用批评尤其是小说批评中的感性特征形成了有些相似的共时性存在。然而只要阅读他们的批评文章,便不难看到,他们在人生与艺术之间更重视后者,因而写作纯粹审美的批评文章成为他们心目中的最爱,但其理论思维的孱弱、无力甚至匮乏是显而易见的。在中国这片多灾多难的广袤大地上,正是在这个关节点上,胡风的实用批评(特别是小说批评)彰显出也许更值得后人钦敬的一面。

---

① 胡风:《怀念柳青兼评他的〈创业史〉》,《胡风全集》第6卷,第598页。
② 温儒敏:《中国现代文学批评史》,北京大学出版社1993年版,第188、189页。

第八章 胡风文学批评接受史考察

迄今为止，国内学术界对接受学的应用大都局限于对"作家——作品"的接受研究方面，而"作品"几乎都是指文学创作，一般不针对文学理论文本，真正关注文学理论接受的非常少见。据笔者目力所及，在胡风研究中，文论接受学至今未出现。1980年代以后尤其是1990年代以来尽管出现了一些"胡风研究述评"之类的成果，但那并非胡风文学批评接受研究。将接受学的方法应用于胡风文学批评研究，可能会给胡风研究增加新的色彩。当然，这是一个多用材料说话的研究课题，事实材料自身的价值十分重要。对胡风的研究进行了多年，人们对胡风理论的解读从1930年代就开始了，一直持续至今天。本章并非要面面俱到地评介胡风文学批评接受过程中的每一个细节，这在笔者，目前是无法做到的，但本章确实要勾画出1930年代至今胡风文学批评接受、解读的基本状貌和轮廓。笔者力图揭示每一个历史时段中有代表性的接受者之于胡风理论的理解、看法，以及他们的心理图式和接受心态。当然，面对有些材料，笔者十分困惑，很难读出接受者的心理图式。遇见这种情况，研究只能从简。

第一节　1930年代胡风文学批评解读一瞥

胡风的文学批评应该从他在日本时的某些批评活动算起。胡风较为正式的批评是1932年发表的《粉饰，歪曲，铁一般的事实》一文，这是他参与国内"第三种人"论争的理论产物。文章"用实例证明了作者们所写的有的稍稍带有现实性，有的只是浮面的现象，有的不但不是'铁一般的事实'或'唯一的真实'"，并驳斥了苏汶等"第三种人"的荒谬理论，"算是对于苏汶先生所提出的关于现实问题给了一个具体的答复"。胡风以《现代》第一卷的小说为例，较好地把理论批评与实用批评结合起来。他指出[①]：

> 历史的发展是合法则性的，在一个特定的历史阶段上，有阶级的主观和历史的客观相一致的新兴阶级，也有阶级的主观和历史的客观相矛盾的阶级。人的认识，愈含有新兴阶级的主观要求，就客观性愈大，而与历史的客观性相矛盾的阶级里的人的认识，或多或少是要被他的阶级的主观所限制的。……
>
> 现在的社会，展开了一个空前的历史舞台面。在这个历史阶段上，有的是"铁一般的事实"，有的是严肃的战斗，有的是活生生的真理。可以充实艺术生命的"客观现实"是太丰富了。我们诚恳地希望也是社会的存在（着重号原有。——引者注）的艺术家们，忠实于历史的客观现实，艰苦地然而是光荣地创造我们"艺术"的生命。一味盲目地讨厌或憎恶"政治"，是只会使你们乱做"噩梦"的。

---

① 胡风：《粉饰，歪曲，铁一般的事实》，《文学月报》1932年第5、6期。

第八章 胡风文学批评接受史考察

对于胡风的批评，批评对象——苏汶和巴金进行了答辩。这在胡风文学批评接受史上是有意义的，也是目前能够见到的最早的针对胡风文学批评的解读文字。

苏汶指出，胡风的文章是在冯雪峰所说的"用群众的忿怒去答复吧"的情绪下完成的。这种理解自然有些道理，也似乎是胡风撰写《粉饰，歪曲，铁一般的事实》一文的基本情况。当初，胡风读到了苏汶的下列文字：

>……他们因为太热忱于目前的某种政治目的这原故，而把文学的更永久的任务忽略了。其实，只要作者是表现了社会的真实，没有粉饰的真实（着重号原有。下同——引者注），那即使毫无煽动的意义也都不会是对于新兴阶级的发展有害的，它必然地呈现了旧社会的矛盾的状态，而且也必然地暗示了解决这矛盾的出路在于旧社会的毁灭，因为这总是唯一的真实。①
>
>……至于一些短见的批评家，因为太热中于政治的原故，又往往会把实际上无害的东西都神经过敏地认为是有害的。他们把视线限制在极狭小的范围里，战战兢兢地不敢越雷池一步，其结果，是只有叫作家们凭幻想来构成一些绝对乐观的事实总能满意，总能许为"正确"，假使真弄到这种可恶的地步，那便几乎可以说"凡一切正确的都不是现实的"了。②

苏汶的说法有一定的合理之处。然而，苏汶对左翼批评家的阶级论思维施以不宽容的理解甚至讽刺，这样的言说难道不会引起胡风强烈的批判情绪吗？当时，尽管胡风不在国内，但是他对于阶级论深信不疑，因此他批判苏汶等的言论便是十分正常的了。

对胡风之于"现实"与"现象"的阐释，苏汶理解为："现实——主

---

① 转引自《胡风全集》第5卷，第126页。
② 同上，第126、127页。

211

导的;必然的;积极的,或进步的,即推动历史前进的。""现象(仅仅的现象)——从属的;偶然的;消极的反动的,即阻碍历史发展的。"① 他认为这些是胡风的一个"创见",一个"聪明的创见",但可惜是"错误的创见"。实际上,这是苏汶的误读,其理解是错误的。胡风的阐述大致是富于思辨性的,富于哲学思考的。另外,对于胡风提出的"侧面主义者"、"偶然性"问题、罗曼蒂克等,苏汶有着不同程度的误解。

整体而言,苏汶虽然对胡风的批评有些隔膜,但基本属于正常的学理的批评,因而也是原初意义上的接受。

巴金的小说《海的梦》,胡风认为写的是"一个民族的大悲剧","写得很冗长……作者尽量地把在《罪与罚》里所表示的人道主义安其那主义的观点观念地发挥了"②。对此,巴金表示认可,说自己"在作品里尽量地用了安其那主义的观点是当然的"。至于胡风认为《海的梦》有某种悲观情调,巴金表示了反对。无论巴金怎样去说、如何同意或反对胡风之说,从接受学角度讲都是原本意义上的接受。

这说明对胡风最初的文学批评,人们是以较为坦然、平常的心态看待的。这也可以理解,胡风当时没有产生足够大的影响,也未到构建自己文学理论体系之时,他只是一个普通的文学工作者。

1930年代中期,胡风先后发表了《什么是"典型"和"类型"》、《现实主义的一"修正"》、《典型论的混乱》等文,集中阐发了他的典型论。实际上,如果不是周扬不断地反驳胡风的典型论,胡风也不会写这些文章。不过,周扬的有关论述显示了对胡风典型论的解读。

胡风指出:"文艺创造的中心工作是描写人,创造典型,只有成功的典型才能发生伟大的思想力量。"③ 当然这也并非胡风的发明,在马克思主义文论那里早就有说明,也就是恩格斯所说的典型环境中的典型性格。不过,在胡风有一些新的说法。

---

① 转引自《胡风全集》第5卷,第148页。
② 《胡风全集》第5卷,137-138页。
③ 胡风:《现实主义的一"修正"》,《胡风全集》第2卷,第375页。

胡风认为典型创造的过程是一个综合的过程或艺术概括的过程。这个过程很艰难，决非一蹴而就之事；一般作品中的人物性格不可能成为典型。"在大多数的作家趋向了描写人，然而却只是琐碎地描写一个一个人的照象的现在，典型的普遍性问题是应该被提到前面的。典型问题的提出和讨论，并不是一个抽象的理论问题，而是含有深刻的实践的意义。"①

他认为，典型所包含的并非是永久的人性。

他认为文艺上的典型是一个具体的活生生的人物，同时又本质上具有某一群体的特征，代表了那个群体。典型是"含有普遍和特殊的这两个看起来好像是互相矛盾的观念。……所谓普遍的，是对于那人物所属的社会群里的各个个体而说的；所谓特殊的，是对于别的社会群或别的社会群里的各个个体而说的"②。

他指出作者在创造典型时，需要从具体现象里面剔去偶然的东西，把社会性的必然的特征灌注到人物里面。因而，胡风反对有的作家"用身体上的一个特点（如高个儿、钩鼻子等等）或一个特别的习惯（如口吃、抓头、独特的语癖等）当作他的人物的主要的甚至唯一的特征来描写了"③。

胡风也看到，"有时候，典型的形成并没有经过艺术家意识地从一个特定社会群里取出最性格的共同的等等特征来这一作用，他只在某一环境里发现了一个新的性格，受到了感动，于是加以创造的加工，结果也就成了一个典型的性格"④。

胡风说，作者能够从一个性格特征创造出典型有赖于两个条件："第一，须得那个性格征候是特定社会群的新的本质的特征；第二，艺术家须加以创造的加工，而且那加工须得在那个性格征候和他的社会的相互关系上进行。"⑤

---

① 胡风：《现实主义的一"修正"》，《胡风全集》第2卷，第376页。
② 胡风：《什么是"典型"和"类型"》，《胡风全集》第2卷，第105页。
③ 同上，第105、106页。
④ 胡风：《现实主义的一"修正"》，《胡风全集》第2卷，第373页。
⑤ 胡风：《典型论的混乱》，《胡风全集》第2卷，第383页。

他认为"一个文学上的典型同时一定是这个人物所由来的社会的相互关系之反映。'人的本质是社会关系的总和'这一真理,是屹立在艺术创造的工作里面的。"①

由于社会生活不断变化,"新的性格不断地产生,旧的性格不断地灭亡。前进的有能的作家能在社会生活里面发见还在萌芽状态里的新的性格来,给以艺术的概括,送到一般人的前面,因而被看成了'时代的预言者'"②。

胡风强调说:"艺术家在创造'典型'的工作里面,既需要想象和直观来熔铸他从人生里面取来的一切印象,还需要认识人生分析人生的能力,使他从人生里面取来的是本质的真实的东西。"③他认为现实主义作家的直观(艺术的感性能力)不是幼儿般的直观,而是"在现实生活里受了长期的训练,被对于现实生活的认识所支持的,他的想象也决不是'天马行空'的想象,即没有加括号的'幻想',而须是被深刻的思维所渗透了的东西"④。

他指出,与典型相对立的是"类型",那些平庸的作家或耍小聪明的作家只能就人物的表面作文章,写下一些"记号",却不能走进人物的灵魂深处。

对胡风的上述"典型论",周扬发表了不同的看法。

胡风在解释典型是普遍和特殊的矛盾统一时,曾评价阿Q道:"就辛亥革命前后以及现在的少数落后地方的农村无产者说,阿Q这个人物是普遍的;对于商人群地主群工人群或各个商人各个地主各个工人以及现在的在不同的社会关系里的农民而言,那他的性格就是特殊的了。"⑤周扬认为胡风的解释是有错误的:"阿Q的性格就辛亥革命前后以及现在落后的农民而言

---

① 胡风:《什么是"典型"和"类型"》,《胡风全集》第2卷,第106页。
② 同上。
③ 同上,第107页。
④ 胡风:《现实主义的一"修正"》,《胡风全集》第2卷,第373页。
⑤ 胡风:《什么是"典型"和"类型"》,《胡风全集》第2卷,第105页。

是普遍的，但是他的特别却并不在对于他所代表的农民以外的人群而言，而是就在于他所代表的农民中，他也是一个特殊的存在。他有他自己独特的经历，独特的生活样式，自己特殊的心理的容貌，习惯，姿势，语调等，一句话，阿Q真是一个阿Q，即所谓'This one'了。如果阿Q的性格单单是不同于商人或地主，那末他就不会以这么活跃生动的姿态而深印在人们的脑海里吧。因为即使是在一个最拙劣的艺术家的笔下，农民也总不至于被描写成和商人或地主相同的。"①

胡风也不会接受周扬的观点，因为在胡风的思考中，典型的形成必须是群体的特征经过了个性化以后，只有群体的特征不能成为艺术的创造，不包含群体的特征的个性不是典型性格。

周扬针锋相对地说："每个人物都是典型，而同时又是全然独特的个性——这个人（this one）如老黑格尔所说的那样。"②作家要能够"在杂多的人生事实之中选出共同的，特征的，典型的东西来"，"典型具有某一特定的时代，社会群所共有的特性"，"典型的创造是由某一社会群里抽出最性格的特征，习惯，趣味，欲望，行动，语言等，将这些抽出来体现在一个人物身上，使这个人物并不丧失独有的性格"。③周扬进一步指出："典型不是模特儿的摹绘，不是空想的影子，而是作者用丰富的想象力把实际上已经存在或正在萌芽的某一社会群共同的性格综合，夸大，给与最具体真实的表现的东西。"④我们看到，周扬的论述确实有些混乱，既然是共同的方面，就不能是独特的；既然组成性格的习惯等是由一个特定的社会群里面抽出来的，那么这些东西就必然是那个特定社会群里面的其他个体所有的，那就不能是被创造出来的典型所独有或独特的特征。

周扬的混乱还体现在他的言论⑤：

---

① 周扬：《现实主义试论》，《周扬文集》第1卷，人民文学出版社1984年版，第74页。
② 同上，第75页。
③ 同上，第76页。
④ 同上，第78页。
⑤ 周扬：《典型与个性》，《周扬文集》第1卷，人民文学出版社1984年版，第120页。

艺术家以自己最熟悉的某一个人做创造典型的标本，如屠格涅夫之写巴扎罗夫，那样的例子，在文学史上是不少的。车尔尼绥夫斯基也说："在诗人'创造'人物的想象之前常浮现某个实在的人的形象，而无意有意地把这个人'再见'在他的典型人物身上了。"车氏并指出许多的作品，其中的主要人物都是作者自己的多少真实的自画像。

　　这种情形说明周扬在评价胡风理论观点时，常常自相矛盾，因为他说过典型不是模特的摹绘。

　　述及胡风1930年代的文学批评，他发表于1936年的《人民大众向文学要求什么？》是无法绕过的。该文引发了"两个口号"的论争，当视为胡风文学批评接受中的一个重要节目。

　　"国防文学"的口号最早是1934年10月由周扬在《"国防文学"》一文中提出来的。1935年12月，周立波发表《关于国防文学》一文重提出这一口号。1936年初以后，"国防文学"便作为一个正式文学口号而引起讨论。有许多人赞成，也有反对者。周扬、郭沫若等文坛重要人物为这一口号不断作解释，由于这个口号顺应抗日救亡的形势，因而在实际斗争中产生了广泛的影响。1936年4月，冯雪峰受中共中央委托到上海工作，鲁迅在谈到上海文艺界的情况时，对"国防文学"这一口号和一些不恰当的解释提出了异议。于是，经冯雪峰和胡风商量，决定提出"民族革命战争的大众文学"的口号，鲁迅赞同这一口号并同意由胡风写一篇文章提出这一口号。①

　　由胡风执笔的《人民大众向文学要求什么？》篇幅较短小，不过一千余字，内容却很有新意。胡风申明，五四以来的文学本是按照正常轨道运行的体现人民大众生活真实的现实主义文学，但由于日本帝国主义要把中国变成它的殖民地，并且制造了罪恶的枷锁、严重破坏了中国人民的正常生

---

① 本段内容参见郭志刚、孙中田主编：《中国现代文学史》（修订版）上册，高等教育出版社1999年版，第296、297页。

活，所以新文学的发展遭受了严重的干扰。因此，中国人民的反帝要求是十分正常的，并且要体现在新文学的主题里面。历史对文学提出了要求，因而新文学的性质也要有新的变化，"能够描写这个文学本身的性质的应该是一个新的口号——民族革命战争的大众文学"！"'民族革命战争的大众文学'所依据的是动的现实主义的方法"，"它正是现实的社会要求在文学上的集中的表现"，"这个口号里面含有积极的浪漫主义的一面"。文章接下来简明指出，这一口号"统一了一切社会纠纷的主题"，"并不是消解了那些主题"。① 这些主题是"封建意识和复古运动都能在大众里面保存甚至助长'亚细亚的麻木'"；"对于劳苦大众的生活欲求的阻碍，压抑，都能减少甚至消灭他们的热情，力量"；"醉生梦死的特权生活，滥用的权力，在动员和团结人民大众的活动里面都是毒害……"② 这是说"民族革命战争的大众文学"依然负有反封建的任务。文章最后指出，"民族革命战争的大众文学"当然是表现英雄主义的文学，这所谓英雄主义是与人民大众的生活有血缘关系的，特别是它继承了"九一八"以来文学的思想力和批判性。

胡风在文章中的表达没有采取很通俗的方法，较晦涩，算是简要地提出并解释了"民族革命战争的大众文学"这一口号，但"没有说明这一口号的产生过程以及它与其他口号的关系……因而他那篇文章就引起了许多质难"③。

胡风的文章发表后，当时的"左联"书记徐懋庸立刻在《光明》1卷第1期发动了攻击。徐懋庸的文章《"人民大众向文学要求什么？"》将两个口号作了简单的比较，断定新口号根本没有提出之必要，认为胡风是在故意搞对立——"为什么对于已有的号召同一运动的号召，不予批评，甚至只字不提呢？……不予批评而另提关于同一运动的新口号，这在胡风先

---

① 胡风：《人民大众向文学要求什么？》，《胡风全集》第2卷，第407页。
② 同上，第408页。
③ 茅盾：《关于〈论现在我们的文学运动〉给本刊的信》，《文学界》第1卷第2号，1936年7月10日。

生,是不是故意标新立异、要混淆大众的视听、分化整个新文化运动的路线呢?"

不过,赞成胡风主张的文章也相继出现了。聂绀弩指出:"现在这个新的口号,更明确地更不含糊地提出现阶段文学的内容的特质;更明确地更不含糊地指出了现阶段的作家所应该努力的方向,一切的误会、曲解和野心的利用都不容易加到它的头上去。"① 两个口号大论战的序幕拉开了。②

鲁迅撰文指出,"民族革命战争的大众文学"这一口号的提出,"决非停止了历来的反对法西斯主义,反对一切反动者的血的斗争","决非革命文学要放弃它的阶级的领导的责任","这个民族的立场,才真正是阶级的立场"③。认为这个口号比"国防文学"的口号更明确、更深刻、更有内容。

这次论战本身实际是对胡风理论观点的解读,但必须看到,这种解读本身已经超越了原本意义上的文学接受,"一些人虽然存在着宗派主义情绪以及'左'的或右的错误倾向,某些无谓的争论,也给革命文艺的发展造成了损失;但从根本上来说,这是一场革命文艺队伍内部的论争"。④

另外,胡风的文学批评集《文艺笔谈》在读者中受到好评。有文学青年称赞《文艺笔谈》"开辟了我们文艺理论的自己立住了脚跟的基础";还概括出胡风文艺批评的三个特点:"第一,是他的全没有'公式主义'理论的痕迹,一篇跟一篇,一个理论主题跟一个理论主题,都是细心的、严肃的,密密地团结在'事实'的全个'面积'上来写的,从具体的现实去把握分析再出发的理论特色。""第二,是在自己完全确定地认识了的观察上来立论。这是和公式主义的克服是完全分不开的。""第三,是紧贴于真理(作者的主观追求和真理)的周围,'真理之外,别无所争'的严谨和虚心的态度。"⑤ 这个评价无疑是非常精细的,也是对胡风文学批评的高度

---

① 聂绀弩:《创作口号和联合问题》,《夜莺》第一卷第4期。
② 以上两段内容参见黄乔生:《鲁迅与胡风》,河北人民出版社2003年版,第141、142页。
③ 鲁迅:《论现在我们的文学运动》,《鲁迅全集》第6卷,人民文学出版社2005年版,第612页。
④ 郭志刚、孙中田主编:《中国现代文学史》(修订版)上册,高等教育出版社1999年版,第298页。
⑤ 雪苇:《读〈文艺笔谈〉》,《中流》第1卷第4期。

评价,是1930年代中期胡风文学批评接受中相当积极的一面。

1936年1月20日,胡风在《海燕》发表了带有随笔性质的文章《文艺界的风习一景》。文章摘引了1935年12月19日《申报·北平通讯》,报道了"为了自由,为了反抗共同的奴隶命运"的"人民之花"——青年人"热血淋漓满街头"。文章赞美青年人的行动是"一首抒情诗,写出了在压力和无耻下面忍受痛苦的,期待着解放的日子的中国人民的心情"。表达了对张大千等"苦心孤诣"的文人"用压死别人的手段来抬高自己"的"动物的个人主义"(高尔基语)的强烈不满。文章希望进步的作家在中华民族的危急关头有新的努力,防范"动物的个人主义",为民族的解放独立而奋斗。文章发表后,有一个朋友告诉胡风,说有一位先生读后勃然大怒,说胡风是骂他的,而且这位先生的朋友到处宣传胡风的文章不过是发泄私人牢骚的。勃然大怒,说明那人是被胡风的文章刺痛了;他不承认事实,只能迁怒胡风。胡风的文章得到的是误解,一种消极的接受。

整体来说,抗战之前,胡风的文学批评得到了两种情况的接受:正接受,负接受。所谓前者,是人们用积极的、正面的态度来认识、解读、阐释胡风文学批评文字;而后者系人们以负面的态度、或消极的心态来看待胡风的文学批评。无论属于哪种情形,人们基本上都以较为理性的认识表达着对胡风文学批评的看法。当然,在"两个口号"论争中,情况显得复杂些。

第二节 抗战时期、1940年代后期胡风文学批评接受状况

胡风抗战时期的文学批评活动得到了一些诚挚的友人的理解和支持。由他发现、培养的青年作家丘东平、彭柏山,都曾经多次致信胡风。丘东平常常把胡风引为老师,表现了钦佩和尊敬。在一封信中他这样写道:"近

来的确写作的情绪很坏,提不起笔来,而我与柏山是都不愿有这个现象,都正在想要来克服。每次看到你的来信,都感到责任心的加重,但还是无从转变,只是徒自谴责而已。你在那里支持一个刊物,环境困难,一想而知,而你的苦斗的精神,是令我非常的感动。"① 与丘东平一起战斗的彭柏山这样写信说:"我和东平都希望你坚持在文学岗位上。虽则是艰苦,而且我们在实际上很少给你帮助,然而你应当确信,我们的实践斗争,在理想上是和你一致的,在事实上也会给你精神上的或间接的支援。那么,你在这点上,就可以知道你的战斗不是孤立的,在艰困中也能够听到在遥远的战场上,还有人和你一同呼吸,何况你那忠实于前进作者的青年们的心血,已经在各处发出初春的萌芽呢?"②

胡风抗战时期的文学批评许多文字都有绕圈子的特点。他的朋友问:本来可以直截了当说清楚的意思,为什么要曲曲折折地,绕那么大的弯子呢?③ 这说明许多读者对胡风在国统区的批评文章的写作语境缺少了解,好在这种绕圈子的印象只是外在的,胡风后来说这颇类似于列宁所说的"奴隶的语言"。胡风在《民族战争与文艺性格·重版后记》里有一短话,在一定程度上说明了"绕圈子"的来由④:

> 这一段期间的开始(1941年前),当然是处在热情勃发的兴奋里面,然而,就是在那时候,也并不是能够直截了当地说话。就是在那时候,国民党统治的顽固不化而又神经脆弱,基本上是没有什么大的改变的。作者编者,处处要想到统一战线的顾虑,避免刺激。例如,论到文化中心的时候举出了延安,当时负责编辑《国民公论》的友人发表之前把延安改成了"北方",并且诚恳地对我说:那样写对你自己是不好的。其余可想而知了。

---

① 转引自胡风:《一束信》,载《希望》2集第3期。
② 《彭柏山书简》,载《新文学史料》1984年第4期。
③ 见《胡风全集》第2卷,第702页。
④ 胡风:《民族战争与文艺性格·重排后记》,《胡风全集》第2卷,第702、703页。

第八章 胡风文学批评接受史考察

从三九年起，由老手潘公展主宰的那个图书审查又成立了起来。因为是老手，做起来大有"天衣无缝"之概。有人说过笑话，他是开绸缎店出身的，审查文字也和检查布匹一样，拿起来一照，有一根纱不顺眼他都挑得出来。文稿，被扣留，被砍指挖眼的不知有多少。我自己，因为直接处在那统治之下，经验较多，用曲曲折折的写法差不多弄成了"天性"，也就是后来说过的，总是过着"零零碎碎的奴才"的生活，但虽然如此，也还是几乎没有一篇能够平安地被通过。……

当然，上面所说的只能是一方面的情形，更重要的当然要指出作者自己的认识不深以及情绪上的某一种焦躁来。……

胡风的《论民族形式问题》于1940年12月出版后，引起了一些反响。王实味在《文艺民族形式问题上的旧错误与新偏向》一文的第四部分对胡风的观点予以评论。他一方面承认胡风的论文"确实对两三年来许多不正确的意见作了扼要的清算，并在基本上指出了正确的方向，著了相当的劳绩"。一方面指出，胡风文章"在实践意义部分，似乎又有了过左的偏向，同时他对民族形式提出和含义的了解，以及某些问题的解释，也有值得讨论的地方"①。王实味大致就四方面对胡风《论民族形式问题》中的不妥之处作了批评。就总体而言，王实味的评价还是有一定合理性的。

针对胡风所谓"形式总是特定社会层宣传自己的对客观现实的认识的手段。在现实主义的立场上，国际革命文艺形式之应该被接受，民间形式之不能被运用，就因为这个道理"，王实味指出："前提先就是不大科学的，因为不能有供任何社会层作宣传手段的抽象的'形式'。'特定社会层宣传自己的对于客观现实的认识'，只能由作为内容的'认识'，去决定所要求的形式。在这里，胡先生犯了我前文指出的同样不科学的毛病：把旧文艺和'民间文艺'，看做抽象的'旧形式'和'民间形式'。他下面的结论错误，也就是由此而来。"王实味的逻辑较严密。王实味还指出胡风把格

---

① 载1941年5月25日《中国文化》第2卷第6期。

式体裁与形式完全混搅在一起，犯了与其他参加讨论的人一样的错误，认为胡风"与过去所有的论者一样在抽象'形式'上翻筋斗，所不同的只是他没有强调只有'旧形式''民间形式'才是'民族的'而已。"申明，"在文艺上，只有反映民族现实的内容才能表现'民族形式'，不可能有一种什么抽象的'民族形式'的轮廓。'形式是内容的本质的要素'，乃是错误的命题。形式只是内容底外底表现，与现象是同列范畴，内容与本质才是同列范畴。民族形式的提出，绝不是设定什么抽象的'民族形式'要文艺家去'把握'其'物质'"①。王实味还指明胡风在谈论大众文艺欣赏力问题时有了"唯心论的倾向"，其理论根据依然是存在决定意识。众所周知，《论民族形式问题》语言运用方面很有些晦涩，甚至有欧化倾向。王实味摘取了胡风的几句话后，提出"我们的语言是需要发展的，但应该向明快精确而丰富的道路上发展"。他甚至认为胡风的语言是"洋八股"，是必须废止的东西。另外，王实味还指摘胡风批评的人太多，"希望胡风先生能更谦虚一点"。

在笔者看来，尽管王实味对胡风论文的批评不乏合理性甚至有很独到的一面，但那也只是马后炮般的理论谏言。作为胡风，在从事文学批评时，颇有点大行不顾细谨之概，因而其不足之处也在所难免。

差不多与此同时，对《论民族形式问题》的更复杂的解读也出现了。其中，郑学稼的看法较有代表性。这篇名为《论"民族形式"的内容》②的文章并非一般意义上的解读，而是要"探究胡风先生著作内所潜伏文艺政策的真面目"。因此，所谓"满篇象荆棘的字句，与他的理解力不发生任何联系"。"这比《资本论》第一篇文体还要难读的论文"，"文学家胡风与政论家胡风，在其大作中所表现的特殊作风，是使他的读者发生似走入八阵图的感觉。他在各节中，无忌惮地使用术语"，"它既是文学的，政治的，又是历史的"……等看法仅仅是郑学稼的严重误读与曲解。尽管文中

---

① 载 1941 年 5 月 25 日《中国文化》第 2 卷第 6 期。
② 见 1941 年 6 月 20 日《中央周刊》第 3 卷第 45 期。

也有诸如"在他的眼里，由一九二五年至一九三四年，'大众化'的演进，计经过五次。五次变革的结果，是赖鲁迅们对'第三种人'等的'斗争'使'革命文学'发展为'大众语'运动。换句话说，'文学革命'之扬弃结果，不是别的，而是从事'方块字拜物教'的斗争！把胡风先生数百代祖宗所用的文字都斯拉夫化——今日拉丁语运动所用之拉丁字母可说是俄罗斯文字"之类近于合理的论述，然而郑学稼的根本目的却几乎是政治化的攻讦：

> ……文学不一定要和政治相结合。文学家的任务，是描写现实，是使他的笔尖流露现实。如何描写和流露，由于对象之内容是丰富的，我们不应拘泥于抗战的片面。否则，就有目前的坏现象：我们见不到文学的花朵，只目击"抗战八股"的野草。
>
> 同时，文学家是文学家，不一定要理解政治，……只要有文学的天才去表现其天才，不管有何种政治理解，均可为文学家。
>
> 落后的中国，在文艺方面所以然表现其更大的落后，就由于文学家要兼为政论家。文学变为政治的奴仆，虽然是文艺骗子之奴役于政治骗子的反映，而这总算做民族的不幸。……

我们看到，类似郑学稼这种针对《论民族形式问题》的理解已经违背基本的学理立场，而走向了政治讨伐的边缘。这从另一个角度说明，胡风的《论民族形式问题》所讨论的课题，既是一个严肃的文化问题，又是一个事关重大的政治问题。好在，像郑学稼这样的文章只是极其罕见的。后来，胡风也回顾了这个情况："在当时，这一个问题引起了论争，成了文坛上的一件大事，而事实上，由于对它的看法不同，对于新文艺传统的估计以至文艺运动方向的理解，就可以产生不同的甚至相反的结果。所以不得不针对双方的争点展开分析，剥出那些争点的根源，从这找出这个问题的内容上的实践意义。""但我是尽可能地从文艺发展的实践要求上接近了这个问题的，不过，争点既然是由于理论上的分歧引起的，对于那些理论的追求就无法回避,而问题的真相也只有从那些论点的分析里面才能够得到的。既然是理论的分析,当然不能像读山歌、故事或事实报告那样流顺。"① 看来,像郑学稼所说的自己读不懂胡风的文章,主要原因不在文章本身,而在于他的思想偏见,实际上认真读却不能读懂的仅仅是少数人,那些真正关注理论论争的人大体是可以弄懂的。

围绕《文艺工作的发展及其努力方向》一文发生的有关事情应当算胡风文学批评接受中不可忽视的一个节目。

文章指出,抗战进入相持阶段后,"文艺家就要在经营一种日常生活的情况下从事创作,或者为了从事创作而勉力地经营一种日常生活"。"我们看到了对于生活的追随态度","我们看到了对于生活的作假的态度","我们看到了对于生活的卖笑的态度"。胡风提出,文艺家的人格力量和战斗要求必须强大,创作活动是一个艰苦的精神过程;作家必须深入生活,献身生活,因为人格力量和战斗要求是在现实生活里形成的,是对于现实生活的反映;有关部门应该用具体的努力扩展广大人民的文化生活;文艺界要想方设法促进作家的出现和成长。他指出,作家如果在上述方面无作为,"结果当然会引起主观战斗精神的衰落,主观战斗精神的衰落同时也就是对于客观现实的把捉力、拥抱力、突击力的衰落"。作家要有能够发现、分析、拥抱、保卫这一代人的精神要求的人格力量和战斗要求,为此要克服人格力量、战斗要求的脆弱和衰败。胡风最后呼吁:"文艺运动上的要求,不仅是文艺家本人的要求,也是一切民族战士,进步的读者,觉醒的人民的要求。他们一定能够理解文艺家的坚决的志愿,也一定能够同情文艺家的恳切的呼声。"②

1944 年"文协"要召开第六届年会,筹备会要求提供一篇可以在年会上宣读的论文,并推举张道藩、王平陵、黄芝冈、茅盾和胡风为起草人。张道藩请人代写,几个起草人确定了"反对色情倾向、要大众化、需要批

---

① 胡风:《论民族形式问题・题记》,《胡风全集》第 3 卷,第 712 页。
② 以上引文参见《胡风全集》第 3 卷,第 177—184 页。

第八章 胡风文学批评接受史考察

评、帮助新作家"的内容,决定论文由胡风负责执笔完成。出于顾虑,胡风在文中没有使用"民主"、"大众"之类词语,"要写出一篇以文协名义发出的通得过的论文,真是太不容易"①:

> 一到城里就去参加已经在举行着的最后一次理监事联席会。由一位理事念了一遍以后,大家都说可以,但接着也有了考虑:一位觉得"社会学上的……"这说法恐怕有人不高兴,另一位郑重地提出,如果不加上"三民主义"的字面,一定通不过的,意思是,顶好现在就加了进去。对于前一点,大家觉得还不至于,让它去,但对于后一点,却起了争论,但结果是决定不管,也让它去。剩下的问题是给张道藩先生看过通过了。……打开一看,稿上空白处用铅笔打了无数的"?"号,但用毛笔改动的地方却要少些,现在记得的是"思想限制"、"武断的政论"、"复古倾向"、"法西斯倾向"之类。这一篇论文就这样带着伤疤宣读以后发表出去了。

文章由于以"文协"的名义发表从而引起了广泛关注,但也带来了误解。胡风叙述到,桂林有一位以大师自命的博士,"以为这篇论文是居心领导文艺的,又嗅出了执笔的人是我,而我是曾和他在一次集会上有过争论,冒犯了他的'大师'的威严的人。他马上写了一篇反驳的大文"。"他说文协的论文冤屈了整个抗战文艺的功绩,义愤填膺地要求全国作家都来响应他的讨论。这也并不新鲜,不过是再用了几年前某大教授的战术:胡风侮辱了整个文坛呀,大家都来打他呀!……而已"。② 从胡风的叙述看,那位博士对胡风的反驳,整体上不是别有用心的、恶意的攻击,仍然属于文学批评接受的范畴(是一种类似于负接受的现象)。这种现象说明胡风的文章存在着容易引起读者发生误读的因素,这不能完全归咎于胡风,如上面

---

① 见《胡风全集》第3卷,第302页。
② 同上,第303页。

言，客观的因素主要导致了误读的形成。

抗战胜利之后，在1940年代后期，由于前些年胡风理论的持续产生影响且特立独行，文艺界有不少人视他为异端分子。于是这时的批评逐渐脱离了学理的轨道而演变为带有意识形态色彩的指责与批判，与几年前郑学稼的作风如出一辙。

1948年3月，在《大众文艺丛刊》第1辑《文艺的新方向》中，邵荃麟等对抗战以来十年间文艺运动的情况作了批评。指出，由于在长期的抗日文艺统一战线中忽略了两条路线斗争的坚持，十年来的文艺运动处在"一种右倾状态"中，由此造成了当前文艺的衰落。文章几乎涉及了自抗战以来的所有文艺思想的斗争，评述了文艺运动的历史与现状，并为今后的发展指出了方向，从一个侧面反映了"左翼"文艺工作者对十年来两条文艺思想路线斗争的评估。在检讨几种文艺倾向时，文章指出，1941年前后，并不是中国革命的低潮，但许多知识分子精神方面非常低落，表现在文学方面，一些作家埋头创作，在文艺中安身立命，用较冷静的头脑，去观察、分析社会，描写复杂而痛苦的社会生活，告诉读者，黑暗势力是如何残暴、人民的生活是多么地悲惨痛苦。因而这些作家成为人民生活与社会斗争的旁观者，他们只是看到了那些弱者的悲惨，却没有看到他们的潜在力量。这些作家同情人民，虽然艺术上很成功，但他们的作品不能对人民产生感动力量，更不能预见历史的远景。这和19世纪的西欧自然主义思想有近似之处，它们多少影响到我们革命文艺领域里来了。与此相对立的，便出现了所谓追求主观精神的倾向[①]：

> 他们认为创作衰落的原因，是作家热情的衰退，生命力的枯萎，缺乏向客观突入的主观精神，因此要求这种精神的加强，强调了文艺的生命力与作家个人的人格力量，强调了作品上内在精神世界的描绘。

---

① 转引自张新编著：《中国文论选·现代卷》（下），江苏文艺出版社1996年版，第549、550页。

这是针对着当时一般作品内容的苍白而提出来的。但在实际上，却仍然是个人主义意识的一种热烈的表现，因为它不是把问题从阶级的基础上，从社会经济原因上，而却是从个人的基础上作出发；不是首先从文艺与社会关系上，而只是从文艺与作家个人关系上去认识问题；不了解一个革命者的主观战斗力量是从实际革命斗争锻炼出来的，他的革命人格是从他和阶级力量的结合中间建立起来的，他们忘记了高尔基所说的，"人民是精力的不竭源泉，是唯一能够把一切可能变为必然的"。相反地，他们把问题颠倒过来，把个人主观精神力量看成一种先验的，独立的存在，一种和历史，和社会并立的，超越阶级的东西，因此，就把它看成一种创造和征服一切的力量。这首先就和历史唯物论的原则相背离了。从这样的基础出发，便自然而然地流向于强调自我，拒绝集体，否定思维的意义，宣布思想体系的灭亡，抹煞文艺的党派性与阶级性，反对艺术的直接政治效果；在创作上，就自然地走向个人主观感受境界或个人内在精神世界底追求了。虽然抽象理论上强调了战斗的要求和主观力量，但实际上都是宣扬着超脱现实而向个人主义艺术方向发展，要求文艺背离了历史斗争的原则，以无原则的、自发性的精神昂扬来代替严肃的认真的思考。所以这不但不能加强主观力量，而只足以消弱主观力量。实质上，也就是向唯心主义发展的一种倾向了。

　　在苦闷与萎疲的气氛下，这种强调个人生命力的呼声，是会给读者一些刺激的，但实际上却可以看出，是在黑暗势力的压迫下一种个人的脆弱抵抗，也包含着一种牢骚式的对现实抨击。这种倾向和上述另一种悲观主义的倾向，在根源上可以说是相同的……

　　在邵荃麟等心目中，胡风的"主观战斗精神"说最终皈依唯心主义。他们怎么会得出这样的认识？难道胡风的理论主张中有着唯心主义的因子吗？当然不能说上述认识一点道理都没有，但总体上它显然是片面的、错误的，邵荃麟等究竟以怎样的心态和逻辑得出了唯心主义的结论？

接受学理论表明：在接受过程中当事人有时会以特异的心理图式对接受对象予以阐释。很显然，按照邵荃麟等人的理论修养，不可能认识不到胡风"主观战斗精神"说的内涵和价值。要正确理解《大众文艺丛刊》同仁的接受心态，不能不联系抗战胜利之后的政治、文化语境。

战争结束之后，人们普遍认为中国文学将进入一个新的发展阶段。然而，文学的发展进程，自动地或不由自主地被纳入"光明的中国之命运和黑暗的中国之命运"的政治选择之中。在这种情况下，各种政治力量都试图以文学服务于它们的政治主张的实现，而文学（作家）也难以回避对于政治做出选择。1940年代后期的文学界，虽然存在不同思想艺术倾向的作家和作家群，存在不同的文学力量，但是，有着明确目标，并有力量左右文学界走向，对文学的状况加以"规范"的，只是左翼文学。在中国文学总体格局中，左翼文学成为最具影响力的派别，应该说在1930年代就已开始。到了1940年代后期，更成了左右当时文学局势的主流文学力量。这个期间，左翼文学界的领导者和重要作家十分清楚地认识到：社会政治的转折和文学方向的选择应是同步的。他们在战后的主要工作，是致力于传播延安文艺整风确立的"文艺新方向"，并随着政治、军事斗争的胜利，促成其在全国范围的推广，以达到理想的文学形态的"一体化"的实现。

1940年代后期，左翼作家确立"文艺新方向"在文学界的主导地位的工作，有几个相联系的方面。一是积极传播《讲话》的基本观点，以及介绍、高度评价实践《讲话》的解放区文艺创作。另一是对抗战以来，尤其是40年代国统区的文艺状况的估计，和对一些重要的文学问题的清理、检讨。这是确定今后文艺发展方向和路线的前提。这种总结、清理，表现在若干有关文艺的座谈会，以及一系列的文章中。这期间发表的这一主题的重要文章，主要有：茅盾的《八年来文艺工作的成果及倾向》（1946）、冯雪峰的《论民主革命的文艺运动》（1946），以及邵荃麟执笔的《对于当前文艺运动的意见——检讨·批判·和今后的方向》。在总结抗战以来的文学状况时，左翼文学的这些代表人物所依据的思想基准，所使用的

第八章 胡风文学批评接受史考察

尺度并不完全一致。但是，以毛泽东的文艺思想作为理论依据、以延安文艺作为理想模式，是左翼文学界中代表延安文艺路线的主流派别所坚持的原则。①

《大众文艺丛刊》创办于香港，由一批有广泛影响的左翼作家、批评家执笔，处于上述语境下，他们对胡风（实际上胡风也是左翼文坛的重要人物，不过被当作左翼文艺的另类看待。这是不公平的）及其理论的认识不能不打上深刻的政治（意识形态）的烙印。如果认真以学理的态度来认识胡风的"主观战斗精神"说是不会得出如上结论的。

1949年7月第一次文代会上茅盾所作的报告《在反动派压迫下斗争和发展的革命文艺》，以大量篇幅评述了国统区文艺的缺点——"作品不能反映出当时社会中的主要矛盾与主要斗争"，"这是国统区文艺创作中产生各种缺点的基本根源"；认为在文艺思想、理论方面，"也曾表现过不少模糊与混乱的现象"。主要表现在：在反对文艺思想上的教条主义倾向时，抹煞了科学的文艺思想的指导作用；在强调抗日战争中的民族观点时忽略了阶级观点的思想倾向；在要广泛地把民主的爱国的作家团结起来时，忘记了在团结中仍然允许，而且必须有的互相区别与互相批评等。在报告的第三部分《文艺思想理论的发展》之"第三 关于文艺中的'主观'问题，实际上就是关于作家的立场、观点与态度的问题"时表现了对胡风文学理论的质疑、贬斥与批判：②

> 一九四四年左右在重庆出现了一种强调"生命力"的思想倾向，这实际上是小资产阶级禁受不住长期的黑暗与苦难生活的表现。小资产阶级受不了现实生活的煎熬，就在一方面表现为消极低沉的情绪，另一方面表现为急躁的追求心理。这两种倾向都表现于文艺创作中，而后一种倾向特别表现于文艺理论上面，形成一种"小资产阶级的革

---

① 以上两段文字参见洪子诚著《中国当代文学史》中第6、7、9页的有关内容，北京大学出版社2007年版。
② 转引自张新编著：《中国文论选·现代卷》（下），江苏文艺出版社1996年版，第652页。

命"文艺理论；这种文艺理论虽然极力抨击前一种消极低沉的倾向，然而，对于思想问题的解决不能有什么积极的贡献，只有片面地抽象地要求加强"主观"。

接下来，茅盾对"主观论"和"精神奴役的创伤"说进行了政治性的评价。当然，茅盾并没有直接点出胡风的姓名，但谁都知道他是针对着胡风的，这使在下面听报告的胡风如坐针毡。假如把茅盾的理解与邵荃麟的理解作比较，发现他们在思维运用上呈现惊人的相似：都以较多的意识形态话语替代对文学理论问题的切实探讨，虽然体现出一定的历史合理性，但在理论层面却短少合法性。

因此，就整体考察，抗战胜利后的整个1940年代后期，对胡风文学批评有价值的解读文字越来越少见了。不过，冯雪峰1946年2月发表于《中原·文艺杂志·希望·文哨联合特刊》1卷第3期的《现实主义在今天的问题》却是难得一见的知音之作。该文主要谈了两个问题——"第一是关于人民力的反映或追求的问题；第二是大众化的创作实践和民族形式的创造。"

在切入问题之前，冯雪峰先讨论了现实主义作为创作方法的问题。指出："现实主义作为文艺态度和创作方法，为我们所重视，所提倡，并且视为艺术方法的准则，这在我们不仅根据艺术史的经验，并且根据我们实践上的经验。"结合当时"主观论"的讨论，他认为"客观的人民的斗争和力量，才是文艺的思想力和艺术力，作品或作者的一切主观战斗力的源泉"，作家的主观既非先验地存在，也并非依靠别的什么"主观"去获得，同时也并非依赖作家"内省"、"静观"可以达到，它必须是在"深入现实的矛盾斗争，站在了人民的一面而取得的"。从而充分估计了"文艺主观力量"和作家"主观战斗力"之于艺术创造的意义。更有价值的是冯雪峰明确提出了"主观力"概念，与胡风大体是一致的，但是他较胡风更执著于文学的政治性质，因此以"人民之历史要求，方向和力量"提出了"人民力"的概念，反映了某种适应社会潮流的自觉。革命的现实主义，实际

第八章　胡风文学批评接受史考察

上是"人民力"与"主观力"的统一，这一命题显然呼应了胡风的"主观战斗精神"。文章虽然没有明确提到胡风的理论概念以及胡风的名字，但仔细阅读会发现冯雪峰对胡风理论的高度认同。这在1940年代关于胡风文学批评的接受中不啻空谷足音。①

同时，在1940年代我们还要注意艾青作于延安文艺座谈会之前的《我对于目前文艺上几个问题的意见》一文。该文针对延安文艺界讨论比较集中的问题发表了意见。② 文章从"文艺和政治"、"作者的立场和态度"、"写什么"、"怎样写"、"形式"、"题材"、"写光明呢 写黑暗呢"、"作家的团结"、"文艺工作的领导"等几方面坦诚而尖锐地表达了对解放区文艺实践的看法和建议，在关键方面呼应着胡风的理论主张。例如，在述说文艺和政治的关系时，艾青认为，在为大多数的劳苦人类而奋斗的这一崇高目标上，文艺和政治以不同的方式达到殊途同归，因为政治能最集中地代表崇高的目标，所以，"文艺应该（有时甚至必须）服从政治"；所谓服从表现在文艺作品高度的真实性上，只有具有高度真实性的作品才能明显地反映时代与现实。艾青同时也反对把文艺作品当作"复写着政治口号和政治术语的东西"，认为产生公式化、概念化作品的根源是作者"没有把从外界接收来的素材，通过自己内心的融化，通过自己的思想的锤炼，没有把人民大众的愿望和自己的情感溶解而且凝结在一起的结果，那只是对于政治概念的粗心的应和"③。艾青深受胡风理论影响，他的《大堰河，我的保姆》等诗作受到胡风的高度评价，而胡风的现实主义理论观点也多方面、长时间地影响着他的创作。

---

① 本段写作时参考、吸收了《中国现代文学批评史新编》第131页的有关论述，许道明著，复旦大学出版社2002年版。
② 艾青的具体说法可以参考张新编著：《中国文论选·现代卷》（下），江苏文艺出版社1996年版，第232—243页。
③ 张新编著：《中国文论选·现代卷》（下），江苏文艺出版社1996年版，第242、243页。

第三节 1950年代：胡风文学批评的接受变体——攻击与辱骂

中外文学接受史表明，在接受、解读过程中有时出现一种独特的现象：攻击与辱骂。攻击与辱骂并非通常意义上的接受，但也与文学解读、阐释有着内在的联系。从表面看，攻击与辱骂也是针对文学文本的，似乎是一种解读，在特定时候对读者非常有诱惑力，因而其消极影响不可低估。这些文章，需要人们仔细甄别。当然，它是一种相当极端的表现形式，因此也许可以称之为一种变体的"接受"与"解读"。新中国成立之初，胡风及其文艺思想、文艺理论遭遇了空前的挑战，但并非通常意义上的学理层面的批评，而是颇具危害性的政治性裁判和攻讦。

"建国以后，作为共和国最高领袖的毛泽东，始终把文艺工作作为一项政治斗争。1955年，他亲自发动的针对所谓胡风集团及其文艺思想、文艺理论的斗争，就是在文化改造中实施这一战略的重要步骤，旨在清除来自内部的异己者的声音。"①

"1952年文艺整风期间，《人民日报》（6月8日）转载'胡风派'成员舒芜的检讨文章《从头学习〈在延安文艺座谈会上的讲话〉》；年底有关部门召开胡风文艺思想讨论会，帮助胡风清算其理论上的错误。《文艺报》1953年第2号、第3号发表林默涵、何其芳的《胡风的反马克思主义的文艺思想》和《现实主义的路，还是反现实主义的路？》，对胡风文艺思想进行批判。"② 这是建国后最早对胡风文艺思想和理论进行批判的文献。之后，胡风向党中央递交了"三十万言书"。"1955年1月，《人民日报》开

---

① 朱栋霖、朱晓进、龙泉明主编：《中国现代文学史1917—2000》（下），北京大学出版社2007年版，第8页。

② 同上，第8、9页。

第八章 胡风文学批评接受史考察

始批判胡风的观点，毛泽东决定公开发表胡风的报告。中国作协主席团决定对胡风资产阶级文艺思想进行批判，文艺界许多人士纷纷撰文批判胡风文艺思想。"① 这些文章缺少的是有学术价值的话语和逻辑推理，它们旨在传达意识形态的声音，因此，无论它们的内容如何展开，都注定了不可能是对文学理论的解读。更严重的是它们往往采取断章取义、上纲上线、望文生义等做法，给胡风扣帽子，体现了庸俗社会学、机械论的思维。

其中，郭沫若的《反社会主义的胡风纲领》② 最有代表性，典型地表达了对胡风及其文艺思想、文艺理论的攻击与谩骂。该文开门见山，断言："多年来，胡风在文艺领域内系统地宣传资产阶级唯心主义，反对马克思主义，并形成了他自己的一个小集团。"大概郭沫若意识到如果从逻辑层面加以质疑，想驳倒胡风极其困难，于是他采取 1928 年"革命文学"论争时的方法，站在政治立场上为对手罗织罪名。正像他指认鲁迅是所谓"文艺战线上的封建余孽"一样，他径直指认胡风属于"资产阶级唯心主义，反对马克思主义"之类人士，错误极其严重。这种政治上的先入为主可以有效地剥夺胡风的话语权，从而使他处于严重的失语状态。

郭沫若觉得意犹未尽，进一步指责道：解放前，胡风把理论批判锋芒指向当时的中国共产党和其他进步文艺家；解放后，胡风一如既往地和他的小集团一起坚持错误，与党领导的文艺事业对抗。——这就给胡风一个彻底反党的定性，企图让读者（大众）认识胡风的反党、反社会主义的"本来面目"。郭沫若进而把调门升级，说胡风的"三十万言书""全面地攻击了革命文艺事业和它的领导工作，表现了对马克思主义的极深刻的仇恨，可以说是胡风小集团的一个纲领性的总结"，"在我国文艺界以至整个文化界，我看再也找不出第二个像胡风那样顽强地坚持错误的文坛野心家了。他巧妙地披着马克思主义外衣来反对马克思主义，披着现实主义外衣来反对现实主义。"

---

① 朱栋霖、朱晓进、龙泉明主编：《中国现代文学史 1917—2000》（下），北京大学出版社 2007 年版，第 9 页。
② 载《人民日报》1955 年 4 月 1 日。

郭沫若认为胡风的理论纲领是"反对作家掌握共产主义世界观；反对作家和工农兵相结合；反对作家进行思想改造；反对在文艺中运用民族形式；反对文艺为当前的政治任务服务；最后，建议解散文艺界组织，实际是取消党的领导"。他还针对胡风的"五把刀子"说，采用逻辑上的诡辩术，企图达到彻底"揭穿"胡风的政治目的：

> 要说是"刀子"，在用语上我倒可以勉强同意。因为"刀子"就是武器，我们也经常在说，马克思主义学说是革命的犀利的武器。但这武器是威力强大的，不久以前有一位苏联作家把马克思主义世界观比做喀秋莎大炮，胡风把马克思列宁主义的威力仅仅比成"刀子"，未免小看了一点。但是，这个武器是放在什么人头上的呢？我想，革命的爱国的人民都明白，这是我们用来武装自己以对付敌人和敌对思想的武器。然而胡风却说成是"放在作家和读者头上的刀子"，实际上也就是说放在他和他的小集团头上的"刀子"！胡风一向把自己化装成马克思主义者，可是在这一点上，却走了风，他在不经意之间透露了他的真心实情，自己表明了他是站在马克思列宁主义的敌对思想的立场上！既然胡风自己都承认是马克思主义的敌对者，那么我们说他披着马克思主义的外衣，宣传资产阶级思想，还算是冤枉他吗？

在此，郭沫若抽出"刀子"这一概念进行庸俗社会学的判断，得出胡风"披着马克思主义外衣，宣传资产阶级思想"的"实质"。

在接下来的篇幅中，郭沫若逐条批驳了"五把刀子"说。假如仅仅就字面看，郭沫若的某些分析似乎不无道理。但是，只要我们联系胡风理论表达的实际，便一眼洞穿，郭沫若以超乎常人想象的逻辑对胡风的理论加以攻讦和反驳。

在反驳胡风时，郭沫若不拿出对手那些具有理论自足性的话语，只是以剥离的思维展开批判。例如，在"驳斥"胡风所谓"反对作家改造思想"时，郭沫若这样说：

第八章 胡风文学批评接受史考察

胡风既然反对作家掌握共产主义世界观，那他当然就要反对思想改造了。因为，要树立新的思想、新的观念、新的道路，就不能不把旧的落后的错误的思想从自己脑子里挤出去。看来，胡风是非常爱惜这些脏东西的，他在替它们叫屈，并索性把我们的建立在自觉自愿基础上的思想改造，诬蔑为"军事统治"或"军阀统治"的手段。这种厉声尖叫，不是同样也可以从我们的敌人那边听到吗？胡风，你真跑得太远了！

由此可见，郭沫若的评价属于风马牛不相及之类。

不仅如此，郭沫若还把胡风与胡适相提并论。"胡适叫喊'多研究些问题，少谈些主义'，胡风不也在主张作家不要具有共产主义世界观吗？所不同者，胡适是公开反对马克思主义，胡风是偷偷地反对马克思主义……胡适主张'全盘西化，全盘接受'，胡风不也在完全否认民族遗产，主张新文学的形式只能从西方'移入'吗？胡适否认物质世界和科学真理的客观存在，胡风不也在提倡所谓'主观战斗精神'的'自我扩张'吗？"郭沫若这些话听起来似乎有点道理，实际上抹煞矛盾，胡风与胡适实际是没有多少相似点的。众所周知，胡适于《新青年》解体后，反对任何带有意识形态色彩的党派及其活动，采用温和、渐进的思考方法，主张探讨实际问题，政治上表现得是有些落伍，但他决非执意反对马克思主义。胡风从1920年代参加进步的革命运动，之后始终对中国共产党忠贞不渝；更难能可贵的是他一直以共产党人的标准要求自己、规范自己，为推进无产阶级文艺运动的发展壮大，提高左翼文学、革命文学的创作水平，加强文学与革命的联系付出了巨大的心血，他的功绩日月可鉴。郭沫若仅仅就表面做文章，实际上混淆是非。

此时，郭沫若之外，还有一个文艺界的重要人物夏衍必须提及。他的观点也很有代表性。1950年以后，夏衍历任上海市委常委、上海市宣传部部长、第二届中国文联理事、华东作家协会主席等职务；1954年10月，又被任命为文化部副部长。1955年5、6月间,所谓"胡风事件"爆发,恰逢有关方面正在举办戏曲编剧讲习会。夏衍在该会的结业仪式上发表了讲话,其主要内容是总结举办这次活动的意义,同时也顺便嘲弄了胡风文学理论:

"胡风的'爱爱仇仇'就是我们的'仇仇爱爱';胡风所痛恨的,所谓'架在人民头上的五把刀子',正相反,恰恰是架在反革命分子头上的刀子,我们一定要磨快这五把刀子,看准敌人进行反革命的方向;胡风反对作家具有马克思主义世界观,我们就要更好地树立马克思主义世界观;胡风反对毛主席的文艺为工农兵服务方向,我们就要更好地为工农兵服务;胡风反对思想改造,我们就要加强思想改造;胡风反对民族遗产,我们就要更好地继承和发扬民族遗产的精华;胡风反对文艺配合当前的政治任务,我们就要更好地配合政治任务。"①

夏衍对胡风理论的态度是明确的,他逐条表示了对胡风"五把刀子"的反对。这种理解其实并未抵达逻辑推演的层面,其危害性自然比郭沫若之文小得多。这更像一种政治表态,在夏衍可能是无可奈何的举动,毕竟他是文艺界领导人。

不仅是处在北京、上海等大城市的文艺界领导人有明确的攻讦胡风的言论,即使其他城市的许多作家、艺术家也做着同样的事情。

孙犁,建国后任《天津日报》副刊的编辑。他一向温柔敦厚,从不大话欺人。然而,在严峻的政治压力下他也表态了。他说②:

> 胡风多少年来,就是向我们党所提出的正确的文艺政策、所领导的广大的革命文艺队伍,站在极端反动的立场采取了极端恶毒的进攻。很长时期,他在伪装的马克思列宁主义词句下面,在骗人的"鲁迅门徒"的旗子下面,进行了反革命的罪恶活动。在不同的时期,在不同

---

① 以上言论均见夏衍:《在戏曲编剧讲习会结业式上的讲话》,载《戏剧报》1955年第9期。
② 孙犁:《要更进一步揭露胡风》,《孙犁全集》第10卷,人民文学出版社2004年版,第447、448页。

的政治情况下面，他采取了不同的手法，显得他很久是文坛上的一个"活跃的"、"权威的"、"左"倾的脚色，使得很多文艺青年被他欺骗。他给党中央的意见书发表之后，虽然已经充分地表明他对党的文艺领导进行了包藏祸心的攻击，虽然已经充分地显露了他的疯狂的梦想"取而代之"的野心，但是我们的警觉还是不够，还以为他的问题带有理论的性质。

从舒芜揭发的材料来证明，无论他给党中央上的意见书，无论他以前所发表的种种言论，都不是什么理论性质的问题，那都是他有计划、有组织的、向党进攻的罪恶活动。

胡风的伪装已经开始被剥落，但如果认为胡风和胡风集团的真实面目已经完全暴露，那是不对的。我们应该进一步从各方面揭露他。

天津的文艺活动，这些年来，在党的文艺政策的正确指导下，在市委关怀帮助下，成绩是主要的。多数从事文学创作的同志还是兢兢业业的，所走的创作道路是符合党的要求的。特别是很多工人作者，他们的创作倾向，是健康发展的。但是胡风集团在天津的恶劣影响，我们也不能低估，经过胡风分子的传播宣扬，胡风的很多别有用心的文艺论点，是曾经在天津找到了市场的。他们的罪恶影响，不只妨碍了文艺创作，并且在一些人身上注进了毒素，使得这些人在生活上和作风上表现得极端无聊和无耻，在社会上造成了很坏的影响，大大败坏了文艺界的名声。

所以，在天津，肃清胡风和胡风派的流毒的工作，也还只是深入的开始，绝不能疏忽，绝不能再放松警惕。

在这里看不到一点文学理论解读、接受的成分。孙犁所表达的完全是一种高度政治化的裁判。他给胡风罗织了一顶吓人的帽子。他只知道胡风是过去文坛的权威理论家，却没有揭示胡风文艺理论的任何一个侧面。如果说，夏衍还晓得"五把刀子"的话，孙犁似乎于此懵懵懂懂。对胡风理论的无知决非孙犁一个人，而是一大批人。面临来自上级的政治压力，他们不能不昧良心做事、说话。因此，就政治表态的意义看，孙犁此文远在夏衍讲话之上，夏衍只是点到为止，孙犁则浓墨重彩地加以渲染。

这种墙倒众人推的现象在此前批判胡适的运动中出现过。"在这一场真正锻炼人、改造人的批判运动中，不少的学者自觉不自觉地接受了一种先验的、机械的思维模式：凡是政治上反动的学者，其学术必定是为反动政治服务的，因而是一无是处，不值一文的。其哲学基础必定是'唯心的'、'反动的'，因而学理上也必然是荒谬的、错误的、愚蠢的。这种明显的形而上学的懒人思维、庸人思维在一些受过'五四'以来科学方法训练的学者来说原来是不屑一顾的，即便是为了偷懒或敷衍应景偶一用之也是心中有愧、脸皮发红的。但是在'立场坚定'、'旗帜鲜明'、'方向明确'等公开或暗示的赞许与怂恿下，他们的胆子渐渐壮大，胸中渐渐明亮，脸不红、心不跳，话可以说满口，理可以推到极致，观点明知站不住，也强装站着，哪怕一戳即破，也无所畏惧，因为绝不会有人逆行而动，不知趣敢来'戳'破，敢于来回击。左顾右盼，皆行其道，许多人乐此不疲，而且愈演愈烈，愈演愈自如，愈演愈坦荡。从'五四'过来的知识分子，无论是喝洋墨水的，还是啃线装书的，面对一个陌生的文化氛围，面对一种新的略带强制意味的文化规范，如何面对？道德学问传统心理积淀的厚薄，'五四'人文精神潜入心中的深浅，于中正可以测出。"①

第四节　1978—1989 年：逐步走入正轨的胡风文学批评接受

尽管胡风案件最初的平反是在 1980 年 9 月，但严格地说，胡风事件和

---

① 胡明：《胡适传论》，转引自董健、丁帆、王彬彬主编：《中国当代文学史新稿》（修订本），人民文学出版社 2005 年版，第 38、39 页。

第八章　胡风文学批评接受史考察

胡风文艺思想（文学批评）真正进入学术研究视野是在1988年6月胡风案件获得第三次平反之后。既便如此，1980年代的第一批研究者仍然怀着探索禁区的谨慎，扮演为胡风申辩的角色。应当说，第一批研究者所做的工作并非对胡风文艺思想、文学理论的接受问题。这一时期的研究表现为人们初步探索胡风文艺理论的几个主要关节点，并努力从当时的理论认识水平出发，寻绎胡风文艺理论的体系，对其中的几大理论命题作了初步的阐释。由梁振儒、顾荣佳编辑的论文集《披荆治林者的足迹》，选录了1980年代中期的重要研究论文，是早期探索者成果的一次集体展示。文振庭与范际燕主编的《胡风论集》则是1989年召开的"全国首次胡风文艺思想学术研讨会"的产品。这些文章基本上是将胡风著述当作自足的封闭文本来研究，[①]但是，它们无疑为新时期胡风文学批评接受做了基础性的工作。

总起来看，对胡风的文艺思想、文艺理论的探讨在1988年之前一直是重点。研究者主要是围绕胡风文艺思想、文艺理论是否符合"革命现实主义"来进行的。

研究者普遍认为，胡风的现实主义文艺思想不是旧现实主义，也不完全是社会主义现实主义，而是一种反帝反封建的现实主义。从而否定了把胡风的理论说成是"反马克思主义的、反社会主义的"。但胡风认为自己坚持和提倡的现实主义就是"社会主义现实主义"，也不完全符合实际。应该说，胡风现实主义理论的构成"是以恩格斯的现实主义理论为根本出发点和直接依据的"[②]。"从艺术的具体描写对象方面说，它发展、深化了高尔基文学是人学的思想。"胡风强调作家克服二重人格、个人主义，养成无产阶级的人格、主观战斗精神的问题，也就是"作家的世界观改造问题"。其主旨在于塑造作家的"伟大人格"[③]。

研究者普遍认为，区别一种文艺观是唯物的还是唯心的，不在于它是

[①] 本段文字参见温儒敏等著：《中国现当代文学学科概要》，北京大学出版社2005年版，第386页。
[②] 陈辽：《胡风文艺思想评议》，载《中国》1985年第3期。
[③] 陈全荣：《胡风文艺思想应该重新讨论》，载《中外文学研究参考》1985年第8期。

否提出主观精神，而在于如何看待主观精神与客观现实的关系。胡风的"主观战斗精神"说是在承认文艺反映生活的前提下提出来的，他只是主张文艺创作要发挥作家的革命思想的作用，因此，胡风的文艺观是唯物主义而不是唯心主义的。而错误地去批判胡风文艺思想的主要原因，是教条主义作祟。① 胡风文艺思想不同于当时普遍的、占统治地位的观点，真实的分歧点并不是在唯物主义还是唯心主义问题上，而是在共同认定文艺是现实生活的反映，共同认定生活经验是创作的前提下，对于创作主体，对于作家的主观作用的认识上。而胡风，不惜过高地估计了作家的社会实践和他的主观精神力量。②

杨匡汉则从诗学的角度研究了胡风的"主观战斗精神"说。他认为，如果我们联系胡风提出问题的背景，联系他在强调诗人创作意识时关于主体的侧重，我们仍然可以从他的论述中吸取合理的意见：其一，胡风强调自我意识，是针对当时诗坛上将情绪的饱满等于吼叫以及种种公式化、概念化的现象而发的。其二，胡风是从诗的诗性的角度去考察的。其三，胡风强调"自我斗争"，事实上并不排斥诗需要与时代、与生活结合。③ 与之类似，胡铸强调胡风的"主观战斗精神"说是针对当时革命文学内部的客观主义和主观公式主义而发的，这两种通病阻碍着文艺的进一步发展，但是"主观战斗精神"不是灵丹妙药，不能根治这些通病。

1988年以后，胡风及其文艺思想、文艺理论研究、接受进入一个比较明朗的时期，取得了重要的研究成果。刘再复指出："胡风在30年代就投身左翼文艺运动，信奉马克思主义，而且追随鲁迅（他对鲁迅的追随又是非常自觉的）。他作为鲁迅自觉的、坚定的追随者，最早发现机械决定论将导致革命文学走入死胡同。……他对革命文学总是那么关注，那么热情……无论是从知、还是从情，还是从意的角度来看，他的人格都很光辉。

---

① 陆一帆：《论胡风的文艺思想》，载《中山大学学报》1986年第2期。
② 吕林：《"主观战斗精神"并非唯心主义的文艺主张》，载《中外文学研究参考》1985年第9期。
③ 杨匡汉：《鉴往知来——关于胡风部分试论札记》，载《诗刊》1985年第8期。

从'知'上说,他提出'到处都有生活'的问题,可见他对文学艺术的真知灼见。这与某些闹腾了一辈子文学而不知文学为何物的'文学理论家'相比,实在是高明很多。从'情'来看,他确信,他的'精神奴役的创伤'的命题,包含着最深挚的爱和同情。从'意'来讲,他的坚忍是不言而喻的,他的'主观战斗精神',正是一种意志力量所激发的韧性精神。"①这样的认识虽然不能说有多么大的学理价值和启发性,但显示出的接受者正视胡风文论本来面目的积极姿态是值得我们关注的,而且其概括也较为全面,基本符合胡风文论的实际。

这时候,随着所谓"胡风集团"成员的获释,他们撰写的有关胡风的回忆文章颇值得一读,其中,对胡风文艺理论方面的述说、接受很引人注目。

由胡风亲手栽培起来的杰出作家路翎是这样谈论胡风的文学理论的:"胡风是想用一种贴近创作过程、充满创作体验的、有'血肉'感觉的、富有弹力的文字来表达他的见解的。他在《文艺笔谈》中的论文有着严整的深刻的科学语言,但他后来的许多文章有意避开了这种语言。这一则因为生活有波动,二则也因为或更因为他从事文学理论的时候除了反对机械教条式的搬动概念以外,还有意识地用充满实感的语言方式进行理论的表达。他的文字是感情的,是有生活和文学实践的感染的;当然,那内在的逻辑也是十分严密的。但是,他自己有点怀疑是不是由于减少了逻辑性强的大段内容而有点'矫枉过正',有点过激。"② 这里路翎站在作为受过胡风指导的作家的角度说明了对胡风文学批评的认识。然而,路翎的说明未必完全揭示出胡风文论语言由科学到"有意避开"的原委。一方面原因正如路翎所云,另一方面,胡风文论不再像《文艺笔谈》那样沉郁有力,是由于国民党残酷的文化专制使胡风不能在文章中畅所欲言。路翎对胡

---

① 刘再复:《历史悲歌歌一曲》,转引自李辉:《胡风集团冤案始末》,湖北人民出版社2003年版,第5页。
② 路翎:《一起共患难的友人和导师》,转引自《我与胡风》(增补本),宁夏人民出版社2003年版,第727、728页。

风是充满感激的，但他的这段文字却十分理智、冷静，是比较有启发性的评价。

林希则认为胡风是"一位马克思主义文艺理论家，在中国现代新文学运动中，他是完成现实主义理论体系的第一人"①。说得极好。林希从感性的把握中接近了真理，虽然这种评价有些笼统，也未能展开相关的述说。看得出，林希是很崇敬胡风的，这是他的接受心理。

李离回忆说："胡风在平时闲谈中，对苏联建国初期文艺界的'拉普'运动，表现了深恶痛绝之情，对我们文艺理论上的机械论和文艺创作上的公式主义、概念化，也是十分反感的，他认为这都是庸俗社会学，扼杀了创作生机。另外，他也反对创作上的客观主义，认为客观主义只是从表面上对待现实，而不能深入把握现实。……当时，我们私下认为胡风对现实主义的理解和把握，是全面深刻的，他在文艺理论上的独特贡献，在中国现代当代文学史上是无与伦比的。苏联人称胡风为'中国的别林斯基'，洵非过誉。"② 李离的解释基本上是胡风有关言论的复原，这种回忆切实可靠。无独有偶，朱健这样回忆胡风对自己的影响："现在的人们实在难以想象胡风这个名字在四十年代部分年轻人心中有着怎样的分量。……我们那时的日常谈话中，是经常无所顾忌地直抛心声，称胡风为'鲁迅的大弟子'、'活着的鲁迅'和'中国的别林斯基'的。"③ 这二人接受胡风文学批评的共同特点是对胡风怀着深厚的崇敬之情，这也是他们的接受心理图式。

罗洛说："他（指胡风——引者注）的谈话也是朴实的，坦率的，特别是当话题涉及文学的时候，他总是直截了当地提出他的看法。""不肯对一些权威的理论随声附和，不肯对一些名家的作品违心地赞美，——宁肯赞

---

① 林希：《十劫须臾录》，转引自《我与胡风》（增补本），宁夏人民出版社2003年版，第1054页。

② 李离：《50年代初期的胡风》，转引自《我与胡风》，宁夏人民出版社2003年版，第999页。

③ 朱健：《胡风这个名字》，转引自《我与胡风》（增补本），宁夏人民出版社2003年版，第745页。

美一只普通的内心纯洁的橘子。这就是胡风。"① 这从当事人的立场揭示了胡风一以贯之的、务实的,同时也是很朴实的批评作风,这个评价不带感情色彩,是较公正的接受。

罗飞这样说:"胡风在创作论方面一个极为突出的论点,他主张:现实主义美学的重要契机是'体验'。因此他很重视毛主席在《讲话》中把'体验'放入作家对待现实的态度之中,他以为这是一个深刻的原则性问题。他对'观察、体验、研究、分析'的理解是:研究过程和创作过程必须统一起来。深入生活、研究生活,这当然是作家第一义的基本问题,而社会和人都是在不断发展变化之中(特别是解放后新中国成立之初,社会和人更是在飞速发展变化),作家既然要熟悉人、了解人,既然作家的艺术认识过程是形象思维的过程,那么必然要有一个作家对客观对象喜怒哀乐的'体验'过程。这一过程自始至终渗透在观察和分析的整个过程之中。作家如果要创作出有血肉的人物形象,必须把'体验'深透到作家精神活动的各个层面——从感觉到逻辑。""胡风并不反对毛主席提出的文艺方向,而在创作论部分,他与机械论者教条式地阐述《讲话》保持了距离。对《讲话》将政治标准与艺术标准断然地划分为第一、第二的做法,以及关于光明面、黑暗面为主、为次的做法,胡风也确有保留。因为胡风是从创作文艺作品必须达到艺术与政治高度统一的这一要求出发的。胡风真正反感的是一些人对《讲话》的片面阐释,特别反对一些人利用《讲话》的威望,压制文艺学讨论中的不同意见。"② 这种阐释在类似的文章中已经属于上乘之作,说明罗飞对胡风的理论批评有相当准确的理解,也符合胡风当年理论批评的实际,而且表现出作者对胡风有关创作过程理论的准确把握,还意味深长地讨论了胡风对毛泽东文学思想的认识角度和接受心态。就罗飞来说,做这样的分析完全是正常心态下的理论评判,是公

---

① 罗洛:《琐事杂忆》,转引自《我与胡风》(增补本),宁夏人民出版社2003年版,第966页。
② 罗飞:《真的就是真的》,转引自《我与胡风》(增补本),宁夏人民出版社2003年版,第858、859页。

允的。

鲁煤表示了对胡风所谓"在诗的创作过程中,对于客观事物的理解与发现,需要主观精神的突击;在诗的创作过程中,客观事物只有通过主观精神的燃烧才能够使杂质成灰,使精英更亮,而凝成浑然的艺术生命"的高度认同。另外,胡风的诗论《关于风格(其一)》中对作品《棕榈》的否定性分析、《关于"诗的形象化"》里对《音乐会》的评价,鲁煤认为"既深刻又通俗易懂"、"对我起了重大的启蒙作用"。① 胡风的诗学思想展现的是对主观精神的重视。鲁煤的接受说明他对这种认识的理解。

曾卓回忆道:"他(指胡风)陆续出版的几本论文集(指的是抗战开始前后几年),我都反复读过。可以说,在我的青少年时期,在对文艺的基本理解上,我受他的影响最大,并培养了我对理论的兴趣。由于我写一点诗,我非常注意他的关于诗的理论。……我现在对诗的一点理解,就是在那个基础上发展而来的。"② 胡风的文艺见解深刻影响了曾卓的创作,尤其胡风所谓"战士和诗人是一个神的两个化身"之说,曾卓更是深以为然。这种认识胡风诗论的态度说明了接受者对胡风所持的感激心理。

吴奚如回忆了自己接受胡风创作指导的情形:"他常对我的小说初稿加以分析,逐渐使我懂得了形象表现、典型塑造……的知识和手法。他对我的作品的评议是很严格的……一九三五年秋,我写了一篇小说《两个检煤核的孩子》,取材于监狱生活的阅历,我先把原稿拿给他看,几天以后他以责备的口气说:'你为什么又贪图便宜呢?第一段平铺直叙,概念游戏,失去了你认真刻画的本色!……'"在文章中,吴奚如还表示:"他对于文学上的认识论:现实主义的理解和著作,在当时我认为是有显著成就的。他运用现实主义的观点,去评论当代有代表性的作家的著作,写出了创造性的力作……他的文艺理论,不是机械唯物论和左倾教条主义者的几句空话

---

① 鲁煤:《"求诗辨假真"》,转引自《我与胡风》(增补本),宁夏人民出版社2003年版,第773、774页。

② 曾卓:《简单的交往,几乎影响了我一生》,转引自《我与胡风》(增补本),宁夏人民出版社2003年版,第554页。

所能抹煞的。但也并非说他的理论全部正确。"肯定了胡风对具体创作的指导作用，表达了对胡风现实主义理论的认同，并且富于辩证思考。对在"两个口号"论争中胡风的表现，① 吴奚如也非常赞同。

贾植芳撰文指出："对于胡风重视和发掘从生活深层来的青年作者的来稿，我是有亲身体会的。他的编辑风格，可以说是继承了鲁迅先生的编辑传统，他编的杂志取稿的标准，不以作者的名位为准，而是完全看作品的思想和艺术质量。他本人就是一个著名的文学理论家和批评家。在他长期从事编辑生涯的过程中形成的中国现代文学史上的'七月派'这个文学流派，其中绝大多数作者，可以说大都是通过投稿关系和他结识，并被他培养成作家、诗人的。"② 胡风的编辑有理论个性，他的编辑工作本身就是不断进行文学批评的过程。他以卓越的文学编辑活动培养起了一批现实主义作家。在此，贾植芳的说法堪为明证。贾植芳理解胡风与其他人有所不同，他是胡风的挚友，因而其观点更有说服力和可感性。

胡征回忆自己聆听胡风谈论诗歌创作问题时，依然十分感动。"他说：王国维的见解，是有美学价值的。……诗，不是生活激流的本身，而应该是生活激流的浪花。诗，首先源于生活，紧连着的是诗人自身的'质'生发出的火花。没有主观战斗精神的搏斗，就没有诗。""诗人首先必须忠于生活，然后才能忠于诗；而诗，才能忠于诗人。特别是我们时代的生活内容，比李贺时代复杂得多，丰富得多。仅仅用寻觅诗句的办法，是写不出我们这个伟大时代的真诗的。"③ 虽然仅仅是叙述胡风的诗学思想，但叙述中早已涵括了回忆者的态度，丰富了我们对于胡风文学理论的认识。

邹荻帆的《往事琐忆》一文，是对胡风文学批评接受的集大成。

邹荻帆谈到了胡风的诗学思想如何引导了自己的创作，多年来他牢记

---

① 吴奚如：《我所认识的胡风》，转引自《我与胡风》（增补本），宁夏人民出版社2003年版，第17、19页。
② 贾植芳：《我和胡风同志相濡以沫的情谊》，转引自《我与胡风》（增补本），宁夏人民出版社2003年版，第175页。
③ 胡征：《如是我云》，转引自《我与胡风》（增补本），宁夏人民出版社2003年版，第259、260页。

着胡风对自己最初诗作的批评意见和有益指导；还对胡风的诗学思想进行了有力的揭示和描述。

另外，对胡风所作的针对田间的诗歌评论，邹荻帆记忆犹新。胡风当年认为：田间是第一个抛弃了知识分子灵魂的战争诗人和民众诗人，同时还是一个没有完成自己的诗人、最不知道自己缺点的诗人……邹荻帆说："现在……重提起那时的他对田间发展的两种可能性，是很令人深思的。同时，我觉得他的这些评论对今天我们正进行创作探索的诗人仍然有着生命力。"

在文章中，邹荻帆多处都表达了对胡风文学批评的赞美和称道。对著名的《论民族形式问题》，他十分欣赏胡风实践第一的文学立场："他的艺术观点总是强调创作实践的观点和发展的观点，要求内容与形式的统一，反对民族形式的保守的、一成不变的观点。"①

邹荻帆也是一个编辑工作者。他经常向胡风约稿，"当我们以《诗垦地》的名义向胡风约稿时，他还寄来了《一个诗人的历程》……我们聚集在一起的青年作者读到这篇稿后，成为我们讨论诗创作的热门话题，无疑的，那些论点也给了我们创作以启发"②。

孙钿与邹荻帆有些类似，他在自己的长篇纪念文章《与胡风同命运》中完整叙述了与胡风的交往，并对胡风的文学理论予以高度的肯定。他称胡风为"一个文学圣者，整个身心奉献给圣坛"，"他无愧、无愧于人，无愧于圣坛，无愧于他自己一生"。③

当然，最具有学理的接受还是出于专家之手。1988年，在"关于胡风文艺思想的反思"座谈会上，钱理群发表了《胡风："五四"传统的历史承担》一文，把胡风文学批评置于"五四"传统的宏阔背景下进行考察，虽然讨论的是胡风的文化贡献，但对其文学批评的评价还是非常有力。

1980年代后期出版的温儒敏的《新文学现实主义的流变》一书指出，

---

① 见《我与胡风》（增补本），宁夏人民出版社2003年版，第273、274、275、276页。
② 同上，第278、279页。
③ 同上，第297页。

胡风思想与以《在延安文艺座谈会上的讲话》为代表的文艺思想分属于两种现实主义理论体系，其中胡风体系重主观与体验，是对现实主义的深化。该书还提到1930、1940年代对苏联社会主义现实主义的理解和运用存在"各取所需"、"各执一端"的现象，"或注重真实地历史地具体地描写的方法，或注重浪漫主义的理想化"，而周扬显然更多地接纳了日丹诺夫对社会主义现实主义所做的偏于浪漫主义理想化的解释。"这一点，对毛泽东的《讲话》有直接的影响。"陈顺馨则清晰地将其表述为"（中国）对于社会主义现实主义的接受视野几乎在一开始就可大致分为两种倾向"：一种"较贴近苏联官方立场"，"以毛泽东《在延安文艺座谈会上的讲话》（1942）和周扬的阐释为代表；另一种则较着重'五四'新文化的传统"，"以胡风的'主观战斗精神'阐释为代表"。①

总起来看，1980—1989年，胡风及其文艺思想、文艺理论接受在逐步走入正常的轨道。其间，经历了一个"乍暖还寒"的过程。尤其在1988年6月之前，由于胡风问题的处理，在中央文件中有些说法依然带着比较明显的政治判断或不实之词，文化界、学术界对胡风的讨论存在着某种禁区。可以说，在整个1980年代，对胡风文学批评的接受，基本上处在由"左"倾逐渐转向的过渡时期，因此不能指望会有很多价值颇高的成果面世。

第五节　1990年代以来的胡风文学批评接受

1990年代以来是中国实行改革开放之后最有希望的时期，中国进入快速发展的新时期。由于该时期市场经济的思维、观念十分活跃，随之而来的市场经济的丰富实践极大地改变了国人的文化心态，这使国家对意识形

---

① 该段内容参见温儒敏等著：《中国现当代文学学科概要》，北京大学出版社2005年版，第387、388页。

态方面的控制不得不予以一定程度上的松动。学术界显然得到了这种语境的恩惠,变得生机勃勃起来,包括胡风研究在内的中国现代文学研究界呈现一派欣欣向荣的景象。

胡风的诗歌理论与观念受到学者的高度认同,并且得到了深度的阐释,当然也出现了与实际不符甚至错误的接受。最有代表性的论文是陈丙莹的《论胡风诗学思想的独特意义》①。

文章指出,和那些孤立谈论诗人自我的观点不同,胡风有唯物史观的观察点;他在三十年代后期及四十年代大力提倡自由诗有其新的背景,他是把它作为革命诗歌的主体形式提出来的。在胡风看来,诗的理念与非诗的概念的区别,不在于是否有表面的情绪渲染,而在于被诗人精神的"血肉所寄附"的理念,从而以主客观融合的观点正确阐明了诗的形象和诗的哲理。作者认为胡风诗学理论的主要内容是对三十年代中后期及四十年代新兴的革命诗歌——自由诗潮流所作的理论概括,并对这一潮流的艺术发展产生了重要作用;他的诗论的主要特色是对革命诗歌运动中机械论的切中肯綮的批判,并沟通了新诗史以诗作者自我抒情为核心的浪漫主义诗歌与革命现实主义诗歌的艺术联系,并以革命现实主义原则对于传统的诗创作论进行了新的阐释及论证。对于这一时期诗歌领域出现的现实主义和现代主义主要为象征派、意象主义的融合趋向,胡风也是肯定并支持的,但尚未从理论高度进行充分的思考与总结。这些独异的理论思维丰富与拓展了新诗美学。虽然长期以来不被理论界所承认,但终究被证明是一份难以抹煞的理论遗产。该文是胡风文学理论批评接受中胜出一筹的力作。它的意义在于说明了胡风的诗学思想坚持"五四"个性主义,并将"五四"个性主义与唯物史观的立足点相结合,从而使新诗上的个性主义潮流向积极方向发展。陈丙莹的认识无疑是深刻的。

然而,陈丙莹的论述不无谬误。尤其所谓"对于这一时期诗歌领域出现的现实主义和现代主义主要为象征派,意象主义的融合趋向,胡风也是肯

---

① 载《中国现代文学研究丛刊》1990年第1期。

定并支持的，但尚未从理论高度进行充分的思考与总结"之类判断，就显得很武断，甚至是完全错误的认识。固然，胡风对五四时期的"偏于主观精神"的文艺现象（主要指浪漫主义创作潮流及其作品）是持较为宽容的心态的，那是因为"个性的解放既为历史的要求，人生的升华又为创作的常境"①，在他看来这本来就是现实主义的一种表现，是现实主义的题中之义。然而，进入1930年代中期以后，由于现实的斗争需要，更由于胡风现实主义理论的逐步形成并系统化，他对现实主义之外的文艺现象颇为反感，许多创作现象和作品，他都认为是"主观精神失去了现实的精英，流于空灵"②，而成为现实主义的对立面。不要说在1930、1940年代，即使在"五四"时期，胡风对"唯美主义，神秘主义，象征主义，恶魔主义等等"③，他都是这样毫不留情："这些都不外是腐朽的社会力量在文艺上的反映，在现实主义的发展的进程上，它们所得到的只不过是昙花一现的生命。"④ 到了1940年代，面对文坛上出现的所谓"现实主义和现代主义主要为象征派，意象主义的融合趋向"，胡风从未发表过肯定的意见，也没有材料可以证明他是支持的，更遑论从理论层面加以探讨了。

显然，陈丙莹的接受中表现出与胡风诗学思想完全相反的一面，这说明要准确把握胡风的诗歌理论需要人们付出进一步的努力。

另外，1990年代初，对胡风"主观战斗精神"说的阐释文章数量不菲，值得我们关注。

朱辉军的《重评胡风的理论成就与缺陷》⑤指出：胡风理论的独特成就在于他由现实主义理论出发，找到了一条高扬人的主观战斗精神的途径，在中国现代文艺理论史上，开创了一条主体论的道路，使中国文艺理论的发展出现了一个转折；"主观战斗精神"说有其特定的历史背景，也有其

---

① 胡风：《现实主义在今天》，《胡风全集》第3卷，第39页。
② 同上。
③ 同上。
④ 同上。
⑤ 载《文艺研究》1990年第5期。

确切的历史针对性。胡风虽然提出了"主观战斗精神"说，却仍然囿于现实主义的理论框架内，这使他陷入一种两难的境地：一方面使他的"主观战斗精神"说，没有得到应有的发展；另一方面又使现实主义的理论体系受到了损害。这种理论上的矛盾又影响了他更进一步的贡献。如此理解胡风的"主观战斗精神"说，把它与"现实主义"对立起来进行探讨，说明朱辉军的接受存在严重的理论误区：把"主观战斗精神"说视为现实主义文艺理论的异物，进一步昭示出朱辉军的囿于传统现实主义的接受心理。

许祖华发表《论胡风文学思想的独特内涵与个性风貌》一文[①]，指出"'主观战斗精神'的现实主义是胡风文学理论的标志。无论我们从哪个角度审视胡风，都不能不对这一标志给予特别的青睐。这一标志吸引我们，不仅在于它的历史业绩与现实意义，更在于它理论结构的独特内涵与生命意识。当我们的目光从这一标志上扫过，那由这种生命意识所激活的一切，立即力透纸背地呈现在我们面前"。这样的见解显然是别具只眼的。与朱辉军比较，许祖华的接受视野较开阔，他把"主观战斗精神"说视为胡风现实主义理论的生命，有着历史的现实的理论意义。更难得的是许祖华还分析了胡风文学思想的内涵，这是确实难能可贵的接受。

不久，温儒敏发表《胡风"主观战斗精神说"平议》[②]一文，用"体验现实主义"来概括胡风的现实主义。认为胡风的现实主义理论主要是从文学运动和创作的实际经验中总结的，而不是靠理论推导出来的；他比其他现实主义文论家更关注和强调创作中"体验"的重要性，他的全部理论的基础也在于对作家创作中主观体验的探讨研究。温儒敏以"体验现实主义"概括胡风理论，正是充分注意到这一特征。他认为胡风在探讨创作心理活动过程时格外关注想象、直观、感觉等主观因素，胡风一般很少讲思想、观念对创作的指导作用；胡风很能体会阿·托尔斯泰所说的"艺术家是和自己的艺术一同生长的"。循此思路，胡风把艺术创作的实践看作是作

---

① 载《华中师范大学学报》1991年第4期。
② 载《北京大学学报》（哲学社会科学版）1992年第5期。

家生活实践的重要组成部分,后来这成了胡风文学理论的立足点之一;胡风提倡"主观战斗精神"说并不如后来他的批评者所说的是主张"个人主义",使文艺"脱离社会斗争实际"。恰恰相反,胡风一开始就强调作家要发挥面对现实、积极参与现实的主观抗争精神。温儒敏的文章揭示了"主观战斗精神"概念的内涵,指出注重从创作规律本身,特别是从创作心理学的角度去探讨"主观精神"的重要性。这是温儒敏文章接受的一个特色,他在这一点上也形成了理论个性,与以上二人文章相比,更技高一筹,令人敬服。

"三十万言书"历来较受人们关注,但在1990年代,有分量的阐释极少见。为什么会有这样局面?是不是"三十万言书"过于激烈之故?实际上,有些人想谈,却心有余悸。毕竟,胡风在1988年才得到完全的平反昭雪。敢于首先直接讨论"三十万言书"的人大概算是第一个吃螃蟹的人。

夏中义就是这样一个著名学者。1989年,他就以《历史无可避讳》一文震动学术界,该文对"文革"时期极左理论的鞭辟入里的分析显示着新时代学人的良知。1993,他针对胡风问题,推出了《胡风意见书的历史重估》这篇宏文,认为胡风的文艺观是政治工具和审美创造的二元论,在本质上并未背离文艺是政治工具的一元论。因此,胡风上书在人格上是勇敢的,在理论上却是欠缺的。因为支撑"五把刀子"的思想内核的正是胡风自己也颇珍重的文艺"工具论"。这反过来证明胡风的修正"非整体性设计重建",将胡风意见书打成反动,实为"冤案"。①

该文系进入新时期以来最早对"三十万言书"加以讨论的论文。以往人们普遍认为"三十万言书"是1950年代中国文坛的"异数",是不和谐的批评的声音,导致毛泽东等人的强烈反感,造成了长达二十四年的文坛上的一大冤假错案。夏中义从胡风文学理论批评的功利主义追求出发,联系胡风的人生——政治追求,得出了胡风实际在捍卫"一元论"的精辟结

---

① 参见温儒敏等著:《中国现当代文学学科概要》,北京大学出版社2005年版,第389页。

论。这就是说胡风的理论行为与1950年代的文坛规范是完全一致的,只不过表达上有些不同而已。这篇论文是1990年代胡风文学批评接受中最具有理论价值的文献之一。夏中义的接受角度是符合"三十万言书"的写作动机的,也完全符合胡风文论的实际。

在1990年代末,"相继有两部以《胡风论》为题的研究专著问世。支克坚《胡风论》一书的可贵之处不在于他认为胡风理论的核心是文艺与政治关系问题以及现实主义问题,而是他最早指出这两者实为二而一的问题,并对这一问题做了透彻的论证。支克坚认为,胡风和他的论敌就在这二而一的问题上产生了分歧:一派以列宁的《党的组织与党的出版物》中关于'齿轮与螺丝钉'的论述为经典依据,将文艺等同于阶级和党的事业,认为文艺服从于政治,乃是现实主义的前提,而现实主义只需在服从政治的前提下,给政治以'艺术'的表现。胡风的文艺思想正好'倒过来',认为只有经过现实主义才能完成文艺服从于政治,而胡风现实主义的根本是要追求历史内容的深广。其实,就一般意义的追求历史内容的深广,胡风的论敌也不会反对,但'他们可以轻而易举地把历史内容解释为一种十分政治化的东西,并把政治化的程度作为衡量它的深广程度的标准',这是胡风所不能接受的。这是分歧的根源。""范际燕、钱文亮的《胡风论》共分对象论、事件论、文艺思想论以及与中国新文学运动关系论四编,第一次表现了对胡风进行全面文化阐释的努力。"[1] 两部《胡风论》彰显了深入探究的努力,是有里程碑意义的典范之作。

1999年一本名为《当代中国文艺思想史》[2] 的著作同样引人注目。该书的第二章以较多篇幅全面评介了胡风文艺思想的哲学基础、理论来源、现实主义精神以及其精魂"主观战斗精神",尤其相当充分地阐释了现实主义精神的方方面面和"主观战斗精神"说的形成过程和美学内涵,内容非常充实。

---

[1] 本段内容见温儒敏等著:《中国现当代文学学科概要》,北京大学出版社2005年版,第389、390页。
[2] 李慈健、田锐生、宋伟:《当代中国文艺思想史》,河南大学出版社1999年版。

第八章 胡风文学批评接受史考察

该书充满着学术的激情。"1955年，胡风作为一个生命个体确实被高墙圈在了一个狭小的空间里，他失去了与世人广泛接触的自由，然而，胡风的文艺思想却是高墙所阻挡不住的，它像一个自由的精灵，继续飘飞在广袤的原野上，继续在文艺思想领域发挥着它的影响力。50年代中期，秦兆阳提出的'现实主义——广阔的道路论'，60年代邵荃麟提出的'写中间人物论'、'现实主义深化论'，70年代末那让人激动的'现实主义的回归'热潮，以及80年代中期关于'文学主体性'的论争，无一不让人感受到胡风文艺思想'幽灵'的存在，由此足见胡风对中国当代文艺思想发展的影响力。"①

该书同时指出，胡风的文艺思想不是完美无缺的，"由于时代的局限，胡风的文艺思想也有某种偏狭甚至错误。比如，胡风独尊现实主义是无可厚非的，但他竭力排斥现实主义以外的其他文学理论及美学思维方式"，"他过分注重文艺的战斗性，无论在文章的风格上还是术语的选择上，都显得有些过分'强硬'"，"尽管如此，胡风的文艺思想仍不失其鲜艳夺目的光彩，在中国当代文艺思想史上，乃至在整个中国新文学的历史上，都应该占有十分重要的地位"。②

就整体看，该书对胡风的阐释是较符合胡风文学批评实际的，表现了著者较公正的学术立场。至于邵荃麟等人的文论主张是否是受了胡风的影响，恐怕还是需要进一步用材料加以证明的。1985前后文艺理论界"文学主体性"的理论倡言是否有胡风的理论因子，其实是需要商榷的：胡风的文学理论主要属于马克思主义反映论的范畴，而刘再复所谓的"文学主体性"与马克思主义反映论保持了相当大的距离，因而不能简单地说"文学主体性"有胡风理论的幽灵。

新世纪以来，胡风文学批评接受取得大的进展。根据笔者掌握的信息，这些年有人专门致力于胡风文学批评研究，不断有项目获得立项或完成，

---

① 李慈健、田锐生、宋伟：《当代中国文艺思想史》，河南大学出版社1999年版，第109页。
② 同上，第109、110页。

并且有相关的著作面世。

学术界对胡风文学批评的理解、接受呈现越来越深入的态势,其中对胡风文艺思想进行影响研究与比较研究,是近些年来的倾向。这一方面是为了准确把握胡风文艺思想的源脉与细微之处,另一方面,则是随着研究视角的逐步扩展,研究者越来越不满足于把胡风文艺思想的研究局限在中国革命文学的范围之内,而想在世界文化的大背景下,重新审视胡风文艺思想的价值。有关的影响研究与比较研究主要集中在:

1. 胡风与巴赫金。傅异星的《复调视野中的胡风文学理论》[①]中认为,胡风与巴赫金生活在同一个时代,且都处于相似的社会文化环境中。在对他们的理论的研读中,发现胡风的"主观战斗精神"说和他对文学表现对象(人)的有关观点与巴赫金的复调理论有着某种程度的相通。由复调这个新的视野,人们可以发现胡风文学理论未尽的现代蕴涵。

2. 胡风与卢卡契。乐黛云对胡风与卢卡契的现实主义理论进行了比较,认为两者在要求文学家真实地、深刻地、能动地反映客观生活,强调艺术反映生活的那种"不以艺术家意识为转移的独立性"方面,有内在的一致性。但胡风又在强调作者的主观世界与客观世界的"拥合"能力方面,与卢卡契主要强调客观整体性表现出差异。这种对于作者的感知方式的重视,对于作者作为创作主体作用的强调,使得胡风在某些方面离开卢卡契而接近布莱希特。[②] 艾晓明则认为,胡风与卢卡契在对现实主义创作规律的认识上,代表了主体性模式和客体性模式两种不同的批评模式。胡风不同于卢卡契的是:强调在创作活动中,认识客体依赖于主体,创作的目的是达到主客体的"融合"。胡风在作家与作品方面,形成了自己的独特认识,对现实主义的发展作出了重要的贡献。它与卢卡契、布莱希特的社会主义现实主义理论可以相互补充、整合,形成一个包括作品与现实、作

[①] 载《中国文学研究》2005年第3期。

[②] 乐黛云:《关于现实主义的两场论战——卢卡契对布莱希特与胡风对周扬》,载国际比较文学学会第十二届年会论文集(1988年)。

第八章 胡风文学批评接受史考察

品与作家、作家与读者三方面关系的完整的理论格局。①

3．胡风与厨川白村。学者们普遍认为，胡风接受了厨川白村的"创造的生活欲求"的概念，并把厨川白村的"强制压抑之力"归为"客观"的方面。胡风的"精神奴役的创伤"与厨川白村的"精神的伤害"有联系，也有微妙的区别。他们剔除了弗洛伊德的泛性主义，把"伤害"与"创伤"看成是社会力量的压迫和毒害的结果。而文艺创作正是表现"创伤"与"伤害"的最好途径。胡风一方面独尊着现实主义、"社会主义现实主义"，一方面又力图以厨川白村的被他视为"唯心论"的文学理论来冲破理论的藩篱。这就造成了他的较为开阔的理论视野与相对狭小的现实主义理论框架的矛盾。②

4．胡风与黑格尔。红苇、周斌认为，对照胡风文艺理论中关于"自我扩张"的论述，可以肯定地说，黑格尔的哲学和美学思想对胡风文艺思想的构成具有多方面的深刻影响。在文艺领域，胡风确实继承了黑格尔的某些哲学思想，这在"事实"与"价值"的分离及其理论文本的"认识的魅力"等方面体现出来。但在意识深处，胡风对黑格尔的哲学方式是予以"反抗"的。③

5．有些学者还通过对胡风与鲁迅、胡风与周扬、胡风与冯雪峰、胡风与茅盾的比较研究，较深入地探讨了胡风文学理论批评的特性。

陈方竞的《胡风与鲁迅：中国现代文学批评的左翼理论资源》④认为：胡风文学批评理论是中国左翼文学独立价值和意义的集中体现。胡风对文学创作特有的生命形态和精神世界的认识和理论升华，为中国文学批评发展提供了极其重要的理论资源。对此，只有在他与鲁迅的深刻联系中才能得到更为准确、深入的认识。对于胡风文学批评的特点、局限及其产生的根源，也只有在与鲁迅的比较中才能得到认识上的深化，才能看清胡风批

---

① 艾晓明：《胡风与卢卡契》，载《文学评论》1988年第5期。
② 王向远：《胡风和厨川白村》，《文艺理论研究》1999年第2期。
③ 见《齐鲁学刊》2001年第1期。
④ 载《文史哲》2008年第2期。

评理论的"诗性"特征,看清其与时代相关的批评理论内部的深刻矛盾性。

另外,韩国留学生鲁银贞的《鲁迅的"主见"与胡风的"主观战斗精神"》① 指出,胡风创作论的主要特点在于强调创作主体的能动性,强调在整个创作过程中作家的主体意识对于对象所起的积极作用。作为其现实主义文艺理论体系的核心概念,"主观战斗精神"概念的形成与胡风对鲁迅的人生和文艺实践的解读密切相关。胡风着重从"主观(心)"、从伦理层面(主观和心的发扬)接近鲁迅,在鲁迅身上深切感受到强烈的主体意识,并把这些作为鲁迅传统的核心基点,从中整合出一种精神力量,纳入到自己的艺术与人生一元化的整体艺术观之中,认为作家只要拥有战斗的主观精神,就能够通过艺术来追求人生的完美,进而构建起以"主观战斗精神"为核心的独特理论体系,在新的时代语境中继承和推进了"五四"的思想主题,其意义远远超出了文学范围。

以上的影响研究与比较研究,有力地推进了胡风文学批评接受研究的深化。它们在某些方面的论述与判断显示出一派阔达的接受心态。

当然,新世纪以来,仍然有许多学者致力于胡风文学理论(文学思想)的讨论。

笔者首先要提到的是黄曼君主编的《中国 20 世纪文学理论批评史》。不像一般的研究者仅仅瞄准胡风的理论批评,该书可谓全面出击,既有精辟的文论阐释,又有对胡风实用批评的透视;而且,阐释极其有力,异彩纷呈,这充分表明,进入新世纪,学术界对胡风文学批评的认识越来越学理化、科学化了。

该书对胡风现实主义理论的阐释主要集中于对"主观战斗精神"说的剖析上。它指出了"主观战斗精神"说的理论前提与事实依据——"胡风认为,客观对象在主体面前,自身只是一种存在,而且仅仅是存在,并不具有优与劣的性质";"人虽然都具有'主观能动性',这种主动性使人在

---

① 载《浙江学刊》2003 年第 2 期。

对象面前具有了'自由的性格',然而,这种'自由'所能达到的高度,并不是均等的,对于作家来说,在'主观能动性'下所创作的作品,其价值也是很不一样的,其中的关键就在主观能否与客观完好地融合"。① 胡风认为,对于一个现实主义作家来说,什么都可以丢掉,惟有"主观战斗精神",是无论冒什么危险也都必须保留的。"他不但恪守了自己的主张,而且,当他将这一理论与自己一贯追求的中心问题——现实主义结合后,就赋予这种现实主义以鲜明的个性色彩。这种个性色彩的主调是'生命'。"②该书也阐释了胡风对现实主义所作的质的规定性——"动的现实主义",即作家必须对客观进行搏斗,其方法是在可感的形象的状态上去把握人生,把握世界,"只有这样,作家的创作才可能具有生气和活力,而现实主义也只有在这种搏斗中不断地向前发展,才可能在不断变化的主观与五彩缤纷的客观之间起到'中介'作用。掌握了这种'动的现实主义'的作家,他就是一个'战斗的现实主义作家'"③。看得出,该书对"主观战斗精神"的阐释十分精细,真正抵达了胡风理论的心理层面。

在文学批评接受方面特别有意义的是,该书在阐释"主观战斗精神"说的内涵时,还把胡风如何将其运用到实用批评工作中也作出了很有价值的阐释。"从'主观战斗精神'的现实主义出发,胡风文学评论的重心自然地倾向于与这一理论主张相关的一系列范畴。首先是'有机统一性'。这个'有机统一'的标准,在评价作品时不是着眼于作品与现实的对应关系,而是注意'作家的对待对象(题材)的态度,作家的主观和对象的联结过程,作家的战斗意志和对象的发展法则的矛盾与统一的心理过程'。"④"胡风遵循的第二个标准是生命力","不仅要求作品具有生命色彩和生动、鲜明的力感、活性,而且要求批评家以剖析作品的生命色彩为己任。"⑤

---

① 黄曼君主编:《中国20世纪文学理论批评史》上册,华中师范大学出版社2002年版,第393页。
② 同上,第395页。
③ 同上,第396页。
④ 同上,第400、401页。
⑤ 同上,第402页。

"在胡风的文学评论中,他以最大热情和最为精彩的笔调所评论的对象,则是'伟大的先驱鲁迅'的作品"①,"胡风的文学评论在这里找到了落脚点:发扬鲁迅开创的现实主义传统。与此同时,胡风文学评论的两个层面也在对鲁迅的批评中完好地结合在了一起:他既从社会学、美学的角度评价了鲁迅作品的价值,也从'主观战斗精神'为核心的现实主义出发赞扬了鲁迅的作品"②。该书的阐释是十分令人信服的。

总起来看,黄曼君主编的《中国20世纪文学理论批评史》在阐释胡风文学批评时,达到了某种哲理的高度,既提供了学理的阐释,更兼有文化心理的剖析,这也说明了作者对胡风的喜爱和崇敬之情。

王丽丽是新近出现的胡风研究学者。她发表了一些专对胡风的论文。论文《文艺与意识形态交错纠缠的开始:民族形式问题论争与胡风事件》③认为,在"民族形式问题"上,无论是对于五四新文学还是旧形式的认识和评估,胡风和左翼同仁均表现出了如下差异:胡风的理论偏激和失当主要属于认识或理论视野的局限,而左翼同仁的理论偏差则主要来自意识形态的策略操作。双方所代表的"大众化"理解和"现代性"逻辑都可以从毛泽东的论述当中找到根据。胡风在这个问题上的理论创获仍然围绕着"主观战斗精神"说这一核心。"民族形式问题"论争拉开了胡风事件从"文艺问题上升为政治问题"的序幕。文章研究了胡风理论批评的得失,并且探讨了其形成原因;置于左翼文学批评的广阔舞台上予以审视,且引入了毛泽东的有关论述。总之,研究思路开阔,结论令人折服,进而把胡风文学批评研究引向了深入。

王丽丽关于胡风研究的集大成是其专著《在文艺与意识形态之间——胡风研究》。该书致力于对胡风事件的研讨,但书中始终贯穿着对胡风文艺理论的论述。她这样认识胡风文艺思想的原生状态:胡风是一个实践型的

---

① 黄曼君主编:《中国20世纪文学理论批评史》上册,华中师范大学出版社2002年版,第405页。
② 同上,第406页。
③ 载《北京大学学报》(哲学社会科学版)2003年第5期。

批评家,其文艺理论的最终成熟与其说是逻辑推演而成的,不如说更类似于一个有机体生长而成。胡风的文艺思想尽管可以提炼出多个重要的命题,但它的主干就是以"主观战斗精神"说为核心的主客观化合论,其纵向表现为三种理论样态,横向贯穿文学活动的全程,体现了整体思维的特征,它由中国传统的天人合一的世界观所模塑。同时,胡风的文艺思想还呈现出社会学的实践立场和目的对美学空间形成包围的汉堡包结构,胡风理论的特异和偏狭之处,以及与意识形态的纠缠均发端于此。① 把胡风文艺理论和文艺思想的形态加以精细考察,并且与中国传统文化观念取得特定意义上的沟通,又把美学的思维引入到研究中来,使得王丽丽的研究带着大气磅礴的理论风范。

童庆炳多年致力于文艺理论研究,成果丰硕。他从创作心理学的角度阐释胡风的文艺思想,认为1930年代的"京派"理论家朱光潜是在书斋里完成他的心理学美学的建构,而同时期的胡风则是在革命的文艺实践中创立了他独特的文艺创作心理美学,并且胡风是"主张辩证唯物主义的,而他的文学思想几乎没有别的选择,只能是唯物主义的反映论"②。进一步阐明,胡风创作心理美学的基本观念是:"真正艺术上的认识境界只有认识的主体用整个精神活动和对象物发生交涉的时候才能达到"。创作心理学的接受视角标志着对胡风文学理论批评的接受走上了"向内转"的道路。

不仅如此,童庆炳还从文学价值的理论视角研究胡风的文学理论。他指出:"'五四'新文学运动是在追求科学、民主和自由的新思想中展开的。中国现代新文学的价值取向自然是与科学、民主和自由大体相对应的。……中国现代文学必须面对三个世界:第一,面对民族斗争和政治斗争的功利世界;第二,面对科学发展的真实世界;第三,面对慰藉心灵的情感世界。这就决定了中国现代文学的价值取向不是二元的对立,而是三

---

① 参见王丽丽:《在文艺与意识形态之间——胡风研究》,中国人民大学出版社2003年版,第22-75页。
② 童庆炳等:《中国现代文学理论价值观的演变》,北京大学出版社2005年版,第154页。

元的调适,即认识真理、改造社会和审美自治三者的互动与调整。"①他认为胡风的文学理论是面向1930、1940年代的阶级斗争和民族斗争实际的,"胡风的文学现实主义,主张联系现实,拥抱现实,反映现实,是扎根于当时中国现实的土壤中的,同时与他对中华民族的热爱的感情也是分不开的。……胡风的文艺思想与所谓的唯心主义也是丝毫无涉的"②。

在此基础上,童庆炳详细研究了胡风"主观战斗精神"说的由来。指出,胡风是由对周作人、林语堂脱离现实主义的倾向(反对"兴趣主义"、"性灵主义")、"左联"从苏联引进的所谓"辩证唯物主义创作方法"以及在许多作家创作中所产生的"主观公式主义"、"客观主义"的不满而走向提出"主观战斗精神"道路的。这种接受思路表明研究者是非常尊重胡风从事实用批评的历史情形的。

童庆炳指出,胡风的"主观战斗精神"说,一方面是为了创作,认为只有发挥作家的主观精神,才能使生活变成艺术品,达到现实主义的深度;另一方面,这一理论其实是表明了胡风要求人生追求与艺术理想的一致,是一种崇高的人格论。"胡风的表述可能有不够准确的地方,但其思想和精神是很有价值的。特别在反对主观公式主义和客观主义的弊病中是起了巨大作用的。应该说,这是20世纪中国文论的一次理论创新,应给予充分评价。"③ 从价值取向看,"真、善、美都是胡风理论的价值取向,但尤以真实性的价值取向为重"。"胡风对于文艺的'美'是看重的","胡风所要求的美是建立在打动人心的基础上的,是与作者的主观精神一起燃烧的那种情感的美"。申明胡风的"主观战斗精神"说的价值取向是"求反封建反帝国主义的历史内容之'真',求抗日战争时期人民大众要求之'善',求人民大众所感动之'美'"。④

---

① 童庆炳:《导言》,见《中国现代文学理论价值观的演变》,北京大学出版社2005年版,第12页。
② 童庆炳等:《中国现代文学理论价值观的演变》,北京大学出版社2005年版,第151页。
③ 同上,第161页。
④ 同上,第161-164页。

李俊国的《历史哲学观念与个体生命意识：胡风文艺思想评析》[①]认为溶汇着"民族解放"与"民族进步"这双重目标与复合功能的历史哲学意识，使胡风文艺思想坚守强化着知识者的"先进"作用，重视并警示着人民大众"精神奴役的创伤"，提倡以"现代思维方法"与"国际文学经验"建设新文学的民族形式与大众文艺。而个体生命意识的尊重，则使胡风文艺思想极力弘扬作家创作中的"主观战斗精神"，"自我扩张意志"，提倡与重视描写人民大众个体生命的"感性活动"。文章进而分析道，正是宽泛复合的历史哲学意识与个体生命意识的坚守，使胡风文艺思想显出对于20世纪中国现实主义文学理论与文化精神的突破与超越。但是，囿于时代与自我的限制，胡风对于历史哲学意识的复合功能的坚守不力，对个体生命感性的坚守不力，又使其文艺思想显出偏狭与偏枯，天才与平庸，超越与限制，正是胡风文艺思想以及20世纪中国文化精神的两难处境与不充分形态。这是进入新世纪以来罕见的力作，且符合辩证法研究问题的思路。不能说作者的观点有多么新颖、透辟，但文章显示的哲学层面的阐释功力无疑标示着现阶段对胡风文学思想研究的新高度。

周燕芬的《执守与突破：胡风现实主义理论再思考》[②]指出：胡风是中国20世纪现实主义文学理论大师，他对中国20世纪现实主义的发展与深化有着重要的贡献。胡风以自己独特的理论话语传达出对现实主义质的规定性的理解与把握，他毕生致力于维护现实主义的真本面目，防止现实主义受外力影响而僵化变质。胡风以"主观战斗精神"为核心的主体性现实主义创见，更有力地坚持了现实主义而并没有越出现实主义疆界；他对现实主义的执守和创造性的突破，既属于特定时代，又具有现代超越品格。视胡风为20世纪中国的文论大师，也许有某种程度的先验论倾向；然而，论文的精细论证在最大意义上形成了对它的掩盖。

红苇的《强力的叙述：胡风文艺理论文本的话语分析》[③]指出：胡风

---

① 载《文学评论》2002年第6期。
② 载《海南师范学院学报》（人文社会科学版）2003年第3期。
③ 载《齐鲁学刊》2004年第1期。

文艺理论的言说方式以其语法、句法以及选用词汇的特别而显示出独立的风格。它不仅区别于有自由主义倾向的文艺理论家的理论文风,而且亦与左翼阵营的群体叙事风格大不相同。胡风文艺理论独特的言说方式一方面在于他的文艺思想自身内部的矛盾性,一方面因为他的文艺理论政治倾向上的某种个性姿态。此种接受方法与认知维度说明新生代学人的研究向着文本细读——语言学研究的方向前进,那是一片有作为的学术天地。

张亚松的《胡风理论的错位与遭际》① 一文,围绕胡风理论的核心观念、基本特质、现实遭际和思想背景,梳理其与强势话语的错位,认为胡风理论的产生背景和作用范围并不仅限于文艺,而是以文艺理论的表现形式,对"五四"以来困扰中国社会和知识阶层的广泛问题做出回应,构成一种在1940年代日趋尖锐激烈的观念环境中极具竞争力和挑战性的意识形态,从而与强势话语冲突碰撞,留下意味深长的历史启示。这里把胡风的文学批评工作与战争年代带有意识形态斗争性质的话语冲突连结在一起,从而赋予文学批评接受空前的幅度。

张光芒的《胡风启蒙文学观新论》② 认为,胡风对五四及鲁迅启蒙精神的继承是有选择的继承,对后者的发展则是创造性的扬弃;对时代要求的回应是深层理论上的回应,对历史与人性的探索则是超越性的瞩望。这一切深深地得力于其启蒙思想在人性哲学层面上的独创与贯通,即系统地建构起了一座"人性解放的金字塔":基座系其对启蒙者与被启蒙者双重关注的主体性理论;第一级塔体是本能欲望的释放弘扬;第二级塔体表现为理性与情感的相互激荡。三个逻辑步骤依次递进,最终通往塔尖,即自由意志的锻铸与启蒙人格的完成。以现代启蒙的视角解读胡风的文学思想,代表了一种现实条件下可能达到的研究高度。

刘锋杰的专著《中国现代六大批评家》以专章评论了胡风的文学批评。认为胡风的文学思想"就文学的价值判断来看,他既没有离开过政治这个

---

① 载《中国现代文学研究丛刊》2008 年第 3 期。
② 载《人文杂志》2003 年第 3 期。

十分敏感的时代问题,也没有离开过真实这个一般现实主义者都信奉的基本原则。事实上,以社会生活与政治斗争为文学的参照系,成为胡风一贯的批评特点:他往往首先分析社会形势,然后才分析文学创作。他分析社会形势的目的是为了文学创作可以寻找到切入社会形势的良好角度;他分析文学创作的目的是为了说明社会形势在多大程度上成为文学创作所拥抱的对象。这只要看看胡风一些广受批判的观点是在这样的一些题目之下做出的,就可以一目了然,其中有《民族革命战争与文艺》、《人民大众向文学要求什么?》、《置身在为民主的斗争里面》等等"[1]。这大致是符合胡风文学批评实际情形的。该书把胡风的实用批评阐释得较透彻,这是它的强点和亮点。它的好处还在于开阔的阐释视野,可以说是把胡风的批评置于世界文化的舞台上来加以打量的,因此认为胡风的现实主义不能算作开放的现实主义。作者还指出:"在胡风的批评中,只要政治的人,不要文化的人;只要伦理的生命,不要审美的生命;只谈作品的思想,不谈或干脆攻击作品的技巧;只说高尔基和鲁迅的传统,对中国的民族遗产取轻视的态度。"[2] 该书认为这是胡风人学思想的局限。这种判断可能有些笼统,但也基本上能说明问题。

刘锋杰还指出:"胡风的批评是实事求是的,所以,这对丰富中国现代文学中的现实主义的创作起了很大的促进作用。"[3] 他高度赞美胡风对艾青诗集《大堰河》的批评,高度认可胡风对诗坛"战斗小伙伴"田间的"有褒有贬"中蕴含的呵护之情;认为胡风在评价路翎时是把路翎与鲁迅传统相联系,"确认作者为坚持并且发展鲁迅传统,付出了不懈努力。胡风称路翎的《财主底儿女们》的出版,是中国新文学史上的一件大事,并非言过其实"。"这一点,在任何情况下评价胡风时,都不能不给以充分肯定。"[4] 刘锋杰的这些评价早有学者说过,但他重新提及足以证明胡风当年的批评

---

[1] 刘锋杰:《中国现代六大批评家》,北京大学出版社2005年版,第262页。
[2] 同上,第305页。
[3] 同上,第307页。
[4] 同上。

活动是经受住了历史的考验的。

  本章写得够长的了，不妨总结几句。胡风曾经以其文学理论与人格产生过广泛的社会影响；他于1985年去世。然而，胡风的去世并未结束人们对他的研究与解读。有人说，文学作品的生命并不在美丽的房舍和荣誉的殿堂，而是存在于不间断地接受、评价与再评价之中。针对胡风文学批评（理论批评与实用批评）的各种意见、看法、认识，笔者认为都是十分正常的，这说明胡风的理论文本具有某种"召唤性"。美国接受学与阐释学批评家P.D.却尔说：某些作品所以成为保留作品，不仅是因为它们能满足某种感情需要，而且是因为它们能够不断地给我们以新的启迪。胡风的文学批评（理论文本）正是这样的。

  在解读胡风文学批评的过程中，我们可以看到一个现象：误读。这是由胡风文本的性质以及读者的内在图式、需求取向所决定的。厨川白村在《苦闷的象征》里说：即使是怎样出色的作品，也常常因读者的种类如何，而抹杀其艺术价值。即使在今天最严谨的中国现代文学学者那里，对胡风理论的评价也是很有分歧的。不过，笔者认为，误读、曲解并不可怕，可怕的是别有用心的攻击、诋毁、辱骂与亵渎。1940年代的郑学稼、1950年代的郭沫若等人在这方面都是产生了不良影响的代表人物。改革开放的国策已经执行多年，中国人的生活水平、文化观念得以极大提高和改变，然而，即使如此，也仍然有人（甚至是专业人士）不理解胡风、指摘胡风如何如何。这说明许多人不识胡风理论文章的庐山真面目，因此笔者呼吁有觉悟的文学理论爱好者或从事文学工作的专业人士，在可能的条件下，去阅读胡风的著作。只要平心静气地阅读了胡风的文本，我们就会少一些对他的隔膜和错误看法，攻讦自然也会烟消云散。

结 束 语

别林斯基在谈到批评家的艺术感受力时说:"敏锐的诗意感觉,对美文学印象的强大的感受力——这才应该是从事批评的首要条件,通过这些,才能够一眼就分清虚假的灵感和真正的灵感,雕琢的堆砌和真实感情的流露,墨守成规的形式之作和充满美学生命的结实之作,也只有在这样的条件下,强大的才智,渊博的学问,高度的教养才具有意义和重要性。"[①] 作家兼批评家阿·托尔斯泰也说过:"批评家首先要有艺术家的眼睛,还要有在艺术的大搏斗中弄得满身尘土、通身冒汗的艺术家的那种气质。"[②] 我们发现胡风恰恰具有以上两位批评家所说的艺术家的气质和感受力,他之于艾青、田间等诗歌艺术的领悟,对林语堂、周作人散文的评析,对路翎小说、萧红小说的解读,对鲁迅杂文、小说的接受,对曹禺话剧的品味等,无一不显示着他的艺术家的感受力和眼力。

"在文学作品中,文字是天然含蓄的东西。无论多么明显地写出,后面总还跟着一点别的东西:也许是一种口气,也许是一片情感。"[③] 对文学作品语言的感悟,胡风也是十分出色的,他对许多作品语言方面的运用有很好的分析和评判。难能可贵的是,胡风总能很好地把作者们隐藏在行文中

---

① [俄] 别林斯基:《别林斯基选集》第1卷,上海译文出版社1979年版,第224页。
② [俄] 阿·托尔斯泰:《论文学》,人民文学出版社1979年版,第48页。
③ 萧乾:《书评研究》,见《鉴赏文存》,人民文学出版社1984年版,第455页。

的那份经验解读出来,以自己理论家的姿态予以阐释。这也是很不容易的。正如理论家所言:"我们的直觉比依然扎根于昔日的教条之中的美学强得多,批评的功能就是质询这种感觉,把它变成一种新的范畴,变成一种新的美学。拙劣的批评编造聪明的理论,出色的批评则为出人意料的直觉提供依据。"①

作家、艺术家都是有个性的,因此他们的作品也都有各自的样貌,艺术风格也都各有特点。面对这种情况,批评家要保持批评的客观性和公正性,是很可贵的,却也是非常不容易的。批评家要力避偏见和管见。刘勰在《文心雕龙·知音》中就曾经对批评家的偏爱某些作品提出批评。1930、1940年代的中国新文学,经过社会的冶炼和作家的努力,除却极少数的反人类作品外,大多数作品,无论其属于现实主义、浪漫主义抑或现代主义,它们都有自己的读者,本身就是一种合理性的存在。尽管人们可以不喜欢它们,可以对某些作家、作品说三道四,但批评家要避免这种情形的出现,尤其不能去挞伐某些作家、作品。胡风在从事实用批评时就有失控现象,他对非现实主义作品的指摘是非常严厉的,即使属于现实主义的作品,由于可能读不惯或认为与自己的理论体系有距离,胡风也予以否定,像茅盾等的小说就遭遇了胡风的严厉批评。这说明胡风作为批评家是不够宽容的。

这种不宽容之于批评家又是可以理解的。不宽容往往基于某种理论的自信。就笔者的阅读感觉而言,胡风在文学理论上有一种唯我独尊的批评心态,这是一种心理上的"洁癖",即认为只有自己的领地是干净的。理论家、批评家有这种心理或许是正常的,只有具备强烈的自信,才能成就一番事业。胡风的文学理论和批评就属于这种情形。试问,那些四平八稳的批评家中,有谁像胡风一样构建起了现实主义的理论体系?也许这样的说法是妥当的——"批评是一种独立的艺术,有它自己的宇宙,有它自己深厚的人性作根据。一个真正的批评家,犹如一个真正的艺术家,需要外

---

① [美]迪克斯特:《伊甸园之门》,上海外语教育出版社1985年版,第236页。

在的提示,甚至于离不开实际的影响。但是最后决定一切的,却不是某部杰作或者某种利益,而是他自己的存在,一种完整无缺的精神作用,犹如任何创作者,由他更深的人性提炼他的精华,成为一种可以单独生存的艺术品。"①

胡风是1930、1940年代中国文学理论界的拼命三郎,他的文学批评是中国现代革命文艺阵营中最有个性的批评。伟岸的人格铸就了胡风的批评。"只有战斗的人才能产生战斗的艺术。"② 只有这样的人才能创作出战斗的文学批评。不妨可以这样说,胡风"一生的战斗正是继续不断的狂风暴雨,他的生命所换来的也正是电,但不是仅仅的一道,而是无数道的劈开了黑暗的历史天空的光流"③。

---

① 李健吾:《咀华集》,文化生活出版社1947年版,第50、51页。
② 胡风:《A.P.契诃夫断片》,《胡风全集》第3卷,第226页。
③ 胡风:《向罗曼·罗兰致敬》,《胡风全集》第3卷,第244、245页。

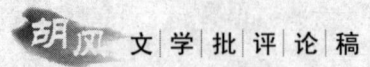

附录 I 论胡风对抗战文学的贡献

胡风是中国现代文学史上一位杰出的文学家、文化活动家。研究胡风，不能仅仅研究作为文艺理论家的胡风，更要研究作为文学家的胡风、文化活动家的胡风。本文只就胡风抗战期间的文学活动和有关情况作一番考察，旨在描述他对抗战文学的杰出贡献。

一、高扬文学的现实主义旗帜，密切关注抗战文学的进程，洞隐察微，坚持文学批评，为抗战文学的健康发展保驾护航

胡风曾谦虚地说：他本人不是作家，甚至连文学工作者也不是，他的从事文学活动不过是出于对于文学由来已久的热情和为建构文学大厦而甘当一名出力小工的真诚。的确，相对于宏伟辉煌的现代文学大厦来说，任何一个作家，无论他的成就如何，都不过是一名"小工"。可是，正是这些无数的"小工"却组成了中国新文学的主力军。胡风，一位才华卓越的文学家、文学评论家，抗战期间自觉把本职工作与抗战这一民族的伟业联系起来，为抗战文学的成长壮大作出了艰辛的努力。他这方面的工作内容十分丰富。

抗战伊始，胡风即创办了《七月》，接收大量的稿件，他发现来稿中问题不少。针对普遍存在的一些倾向，他有的放矢地进行了指导，他指出：作者在作品中要抓住重点，突出本质的东西，以克服平铺直叙的倾向；作者应避免在作品中大喊大叫,特别是作者不能离开描写对象胡乱喊口号;作品里面可以赞美人物尤其是英雄人物,但不能全是赞美,也要有批判。可以说,胡风的上述指导思想适用于一切投稿者和文学创作,因而具有根本的方法论价值。胡风觉得,仅仅从作品的如何操作上提醒作者远远不够,他把注意力放到如何提高作家的主体素养方面,做了一些研讨工作。如,1938年12月,他到复旦大学作关于抗战文艺的讲演,内容十分精彩。他高屋建瓴地指出,作家要深入民族生活的传统和现实,以保证创作的充实,要"对于流贯在民众生活里面的民族传统,争得深刻的理解,对于凝结在生活里面的、民众的表现生活或思想、感情的语言和文学形式,争得丰富的知识和融解的能力"①。他又指出,作家同时要眼光向外,努力向世界文艺学习,借助这种向内向外的练硬功、学本领才能使作家们真正提高,创作主体素养上去之后,抗战文艺方能真正取得成就。又如,1939年1月,"文协"就抗战以来的诗歌创作进行座谈,他作了名为《略观战争以来的诗》的主题报告。他严厉地指出了抗战诗歌中存在的问题,就如何克服,发表了富有建设性的意见:要克服概念化倾向,关键在于"用真实的感觉,情绪的语言,通过具体的形象来表现作者的心"②,就是"把标语口号所综合的丰富的具体的内容,用具体的生活形象或真实的情绪体验表现出来"③;要克服说理的倾向,主要是要尽量避免那种直白的长篇大论的说理,诗人要学会隐藏自己,正像西方哲人说的"作家不能在作品中出现,正如上帝不可在日常生活里出现一样"。胡风是很务实的评论家,他一贯反对形式主义。为了保证抗战文学的健康成长,他严厉批评了形式主义的集大成者——"抗战八股"。在一次文艺座谈会上,他揭穿了"抗战八股"的实质:内容往往很空洞,文章内容不是从作者的内心出发,而纯粹是一种玩弄概念的游戏,它们常常从政治口号出发演绎政治内容,是典型的政治传声筒,这是非常恶劣的倾向。除此之外,胡风还严厉批判了不少抗战

---

① 胡风:《民族革命战争与文艺》,《胡风全集》第2卷,第578页。
② 胡风:《略观战争以来的诗》,《胡风全集》第2卷,第548页。
③ 同上。

文艺作品中的色情倾向。他认为抗战文艺可以描写人性，但决不能把人性庸俗化，也不能把爱情写成色情。他还说，如果遇见这种作家应该狠狠把他教训一顿。

胡风重视从宏观的角度、尤其注意从创作主体的角度考察抗战文学。他发现不少作家虽然创作热情很高，但对实际抗战情况并不了解，显得十分浮躁，因而真正有意义的创作题材他们往往把握不住，用胡风的话说是："他的热情的声音好像不是发自温暖的胸脯；当作家在纷至沓来的生活形象里面感到惊异的时候，往往不能通过他的主观认识能力去把握住事件的本质的意义。"既然把握不住题材的意义，胡风认为作家的创作可能会呈现两种情况：主观主义和客观主义。所谓主观主义是指作家的"热情离开了生活内容，没有能够体现客观的主观"。所谓客观主义是指作家笔下的"生活形象吞没了思想内容，奴从地对待现实，离开了主观的客观"。这两种情况对抗战文学创作都不利，这使得在抗战的开始阶段，除了少数文学作品比较成功外，大量的作品是不成功的，"现实主义的、反映生活同时也是提高生活的要求，丰富而多彩的生活内容能够产生丰富而多彩的文学性格的要求，还没有得到实现"[①]。他由此意识到，克服抗战文学创作中的主观主义和客观主义是一件极其迫切的任务。

他把克服主观主义和客观主义同抗战文学运动的方向结合起来作综合的研究。他指出：作家要忠于人民、忠于生活，并且"能够在现实生活里面追求而且发现新生的动向、积极的性格"[②]；作家要保持不变的人格战斗力，作家的人格力量或战斗要求是在现实生活里形成的，也是对现实生活的反映，作家只有深入到现实生活里面才能丰富发展。他又说文学应该反映人民的痛苦，表达他们的心声，同时要启发他们的文化意识。他认为，新文学一直是向着这个方向努力的，可是做得不够，有关的工作需要继续加强，抗战爆发之后新作家已经出现了不少，要正确对待他们，使他们迅

---

① 胡风：《民族战争与新文艺传统》，《胡风全集》第2卷，第647页。
② 胡风：《文艺工作的发展及其努力方向》，《胡风全集》第3卷，第181页。

速成长起来。

正当抗战文学创作如火如荼地开展之时，有一些人从不去正视现实：或是对抗战文学的实绩视而不见，或是指责抗战文学一直在走错路。尤其令人不解的是，有的人甚至炮制出一套所谓文学创作"理论"，大体有这样几种提法：有的要求作家"尽可能地离开现实的人生"①；有的要求作家只写光明和正面人物，不写黑暗和否定性人物；有的要求文学的纯粹性，主张文学家及其作品，应以文学本身的尺度去估量，不许夹杂别的什么标准，否认抗战现实对文学的意义。胡风揭穿、批判了上述奇谈怪论。对第一种论调，胡风批判道：作家不能离开现实，生在战斗的时代怎能离开战斗的硝烟？同样，作家的创作只有在现实的人生里面才能得到血肉的内容、丰富的生命和健康的发展。伟大的文学作品需要伟大的思想作为支撑，而脱离生活的思想是不可思议的，"伟大的思想总是人生发展方向的综合或提炼，决不能是加在人生颈上的枷锁或游于天际的浮云"②。对第二种论调，胡风批判道：如果按照这种"理论"，只能使作家们无视流血成河的战争现实而闭着眼睛做梦，世界文学史上的伟大作品大都是描写黑暗或否定性环境的，但并没有使读者堕落、消沉，相反地引导他们清醒、奋起了，问题在于作家以什么样的心态和思想去写，"光明从黑暗的重重包围下面透露出来"，"肯定的人物在否定的人物的围攻里面，在被否定的人物的虐杀下面，在和否定的人物的搏斗中间"③。描写黑暗和否定人物并不可怕，关键是作家能否驾驭和代表先进的思想形态，能否从形而下的描写中升华出形而上的质素。对第三种论调，胡风批判道：这看起来非常尊重文学，却可笑之极、荒唐透顶，生活在地球上却要拔着头发离开地球。文学离不开政治，因为现实生活中就必然地包含了政治，文学作品与现实人生的联系尽管要经过曲折的路径，但决不会离开现实的人生，而现实人生重要内容之一就是政治。应该说，抗战文学在进入40年代以后，出现了一批有深度的

---

① 胡风：《现实主义在今天》，《胡风全集》第3卷，第40页。
② 同上，第41页。
③ 同上，第42页。

长篇小说和不少优秀的短篇作品，除了时代因素和作家创作心态的调整、艺术上的趋于成熟之外，不能不说与胡风等评论家的努力有着内在的或者说是必然的联系。

二、通过编辑、出版活动，扶植、培养进步作家，为抗战文学不断造就革命战士

胡风是现代文学史上一位成绩显著的优秀编辑。他在长时期的编辑、出版工作中，养成了自己的独特思路，编发、出版过大量的文艺作品和理论文章，不但锻炼了文学青年，而且从中发现和培养起卓有成就的作家，为抗战文学的发展作出了不朽的贡献。

八一三事变以后，上海地区的文化出版事业遭到了严重的破坏。献身文艺的热情使胡风决定办一个文艺刊物，他和朋友们凑了几个钱，勉为其难地在战火纷飞的上海创办了《七月》周刊。1937年10月，他到武汉工作，《七月》也随之移至武汉，并改为半月刊。1939年初，去当时的"陪都"重庆，《七月》又改成月刊。1941年"皖南事变"之后，他为了表示对国民党的抗议，离开重庆到香港。1944年再回重庆，将《七月》改为《希望》。抗战胜利后，他回上海，继续出《希望》。除此之外，他还受有关方面的委托编辑《新华日报》和《群众周刊》的文艺副刊。另外，胡风还创办、支持了几个出版社。

他在抗战伊始即撰文指出，文学作家服务战争主要应以文艺的形式进行，然而用文艺服务抗战并不是轻而易举的事情，应该"用坚实的爱憎真切地反映出蠢动着的生活形象"①。他深知作者们（投稿者）往往很盲目，因此他在从事编辑、出版活动时，非常重视对投稿者的引导。如，《七月》创刊伊始，即提倡"民众活动特写"、"抗战英雄特写"、"汉奸特写"、"战地生活特写"、"地方通讯"以及诗歌、散文、小说、剧本、漫画、木刻、杂感、专论等写作形式。《七月》移到武汉后，将篇幅扩大，引导刊

---

① 胡风：《愿和读者一同成长》，《胡风全集》第2卷，第499页。

发的作品上质量、上水平，从简单的特写、通讯形式提高到真正文学的程度。《七月》在抗战文艺的大家庭里，应该说是起了非常好的组织作用的。《七月》尽量地团结、号召有共同创作倾向的作家、作者，但不去拉名作家的稿子，它对投稿者是完全公开的。胡风在从事文学编辑活动时，贯彻自己的现实主义理论思想，反对"冷静"、"技巧"、"题材"论，反对形形色色的形式主义。

胡风在抗战期间的文学编辑和出版活动不但顺应了历史的潮流，而且为现当代文学锻炼了一批文学作者，并在其中培养起了很有前途和作为的作家，这些人后来大都成为新文学的著名作家，有的还成为标志性的文学家。在胡风编辑的刊物或主持的出版社发表或出版过作品的人甚多，发表或出版过作品的著名作家主要有：萧军、端木蕻良、萧红、艾青、曹白、老舍、宋之的、丁玲、欧阳山、S·M、天蓝、彭柏山、彭燕郊、周而复、聂绀弩、孙钿、力扬、力群、鲁藜、吴伯箫、孔厥、田间、丘东平、邹荻帆、杜谷、冀汸、绿原、路翎等。当然，其他更多的作者是没有什么文名的。

胡风始终遵循既定的办刊方针，反对形形色色的形式至上的作品。凡是拟刊用的稿件，他总是及时通知作者；对于不拟采用的稿件，也尽可能地告知投稿者，并且说明不采用的原因。他从不以作者的文名决定稿件的取舍，在他的努力下，文学新人不断涌现。为推出文学新人，他一方面发表、出版他们的作品，一方面又利用有限的版面为他们刊登作品广告。广告词实则是简洁明快的、富于感染力的作品评论。请读他为天蓝的《预言》写的广告词："作者是个特彩的诗人，他的热情是在战斗的思想里面锤了又锤、炼了又炼的，因为他所歌颂的是在时代洪炉里面烧过了结晶了的人生。他的笔触带着铿然作响的锋利，他的风格好像是钢板上的发着乌光的浮雕。"[①] 再看为路翎的《青春的祝福》写的广告词：" 路翎先生的中篇短篇合集。作者抱着蓬勃的情热，向时代突进，在劳动世界的搏斗、残

---

① 胡风：《〈七月诗丛〉介绍十一则·预言》，《胡风全集》第5卷，第377页。

害、友爱、仇恨的合奏里,我们看到了时代的青春;在恋爱追求的痛苦、忏悔、牺牲、梦想的合奏里,我们看到了人生的青春。但作者一贯地用着祝福的心,不但使读者感到炽热的时代的呼吸,更使读者得到对于人生理想和人生战斗的勇气。"①这不同于人们想象中的商业广告,而是有人的血肉和热情的艺术评判。

在抗战之前,胡风已向读者和文坛推出了几个作家:萧红、耶林、田间、端木蕻良、罗淑、艾青等。他们在抗战爆发之后基本上与胡风保持了良好的友谊和文学合作关系,像萧红、田间、艾青三人迅速成长起来,成为抗战文坛的重量级作家,他们此时都有优秀的作品问世。看到他们取得的成绩,胡风自是喜在心里。他一如既往地培养他们、予以精心的呵护。只举一例:田间抗战时期创作了不少短小精悍、富有战斗力的诗作,引起了广泛的社会反响,受到普遍好评,但同时也招来了曲解甚至严厉的指责、批判。一些原来喜欢读田间诗歌的人,甚至也对田间颇有微词。有个叫杨云琏的青年读者给胡风写了一封信,说田间依然拘泥于简短的形式、吝啬诗句的容量、缺少热情、传达给人的情感单调无力、残破不全,等等。类似这种曲解,在当时很有代表性。基于保护田间的考虑,他给这位读者回了信。他在信中说,"田间是第一个抛弃了知识分子的灵魂的战争诗人和民众诗人"②。"他的形式最不'固定'且过于'灵活',原因是,他的感觉和情绪,还只是在生活对象上面跳动的"③。田间诗的形式是与情感的表达密切联系的,他并没有"使内容削小适合形式,而是他的内容的容量只用得着这样的形式,他的情感并没有汇成'奔流'的状态",田间并不缺少热情,"他对于歌唱的对象,一般地说来是处在一种陶醉状态里面的"④。胡风在为田间辩护的同时,也实事求是地指出了他诗作的缺点与不足。他呵护进步的作家,但决不回避他们的缺陷。

① 胡风:《〈七月文丛〉介绍九则·青春的祝福》,《胡风全集》第5卷,第381页。
② 胡风:《关于诗和田间的诗》,《胡风全集》第2卷,第600页。
③ 同上,第601页。
④ 同上。

对于确有文学才能的青年，胡风总是倾其所能，为他们的成长施以深切的关照。如 S·M（阿垅），抗战爆发之后，作为排长，在上海闸北作战时，身负重伤。他在养伤的病床上，创作出报告文学《闸北打起来了》、《从攻击到防御》。胡风十分看重，立即发表了这两篇作品。之后，这位文学青年由于种种原因很少发表作品，但胡风还是时时关心他的创作，认真阅读他的作品。胡风1982年撰写的回忆录中这样评价道："他的诗是具有自己的思想内容和一种凌厉的风格的"，"那战斗的气魄和锋芒，不是那时代某些爱发表旧诗词的诗人所能企及的"。[①] 再如，彭柏山，一个从洪湖跑到大上海的青年，当年在"左联"工作时，家里穷得揭不开锅，胡风没少照料他。彭柏山读了外国文学名著后，产生了强烈的创作欲望，他终于在胡风的鼓励下，走上了文学之路；他被敌人抓进监狱后，胡风百般牵挂，一直想方设法在生活方面照顾他，直至他出狱为止。《七月》创刊之后的第二期，胡风就刊发了他的小说《苏州一炸弹》，后又陆续发表了他的不少作品。胡风是名副其实的文学伯乐。

胡风重视优秀的文学作者，特别是那些很有文名的青年作家，希望他们多投稿子、多发作品。可是，他从不马虎，对已有文名的作家也是如此。如《七月》在汉口出版以后，丘东平（当时已很有名气）从南京寄来一篇稿子，胡风发现其中的人物描写和环境描写都严重失真，当即给丘东平回了退稿信。胡风就是这样，相信作者和投稿者，可是从不迁就他们，真正做到以文取人，不管他的名气有多大，这有利于作者的自我教育，也有益于他们的提高。

胡风在繁忙的文学编辑工作之余，还孜孜不倦地指导文学青年的写作，而且他差不多是有求必应，来信必复。在他看来，这些青年日后可能成长为文学的生力军，因为他觉得抗战时期是一个可以使文学青年迅速成材的非常时期，所以，他对青年寄予厚望，并做了大量的指导工作。

---

① 胡风：《我的悼念》，《胡风全集》第 7 卷，第 135 页。

三、积极从事文艺理论研究,取得了丰硕的成果,极大地丰富了抗战文学的理论宝库

抗战文学的成就,一方面体现为大批优秀作品的出现,另一方面体现为作为智慧资源的理论方面的创造。胡风指出:理论批评是创作过程和作家实践内容的反映,创作不断发展,理论批评也是不断发展的。他从事文学评论工作的过程也是开展文艺理论研究的过程,他的文艺理论研究有非常独特的理路:他十分注意结合社会现实形势的发展,提炼理论问题,即基于对现实矛盾的缜密分析,把握生活中出现的新情况、新问题,从中作出超越性的思索,并升华到理论的高度。因此,他有别于那些作静观思考的理论家,也不同于从书本的条条框框出发的书呆子式的学者,他的每个命题都是具有很强的现实针对性的。胡风的理论文章充满论辩色彩,所论述的内容非常丰富,涉及的文艺理论内容相当多。更难能可贵的是他在从事有关的理论研究时,总能结合文学发展的实际,使得论题有的放矢,把文学批评和理论研究结合起来。而且他把对当前文学状况的把握跟世界文学运动的发展联系起来考察,有深度有分量。他始终高举现实主义理论大旗,使纷繁的论述一气贯通。胡风抗战时期进行的理论研究领域很广,值得注意的是他的某些论述与抗战之前的一些论述存在交叉之处。抗战时期,他的文艺理论文章主要围绕以下的有关问题展开:"五四"文学传统以及意义,文艺的民族形式问题,"主观战斗精神"问题,文学批评问题,历史剧问题,等等。下面对其精神实质略作阐释。

关于"五四"文学传统问题。他认为,"五四"文学传统体现为"人的发现"、反帝反封建以及在此基础上成长起来的知识分子的战斗精神。鲁迅的作品是"五四"文学传统的体现。抗战时期的文学在某种程度上暴露了知识者的懦弱和妥协,"认识现实的精神变种成市侩式的商场机智和淑女绅士的日常腻语,自我扩展的精神变种成封建才人的风骚和洋场恶少的撞骗"[1]。他认为,"五四"文学传统在抗战时期受到了放逐。

---

[1] 胡风:《文学上的五四:为五四纪念写》,《胡风全集》第2卷,第623页。

关于文艺的民族形式问题，胡风指出，形式是内容的本质要素，只有把握住形式才能理解内容，抗战文学的民族形式在本质上是"五四"文学的现实主义传统在新形势下的必然选择；中国社会的文艺大家庭中，民间文艺差不多占领了中国的大众的全部，它虽然以生动活泼的形式吸引了大众认识生活、表达情感的目光并引发了他们的审美意识的觉醒，但是民间文艺在本质上是充满了封建思想观念和意识理念的，因此大众中了毒素而无法察觉；抗战文学如果择取民间文艺的形式是值得警惕的也是极其危险的；抗战文学的民族形式必须体现抗战时期的生活内容，必须体现与文学形式相配合的文学的现实主义内容，而现实主义又必须体现大众的生活斗争、感情思维的表达方式。他又指出，抗战文学的民族形式在时刻警惕民间文艺与生俱来的毒素时，应该更多地择取"五四"文学的战斗传统，同时大力向外国进步的现实主义文学学习。他在论及抗战文学的民族形式问题时，对其中十分重要的语言问题发表了十分中肯和高屋建瓴的论述：他认为，民族文艺所采取的语言必然要体现中国大众的情感、思维、审美习惯，它为大众服务，但不是降低语言的质地和品位，它的语言来自大众但又超越大众语言的地域性、粗放性和随意性。

关于"主观战斗精神"问题。胡风在《文艺工作的发展及其努力方向》、《置身在为民主的斗争里面》等多篇文章中，提出并阐发了他的著名理论："主观战斗精神"。它具有十分丰富的内容：强调作家的人格力量，要求作家不但有发现问题分析问题的能力，更要有艰苦的奋斗意志和昂扬向上的精神穿透力；强调作家忠于祖国、人民和民族，养成向上的积极性格和泼辣精神；强调深入现实生活、具有献身精神，作家的人格力量和战斗意志在现实中形成，在现实中丰富发展完成，作家应从战斗的生活和人民的奋斗中得到提高，坚决走出狭小的生活圈子，克服主观精神的低落；强调文学创作源于对现实生活的真诚认识和真正投入，文学创作应如实描写社会最广大民众的精神状态，要能揭露出封建主义的本性；强调作家对现实生活的真正投入，是作家克服现实生活的批判过程，是体现对象的摄取过程，但也是克服对象的批判过程，"在对象的具体的活的感性表现里面把捉住它的社会意义，在对象的具体的活的感性里面溶注着作家的同感的肯定精神或反感的否定精神"①；要求作家思想力的加强，要作家深入感性的对象，深入到和对象的感性表现结为一体，不致自得其乐地离开对象飞去或不关痛痒地站在对象旁边，这样创造出的文学作品才能既体现历史的真实又体现感性的现实的真实；强调指出，对于现实生活的真正投入又是作家的自我斗争、自我克服的过程，因为"在体现过程或克服过程里面，对象的生命被作家的精神世界所拥入，使作家扩张了自己；但在这'拥入'的当中，作家的主观一定要主动地表现出或迎合或选择或抵抗的作用，而对象也要主动地用它的真实性来促成、修改、甚至推翻作家的或迎合或选择或抵抗，这就引起了深刻的自我斗争"②。

关于文学批评问题。他指出，文学批评的对象是文学作品与文学现象；批评家应该有正确的世界观和人生观，他必须高扬主观战斗精神；他要在对文学作品的思想、艺术的分析、批判中，完成人格和美学的双重飞跃；他要告诉读者作品里的好坏善恶，指示他们生活的出路；文学批评不是直接地批判作家，不是说让作家这样做或那样做，而是要对作家进行积极的引导。关于历史剧问题，胡风认为，作家应写出历史的真实面目和历史与现实的精神联系，他特别强调前者，"反映了历史的真实就必然会加强对于今日社会发展的认识，加强了人的力量在历史过程上的作用的自信"③。作家要学会把握历史和现实的内在的精神联结点，要下大力气研究历史，抓住历史人物的性格，点燃灵魂的火花。

不难发现，胡风抗战时期的理论研究独具个性：他强调文艺的现实主义，重视创作主体的精神作用，可以说，"主观战斗精神"理论是他现实主义理论的核心。联系新文学发展史，应该说胡风的现实主义文艺理论是有深切的现实意义和可贵的文学史意义的。众所周知，中国现代文学的主流自"五四"以来，一直独尊马列主义的文学反映论，自觉或不自觉地排

---

① 胡风：《置身在为民主的斗争里面》，《胡风全集》第3卷，第187页。
② 同上，第189页。
③ 胡风：《关于历史剧问题》，《胡风全集》第5卷，第368页。

斥其他的文学主张。这种文论强调文学作品对现实生活的复写和"摄影"，认为作家的精神能动性应该让位于描写对象（所谓客观现实），认为文学题材决定作品的价值和意义，从而弱化了创作主体的主观作用，造成的后果是文学创作上的公式化和概念化，文学丧失了个性的光芒。胡风以"主观战斗精神"为核心的现实主义文艺理论，高张创作主体的精神能动性，在很大的程度上是对客观主义文学反映论的一种反拨。当然，在这一理论的大旗下，他也有一些过于偏至的论述（如对民间文艺的评价），这就使得这种理论在某种意义上存在着偏颇，但这是一种深刻的"片面"，比那些看起来四平八稳的所谓"科学"的理论大概更有突破性。在抗战时期提出这种理论并付诸文学批评文学编辑和出版工作，应该说比强调作家写重大题材、表现壮烈的战斗或悲壮的牺牲场面更有现实意义。事实正是如此，当抗战文坛盛行一味的赞歌之际，胡风明确告诉作家，这是文学在走向歧途的信号。其他有远见的批评家，如茅盾、李南桌、欧阳凡海、罗荪、郭沫若等，也都对此类现象表示了极大的关注热情，并作了很好的文学批评工作，在理论上也都很有建树，但胡风的现实主义文艺理论创造却不是他人所能替代的。

另外，胡风还做了大量的组织工作和文学交流工作，限于篇幅，本文不再论述。总之，胡风在抗战期间的文艺活动成就卓著，他是抗战文学的一面旗帜、一座不朽的丰碑。关于胡风与抗战文学的关系问题是中国现代文学史的一个重要问题，这方面要做的工作是很多的。本文旨在抛砖引玉，以引起学界对此课题的关注，文中不当之处尚请方家指正并不吝赐教！

（原载《延安大学学报》（社会科学版）2003年第3期）

附录Ⅱ　胡风与鲁迅

胡风对鲁迅的感情之深是无与伦比的，几十年来，他矢志不移地捍卫鲁迅的尊严，并坚持全面地阐释鲁迅精神、宣传鲁迅思想，自觉担当鲁迅精神火炬的传递者。本文拟就有关问题进行粗线条的勾勒和评述。

一、胡风对鲁迅思想与精神的阐释

胡风与鲁迅的真正交往和相处时间仅有短暂的三年，然而他对鲁迅的感情却是刻骨铭心的。在胡风看来，鲁迅是中国文化史、思想史上绝无仅有的一代宗师，对于中华民族来说具有无法复制的历史和现实的双重价值和深远意义。而鲁迅的人格境界和所展现出的人性魅力释放出无穷的能量，具有魔力般的吸引力。胡风始终把自己视为鲁迅的学生，多年来，胡风不仅在各种各样的场合宣传鲁迅精神、敢于同种种攻击、污蔑鲁迅的言论和行为作坚决的斗争，而且还身体力行地结合自己的本职工作，以现实主义的文艺视角，对鲁迅的思想、精神特质、艺术追求、鲁迅之于中国革命和文艺的重大意义作了多方面、深层次的富于个性色彩和社会学意义上的比较全面的阐释、解读。虽然他与鲁迅交游的时间很短，但由于阅读鲁迅作品较早而且具备深刻的悟性，加之气质与性情的某些接近、艺术追求的一些遇合，胡风自然比同时代的许多人对鲁迅有着更为真切的观察和领悟，这使他常常能够言他人所不能言，观察深入独特。

鲁迅是思想型的文艺巨人，离开了那些超拔卓越的思想追求，鲁迅将不是鲁迅。问题在于：鲁迅有没有独立的思想建构/思想体系？多年来围绕这个话题聚讼纷纭。鲁迅当年曾说：自己不过是个在泥地上爬来爬去的蜜蜂而不是能够洞察三世的先哲，自己没有什么思想体系要宣传。胡风指出，正如许多人所说的，鲁迅确实没有创立独立的思想体系，但胡风同时申明，没有创立思想体系并不意味着没有思想追求。他认为，鲁迅一生走的是一条从进化论到阶级论的思想路线，这个过程构成了鲁迅的思想追求的独特轨迹；进化论不是鲁迅创造的，阶级论也不是鲁迅创造的，可贵的是由进化论到阶级论这条道路能够贯通，并且形成自己的个性特色和精神特点①：

> ……然而他的进化论是放置在清扫反动势力（民族的残酷敌人和民族的黑暗传统）和解放民众为核心的，他把民众的怒火和钢铁的斗志对准了反动势力，不管是多么好的"未来的黄金世界"，他从来不把它记在自己的功劳簿上，以这种感动得使人流泪的确信，引起劳苦大众的对未来寄予光明的希望。那未来是怎样的面貌，是任民众自己去选择的。"自己背着因袭的重担，肩住了黑暗的闸门，放他们到宽阔光明的地方去……"这是因为他确信世界进化，没有压迫和黑暗的新的人类社会一定能实现。所以，虽然因为世局的黑暗而心境有时沉郁；虽然受着人类的解放的进行的影响会有思想的成熟与发展，但他始终站在民众的一面而坚定不移，也从来没有失掉过对于未来的希望，只要他在现在的中国生存，他就必然要为"新兴的无产者"极尽全力。这是作为中国新兴文学之父的、战斗的现实主义者的鲁迅的真实姿态。

胡风进一步指出，沿用人类的文化意识遗产，结合中国的独特国情和个人的生活实际而能够生发出自己的人生道路和思想境界，这是鲁迅为常

---

① 胡风：《日译本大鲁迅全集第四卷解题》，《胡风全集》第5卷，第241、242页。

人所不可企及的①：

  鲁迅先生生于半封建半殖民地的、东方文化一方面诱惑着怀念古代光荣的爱国志士，一方面阻碍着人民大众的觉醒的落后的中国社会，但却抓住了由市民社会的发生期到没落期所达到的正确的思想结论，比什么人更早，也比什么人更坚决地用这进行使祖国解放、使祖国进步的思想斗争，用这使祖国的解放斗争和进步斗争和全人类的解放斗争在一个方向上汇合。这正是他的作为思想界的领导者的最伟大的地方。

  胡风进而考察了鲁迅的人生道路，指出早在五四时期就形成了他作为伟大文化思想战士的基本品格："只有他是带着深刻的思想远见来参加的。他抢着犀利的投枪刺入了在血肉的风貌上的封建势力的胴体，因而也就在当时可能的思想限度上提出了这个残酷的斗争是为了什么和为着谁的问题。"他以鲁迅小说《故乡》、《阿Q正传》为例说明，鲁迅在参加新文化运动之初就形成的"哀其不幸，怒其不争"的启蒙思想文化观念从根本上抓住了中国社会文化转型时期的关键点，"在当时的关于德先生和赛先生的观念形态的闹声里面，他却深深地肉搏到了历史的核心"②。能够得出这样的结论，无疑切中了鲁迅思想的一个重要关节点。

  胡风还对鲁迅与马克思主义的关系问题作了辨识。因为在这个问题上向来有一些似是而非的意见。胡风认为，鲁迅早期的思想武库中孕育着多种发展的可能，就是说他与马克思主义的关系问题也不是空穴来风的无稽之谈。鲁迅在与后期创造社、太阳社的论辩中的确读了不少马列主义文艺理论著作，使得自己原来搞不清的理论问题迎刃而解，这并不是说他早期没有一点与马克思主义的精神联系。胡风认为，鲁迅在20世纪初建立"人

---

① 胡风：《作为思想家的鲁迅》，《胡风选集》第1卷，第22页。
② 胡风：《从"有一分热，发一分光"生长起来的》，《胡风选集》第1卷，第34、35页。

国"的人文理想，已潜存着马克思主义的光辉，当然其间经历了一个伟大的转变："但他能找到的思想是欧洲资本主义没落的哲学思想……但这种理想是唯心的，当然找不到实践的道路。但十月革命后，他的理想就从唯心论转到了唯物论。"①

胡风还观察到鲁迅的战斗精神。他以鲁迅的名文《论"费厄泼赖"应该缓行》为例，比较切实地阐述了鲁迅"韧"的战斗风格，指出：鲁迅看穿了一切敌人的本质，如果不把他们彻底打败，他们会在某个时候卷土重来，鲁迅的这种痛打落水狗的精神在现代中国革命进程中具有特别的启示意义。

上述观点是比较成熟的，即使今天的学界也都予以承认。然而，胡风达到这种认识高度颇费了一番周折。

1936年10月29日，恰值鲁迅逝世后10天。胡风同无数热爱鲁迅的人们一样，正沉浸在巨大的悲痛里面。此时，认识鲁迅难免情绪化和简单化，但反映出特定情景下人们的特定心理。胡风于是日撰写的《悲痛的告别》一文中，称鲁迅是"为祖国的自由和进步战斗了一生的伟大的先驱者，被损害被侮辱的诗人，永远不知道疲乏不知道屈服的战士，赤诚的同志"②。这是许多人对鲁迅的感性认识（包括胡风本人），对于鲁迅思想人生与意义的理解还处在相对浅薄和模糊的状态。因为文中提及的那些重要价值和观点如果放到别的政治家、革命家头上也是很合适的。应该说，胡风当时由于距离对象过于近捷，加之情感的炽热状态，在怎样厘测鲁迅的意义、价值问题方面尚在不成熟阶段。

1937年10月，胡风发表了《关于鲁迅精神的二三基点》、《即令尸骨被炸成了灰烬》两篇文章。在这一年里，胡风不断深化对于鲁迅的思考，时间愈来愈远，认识变得愈加深刻。此时胡风的思维显得理智多了，情绪化的内容已经更多地被剔除，思考的话题和研究的方向离鲁迅的实质又走

---

① 胡风：《关于鲁迅"转变"论的一点意见》，《胡风全集》第7卷，第5页。
② 胡风：《悲痛的告别》，《胡风选集》第1卷，第3页。

近了一步。在前文里,胡风高屋建瓴地指出:鲁迅是思想深邃的巨人,思想之于鲁迅不是挂在口头的招牌,不是抽象的思辨,不是盲目的匹夫之勇,而是"把这些智慧吸收到他的神经纤维里面,一步也不肯放松地和旧势力作你一枪我一刀的白刃血战。思想的武装和对于旧社会的丰富知识形成了他的战斗力量"。胡风把思想界的人物分为两类:第一类人是根本不理解国情和现实的,存在脱离现实的倾向,他们的思想活动无助于问题的解决和社会的进步,他们虽然编织了美好的理想,但他们对现实的隔膜使得他们"和幻影一样一同消亡";第二类人思想情绪过于深重,他们对于社会和历史有着深刻的把握和相当的认识,但他们传统思想情绪太多而现代思想理念又太匮乏,他们在思想的天平上向传统倾斜了,现代思想意识的匮乏使他们在从事工作时,完全丧失了现代意识,跳入了传统而不能自拔。胡风将鲁迅归作另类:"只有鲁迅才是深知旧社会的一切又和旧社会打硬仗一直打到死。"胡风认为鲁迅与其他两类人物的根本区别在于他没有"只是概念地抓住一些'思想'"而把"思想变成了自己的东西"。由此,胡风进一步指出,"'五四'运动以来,只有鲁迅一个人动摇了数千年的黑暗传统"①,归根结底在于他的彻底的反传统精神。在后文里,胡风追忆了鲁迅逝世后当天的一些情况,保留了十分珍贵的文史资料。该文显得情感比较浓烈,但对于鲁迅的精神也有比较精辟的阐释:"……先生三十年来的战斗路线是新文化运动的主脉,而新文化运动的基本任务是反抗被帝国主义残杀的中华民族的悲惨命运。所以,先生的精神和帝国主义是不能两立的。"②

1941年10月,是鲁迅逝世5周年的纪念。当时,胡风正蛰居香港,抗战已持续了4年。严峻的抗战形势把中国人卷进了空前的兴奋与激动里面,民族解放的炮火把鲁迅的名字推向了遥远的过去。鲁迅是否过时了?鲁迅的思想和精神是否应该放到历史的档案里?胡风在全民抗战的炮火中,十

---

① 胡风:《关于鲁迅精神的二三基点》,《胡风选集》第1卷,第9页。
② 胡风:《即令尸骨被炸成了灰烬》,《胡风全集》第4卷,第63页。

分深切地思考着鲁迅思想、精神的当下意义。他指出，即使在抗战的形势下，也依然需要鲁迅的反封建精神，因为鲁迅当年所批判的种种滋生国民劣根性的土壤尚存。胡风认为，鲁迅的启蒙思想正在这个意义上显示了独特的价值："在这落后的东方，特别是这落后的中国，启蒙的思想斗争总是在一种'赶路'的过程上面，刚刚负起先锋的任务，同时也就引出了进一步的新的道路，但一个伟大的现实主义的思想战士，得即于现实也针对现实。"鲁迅的思想"在相应的程度上把握住了由现实通到未来的历史任务的"道路。① 由此，胡风发现了鲁迅思想的永恒价值所在。

1943年10月，胡风为纪念鲁迅逝世7周年撰写了《从"有一分热，发一分光"生长起来的》一文，完整地总结了鲁迅一生的文学道路，对各个阶段的鲁迅的思想、精神状态进行了相当准确的分析和观察。他在鲁迅的头上冠以"领导的作家"、"勤恳的学者"、"思想战士"、"人民领袖"、"哲人"、"圣者"等许多高尚的称谓。胡风认为，鲁迅的仇视封建思想，他的对于弱者、不幸者的人道主义情怀，不仅凝结着他童年的复杂记忆，而且还因为封建专制思想和伦理道德严重戕害了国人的灵魂之故，在对历史与现实的双向透视里，他获得了超越性的批判眼光。胡风还认为，鲁迅的思想从整体看是战斗的、否定性的："本于真实的斗争要求，向着具体的斗争对象。前者是由于战斗人格的完成，后者需要对于敌情的透彻理解。"进一步指出，鲁迅思想、精神的战斗否定色彩必然潜隐着强烈的战斗的"道德律"："一方面是'革命之爱在大众'，一生为民请命，对同志者的敬爱和体恤，对青年战斗者的爱护和培养，他的慈爱是深远无边的，另一方面是对于敌人的报复主义，打落水狗主义，不容忍虚伪，到死'也一个都不宽恕'的仇恨。""他是苦行的圣者，慈祥的佛子，由另一面看来，他是尖酸、刻薄、冷酷无情的'世故老人'。"在《学习鲁迅精神》一文里，又以小说《故乡》为例比较详细地阐述了鲁迅的"战斗律"。

1949年10月开国大典之后10余天的时间内，胡风连续撰写了两篇阐

---

① 胡风：《如果现在他还活着》，《胡风选集》第1卷，第12页。

释鲁迅的文章:《鲁迅还在活着》、《不死的青春》。他站在时代的制高点诠释鲁迅精神的当下意义:"就现在刚在开始的新民主主义说罢,它是过去的'将来',是从深厚的历史负担——封建主义和殖民地意识的毒蛇怨鬼似的搏斗中间斗争出来的;但这个'将来'还刚刚开始,还得和深厚的历史负担——封建主义和殖民地意识的似无实有、似弱实强的斗争当中争取发展,争取完成。""战士的肉体和碉堡同时灭亡了,但他的精神将永远照耀。而反映了现实要求,而且发生了战斗光彩的真实的生命,是会通到将来,且要留到将来的。"当建国之初的人们在解读、理解鲁迅存在着很大的盲点时,胡风却以思想家的高屋建瓴揭示了鲁迅精神的真正价值所在,诚为知音之论。

1982年,胡风已是80岁的老人了。多年来,即使他被侮而身陷囹圄之际,也未曾忘情鲁迅,没有停止对鲁迅精神的思索。他的思维此时却愈发深邃老辣,见解卓尔不俗。他在重读鲁迅的《写在〈坟〉的后面》一文之后,写下了自己的阅读和研究体会,并对早年思考过的一些问题进行了再思索,得出了全新的结论。他认为,鲁迅早期就有朦胧的理想:"他立的理想是建立'人国',建立一个没有人压迫人、人剥削人的、人人平等的国家。"他认为鲁迅的思考点是首在"立人":"在人民群众中间进行思想革命。"我们禁不住惊叹:一个80岁的老人在他生命的晚年对鲁迅竟有着如此独特而又深至的观察!但同时,他指出了鲁迅当年所谓建立"人国"、"立人"的唯心主义色彩和独特创造:"他找到的理论根据是欧洲资产阶级的唯心论哲学,如尼采的'超人'论。尼采的'超人'论是否定群众的、反动的,但鲁迅却把它改造成了肯定群众的、革命的理论。"不过,胡风又指出:鲁迅早期建立"人国"的方案依然是空想的,这种情况在他看到了俄国十月革命以后,才得到了真正的改变:

> 十月革命这个伟大的历史事实使鲁迅的空想的人类解放主义翻了一个面,转变成历史唯物论的人类解放主义,使他自己大跃一步,成为社会主义的现实主义的战士、文学家、思想家、革命家了。他从十

月革命看到了，他要"立"的人只能是以新兴的无产者为师而不能是其他。他要建立的"人国"，只能是十月革命后的苏俄似的，无产阶级领导的社会主义制度，而不能是其他。他提出了建立"人国"的思想，因为找不到历史根据和实践道路，而沉思了十年之后，终于吸取了十月革命的教训，和十月革命胜利后的进程一同，坚定地、艰苦地开始了伟大的社会主义的现实主义者的道路。他这是说，他并不是如他的为我独"左"的论敌和无知的评论者所瞎说的那样，是在1928—1929年被论敌所迫才向无产阶级投降，表示拥护共产主义和共产党所领导的革命运动；恰恰相反，他在本世纪初一开始就是一个空想的人类解放主义者。到了十月革命以后，他的人类解放主义就由空想的转化为历史唯物主义的，庄严地宣布了唯新兴的无产者才有将来，参加了实际上是以他的这种伟大精神为主导的"五四"文学革命运动。

胡风认为，十月革命使鲁迅走进了一个全新的时代，连他自己的精神状态都改变了，从那以后鲁迅才逐渐成长为伟大的现代文化巨人。这样也许有些夸大了十月革命之于鲁迅的意义。事实上，当时的鲁迅尽管从思想上接受了十月革命的意义和价值观，但并没有表现出过分的欢呼，相反，他倒显得比较冷静，因为他曾言：自己受骗太多，不轻易相信一些表面的东西。对于十月革命，鲁迅虽然表示了某种喜悦之情，但毕竟没有让喜悦冲昏了头脑。鲁迅甚至以为，中国能否发生十月革命那样的伟大运动也不得而知，而他更注重中国民族实际的精神面貌。他一生兢兢业业从事的改造国民性的工作使他不耽于抽象的理论思考，实际上，大多数国民的麻木的精神状态使鲁迅的启蒙工作显得尤其有意义，在当时的形势下，就更是这样。胡风的认识大体正确，但他也许没有看得更远。

二、胡风：鲁迅精神薪火的传递者

从鲁迅逝世之日算起，一直到胡风因病去世止，近半个世纪的时间里，胡风用各种方式、在不同的场合持续不断地宣传鲁迅、介绍鲁迅、传播鲁迅，成为鲁迅逝世后最得力的、最忠实的精神薪火的传递者。

鲁迅是中国现代文艺史的巨人，也是与中国政治、文化、精神生活联系最紧密的一代伟人。几十年来，鲁迅始终处于现代中国意识领域斗争的核心地带，他的独特身份和地位决定了他是最容易招致批判和非议的焦点人物。因此，对于鲁迅逝世之后的纪念和传播就被赋予非同凡响的政治的、文化的等诸多方面的内涵与象征色彩。公开地纪念鲁迅是需要勇气的。胡风一直把介绍、传播鲁迅作为自己的神圣职责，即使是战火纷飞的抗战时期他也责无旁贷地、勇敢地负起了有关的工作。抗战时期他先后主持过三次比较大的纪念活动，这三次纪念都是在重庆举行的。重庆是抗战时期国民党的"陪都"，在这里举办纪念活动带有向国民党示威的象征意义，这自然需要很大的组织勇气。十分值得一提的是第三次纪念活动。那是在抗战胜利前夕的1944年，胡风根据形势需要采取了茶话会的形式进行。当时有特务混进了茶话会，信口雌黄，指手画脚，并对纪念活动加以干扰，对鲁迅先生进行侮辱。针对特务的猖獗，胡风驳斥道："我不相信许广平投了敌，但即使如此，为什么会影响纪念鲁迅先生？汪精卫不是孙中山的大信徒吗？但早已连三民主义都带去叛国投敌了，是不是我们就不应该纪念孙中山先生呢？"义正辞严，彻底粉碎了特务的进攻，捍卫了鲁迅精神的尊严。

除了组织这三次大的纪念活动外，胡风参加的纪念活动还有：1940年10月19日参加十二个团体举办的"鲁迅逝世四周年纪念会"，并在会上作了报告，次日又主持了"文协"的鲁迅纪念晚会；1943年10月19日参加鲁迅纪念会并作讲话；1945年参加"鲁迅逝世九周年纪念会"并讲话；1946年参加"鲁迅逝世十周年纪念会"并参加了扫墓活动；1949年10月18日，去清华大学参加纪念鲁迅的晚会，并作重要讲话，次日上午参加大规模的鲁迅纪念会，当晚去北京大学参加纪念晚会、讲话；1951年10月19日，参加鲁迅纪念会。从1952年开始，由于众所周知的原因，胡风逐渐失去了自由，他也很难有机会参加鲁迅的纪念活动。但即使如此，他坚持利用一切可能的条件去纪念鲁迅。1966年2月，他利用监外执行的空隙，去北京的鲁迅博物馆参观。平反后的1983年8月24日，他在家人的陪同下，再次参观了鲁迅博物馆。这是从1966年以来第一次也是生前最后一次纪念鲁迅先生。

为传播鲁迅精神，胡风撰写了不少纪念鲁迅的文章，有一些曾经在报纸、杂志发表过，也有不少生前完成但没有发表的。有关的文章主要有：《悲痛的告别》、《关于鲁迅精神的二三基点》（生前未发表）、《〈过客〉小释》（生前未发表）、《文学上的五四》（生前未发表）、《如果现在他还活着》、《作为思想家的鲁迅》、《以〈狂人日记〉为起点》（生前未发表）、《鲁迅还在活着》、《不死的青春》、《祖国爱·人民爱·人类解放》（生前未发表）、《关于鲁迅论高尔基》（生前未发表）、《鲁迅先生·日本·汪精卫》、《如果一粒麦子死了》、《为日译本〈大鲁迅全集〉所作的三篇解题》（生前未发表）、《鲁迅全集发刊缘起》、《从"有一分热，发一分光"生长起来的》、《学习鲁迅精神》、《关于鲁迅的杂文》（一、二、三）、《忆几次鲁迅先生逝世纪念会》（生前未发表）、《关于鲁迅丧事情况》、《关于三十年代前期和鲁迅有关的二十二条提问》（生前未发表）、《关于鲁迅日记中有关我的情况若干具体回忆》（生前未发表）、《给梅志的信》（生前未发表）、《关于鲁迅"转变论"的一点意见》（生前未发表）、《关于左联及与鲁迅关系的若干回忆》、《鲁迅书信注释》、《就有关鲁迅作品答客问》、《若干更正和说明》、《〈写在"坟"的后面〉引起的感想》、《关于延安文艺传统》（生前未发表）、《鲁迅先生》（生前未发表）等。这些文章的写成当然各有不同的背景：有的是胡风回答别人的问题，后人进行整理而成；有的是胡风就鲁迅所作的发言，记录下来，得以成文；有的是就鲁迅的某篇作品写成的感想；更多的是阐释性的文章。

他在《悲痛的告别》一文，称赞"在先生的作品里面，没有一次轻视过敌人的力量，没有一次暗示过便宜的胜利"，"……这是一个用着博大的爱心关怀你们的，值得你们的最大敬礼的亲爱的人"，"先生自己是现世界上为了新人类的诞生而献出了自己的生命的，光芒万丈的巨人之一"。

日本进步人士编辑出版《大鲁迅全集》，他充当了义务翻译和介绍员。

为便于日本读者更好地阅读鲁迅作品，胡风专门撰写了三篇文章——《为日译本〈大鲁迅全集〉所作的三篇解题》。三篇文章一气呵成，非常完整地总结了鲁迅战斗的文学生涯。胡风并没有满足于平铺直叙地介绍鲁迅的文学道路，在最后一文中，他指出："他的最初的小说《狂人日记》呼叫出了'救救孩子！'他的最后的时事短评喊出了：从奴隶道德的说教中，'救救孩子'！虽然是一种偶然的巧合，如果把两者联想的时候，文学的价值固当别论，作为作家和斗士的他的精神，会使不愿作奴隶的中华民族的儿女哭泣的。和死亡与屈辱相比，我们更要争取作为人的生存权利，他的精神，将引导我们前进。"

鲁迅逝世后，他义不容辞地参加了鲁迅先生纪念委员会，为编辑、出版《鲁迅全集》殚精竭虑。经过一年半的工作，1938年6月，《鲁迅全集》终于编定、准备刊印出版。为了向广大中国读者进一步普及鲁迅知识，胡风代表鲁迅先生纪念委员会发表《鲁迅全集发刊缘起》一文。他以充盈的激情高度概括了鲁迅的学术价值与思想意义："他那博大精微的学识，勤勉审慎的态度，使他在所从事的工作部门里，都有伟大的成就。他不仅是一位现代最伟大的作者，他也是现代最伟大的一位学者，一位思想家。他结束了一个'朴学'的旧时代，他开辟了一个'战斗'的新时代，他的学术是承前启后的；他的思想，是贯通中外的。"

有一篇特殊的文章，是50年代胡风狱中写给妻子梅志的信，非常准确地传达了他对于鲁迅精神的理解：

……读鲁迅，是为了体验反映在他身上的人民深重的苦难和神圣的悲愤；读鲁迅，是为了从他体验置身于茫茫旷野、四顾无人的大寂寞，压在万钧闸门下面的全身震裂的大痛苦，在烈火中让皮肤烧焦、心肺煮沸、决死对敌奋战的大沉醉；读鲁迅，是为了耻于做他所慨叹的"后天的低能儿"，耻于做他所斥责的"无真情亦无真相"的人，耻于做用"欺骗的心"，"欺骗的血"出卖廉耻、出卖人血的人，耻于做"搽了许多雪花膏，吃了许多肉，但一点什么也不留给后人"的人；

读鲁迅，是为了学习他的与其和"空头文学家"同流合污，不如穿红背心去扫街的那一份劳动者的志气，是为了学习他的决不拉大旗做虎皮或借刀杀人的那一点大勇者的谦逊，是为了学习他的为了原则敢于采用表面上和原则正相反的反击法（例如说和某某斗争为了"报私仇"），置身败名裂于不顾的那一腔战斗者的慷慨；读鲁迅，是为了学习他对敌人要做一个二六时中执着如怨鬼的怨鬼，纠缠如毒蛇的毒蛇，对人民、对友人、对爱人要做一个"吃的是草，挤的是奶和血"的"牛"和"别有烦冤天莫问，仅余慈爱佛相亲"的"佛子"；读鲁迅，是为了学习他耻于占用任何堂皇的招牌，但却全心全意地、始终如一地、大小不改地，用反语，用"伪装"以至敢于站在"假想敌"的地位，在个人"孤军作战"的形势下，也要做一个没有任何杂质的真正的集体主义者……（《致梅志》）

胡风更注意以理性的思考总结鲁迅的精神：

反妥协、反虚伪。胡风以鲁迅杂文集《热风》中的《题记》、《送灶日漫笔》、《即小见大》等为例论证了这一点。认为鲁迅具有最坚定的革命斗争立场，具备最硬的骨头；鲁迅一生最讲真话、实话，他还主张以讽刺作为工作和斗争的武器，但他的讽刺是有情的作为，不是专说风凉话的冷嘲；他的反妥协反虚伪的战斗精神来源于他的实事求是的现实态度。

一贯坚持思想斗争。胡风指出，鲁迅是个观察问题、透视社会入木三分的巨人，黑暗社会的长期存在其根本点在于黑暗透顶的中国社会、历史长期以来形成的种种思想、意识、观念的根深蒂固和顽冥不化，鲁迅洞若观火地察觉到了这一点，认为只有铲除滋生黑暗思想的土壤，中国的社会和人民才有希望。因此，胡风认为，正是这种高屋建瓴的超人之处，使得鲁迅远远高于古往今来几乎所有出现的一切杰出的文化人物。

真诚的人格和工作作风。胡风指出，真诚是一切思想家的本质，鲁迅在长期的工作中养成了可贵的真诚，这不但表现于他的文学事业上，也体现在他的思想和顽强的工作中。胡风分析了鲁迅杂文《记"杨树达"君的袭来》，引用了鲁迅的"我不是导师，而且我从来没认为自己是导师"，说明鲁迅无论对青年还是对自己都是真诚的，正如他自己所言"我的确时时解剖别人，然而更多的是更无情地解剖我自己"。

集体主义精神。 胡风认为，集体主义精神是鲁迅的基本精神，从人类群体生活的经验出发，鲁迅坚持全人类解放的集体主义，"能做事的做事，能发声的发声。有一分热，发一分光，就令萤火一般，也可以在黑暗里发一点光，不必等候炬火，此后如竟没有炬火，我便是唯一的光。倘若有了炬火，出了太阳，我们自然心悦诚服地消失，不但毫无不平，而且还要随喜赞美这炬火或太阳，因为他照了人类，连我在都内"。胡风指出，鲁迅的硬骨头精神所肯定的就是人类的解放、人类向上发展的理想，这必然和集体主义精神走到一起。

伟大的人道主义精神。 胡风认为，鲁迅是个伟大的现实主义者，他在作品中肯定了人性的伟大和被戕害乃至变形，揭示了整个上层统治者的堕落以及他们给人民带来的精神的伤害，表现了深刻的人道主义精神，鲁迅的人道主义并不是无原则地一味怜悯他人、跟别人一起流泪。他的批判中国民族的劣根性，其实是一种更深至的爱。因此，胡风认为，鲁迅的人道主义是充满了辩证法的人道主义。

反复古与"拿来主义"。 胡风指出，鲁迅的反复古是他的批判中国国民性的文化战略，并不意味着走向民族的文化虚无主义，他的反复古是让中国人尽量不中封建思想的流毒。胡风又指出，鲁迅在反复古的同时，对中国民族大力提倡"拿来主义"，旨在促进中国民族与世界民族的一体化进程，使中国人不至于"被挤出地球"。

1952年以后至1979年获得自由之前，足有27年的时间，胡风被剥夺了公开从事写作发表作品的权利。然而，即使在铁窗之内，他也未曾忘情鲁迅，不能读鲁迅的书，也不能公开撰写纪念鲁迅的文章，这对多年来以文字作为生活方式的胡风说是莫大的痛苦。铁窗可以束缚艺术家的身体和行动，却无法控制他的艺术灵感的迸发。几年间，胡风一人枯坐，他无法遏止的创作激情使他只能通过默默吟诵的形式"完成"他的诗作。其中，有不少是借用鲁迅诗的原韵,像《怀春室杂诗》里的20余首诗,均沿用鲁迅诗作《惯于长夜过春时》韵:"又是囚房入夜时,/月光如水亦如丝;/梦中恍惚儿颜泪,/墙外飞扬帅手旗;/宁向童年哀故友,/不将孤烬铸新诗;/只因错把真言发,/锁在囚房着黑衣。"(《一九五六年秋某夜》)以鲁迅的诗韵入诗虽然表达了全新的情感世界,但从作者的潜意识里,又何尝不能看到鲁迅的身影?

  平反后的胡风虽然到了生命的晚期,依然孜孜不倦地为传播鲁迅奉献着余热。1984年,人民文学出版社准备出版胡风的评论文章。胡风十分看重此事,在撰写的后记中,胡风认真总结了自己从事的文学批评之路,同时也再次以严谨的态度回顾了鲁迅的文学道路和创作经验。他着重指出,鲁迅所走的是一条"社会主义现实主义"的道路,开创的是"社会主义现实主义"的文学传统;虽然鲁迅在创作里没有创造社会主义的新人,但他以全部的文学实践证明,"他的人物和他的人物所置身的那个半封建半殖民地的社会,只有在共产主义思想的照明之下,在无产阶级领导之下,才能通过具体的历史阶段而向着胜利目标前进"。因此,胡风认为,鲁迅的文学实践始终与中国革命的进程保持了同步。关于鲁迅如何对待中外文学遗产的问题,胡风也进行了准确的总结。他指出,鲁迅对外国文学遗产有很大借鉴,但决不是照抄照搬;他开展了有力的文学翻译工作,为中国文学的现代化进程造成了很好的影响;虽然鲁迅对中国文学遗产持严厉的批判态度甚至有一些不无偏激的言论,但他是以是否有利于文化的现代化、民族的现代化进程作为尺度的。

三、胡风与鲁迅研究

  胡风由于其特殊的身份(鲁迅的学生、朋友、战友),本身就是历史的见证人。虽然胡风真正与鲁迅交往的时间很短暂,但由于他与鲁迅的密切关系和亲密交往以及他们之间培养起来的深厚友情,鲁迅逝世之后,胡风本人就成为极为珍贵的历史文献资料,这是任何他人所无法替代的。因此,从1936年鲁迅逝世之日到他1985年病逝这近半个世纪的时间,胡风的存在，无论从何种意义上讲，即成为新文学发展史上不可或缺的重要历史见证，他在鲁迅研究方面的史料贡献是毋庸置疑的。胡风在鲁迅研究史料方面的贡献大体表现在：

1. 比较完整地以文字的形式保存了鲁迅的真实资料和有关细节。他后来撰写或发表的一些回忆性文字基本上是真实可靠的，这为人们研究鲁迅提供了方便和参考。1977年9月在狱中，应外调要求，他撰写《关于三十年代前期和鲁迅有关的二十二条提问》，约20000字；1980年5月住院期间，撰写《关于左联及与鲁迅关系的若干回忆》，并回答了有关研究者的问题；在《新文学史料》1981年第3期发表《鲁迅书信注释》；1984年1、2月间，撰写长篇回忆《鲁迅先生》。这些文字交代的大量史料都是可信的。如长篇回忆《鲁迅先生》，胡风在生命的最后时段以亲历者的身份非常细致地叙述他从1925年进北京大学开始，怎样想听鲁迅的课，如何转到清华大学，一直到他从日本被驱逐回国；鲁迅和周扬如何拜访他，请他为左联工作，他又怎样辞职，走上专业作家之路，鲁迅怎样指导他工作，他如何与鲁迅共事、怎样接受鲁迅教诲；鲁迅工作方面的种种事情，鲁迅的生活情况，鲁迅的人格，一直写到鲁迅的逝世……文章洋洋洒洒，确实为人们了解鲁迅提供了宝贵的资料。当然，可能其中加进了某些情感的东西，但这是不可避免的。又如，1977年在狱中完成的《关于三十年代前期和鲁迅有关的二十二条提问》。1977年8月，上海有关研究人员李兵、王锡荣应工作之需来到胡风所在监狱，向他提出了30年代上海文化界一些与鲁迅有关的问题，胡风作了回答。据研究者回忆："他在回答我们的问题时思路非常清晰，以至有些事实不完全靠回忆而是回忆加分析。这使他的材料在具体事实上更多地符合事实或接近事实，有的后来已被新的研究进一步证实。"[①] 再如，鲁迅逝世后的丧事情况，在后人的许多传记中往往写得似是而非，看一下胡风狱中写的回忆资料，我们可以看到当时丧事更真实的情

---

① 李兵、王锡荣：《关于三十年代前期和鲁迅有关的二十二条提问·说明》，转引自《胡风全集》第6卷，第584、585页。

况：比较慌乱，秩序也没有后人想象得那么井然有序。

2. 胡风以亲历者的身份，见证了围绕着鲁迅的许多错综复杂的人事关系和文艺事务以及有关运动与思潮，为鲁迅研究工作提供了更加缜密翔实的文献资料。在《关于左联及与鲁迅关系的若干回忆》一文中，胡风非常严肃地追忆了他与鲁迅的关系以及鲁迅与左联的复杂关系，提供了若干鲜为人知的信息。其中特别提及，鲁迅对左联的主要领导人（周扬等人）有意见，还引用鲁迅的原话："我们的元帅深居简出，只令别人出外奔跑"等。在同文中，胡风还交代了鲁迅与《文学》杂志的两次破裂等。在《若干更正和说明》一文中，较详细地辨析了他与鲁迅、茅盾交往过程中的有关细节，对茅盾的工作作风以及为人表示了某种不满。这都为研究鲁迅提供了某些有意味的材料。当然，胡风交代的有关资料也可能与事实有点出入。但我们相信，胡风生前的许多回忆大都具有非常珍贵的文献价值，这为人们进一步做好鲁迅研究工作大有裨益。

胡风对于鲁迅研究工作的意义又不仅仅体现在史料方面。多年来，他矢志不渝地投入那么大的心血来阐释鲁迅、宣传鲁迅，并形成了自己的阐释思路和逻辑，甚至在生命的最后时光还为传播鲁迅奉献着余热。这充分说明，胡风是一位卓有成就的鲁迅研究者，其作用是任何其他专家所无法替代的。

胡风对于鲁迅的观察、研究从20世纪30年代即已开始，他的有关工作涉及到鲁迅思想、精神、人格、作品、学术研究、工作（战斗）方法等许多方面。他把主要精力用在阐释、研究鲁迅的文学道路、文学追求、文艺思想、启蒙思想的价值与命运等课题。《关于鲁迅精神的二三基点》、《作为思想家的鲁迅》、《从"有一分热，发一分光"生长起来的》、《关于鲁迅"转变论"的一点意见》、《关于鲁迅的杂文》（一、二、三）、《为日译本〈大鲁迅全集〉所作的三篇解题》等文章堪称鲁迅研究的"扛鼎之作"（他的许多观点本文前面已经谈得不少，此处不赘）。需要指出的是，胡风的这类文章虽然带有比较明显的研究倾向，但基本上还是以阐释为主，因此我们在讨论他的鲁迅研究时，尚不能把他的文章完全看成纯学术的论文。因为任何学术研究都讲究详细地占有材料,讲究严密的逻辑分析,做到实证或理论分析的圆满,所谓论从史出、以理服人。而胡风的一些文章在观察、描述鲁迅时,常常让澎湃的激情湮没了逻辑的完整与自然舒展,以致给人一种严谨不够的感觉。有的文章绕过推理的程序而靠悟性直接得出结论,虽无可厚非,但有时让人感到有点并非学术的缺憾。当然,我们不能认为他所有的文章都有这种倾向,但至少这种特点比较常见,尤其是他20世纪30、40年代撰写或发表的文章。建国之后,胡风的这种倾向得到很大克服。不妨随便读一点他的文字。例如,关于鲁迅思想前后期的转变问题,胡风几篇文章都谈到了。1937年撰写的《为日译本〈大鲁迅全集〉所作的三篇解题》中的第二篇在讨论这个问题时有非常感性的分析。[①]他在1981年发表的《关于鲁迅"转变"论的一点意见》中分析同一问题时,则显得十分严谨。该文不但引用鲁迅作品原文分析,还分析了"五四"时期的社会条件,论证极为严密细致,他得出的结论是:"因此,说二十年代末鲁迅身上还有过一个思想'转变'过程,那完全是违反历史实际的。"[②] 因此,我们有理由认为,胡风的鲁迅研究是一种准研究。

四、胡风从鲁迅那里继承了什么?

只要对胡风稍有一点了解的人都能够发现,胡风的身上有一种浓重的"鲁迅情结"。如果说,胡风是鲁迅的精神弟子/精神的传人,大概没有多少人会去反对吧?当年吸吮着鲁迅的乳汁成长起来的青年有不少,像萧红、萧军、冯雪峰、叶紫、聂绀弩等人也不同程度地继承了鲁迅的精神、思想和人格,甚至形成了强大的个性,但胡风与上述几人比较,好像鲁迅在他身上留下的东西更多,这是后人不难发现的。

胡风多年来一直在认真阅读鲁迅作品,即使身处战火之中、朝不保夕之际也未曾忘记读鲁迅的书。为什么去读鲁迅作品?胡风为何对于其他现

---

① 参见《胡风全集》第5卷,第241、242页。
② 该文的论证过程极为严密,参见《胡风全集》第7卷,第4—8页。

代作家从未投入那么大的热情?其实,胡风在狱中给梅志的信里已经对这个问题作了相当精彩的回答(请参阅上面的引文)。正是基于对阅读鲁迅之意义的深刻理解,他持之以恒,几乎从未懈怠、偷懒过,其结果自然是对鲁迅作品的深至独特的领悟与把握。我们阅读胡风的某些文章,甚至很容易看出鲁迅文笔的痕迹,请读诗集《野花与箭》"题记"中的片段:

> 现在的人还不免有许多难于救治的缺点,不能完全忘记自己的过去就是一个。所以,虽然在旁人看来是毫无意义的,但当事者有时偏会忆起甚至宝贵那些"不堪回首"的残缺的陈迹。这一册旧诗的编印,如果要说有什么意义,那就是藉这可以看看曾经消耗了作者的少年生命的所爱和所憎的片影。

我们再来读鲁迅的《〈呐喊〉自序》中的首段:

> 我在年青时候也曾经做过许多梦,后来大半忘却了,但自己也并不以为可惜。所谓回忆者,虽说可以使人欢欣,有时也不免使人寂寞,使精神的丝缕还牵着已逝的寂寞的时光,又有什么意味呢?而我偏苦于不能全忘却,这不能全忘却的一部分,到现在便成了《呐喊》的来由。

我们读这两则不同的文字,分明可以发现胡风的文字里面明显存在着鲁迅文笔的痕迹,就连行文风格都是一样的,叙述与议论相辅相成。鲁迅的文字作于1922年,胡风的这篇"题记"写于1937年。胡风熟读鲁迅的作品,感悟极深,语言方面也很受影响,其创作时不自觉地留下鲁迅的影响,那是很自然的。这样说并不是否认了胡风创作的独创性,而只是证明他的文学创作受鲁迅创作影响确实比较明显。另外,胡风在狱中曾默吟了不少诗,其中有些用了鲁迅诗的韵,而且整理之后很有鲁迅诗的神韵,这也决不是偶然的巧合,说明鲁迅的创作已经深入到了胡风的记忆深处。还要提及的是胡风生前撰写、发表的许多文章在引用鲁迅的作品时，仅仅凭记忆进行，这个现象也证明他对于鲁迅作品的稔熟达到了信手拈来的地步。

胡风从鲁迅身上学到的不仅仅是作品，如果停留于这种地步，只能说明他是一个热心的读者，仅此而已。实际情况是怎样的呢？胡风所接受的是一种全方位的东西，鲁迅好像一个巨大的磁场，把胡风整个给磁化了。胡风从事的文艺理论研究和文学批评，乃至他的文化眼光，都渗透、贯穿着鲁迅的文学创作经验、文艺思想和文化批评眼光。

胡风的文艺理论研究和文学批评在一定程度上渗透着鲁迅的价值标准。可以说，胡风探讨理论问题、从事文学批评的过程时时闪耀着鲁迅文艺思想的光芒，鲁迅的身影处处可见。例如《论民族形式问题》一书中，为了使论证更加有力，至少采用鲁迅的有关论述20次。每到问题分析的关键之处，胡风非常自然地会想起鲁迅，如论述大众化运动过程中旧形式的采用能否阻碍创造新形式时，就引了鲁迅的文章："……现在想到，而且关心了大众。这是一个新思想（内容），由此而在探求新形式……"他直接把鲁迅的结论当作问题的解决方案："……旧形式是采取，必有所删除，既有删除，必有所增益，这结果是新形式的出现，也就是变革。而且，这工作是决不如旁观者所想的容易的。"①有意思的是《论民族形式问题》一书的副标题即为"对于若干反现实主义的倾向的批判纲要，并以纪念鲁迅先生的逝世四周年"。那意思是说该书要论述的问题是鲁迅先生当年十分关心而且坚决反对的，这也暗示鲁迅的思想将贯穿该书论述的全过程。这就是说，胡风的文艺理论研究与批评在很大程度上受益于鲁迅的有关论述。从另一个方面看，胡风的理论研究与批评致力于某个问题的探讨时，常常以鲁迅的创作和文学业绩为佐证。如，为了探讨"五四"文学革命的意义和价值，他从鲁迅的小说《狂人日记》中发现了"五四"文学革命的"伟大的精神"，由鲁迅"对过去和现在，他提出了'人吃人'的控告，对现在和未来，他发出了'救救孩子'的呼声"中，胡风看出了"五四"文学中孕

---

① 鲁迅：《论旧形式的采用》，转引自《胡风选集》第1卷，第301页。

育的"人的发现"的时代主题和作品的划时代意义①：

> 当时的"为人生的艺术"派和"为艺术的艺术"派，虽然表现出来的是对立的形势，但实际上却不过是同一根源的两个方面。前者是，觉醒了的"人"把他的眼睛投向了社会，想从现实的认识里面寻求改革的道路；后者是，觉醒了的"人"用他的热情膨胀了自己，想从自我的扩展里面叫出改革的愿望……

不仅如此，胡风还由此高度概括出"五四"文学革命的真正价值："不但用被知识分子发动了的人民的反抗帝国主义的意志和封建、买办的奴从帝国主义的意志相对立，而且要用'科学'和'民主'把亚细亚的封建残余摧毁。"② 又如，胡风曾经提出、论述过非常著名的"精神奴役的创伤"理论，其要义是说由于中国专制文化和精神统治的长期戕害，中国广大民众身上普遍存在着一种"以封建主义的各种各样的具体表现所造成的各式各态的安命精神为内容的"③精神自在状态和精神奴从面貌，认为"五四"以来的反帝反封建运动，其基本内容就是要把广大民众从沉重的"精神奴役的创伤"下面解放出来。他指出，作家要走与人民结合的道路，文学创作要取得高度的成就，作家如果想把人物写活、有生命，就必须在作品中描写出人民身上的"精神奴役的创伤"，只有这样的文学才是真的人学。——胡风之所以这样说，之所以这样自信，那完全是建立在对鲁迅创作的考察上④：

> ……对于知识分子的鲁迅自己，别的本事虽然不会，但执笔画圈总是一件轻便的可以骄傲的"最平凡的事件"，但他的和人民共命运的

---

① 胡风：《文学上的五四》，《胡风全集》第2卷，第622页。
② 同上。
③ 胡风：《论现实主义的路》，《胡风选集》第1卷，第469页。
④ 同上，第470页。

战斗要求却从这一门本事的本阶级内容挣脱了出来，痛切地身受到了阿Q拿着笔的手只是发抖，生怕被人笑话，用尽了平生的力气，立志要画得圆，但终于一抖一抖地画成了瓜子模样以后，因为画得不圆而感到羞愧。这个跪在地上画圆圈的阿Q，同时也正是作家鲁迅自己；这一具体的精神斗争（且慢见笑，这正是庄严的精神斗争！），精神奴役的创伤的活生生的一鳞波动，是封建主义旧中国全部存在的一个力点，它通过千千万万的脉络和微细色度向一切中国人联系着。在这个力点上面，封建主义旧中国的万钧重量，压到了阿Q的身上，也就是说压到了作家鲁迅的身上；不同的是，阿Q向着这个旧中国立志，羞愧，作家鲁迅却从烈火焚心的战斗要求出发，热泪横流地向这个旧中国发出了强烈的控诉。这个精神奴役的创伤所凝成的力点，就正是能够冲出，而且确实冲出了波涛汹涌的反封建斗争的汪洋大海的一个源头。在科学分析上用"缺点"去指明，但在创作实践上一定要当作"创伤"去感受的。谁要是对阿Q的用力、立志、和羞愧感到好笑，甚至以为作家侮辱了人民，那么，他即使不是剥削阶级的残留意识在作怪，也一定是被封建主义炼成了精的、精神奴役的创伤在他的身上结成了一层晶甲的不透风的金身！

就是这样，鲁迅的文学创作和文学追求成为推动胡风理论研究和批评的强大动力。需要指出的是，胡风不但在观点的立论上多以鲁迅为佐证，而且很多批驳他人观点的文章也常以鲁迅作为根据。20世纪50年代文艺理论家林默涵在论述民族形式问题时把几个理论问题搞得面目全非①，而且以鲁迅的文学实践为佐证。胡风也以鲁迅为例进行了有理有据的驳斥，他指出，林氏把民族文化遗产、民族形式、民族文学传统混为一谈、不可收拾，他从六个方面一一驳斥了林氏的不实之词。② 需要指出的是，胡风在理

---

① 林默涵的文字参见《胡风选集》第1卷，第573页。
② 胡风的详细批驳参见《胡风选集》第1卷，第574、575页。

论研究和文学批评工作中虽然多援引鲁迅的文学业绩,但没有存在把鲁迅神化、静止化的做法。他的分析、论述虽然有时不免偏至,但总是高屋建瓴、鞭辟入里,发人深省。这证明,胡风非常完整地吸收了鲁迅文学创作的经验和深层的文学追求与文艺思想,不能不说,他是站在鲁迅的肩膀上成长起来的文学巨子。

胡风的传统文学观和批判眼光也深受鲁迅影响。他在这方面与鲁迅有非常相似的地方。从一方面来看,对于传统文学和文学遗产,胡风曾发表过相当激烈的言论:

> ……这些文字的游戏,也就是我们所有的一份文学的遗产。……
>
> 可是我们既然要想"迎头赶上"世界潮流,既然要"文学革命",那么,这一份"宝贵"的遗产实在一钱不值!因为现代所谓"文学"和"文字的游戏"是两样东西。……
>
> 我们的"文学遗产"中自然也有一些可以称为"文学"而不是"文字游戏"的东西……但是数量之少,直等于零……①
>
> 中国文学遗产里太多供奉主义离骚主义的文学……②

这与鲁迅的对于中国传统文学的整体批判态度存在着高度的一致。为什么会有如此惊人的相似?这不是历史的巧合,而只能说明胡风接受了鲁迅的观点,因为对于鲁迅深度的认同和多年持久的阅读会造成潜移默化地接受鲁迅的思维。然而,随着社会的发展和岁月的流逝以及生活阅历等方面的变化,胡风的态度也作过一定的修改,他说:"……不能一概否定过去……没有过去就没有现在,现在是从过去发展来的。……但更重要的是,在当代的历史现实、历史要求的基础上,在适应当代的人民要求和历史要求的基础上,在适应当代的人民要求和历史要求的性质上接受过去,推动

---

① 以上三段文字见胡风:《再谈文学遗产》,《胡风全集》第5卷,第197、198页。
② 胡风:《"文学遗产"与"洋八股"》,《胡风全集》第5卷,第205页。

现代历史前进……"① 从另一方面考察，胡风对于外国文学遗产尤其是国际现实主义文学的态度和价值取向也受鲁迅影响极大。胡风早年虽然对中国传统文学的批判态度十分激烈，但对于外国文学遗产却持相当宽容的态度，甚至终生都致力于对外国文学遗产的介绍，尤其对国际现实主义文学、革命文学遗产更是如此。胡风承认他很早就通过鲁迅的介绍接受了世界文艺的影响，他在东京留学时进一步接受了这种影响。"由于鲁迅的实践（他是凭着创作实际与庸俗社会学对立的），我接受社会主义的理论是凭着实感的。在这个基础上，我尽可能地摆脱了国粹主义的妨碍，接受了外国现实主义作家和革命作家的经验，企图使我们的文学能够脱出贫枯和狭隘的限制。我把中国革命文学的发展叫做鲁迅的道路。"② 因此，胡风把自己从事涉外文学工作的过程、自己所走的对于外国文艺的译介工作几乎完全归结为鲁迅的影响，实属肺腑之言。

　　胡风从更深的层面上接受了鲁迅——养成了鲁迅式的高尚人格和个性气质。胡风接受的来自鲁迅的影响并不仅仅体现在上述方面，如果说，上述几个方面是显在的，那么有些方面的影响人们无法通过字面的东西了解。胡风一生光明磊落，正直，坦率，为人诚恳，时时表现出慷慨之气，富于悲天悯人的情怀，谦虚谨慎，提携后进，爱憎分明，立场坚定，保持独立的人格和思想，富有现实主义的革命精神……这诸多方面的内容不是常人能够轻易察觉到的，却是每一个熟悉胡风的正直之士有口皆碑的。胡风晚年，当由他一手栽培起来的著名学者、作家贾植芳在撰写的回忆录中一再对胡风给予自己青年时期的无私帮助表示由衷的感念之情时，胡风却只是淡然一笑。他的人格怎样，由此可见一斑，这其中多有鲁迅人格的影子。另外，胡风有时的多疑、敏感、好斗的个性，浮躁凌厉的战斗风格，知难而进的精神气质，牙眦必报的斗争姿态，也多与鲁迅存在相通之处。胡风是复杂的文化存在，他像鲁迅一样在社会和人生的波峰浪谷间颠沛不已，

---

① 胡风：《胡风评论集·后记》，《胡风全集》第 3 卷，第 595 页。
② 同上，第 587 页。

认识他并不是容易的事。多少年来，总有人对他说三道四，譬如"偏激"、"逞强好胜"、"器量狭小"等等，可见社会上多数人对于胡风的真实面目存在着一种可悲的隔膜，青年一代能够了解他的人就更少得可怜。就事实来说，胡风的身上许多侧面都显示了鲁迅人格品质的优秀之处。对于胡风来说，鲁迅是一位永远的导师。他与鲁迅正式交往的三年，之所以对鲁迅产生了那么深厚的感情，固然有多方面的因素，但对于鲁迅先生人格品质的敬仰和崇敬可能是很重要的因素之一。他在晚年撰写的《鲁迅先生》一文，以大量的事实，从许多方面总结了鲁迅的优秀品质和人文情怀，充分说明他完全或比较准确地把握了鲁迅人格、品质的主要内容。其实，胡风之于鲁迅不仅仅是交游、共事的问题，更是全面学习鲁迅从而完成自我超越的过程。鲁迅先生的伟大直接影响、造就了一代有为的青年，胡风就是其中的佼佼者。

胡风与鲁迅的关系问题是中国现代文学史上最具意味的话题之一。应当指出，胡风对鲁迅的阐释与宣传等工作完全是自觉的行动，不带有任何外力强迫的色彩，因此，其间流露出的热情与崇敬之情也都是十分真诚的、坦然的。当然，胡风的有关工作也未必没有破绽以至缺陷、不足，但他相对开阔的理论视角和思维在某种意义上使得他举重若轻，并有效避免了可能产生的种种不如人意之处。

（原载《佳木斯大学社会科学学报》2003年第5期）

后 记

从发达的长三角的南通市来到古文化积淀深厚的中原腹地许昌市任教，倏忽间近九载。此刻，我坐在电脑前，听着窗外此伏彼起、不绝于耳的鞭炮声，禁不住思绪万千。一霎时，在南通师范学院四年的工作、生活情景，尤其是旧日同事的音容笑貌一幕幕地从我眼前闪过。它们勾起了我对南方生活的回忆，如鲁迅《呐喊·自序》所言，"所谓回忆者，虽说可以使人欢欣，有时也不免使人寂寞，使精神的丝缕还牵着已逝的寂寞的时光"。

书稿完成了，照例要写后记；我却惶惑不已，仿佛写后记是为自己盖棺论定似的。回想起来，我与胡风著作打交道已颇有年头了，2002年开始阅读胡风的书，2003年开始发表胡风研究文章，2004年出版专著，迄今仍然有关于胡风的论文推出；甚至其间做过的几个项目，也大多与胡风有关。这样一来，我俨然成为一个专吃胡风饭的人了。

胡风研究在1980年代相当红火，但进入新世纪以来风光不再。我们不能希望胡风研究都像1985年之后一段时期内那样热闹，那时恰值胡风去世不久，关于他的话题自然是人们关注的热点。1988年胡风获得彻底的平反。不少人读了胡风的著作后，很受启发，发表了一批文章、出版了某些著作，使学术界兴奋不已。须知，红火、热闹的时光注定是短暂的，而寂寞的日子才是长久的。鲁迅研究尚且如此，胡风研究难道会有例外？

后 记

　　研究胡风不易，选择一个角度展开写作是件颇费踌躇之事；而本书又是省资助计划项目，写作内容必须按照计划书进行，这样就失去了自由研究和写作的乐趣。我又是高校教师，必得先做好教学工作，虽然有时繁琐得很，但不能推却。好在项目资助周期为三年，因而，花费三年多时间完成，也不能算我过于懈怠。当然，本书的内容与计划书中的设计还是有点出入，计划书贪大求全，而本书则更精炼一些。

　　需要说明的是，本书收录了我的两篇旧文，它们是我从事胡风研究的最初之作，其主要内容体现了胡风对抗战文学和鲁迅的批评，与本书题旨相符，特予收录，但对其内容一字不易，只是重新核实了引文。还有，本书的部分章节在写作过程中经过修改后曾以单篇论文的形式发表于《学术界》、《湖北社会科学》、《影视艺术》（中国人民大学复印报刊资料）等期刊。请读者朋友理解。

　　我要表达对胡风的谢意。对其著作的研读使我真正走上了学术之路，以至于催生了近年来的研究方向：中国现代文学（兼及戏剧与电影艺术）批评个案研究。从研究胡风文学批评开始，我逐渐形成了一定的学术理路，并用于孙犁文论、夏衍戏剧批评研究等，取得了较满意的成果。看来这是一个可以有所作为的研究方向。我相信刘禹锡《同乐天送令狐相公赴东都留守》中那句话："世上功名兼将相，人间声价是文章。"姑且以其自勉！

作者 2011 年春节于许昌